苏州大学文学院学术文库

江苏高校优势学科建设工程项目资助

比较文学与世界文学研究论集

季　进　吴雨平 / 主编

苏州大学出版社
Soochow University Press

图书在版编目(CIP)数据

比较文学与世界文学研究论集 / 季进,吴雨平主编
.—苏州:苏州大学出版社,2020.9
(苏州大学文学院学术文库)
ISBN 978-7-5672-3291-4

Ⅰ.①比… Ⅱ.①季… ②吴… Ⅲ.①世界文学—比较文学—文学研究—文集 Ⅳ.①I106-53

中国版本图书馆 CIP 数据核字(2020)第 150356 号

书　　名:	比较文学与世界文学研究论集 BIJIAO WENXUE YU SHIJIE WENXUE YANJIU LUNJI
主　　编:	季　进　吴雨平
责任编辑:	李寿春
助理编辑:	冯　云
装帧设计:	刘　俊
出版发行:	苏州大学出版社(Soochow University Press)
社　　址:	苏州市十梓街1号　邮编:215006
网　　址:	www.sudapress.com
邮　　箱:	sdcbs@suda.edu.cn
印　　装:	苏州工业园区美柯乐制版印务有限责任公司
邮购热线:	0512-67480030　销售热线:0512-67481020
网店地址:	https://szdxcbs.tmall.com/(天猫旗舰店)
开　　本:	700 mm×1 000 mm　1/16　印张:14.75　字数:265千
版　　次:	2020年9月第1版
印　　次:	2020年9月第1次印刷
书　　号:	ISBN 978-7-5672-3291-4
定　　价:	60.00元

凡购本社图书发现印装错误,请与本社联系调换。服务热线:0512-67481020

"苏州大学文学院学术文库"系列丛书学术委员会

主 任
王 尧　曹 炜

委 员
（按姓氏笔画排序）

马亚中　刘祥安　汤哲声　李 勇
季 进　周生杰　徐国源

总　序

苏州，江左名都，吴中腹地，自古便是"书田勤种播"之地。文人雅士为官教谕之暇，总爱闭户于书斋，以留下自己若干卷丹铅示于时贤后人自娱。这种风雅传统至今依然延续在苏州大学文科院系，自其他大学文学院调至苏州大学文学院执教的前辈学者不免感叹"此地著书立说之风甚浓"了。

苏州大学文学院"中国语言文学"为省优势学科，建设的内容之一是高水平学术著作的出版，"苏州大学文学院学术文库"（以下简称"文库"）便是学科建设的成果。出版文库的宗旨是：通过对有限科研资助经费的合理调配使用，进一步全面地展示与总结文学院教师的学术研究成果，以推进和强化学科建设，特别是促进学院新生学术力量的成长——这些目前尚属于"雏鹰"的新生学术力量便是文学院的未来。

文库的组织运行工作自 2019 年 9 月启动，第一批文库书籍在三个月内已先后同苏州大学出版社签订了出版协议。由于经费有限，在张罗文库之初，文库学术委员会明确：学术委员会成员的学术成果暂不列入文库出版阵容；首批出版的学术文库向副教授、青年讲师以及刚入职的青年教师倾斜，教授的学术研究成果往后安排。文库的组织出版应该是一项常态工作，每年视经费情况，均会推出一批著作。为贯彻本丛书出版宗旨，扩大我院学术影响，学院将对本丛书中已出版的各种成果加强宣传，推荐评奖，并对获得重大奖项者予以奖励。

为加强对文库出版工作的组织和领导工作，文库学术委员会设立了初审和复审小组，遴选学术著作。孙宁华、杨旭辉、王建军、吴雨平、王耘和张蕾等参加初审工作，王尧、曹炜、马亚中、汤哲声、刘祥安、季进、徐国源、李勇和周生杰等参加复审工作，袁丽云、陈实、周品等参与了部分具体事务。现在，经学院上下一起努力，文库第一批书籍付梓在即，这无疑是所有参与者心血的结晶。我们希望，借助这个平台，进一步激发文学院教师的科研热情，并为所有研究人员学术成果的及时面世创造条件。

为了文库出版工作的持续顺利运行，为了文学院学术影响力的不断提升，让我们全体同人携起手来！

王尧　曹炜

2020 年 4 月 28 日

目 录

论世界文学语境下的海外汉学研究　　季　进／001

"文学世界体系"观念评骘　　吴雨平　　方汉文／013

作为世界文学的中国文学
　　——以当代文学的英译与传播为例　　季　进／022

虚构与实质
　　——论《现代中国文学与文化》中的当代小说研究　　秦　烨／033

论海外"《解密》热"现象　　季　进　　臧　晴／046

麦家与世界文学中的符码叙事　　秦　烨／055

回溯与预言交叠下的悲歌
　　——《日光流年》的史诗性叙事研究　　王　敏／069

多元文学史的书写　　季　进／081

21世纪以来北美地区的中国古代通俗文学研究　　臧　晴／090

中国昆剧英译的现状、问题与对策　　朱　玲／094

唐诗选本的日本化阐释及其对中晚期日本汉诗创作的影响　　吴雨平／105

佐藤春夫与郁达夫交恶缘由之考察　　倪祥妍／115

小泉八云对中国故事的二次加工及其创作理念的转变　　王胜宇／131

夏济安、宋淇与亨利·詹姆斯　　孙连五／148

德性的东方实践
　　——韩国古代文人美学的人文范式　　王　耘／166

《和汉朗咏集》文学主体意识论析　　吴雨平／181

串联式的人物安排　多样化的叙事方法

　　——评角田光代的《小熊》　　倪祥妍／192

论《创世记》中的动植物　　王　耘／199

五种符码交织的乐章

　　——从罗兰·巴特五种符码解读《纪念爱米丽的一朵玫瑰花》　　朱　玲／213

末世·危机·救赎

　　——《五号屠场》《世界末日之战》与虚构叙事的伦理关怀　　秦　烨／220

论世界文学语境下的海外汉学研究

季 进

一、作为关系的"世界文学"

尽管近年来的研究一再揭橥,在西方,所谓的民族文学研究,特别是针对第三世界国家的文学研究,不可避免地带有东方主义色调,几个世纪以来的文化陈规和学术惯性,潜移默化地侵蚀着知识的透明度和公正性,但是这丝毫不妨碍人们,尤其是在第三世界国家的人民,积极寻觅文学本土性和民族性的步伐与信心。一方面,我们可以把这种鲜明的反差看成东方世界试图在一个以西方世界为主导的全球框架中去积极实践和生产一种"真"的"个性"或是"他性"的冒险;另一方面,这无疑也是一种巨大的焦虑,它来自这些"迟到的国家文学"在进入世界文学体系之时,强烈感受到的自我标榜和吸引他者的需要。换句话说,他们关注的是其所提供的表述和形象,是否足以支撑其进入全球体系;其文学是否符合西方世界的趣味,是否可以被西方世界快速地识别和定位。

无论我们如何理解这种"民族志"式的文学追求,有一点是可以肯定的,即这种思考模式的背后仍是中西方二元逻辑,或者准确地说,是由中西方等级结构所牵制的。"本真"与"原初"虽意在排除西方影响及其宰制,但是,这种或出于地理决定论,或根源于文化本位的思考,从本质上讲同东方主义如出一辙。因此,人们自然地将其称为"自我东方化"或"自我民族志"。不过,诚如周蕾所指出的,"东方人的东方主义"毕竟不同于"西方人的东方主义"。在评价影片《菊豆》时,她这样描述道:"像转过身来的菊豆将自己'引用'成物恋化了的女人,并向她的偷窥者展览她承负的疤痕和伤痛,这一民族志接受东方主义的历史事实,却通过上演和滑稽模仿东方主义的视觉性政治来批判(即'评估')它。以其自我臣属化、自我异国情调化的视觉姿态,东方人的东方主义首先是一种示威——

一种策略的展示。"[1]

当然,周蕾的论述当中有过于理想化的成分,譬如我们可以诘问:这种示威到底是削弱了西方人的东方主义,还是事与愿违地强化了这种趋向,并在某种程度上促使它成为一种可被反复实践的技术,一如离散族群所孜孜镌刻的个人创伤和民族苦难在愈演愈烈之际竟俨然升格为一种写作的"类型学"?但即便如此,我们仍应该充分意识到这一论说的起点并不在于举证"自我东方化"的合法性,而在于辩证:自我反思极有可能变成一种自我中心主义,而"自我东方化",反而是将文学置入中西文化交流的关系网络之中予以思考。换句话说,在周蕾的观点中,一种蕴含真实性的民族文学,并不能将其视作在国际文化市场上就具有了权威性,相反,它只是一种修辞,建构了中西文化交流的起点。

这种"自我臣属化"(self-subalternization)的看法,作为后殖民主义文化理论的重要基调,既联系着东方世界的殖民历史,又牵连着全球语境中无从摆脱的后殖民主义的威胁。主体的焕发,对于曾经饱受殖民侵略的第三世界人民而言,无疑意味着重新梳理和整合其与殖民者的关系。从这个意义上讲,一旦第三世界文学进入全球体系,就会被简化和扭曲成处理中西关系。它的结果是开启了一种如张爱玲所说的"包括在外"式的吊诡。首先,第三世界文学被理所当然地排除在世界文学体系之外,其努力的方向从来都是如何进入,而不是从中凸显;其次,世界文学被折算成西方文学,尽管就目前的文化格局而言,这种折算并不见得谬以千里,但是从理论及其愿景来看,它当然偏离了约翰·沃尔夫冈·冯·歌德(Johann Wolfgang Von Goethe)最初提出"世界文学"时的初衷和构想。面对这种"包括在外"的局面,我们或许可以探问,是否存在一种本质上纯净的西方文学或东方文学?而"世界"到底是谁的世界?文学甄选的标准又从何而来?

在这些问题的引导下,我们注意到大卫·达姆罗什(David Damrosch)有关"世界文学"的思考极具启发意义。通过梳理比较文学的学科史,大卫·达姆罗什指出:"当前比较文学向全球或星际视野的扩展,与其说意味着我们学科的死亡,毋宁说意味着比较文学学科建立之初就已经存在的

---

[1] 周蕾. 原初的激情:视觉、性欲、民族志与中国当代电影[M]. 孙绍谊,译. 台北:远流出版事业股份有限公司,2001:248-249.

观念的再生。"[1] 这个简单的结论，至少揭示了如下三个方面的信息：第一，没有必要把"世界文学"看成一个多么了不起的概念和发明，认为它是观念进化和时代进步的结果，会赋予文学发展以革命性的影响；第二，也没有必要把它庸俗化为一个集合概念，认为它只是世界各民族文学的总和或经典文本的大拼盘，相反，它包含着具有历史针对性的文学思考内容；第三，"世界文学"的观念需要被放置在一个"永远历史化"的进程当中被理解和定义，其核心价值和任务不应当是去辨认哪些是世界文学，哪些不是世界文学，而应当是不断承受这个观念所给出的刺激，将之作为对各种复杂文学关系思辨的起点。

正是基于以上层面的分析，大卫·达姆罗什提出了关于"世界文学"的一种设想：世界文学应该是一种流通和阅读的模式，并且是那些在翻译中受益的作品。尽管就其定义的完备度而言，这种表述并不严密，甚至问题重重，但是它的重要突破在于，从过去以地理或文学性为内核的坐标中抽离出来，引入了文学物质性的思考，并且对其介入当代生活的层面做了充分的论证。无论是阅读，还是传播，甚至是翻译，文学的社会构造在其中被充分地展示出来。当然，这里的社会已经不是局限在作品中的原语环境，而是注意到其潜在的跨域特征。从某种意义上来说，与其说大卫·达姆罗什重新建构了一个抽象的"世界文学"，毋宁说他塑造了一套具体的"关系"谱系，这个谱系不仅勾勒过去，而且更倾向于连接未来。简单地讲，大卫·达姆罗什眼中的"世界性"，不是一种先天结构——这个论点试图在一开始就展示出一种巨大的包容力，但是其背后的动力可能是具有危险的地理决定论，或者绝对多元主义论和文化相对论——而是一种后天的社会组织关系。它允许"世界文学"以一种渐趋融通的方式呈现，步步为营地接纳来自世界各地的文学，将所谓的民族文学以翻译的方式推进到全球文化传播和阅读的流程与空间当中。

严格地讲，大卫·达姆罗什的这些理解，不见得有多独特。例如，印度庶民研究小组的观点早已指正，像"西方"这样的概念，实际上更多的是一种象征性建构，不一定要有一个具体的落实。[2] "世界"同样有其人为建构性的一面，不能看作美国、中国、日本等国家的总和。大卫·达姆罗

---

[1] 大卫·达姆罗什. 一个学科的再生：比较文学的全球起源[C]//大卫·达姆罗什. 新方向：比较文学与世界文学读本. 北京：北京大学出版社，2010：41.

[2] Prakash, G. Subaltern Studies as Postcolonial Criticism [J]. *American Historical Review*, 1994 (99): 1475-1490.

什所谓的通过翻译、阅读、流通来达成的"世界性",实际上同我们一般所说的"经典化"过程也颇有类似之处。但是,他打破了过去那种想当然地把民族与世界做一个等级设置的思路,破除了"世界文学"精英化的迷信。平心而论,建设"世界文学",不是搞民主政治,将它做一个公平的分配;相反,它应该自成体系,从各民族、阶级、性别的既定标签中脱离出来,在一个多元化的历史淘选机制中逐步完成自身。大卫·达姆罗什的观点,为我们重新审视海外汉学研究提供了新的可能。我们可以借此对世界文学与海外汉学的得失做出新的分析和解释,并就世界文学的理论建设和具体实践间存在的落差做出探索和思考。

二、反思"西方主义"

依据大卫·达姆罗什关于世界文学是一种流通模式的解释,我们可以说,至少在中国过去几个世纪的文化构想中,始终存在着一种清晰的单向思维。这种思维热衷于谈论中国文学走向世界,而很少注意到"世界文学"的建构,以及外国文学和文化进入中国。当然,这种思维的形成和发展有其特定的历史根源、文化个性和政治诉求,特别是中国进入19世纪中叶以后,社稷的颓唐、家国的不振,很容易让时人做出"中不如西"的判断或者假定。在这个层面上,外洋事物和理念的引入,在很大程度上是要疗救时弊,进而与西方同步,而非建设"世界文学"。归根结底,拿来主义是内政,而非外交。这种观念,从陈小眉的《西方主义》到刘禾的《跨语际实践》,概莫能外。

这两本著作分别对20世纪中国不同时段内,那些出于本土需要而对西方话语进行有价值的扭曲与戏仿的文化行为做了细致的考察。在作者看来,这些创造性的误用和发明,或是为中国形塑了一种"翻译的现代性",或是实践了一种对官方话语的批判,从根本上颠覆了在东方主义视域下将中国作为"沉默他者"的形象,并赋予了其主体能动性。不过,针对这种正面、积极的解读,著名学者史书美还是反思性地提出了批评。她说,这些研究显然轻易地遮盖了那种同时存在于"西方主义"之中的全球视角,而过于强调其地区意识。西方主义既是在地区层面上对西方的策略性挪用,又是在全球语境层面上的文化殖民场所……地区从来都不会与全球无关,而后者往往设定了地区语境下西方的表现。即便在国内语境下,"西方主义"话语也不能被简单地看作只针对某种明确目标的反话语。它同时也可能是一种凌驾于大众和传统士人的文化霸权。[1]

尽管"西方主义"同时包含了一种"东方主义"式的全球视角，但是，史书美也指出，至少在与帝国主义和文化殖民共谋这一点上，"西方主义"从来不曾与"东方主义"同流合污。的确，20世纪中国思想界的一个共识是认为"天下"应该是一个贤人在位的世界，而中国必须是世界核心的一个部分。[2] 可以说，无论是近代中国的"国家主义"，还是"天下"的观念，从来都是以道德框架为前提，而非以武力和军事殖民为依托。一方面，这种和谐的世界观可以上溯到传统的乌托邦思想；而另一方面，也关涉彼时中国的处境，以及由此而产生的文化反思。尽管我们没有必要将这种文化反思无限上纲到一种初步的后殖民解构思维，但是至少要承认它对殖民话语做出了深入的分析和阐释。

不过，我们需要警惕的是，即使东方主义颇受诟病，但它本身也不会是铁板一块，至少它是一个历史性的产物。在爱德华·W. 萨义德（Edward W. Said）的定义中，首先，它是一种西方探索东方的学问、知识；其次，才是这种学问背后的意识形态和文化霸权。[3] 之所以要强调这一点，是因为西方主义不必因其道德和民主诉求，就显得高人一等。在探索知识这个起点上，"西方主义"与"东方主义"是一样的；而在调用殖民话语这个层面上，"西方主义"同"东方主义"并无二致。它们共同致力于强化中西方的差异，以及建设一个先进的、文明的西方形象。实际上，顺着这个思路继续追问，我们又会发现，所谓的西方也好，东方也罢，从来都不是单一的、完整的，而是多元的、零散的。从这个意义上讲，我们有什么依据可以无条件地辩称中国人对西方的挪用就一定是"误用"？什么才是真正的西方？到底存不存在这样一个西方？相信通过对这一系列问题的反思，我们可以说，在"西方主义"的命名当中，不可避免地存在一种研究错位，即研究者以其全知全能的叙事视角，对他的研究对象所表现出来的那种限制叙事做出了不恰当的概括或总结。简单地讲，研究者以其理解的某个单一的"西方"，框定着历史中那些各式各样的"西方"，以致轻易地将这种对比中出现的不对等现象，简单地归纳为"扭曲"和"误用"。我们应该承

---

[1] 史书美. 现代的诱惑：书写半殖民地中国的现代主义（1917—1937）[M]. 何恬，译. 南京：江苏人民出版社，2007：153-154.

[2] 黄克武. 近代中国的思潮与人物 [M]. 北京：九州出版社，2012：194.

[3] 爱德华·W. 萨义德. 东方学 [M]. 王宇根，译. 北京：生活·读书·新知三联书店，1999：绪论3.

认，在中国近代史中，当一代知识分子围绕民主、科学等西方话语做出雄辩时，如果说他们不是全然地相信，至少也是部分地坚信，其所掌握和理解的"西方"是一个真正的西方。

除了全球意识的淡薄之外，"西方主义"还有另一个值得检讨的地方是，其深蕴的精英本位，或者说宏大叙事。这一点，从刘禾具有连续性的"跨语际研究"中可以看出来，其关心的焦点不是锚定在一代知识分子再造文明的尝试之中，就是指向帝国间的文化冲撞和政治斗争之上。这种研究的途径，虽然同整个20世纪中国知识分子那种感时忧国的心路历程若合符节，但是也回避了如下一种认知，即现代性不可能仅仅是上层社会和知识精英们叠床架屋的文化博弈和政治协商，也可能同时指向日常生活和大众实践。我们将这个偏失指出来，不仅是出于查漏补缺的需要，而且有助于揭示在这种偏颇之下所隐匿着的意识形态结构。这种结构由于紧紧围绕着精英事件展开，因此其落脚点往往是历史上的某个大写日期。它们不是被视为时代的分水岭，就是某个具有转折性的重要时刻。这种对时间进行高亮化处理的方式，显然回避了历史事件展开所经历的、漫长的动态过程。其后果之一，是将历史的多重缘起化约为其中某种因素的一元决定论。特别是当这个历史事件同中西文化碰撞的大背景结合在一起时，一元决定论就可能变身为西方决定论，或者说"冲击—回应"论。在针对刘禾提出的"夷/barbarian"这个"衍指符号"所做的话语分析中，方维规清楚地指出，英国人尽管得势不让人地将一个翻译现象写入了国际条约并予以限定，但是这"并不意味着可以无限夸大某些事件的话语效果，更不应该无视甚至否定历史观念在总体上的延续性"[1]。透过系统地追溯"夷"字的文化传统，以及其与西洋逐渐发生关系的话语历史，方维规指出，词语发生新旧递嬗的"实践史"，绝不能混同于其为某种历史条件所赋予的"文化效应"。简单地讲，结果不能替换过程。

正是在打破"大写日期"和"精英迷恋"这一点上，针对"西方主义"的反思有必要引入张真的"白话现代主义"（vernacular modernism）观念。在导师米莲姆·汉森（Miriam Hansen）的启发下，张真将此概念界定在"基于大众媒介的创作和观影模式"层面，认为"中国语境中的影像白话展现了现代生活的方方面面。并且更为重要的是，它找到了某些合适的

---

[1] 方维规. 一个有悖史实的生造"衍指符号"：就《帝国的话语政治》中"夷/barbarian"的解读与刘禾商榷 [J]. 文艺研究，2013（2）：143.

表达形式，使其能够穿越各种严格的界限——包括文字与视觉、世俗与高雅、物质与想象、上流与底层、政治与美学，最后还有中国与世界之间的边境线"[1]。在张真看来，这种具有越界性质的文化景观和产品，切实地展示了一种阿克巴·阿巴斯（Ackbar Abbas）所描绘的"浅表的世界主义"，即"这种浅表性使得上海更能昭示西方大都市在现代性实践中所经历的矛盾冲突。与此同时，正是这种从'浅表'当中所获得的愉悦——而非通过对世界主义进行精英式的和高屋建瓴的投入和建构——开启了大众文化的物质和社会空间"[2]。与此论述相似，近期叶凯蒂关于画报的讨论也勾勒出"世界"观念的到来，事实上还包含着一种娱乐的轨迹。这个论点，显然拆解或者平衡了一般认为的"世界"是经由民族国家或者帝国主义而来的主流见解，揭示出了一种"世界即娱乐"的文化观。她认为，印刷媒介，特别是其中的视觉媒体，与其所在的特定城市空间，共同构筑了一个初具规模的跨文化交汇区。在那里，急速增长的环球通讯和娱乐作为一种软实力，展示出了一个不同视野的现代世界和文明世界。事实上，回到大卫·达姆罗什所谓的流通说，应该可以看到，这个概念本身就意味着打破藩篱和填平沟壑。换句话说，世界文学不能只有板起脸孔的严肃面貌，也应该具备这种"世界即娱乐"的大众面貌。

三、松动的"东方主义"

正如上文提及的"东方主义"，虽然其历来颇受诟病，但也不见得就是铁板一块、了无变数。特别是随着阿尔君·阿帕杜莱（Arjun Appadurai）所谓的全球景观的急速蔓延，这种西方人的东方想象，已经逐渐演变成一个"混血西方"对"混杂东方"的建构。或许这个观念，从一开始就是一种假设，因为从来不曾存在过什么纯净的东方或西方。它们从根本上都是杂处的文化，只不过我们的视线通常会被它们表面的地理界标所吸引。事实上，早于20世纪80年代，西方社会有关其文明起源的争论，就一再暴露出所谓的话语中心并不等于文学起源的信息。[3] 如

---

[1] 张真. 银幕艳史：都市文化与上海电影1896—1937 [M]. 沙丹，赵晓兰，高丹，译. 上海：上海书店出版社，2012：4.

[2] 张真. 银幕艳史：都市文化与上海电影1896—1937 [M]. 沙丹，赵晓兰，高丹，译. 上海：上海书店出版社，2012：70.

[3] 刘禾. 黑色的雅典：最近关于西方文明起源的论争 [J]. 读书，1992（10）：3-10.

今，当亚裔、非裔作家在离散语境下不断发声，甚至牵动西方文化界的神经时，我们已经没有办法清晰地判别一些有关东方的构思和写作，是否单纯地出于猎奇和巩固文化等级秩序的需要。相反，这些少数族裔的写作，一再挑战西方的主流经典，甚至为其注入新的可能。更重要的是，它也有可能松动那种既定的少数观点与多数观点的对峙，有望将二者变为一种更具"世界性"的本土体验。

应该说，在全球语境下，国家文学和民族文学的观念已经渐渐丧失其权威性和概括力。跨太平洋或跨大西洋的文化位移，特别是其中的后移民潮或后遗民潮，更是见证了多种文化观念在某个具体时空中冲撞、交融的事实。我们可以由此推论，民族也好，国家也罢，从来都不是什么不容触碰的图腾禁忌，其吐故纳新、延伸播散，终有一天会将自身变得面目一新。王德威说，如果遗民意识早已暗示时空的消逝错置，正统的替换递嬗，后遗民则变本加厉，宁愿更错置那已错置的时空，更追思那从来未必端正的正统，从而将"无"化"有"，另起炉灶地带出一种将"错"就"错"的可能。[1] 套用这样的理解，我们不妨说，全球视域下的文化和人口位移，未必要受困于某一具体的政治疆界和时代格局，拥抱非此即彼的土地意识和时间观念。透过不断地勾画、拆解那个"想象的共同体"，移民们和后移民们在其生活的土地建筑着一套似幻非真的历史记忆，总结出一番破碎的文化经验；在记忆与遗忘之间，不断地去辩证和超越异乡与母国的伦理限度和情感基调，挑起一种"后忠贞论"（postloyalist）的可能。正如张英进在分析罗卓瑶执导的移民电影《秋月》结尾处未能背全的诗词时所指出的："这种背诵的努力本身就是一种主动性的标志，一种对抗记忆遗失的尝试，一种向其祖先的致敬。另一方面，我们也可以这样认为，慧是有意识地从记忆中抹去了这首诗词的其余部分……以这种方式来解读的话，她的不记得便成了对意识形态质询力量的一种反抗行为：她之所以唤起中国文化的象征只是为了与其断绝关系，将它留在碎片与废墟之中。"[2]

这里，张英进的讨论仅仅揭示了离散族群与其文化母国之间欲拒还迎的关系。这种模棱两可的姿态，也同时出没于其与时间、地点的关联之中。一方面，被记住和背诵的诗句，以文化望乡的方式，拒绝着彻底地他者化

---

[1] 王德威.后遗民写作[M].台北：麦田出版社，2007：6.
[2] 张英进.影像中国：当代中国电影的批评重构及跨国想象[M].胡静，译.上海：上海三联书店，2008：312.

或西方化；另一方面，被遗忘和抹去的诗行，则试图淡化历史的印记，以改头换面的方式融入异地他乡。正是在这样一种欲进入而不完全进入、想超脱又不完全超脱的状态下，后移民见证了碎片的价值，强有力地解构着自我、他者、东方、西方、世界的整体架构，呼唤出一种"微弱的本质主义"（weak ontology）。

上述原先是学术界用来反击文化相对主义者的观点，因为文化相对主义者拒绝承认一切事物的普遍性，笃信事物都是被绝对差异包裹着的。此种论调，无疑会令研究比较文学的学者难堪，其念兹在兹的"可比性"，甚至整个学科的理论根基，在某种程度上都建立在不同文学和文化异中有同、可以相证、互识互补这种认知的基础之上。当然，研究比较文学的学者也不可能天真地认为，一切文化都可以等值兑换，所以才提出这种"弱的联系观"来解释文化之间存在的近似性和对等性。此外，"弱的本质论"对那种过于强调历史性和人为建构因素的思潮提出了质疑。无论是历史性，还是人为建构，都是为了强调一种现实的具体性，这种具体性是不能被简单地对接起来的。因此，当全球化带来文化的单一化时，有的理论家们就力主重返时代现场，依托历史记忆，来维持个体的独特性。这种观点的潜台词，正是历史的不可替代、不可复制性。但眼下的问题是，我们不能将历史与负载历史的媒介，诸如文字、图像、影音等，混同起来。换句话说，历史不等同于具有历史印记的文化产物。事实上，当刘禾提出语言与语言之间不可能透明地互译和交流时，她就多少有点混淆了二者。其中的问题在于，一是黄兴涛所讲的内容夸大了"虚拟对等"和"不可译性"，以不是百分之百的对等来否定基本对等、大体相当的存在之外[1]；二是单一化了历史不可替换的本质，忽略了其表现形态的多样性，以及这些形态本身所具备的跨文化比较的特性。

正是出于对以上观念的修正，近期金雯提出了"多元普世论"（pluralist universalism）的看法。通过建构一种"多元文化虚拟叙事"（fiction of multiculturalism）的框架，她别出心裁地将郭亚力（Alex Kuo）、严歌苓、拉比·阿拉米丁（Rabih Alameddine）、张承志这些亚裔和中国作家放到了一个平台上予以讨论，不仅追溯文学翻译和传播的历史，也分析它们与政策性话语和多元文化政治理论间的关联，提出了中美两国在后冷战时期族裔文化政治上的可比性问题。这里不再过多地复述其观点，而是

---

[1] 黄兴涛."话语"分析与中国近代思想文化史研究[J]. 历史研究，2007（2）：149-163.

指出翻译在这样一种全球政治和文化网络中的价值问题。诚如作者本人所指出的，像严歌苓这样的作家，其作品同时以翻译本和原本的形式在国际文化市场上流通，表面上它们各有专属，分别指涉着不同语境中的文化政策，同时也获得了不同的评价，但是这两组信息不是彼此隔绝的，而是互相影响的。过去，我们总是热衷于用本尼迪克特·安德森（Benedict Anderson）"想象社群"的观念来追查民族和国家起兴之际，报纸媒体以及由此而生的文本阅读所带来的一种虚拟的共感和生命的连接。如果继续套用这种说法来看待多元文化下的翻译，我们是否可以说全世界的读者正处于一种以"微弱本质"为特征的文本引导下，建构着一种世界文学和一个全球共同体？如果这种看法成立，那么是否意味着世界文学及其内部构造存在着一种"微弱"的联系？这种联系在什么意义上达成，又在什么情况下消弭？这个全球共同体，同一般的民族和国家之间又存在着怎样的关联和不同？

当然，在有限的篇幅中我们无法回答这些问题，但是"多重缘起"的观点显然值得我们重视和思考。该观点提出的初衷是为了打破国家文学的封闭结构，尤为重要的是，为了指出西方对东方的改编"不仅仅是迷恋'他者的象征符号'，而且是以语言的方式来接近可以确知的文化真相"[1]。这正是黄运特在《跨太平洋位移》一书中提出的，以语言问题作为切入点，来探讨美国对中国文化的调用历史。以语言为中枢进行讨论，肯定有其理论上的设计，这正是弗朗茨·博厄斯（Franz Boas）提出的"语言和文化人类学理论"。这个理论有效质疑了那种认定在种族、语言和文化之间存在天然、生理联系的殖民思维，即"提出没有必要假定每种语言和文化天生对应着某个特定的种族，抑或每个种族及文化必然局限在一种语言之中。简言之，这三个现象随时可能产生紧密关联"[2]。通过凸显语言的人为构造，而非生物本性，弗朗茨·博厄斯的观点显然可以快速弥补上文提及的刘禾的观点中的缺陷，即尽管过分强调人为性有可能造成翻译文化的虚无主义，但也有力质询了那种不假思索的生物语言学观念，以及渗透其中的对他者文化的蔑视。同时，从语言出发进行考察，还有助于揭示跨文化研究的现实性和具体性。过去的跨文化讨论，总是倾向于展示抽象意义和文化层面

---

[1] 黄运特. 跨太平洋位移：20世纪美国文学中的民族志、翻译和文本间旅行[M]. 陈倩, 译. 南京：江苏人民出版社，2012：3.

[2] 黄运特. 跨太平洋位移：20世纪美国文学中的民族志、翻译和文本间旅行[M]. 陈倩, 译. 南京：江苏人民出版社，2012：8.

的交互，但从具体的语言出发，则有望将这种抽象性落实到更为可感、可知的层面，即黄运特所说的"文化意涵的文本位移"（textual migrations of cultural meaning）[1]。借着探索汉语的语言模式、汉字构造、语体色彩、语言质料和文字意涵，如何在一种镜像意义、现实挪用、人为创化和翻译删减的层面上，具体地参与和构造美国文学及其文化思维，黄运特实践了他所追求的那个对文本本身及其历史灵活性重现的工程。

不过，比起恩里克·海耶特（Eric Hayot）以主题学的方式来处理西方对中国及其形象进行想象的研究，我们不得不说，黄运特的研究仍有其局限性。第一，这种挪用对西方而言，意味着迂回进入和重塑自我，但是对中国而言，其价值是什么，作者语焉不详；第二，在方法论上，作者是否会被某种不自觉的对等性所限制，诸如文类的对称和学科的对应等。恩里克·海耶特以"同情"为例，不仅有效地证明了一个假象的"中国"观念是如何帮助西方思考和理解众多有关现代生活的重要概念，其中包括世界历史、宗教融合、国家与个人、自然与尚古、身体与自我的关系等；而且表明了这些观念并非单纯的欧洲式事件，对于理解中国的思想论述，它们同样扮演了重要的角色。对于后者，恩里克·海耶特突破了仅从单一历史文献或文学记录中取材、提炼的论述方式，融小说、医案、游记、照片、绘画等材料为一体，打破了比较文学研究中不成文的对称结构，以及这种结构背后的霸权模式，即将非英语世界的文字、文本进行文类上的强行切分，而无视这些"文学"文本的演变史。

在以往的研究中，比较文学的学者惯于强调以人同此心、心同此理的学科情感为基础，认为文学的核心和出发点是情感，文学是具备可比性的。但需要追问的是，这些情感是否总是平等的，而且能够平滑地、不带任何意识色彩地传递到另一个国家和民族的人民那里？在那里，人们又是否愿意不怀任何成见地接受它们，并与之产生共鸣呢？也许，情感并不是没有国界的，或者说至少有它的力有不逮之处。那么，在这个意义上，试图通过阅读来达成一种共同体的愿景，是否可能实现呢？"世界文学"真正的凝聚力又在哪里呢？到底该用一种怎样的阅读模式和阅读体验，才足以把零散的民族文学、国家文学从其旧有的标签中解放出来，变成一种普遍的财产呢？无论是有解，还是无解，相信正是对这些问题的不断追问，将有助

---

[1] 黄运特.跨太平洋位移：20世纪美国文学中的民族志、翻译和文本间旅行[M].陈倩，译.南京：江苏人民出版社，2012：15.

于我们深化对"世界文学"的认识,把它从一个客体,变成一种刺激、一个意识,不断地回顾、反思中西文学的关系史,也反省后民族、后国家时代新的国际关系和文化交流,从而打开我们认识和解读海外汉学的更大空间。

(本文原载于《文学评论》2017年第3期)

"文学世界体系"观念评骘

吴雨平　　方汉文

一、"文学世界体系"的镜像

西方学术界对于"体系"的建构历来是毁誉参半。自20世纪后期以来，理论体系建构日趋活跃。特别是进入21世纪的10年间，历来只能在美国大学众多学科中"忝陪末座"的"世界文学"也以"文学世界体系"（literary world system）口号的提出而令人瞩目。美国"世界文学重构"思潮的理论家之一、斯坦福大学教授弗兰克·莫莱蒂（Franco Moretti）对"重建"理论区别囿分，提出以"文学世界体系"作为重建的总体性目标。在这种想象中，他把"世界文学"分为两个类型：

> 第一个"世界文学"是"地方"文化的马赛克式拼图，其性质是由强大的内部多样性所决定的，新形式的产生主要是由其差异性所决定的，最好是用进化理论（某些说法）来解释它。而第二世界文学（我宁愿称其为"世界文学体系"）是被"世界文学市场"所联结起来的……这两个过去与现在的世界文学不应当被视为"好的"或是"坏的"阶段，而是结构完全不同的，适用于不同的理论领域。应当学会研究"过去是过去的，现时是现时的"。这正是21世纪世界文学的智力挑战。[1]（笔者译）

弗兰克·莫莱蒂提出的"文学世界体系"与"世界文学体系"两个概念，虽然只是字序不同，但二者的意义大有不同。事实上，我们可以将

---

[1] Moretti, F. Evolution, World-Systems, Weltliterature [G] //Damrosch, D., Melas, Natalie, Buthellezi, M. *The Princeton Sourcebook in Comparative Literature: From the European Enlightenment to the Global Present.* Princeton and Oxford: Princeton University Press, 2009: 407.

"文学世界体系论"理解为美国方兴未艾的"世界文学重构"的理念核心,大卫·达姆罗什与弗兰克·莫莱蒂等一批学者都是这个"重构"运动的中坚。

首先,依照弗兰克·莫莱蒂的说法,这种"体系论"为"世界文学"设定了两种镜像:一种是由"地方文化"的文学所构成的"拼图",即世界各民族文学的并列与共生的关系。诸如英国莎士比亚的戏剧、俄国现实主义的小说、拉美魔幻现实主义的小说和中国抒情诗等。这些文学各自生长于本民族的文化土壤里,彼此是相对独立的,组成共时性的文学史镜像。另一种则是"体系",由"世界文学市场"的"交易关系"推动而形成。作为"体系",它不仅包括那些由文学之间的交流与接受过程之中所产生的作品,诸如西方受东方抒情诗影响的普罗旺斯骑士文学;受中国电影《赵氏孤儿》影响的欧洲近代戏剧;以英语写作的"非西方"身份的作家们(如奈保尔、康拉德等人),甚至包括以英语写作诗歌的泰戈尔等作家所体现出的一种"跨文化性"的作品。同时,还强调全球化所必然形成的共同话语,既包括后工业化社会现实及其想象,又包括不同文明文本流传所形成的文本间及世界性的文学交流与融合,甚至包括佳亚特里·斯皮瓦克所强调的从"区域研究"(area studies)的"跨界"潮流,以及后殖民与女性主义、生态主义等运动。

其次,弗兰克·莫莱蒂对"文学世界体系"的认识论做出了区分:一种是由文学内部的"差异性"产生的新形式,其认识论是进化论。这是根据选择竞争和淘汰原则,产生更适合时代的新文学。另一种是"体系"的认识论,它是由"世界文学市场"联结起来。虽然作者没有完全说明,但我们可以联想到1848年马克思与恩格斯共同书写的《共产党宣言》,其中明确地提出了"世界文学"的概念:"资产阶级,由于开拓了世界市场,使一切国家的生产和消费都成为世界性的了……物质的生产是如此,精神的生产也是如此。各民族的精神产品成了公共的财产。民族的片面性和局限性日益成为不可能,于是由许多种民族的和地方的文学形成了一种世界的文学。"[1] 虽然马克思所说的"市场化"已经提到了"世界文学市场"的形成,但"世界文学重构论"并不是原有观念的再现,而是当代新形态的建立。这并非因为重构理论家们要标新立异,而是所谓"世界文学"通变的历史规律的要求。通是继承,变是创新,文学史就是一种通与变的运动。

---

[1] 马克思,恩格斯.马克思恩格斯选集(第一卷)[M].北京:人民出版社,1995:276.

弗兰克·莫莱蒂所说的"文学世界体系"代表了重构的核心价值,并想象了未来图式。笔者特别想强调的是,"文学世界体系"的形成是一个历史过程,分为不同阶段,主要是从17—18世纪的海上大交通形成之后,经历了工业化时代的"世界文学"进程的开启,再到21世纪的多元文化语境的新阶段。这个过程就是跨越不同文明体系的过程。"文学世界体系"的优越性首先就在于它既能容纳传统民族与地方文学的独立性,又强调通过文明交流与融合得到创新。创新正是冲破传统的壁垒,即所谓"跨界"。这种不同文明之间的交流其实自古就有,在近代全球航线开通之后更成为时代的主流。正像后殖民批评家们所指出的,西方文学在近代所取得的中心地位,并不是"优胜劣汰"的自然淘汰,而是同时期大量的殖民地文学传统被迫中断所致。事实上,全球化时代原有的传统正在以新形式获得新生,例如,拉美的印第安神话在拉美文学"爆炸"中作为主体文明因素重新进入世界体系。

在一定程度上,当代中国学者所使用的"世界文学"概念也是属于"文学世界体系"范畴。它的理论来源是马克思的"世界文学"观念,其核心是强调其东西方文明、南北半球文化之间的融合与创新。无论是"世界文学"还是弗兰克·莫莱蒂所说的"文学世界体系",它们没有本质区别,关键是都应当具有跨越文明的视域。"文学世界体系"也正是从各国文学的"拼图"中发展而来,是多元文明的融合形成了体系。所谓体系,是历史的结构,是一种历史发展整体性的呈现,而不是无联系的纷乱杂陈。

二、三种范式与经典结构

对于一种理论体系而言,这种体系的认识论虽然重要,但是在研究实践中,更为看重的则是这种体系的框架结构,换言之,就是它的津梁与经纬,具体对"文学世界体系"而言,就是它的文学文本产生的文明特性与文体的形式归类。大卫·达姆罗什(David Damrosch)概括"世界文学"的构成时,曾经表达了以下这样的观点:

> 从歌德时代起,世界的定义就不出这样三种基本范式:或是古典作品,或是名著,或是作为世界文学窗口的读本介绍。这些可选择性的概念,可望在这样的标题下选择:《哈佛古典作品》

(*The Harvard Classics*)、《诺顿世界名著选》(*The Norton Anthology of World Masterpieces*) 和《哈泼柯林斯世界读本》(*The Harper Collins World Reader*)。[1]（笔者译）

他以三种文集为代表，归纳了"世界文学"的三种主要构成范式。需要说明的是，这种"文选"其实是一种西方普遍流行的文集。对于西方知识界而言，文选往往被认作一种经典与传统的象征。以"文选"来区分不同的文明系统，当然是以欧美的文选来代表西方传统，而以其他"非西方"文学的文选另列一类。

第一种范式是古典作品的选本，可以扩大为古代文学所有的经典作品，以《哈佛古典作品》为代表，主要是指古希腊罗马以来的传统代表作，包括从《荷马史诗》到《莎士比亚作品集》等西方文学中世代流传的作品。从另一层意义上而言，这种编选模式与其所指的"世界文学"的构成范式是以西方传统为主体的，是以古希腊罗马为源流的一种世界文学主体。有的选本中收入《圣经》、埃及《亡灵书》、西亚史诗《吉尔伽美什》（或加上以上非西方文明的部分诗歌）只是将其作为地中海文明主体的附加品，说明它所接受外来文学的源流。

第二种范式是世界文学名著的选本，主要是指那些具有世界影响并普遍流传的文本，作者所提出的样板是《诺顿世界名著选》。这种文选是"西方传统"的文化名著，而并非仅为文学名著，以1995年的选本为例，其中选有从柏拉图、亚里士多德到精神分析学家弗洛伊德的作品，可以说这是一种包括社会科学著作在内的具有西方的"人文社科"含义的选本。所以笔者认为，可能更有代表性的是大卫·达姆罗什本人作为主编之一的《朗曼世界文学文选》(*The Longman Anthology of World Literature*)，这本书与《诺顿世界名著选》相比：一是前者不以"世界名著选"为名，其编选宗旨也不同，这意味着相当多的作品以西方的标准而言，还远远够不上"杰作"或是"名著"的标准，但已经流行世界，这也算是实至名归，进入"世界文学"的选本还是当之无愧的；二是作为"世界文学重构"理论的倡导者，大卫·达姆罗什或许推崇"世界文学"胜过"世界名著"。无论我们的臆测是否符合编者的本意，毋庸置疑的是，这也正是一种"文学世界体系"的、

---

[1] Damrosch, D. Introduction: All the World in the Time [G] //Damrosch, D. *Teaching World Literature*. New York: The Modern Language Association of America, 2009: 3.

更为大众化的主体构成模式。

第三种范式是"窗口"型的普及选本，以《哈泼柯林斯世界读本》为代表。这种"读本"包括了多种文体。"世界文学"以其广博的视域、多样化的研究方法和数量巨大的文本而成为全球化时代的重要学科之一，而构成"体系"基础的恰是这些多样性的文本。在今天，莎士比亚戏剧、托尔斯泰的小说、中国诗词曲赋，以及《红楼梦》《一千零一夜》《百年孤独》等作品确实已经是"文学世界体系"的窗口，从中可以看到世界各种文学的风貌与世界文学发展的一种"整体性"的视域，这已经是无可否认的现实。

大卫·达姆罗什的三种范式其实是"文学世界体系"的构成论，是体系的框架结构和不同文明的文体类型。但笔者认为，如果从世界多元文明的现实来重构"体系"，还有以下可供讨论的几个方面：

首先，这些范式并非作者所认为的是一种共时的体系，而实际上是一种历时体系。特别是古典作品的选本是以古希腊罗马文学为价值取舍的一种范式，虽然实际上已扩展到世界古代文学（其实主要还是欧洲文学）的文本，但仍然不能改变其历史价值与审美评判的尺度。以此作为当代"文学世界体系"的一种范式，从历史与审美两个尺度上看都是不合时宜的。

其次，古典作品的选本、世界文学名著的选本和"窗口型"的普及选本三种范式之间没有明晰的划分准绳，尤其在后现代批评所强调的"超界"视域中，更成为一种不合时宜的做法。《吉尔伽美什》《荷马史诗》《诗经》既是古典作品的选本，也是世界文学名著的选本，相当易于普及。由此可见，三种范式是可以并存的，其重复与重叠又是必然的。那么，这些范式作为体系的结构而言就缺乏整体性的视域。

这并非意味着"文学世界体系"的结构不能成立。以笔者之见，文学世界体系是由世界各文明的文学所构成的，其结构也自然不是单一的，而且其发展与未来取决于不同文明的融合与创新。笔者曾经将世界文明划分为八大体系：一是亚洲太平洋文明体系（也可称为环太平洋文明或亚太文明），从东北亚的中国、日本、朝鲜延伸到美国的西海岸；二是南亚文明体系，从南亚到东南亚，与亚洲太平洋文明体系交叉，以印度半岛与亚洲南部为中心的文明体系；三是地中海大西洋文明体系，从地中海向北与向东西方向延伸，包括了东欧、北欧、西欧直到俄罗斯西伯利亚地区，这种文明起源于地中海，以后中心西移大西洋沿岸，其中东西欧洲、南北欧洲都有一定差异，但基本类型是相同的；四是中东阿拉伯文明体系，从阿拉伯半岛、西亚到欧洲的土耳其、东南亚部分地区与南亚巴基斯坦、伊朗，甚至包括了阿富汗、非洲埃及和突尼斯（它们在历史上与西亚和地中海文明有密切关联）等地，这是以伊斯兰教的传播为主要界限的文明体系；五是北美大洋洲文明体系，包括美国、加拿大到澳大利亚、新西兰，主要是由于16世纪以后海上交通发展形成的当地文明与外来文明相结合的文明体系，其中的外来文明主要是欧洲移民所带来的地中海—大西洋文明传统，在北美地区占有主流地位；六是拉丁美洲文明体系，它是以拉丁美洲为主体，传统的美洲三大古代文明——玛雅文明、阿兹特克文明与印加文明被西方殖民主义者毁灭后，混合形成的一种新的文明体系；七是非洲文明体系；八是犹太文明体系，以色列是古老的犹太文明重新建立的国家，这一文明以犹太民族与宗教为主要构成，除了以色列之外，尚有大量的犹太人分布于世界其他国家，主要是欧美地区，他们相当大程度上保持了犹太文明传统。[1]

世界文学的结构应当包括来自不同文明体系的经典与代表性作品。各主要文明都有自己的古典作品的选本，也有自己的世界文学名著的选本，世界文学的结构不是《诺顿世界名著选》的"西方传统"所能涵盖的。虽然近年来这部自1650年就开始编选的文选已经大有改变，例如，1999年出版的由萨拉赫·拉维尔（Sarah Lawall）等人主编的第七版文选将西方传统的源流追溯到西亚与埃及，收入了前2500年和前1500年的西亚史诗——《吉尔伽美什》和《圣经》。但其他很多直接影响过欧洲的东方文学与文明的经典名作都没有收入，这反倒使收入的《一千零一夜》显得相当突兀，似乎只是一个点缀而已。[2] 从总体结构而言，西方思想与宗教传统仍然是编选者的选文标准，这一点是没有从根本上改变的。

三、体系结构的文明关系：西方与"非西方"

提出"文学世界体系"的理论，必然要对这一体系中的西方与"非西

---

[1] 参见方汉文.比较文明史：新石器时代至公元5世纪[M].上海：东方出版中心，2009：20-21.

[2] Lawall, S., Mack, M., Wellek, R., et al. *The Norton Anthology of World Masterpieces: The Western Tradition* (7th edition)[M]. New York and London: W. W. Norton & Company, Inc., 1999: XII-XVI.

方"的二元论进行深入探讨。其实,"非西方"是一个明显地以西方为中心的概念,这种观念在具有几百年殖民历史的西方已经成了一种政治无意识。正如厄尔·迈纳所批评的:"最严重的错误是以为相对主义可以允许我们认为西方的东西比其他地方的东西优越。"[1]

美国密苏里大学学者卡瑟琳·瓦尔特契特(Kythryn A. Walterscheid)说:"非西方"并非是一个有吸引力的说法,因为这是一个否定性的表达,这恰巧表明否定的一方(指西方——译者注)是更为重要的。我们最后决定选用这个名称却正是因为我们的文化课程可以不必注明其盎格鲁-欧洲之根。[2] 显然,无论是采用或是不采用这种名称,这种观念之根源都非旬日之内就可以被根除的。但是我们必须认识到,文学世界体系之根其实源于世界上不同的文明体系。

世界文明划分为不同的体系,每一种文明都有自己的文学,这种文明植根于本文明,以本土话语为主体,而"文学世界体系"则是由不同文明文学之间的融合所形成的,这种融合创造新的文学,推动世界文学的发展,产生新的文本。大航海时代以来,东西方文明文学形成大交流的局面,其中既有西方文学的东方化,也有东方文学对西方的传播与影响。其实自中世纪开始,东方抒情诗与《一千零一夜》、中国的戏剧《赵氏孤儿》、小说《玉娇梨》、中国古典意象诗歌、印度史诗与戏剧、日本俳句等文体,一浪接一浪地冲击着欧美文学,改变了欧美古典戏剧、浪漫主义小说和欧美新诗歌的进程。正是"非西方文学"丰富了盎格鲁-欧洲的传统,才有了今日全球化时代的西方文学与"非西方文学"的共同繁荣,才有可能提供"文学世界体系"的文明之根。

只这样我们才能理解大卫·达姆罗什所说的,美国的世界文学课程正面临多种文明与语言文学的挑战:

> 未来更大的挑战来自超出欧洲之外的课程激增与优化,包括那些原本以阿卡迪亚语、汉语、日语、吉库尤语、韩国(朝鲜)语、纳瓦特尔语、齐丘亚语、斯瓦希利语、越南语、祖鲁语和许

---

[1] 厄尔·迈纳. 比较诗学:文学理论的跨文化研究札记[M]. 王宇根, 宋伟杰, 等译. 北京:中央编译出版社, 1998:326.

[2] Walterscheid, Kathryn A. Ancient and Contemporary Texts: Teaching and Introductory Course in Non-Western Literatures [G] //Damrosch, D. *Teaching World Literature*. New York: The Modern Language Association of America, 2009:393-394.

多其他的语言。[1]（笔者译）

以上罗列的数种语言文字，从古代西亚美索不达米亚文明的楔形文字到亚非拉美文明的书写文字，这完全不是大卫·达姆罗什教授在显示自己的博学多识，而是一种展示多种语言文明的"文学世界体系"的努力。这正与我们所主张的世界多元文明体系完全吻合，如：阿卡迪亚属于古代西亚文明，中国、日本、韩国则是亚太的东亚文明，吉库尤、斯瓦希利、祖鲁等正是非洲文明的代表。这些古今语言文字分别来自八大体系。任何一种语言文学只是一种地方性的符号与标志，更为重要的是所代表的文明与其他文明之间的洪流，这些洪流汇集成世界文学的海洋，这才是真正的"文学世界体系"。

"文学世界体系"的重要性当然也体现在多种文明融合创新的历史之中。例如，在前4—1世纪的希腊化时代中，《圣经》的《旧约》翻译成希腊文后，在罗马的语境中实现与西方文明的融合与创新，产生了《新约》。同一时期，远东也有一种近似的"希腊化"——"犍陀罗"，即中国、印度与希腊文明的融合，极有可能正是从这里产生了东西方叙事与抒情文学相结合的新高潮。

近年来的"文选"已经表明这种"世界文学体系"正在关注多元文明文学的融合。例如，2007年由大卫·达姆罗什等人主编的《朗曼世界文学文选》在世界文学交流史上有一个重要贡献，即收入了8—15世纪的伊比利亚文学，这是一场长达7个世纪的阿拉伯文学与基督教文学的大交流，在世界文学交流史上有着重要意义。因此，也可以说，它是我们在"世界文学重构"中得到的一个收获。当然我们也强调，西方"文学世界体系"还应当考虑对东方，特别是远东诸如中国、印度与欧美的文学大交流予以更多的关注，除了古代犍陀罗文明之外，16—20世纪的中国与欧美、拉美与欧洲的大交流所形成的世界文学创新高潮，更能突显近代全球化兴起的历程，改变了以前单一的"西风东渐"的观念，更真实地再现了文明之间的交流，形成辩证的、理性的历史认识。

综上所述，"文学世界体系"并不是一种不可接受的观念。只不过在我们看来，世界文明的差异决定了文学的不同，西方的史诗-小说叙事文体有

---

[1] Damrosch, D. Introduction: All the World in the Time [G] //Damrosch, D. *Teaching World Literature*. New York: The Modern Language Association of America, 2009: 2.

独特贡献，而东方的中国抒情诗、阿拉伯抒情诗同样是世界文学的主流。要建立起叙事与抒情文体的同异交得、异彩纷呈的观念，这才是真正继承了马克思的"世界文学"观念。同时，这种多样性正是所谓的"整体性"，亦即总体论。在世界文学中，这种整体性并不是指世界文学个体，当然更不是要包括世界文学的全部，而是一种跨越文明的融合——世界文学的历史整体性。它所代表的是全球化时代的宏大叙事观念，正在为多元文明的文学实践所接受。

（本文原载于《外国文学研究》2013年第5期，略有改动）

作为世界文学的中国文学

——以当代文学[1]的英译与传播为例

季　进

进入 21 世纪以来，随着中国经济的崛起，西方对中国的兴趣从单一的政治与经济领域开始转向文学与文化领域。与此同时，中国政府实施文化输出战略，通过各种方式在世界上不断塑造自己的文化形象，中外文化交流日益频繁。当代文学在国外的影响力日益增加，地位也有所提升，越来越紧密地成为"世界文学"的重要组成部分。无论当代文学是否"走向世界"，"世界"都已成为当代文学的深刻背景。在此意义上，考察当代文学的英译与传播，将有助于我们重新思考作为世界文学的中国文学的特质与意义，反思当代文学走向世界的问题与挑战。

一、当代文学的英译与传播的转变

1949 年以来，当代文学的英译与传播大概呈现出三个方面的转变。一是从政治性向审美性的转变。20 世纪 80 年代以前，英语世界对当代文学的翻译与传播，不少从属于"地区研究"或"中国研究"，更多着眼于政治意识形态的意涵，往往将当代文学作为了解中国社会、中国政治的社会学文献来阅读，一直到新时期文学的一些翻译，如：卢新华创作的英译本短篇小说集《受伤者》(*The Wounded*) 收入了《伤痕》《班主任》等作品，林培瑞编译的王蒙作品选集《蝴蝶及其他》(*The Butterfly and Other Stories*)，等等。这种政治性的取向依然明显。这种现象在 20 世纪 80 年代发生了很大转变，当代文学作品开始得到比较全面的译介，不再局限于作品的意识形态意涵，而更多地从文学与审美的层面选择与译介，当代文学的知名作家

---

[1] 本文中的当代文学，主要指中国当代文学。

与代表作品得到较为全面的关注。如：张洁的《沉重的翅膀》(*Heavy Wings*)，王安忆的"三恋"——《小城之恋》(*Love in a Small Town*)、《荒山之恋》(*Love on a Barren Mountain*)、《锦绣谷之恋》(*Brocade Valley*)，张贤亮的《男人的一半是女人》(*Half of Man Is Woman*)，刘索拉的《蓝天绿海及其他》(*Blue Sky Green Sea and Other Stories*)，郑万隆的《异乡异闻》(*Strange Tales from Strange Lands*)，阿城的《三王》(*Three Kings*)，莫言的《天堂蒜薹之歌》(*The Garlic Ballads*)，苏童的《妻妾成群》(*Wives And Concubines*)，李锐的《银城》(*Silver City*)，等等。当然，不可否认的是，一直到现在，出于商业利益或猎奇心态，一些有争议的作品总是容易得到西方出版社的青睐，如：卫慧的《上海宝贝》(*Shanghai Baby*)，阎连科的《丁庄梦》(*Dream of Ding Village*)、《为人民服务》(*Serve the People*)，陈冠中的《盛世》(*The Fat Years*)，等等。二是从边缘向热点转移。长期以来，当代文学的翻译在英语世界处于边缘地位，只局限于很小的学术圈，而20世纪80年代中期后，这种状况开始得到一定的改观。尤其是10多年来，随着中国影响力的增加和文学交流的频繁，当代文学越来越成为热议的话题。《长恨歌》《兄弟》《受活》《河岸》《生死疲劳》等重量级作品纷纷被译介，当代文学英译的"量"和"质"，都有显著的提高。《纽约时报》《华盛顿邮报》《芝加哥论坛报》《纽约客》等重要报刊也时见关于莫言、苏童、余华、王安忆、阎连科、毕飞宇等人的评论。《纽约时报》2008年5月4日书评版曾罕见地以整版篇幅，发表了一组关于中国当代小说的评论，即对《长恨歌》《生死疲劳》《狼图腾》《为人民服务》英译本的评论，该报甚至开始发表余华等人的专栏文章。这是西方主流媒体少有的对中国当代文学的集中性关注。但是，毋庸讳言，由于语言文化的障碍，当代文学在西方的地位，相比起当代文学的实际成就而言，依然不成正比。三是从单一性向多元性的转变。原来英语世界对当代文学译介，只是将其作为中国研究的附庸，非常单薄，而中国官方主导的《中国文学》和"熊猫丛书"，又由于翻译质量等原因，几乎没有产生真正的影响，沦落为无效的翻译。现在的当代文学翻译与传播，则呈现出多元的格局，从经典的纯文学，到商业化操作的流行文学，各种流派、各种风格、各种层次的作品都有译介。当代文学翻译成为展现中国现实、透视中国文化的载体，承载了多向度的复杂意涵。

从以上三个方面的转变可以看出，西方对中国的兴趣从原来的政治与经济领域开始转向文学与文化领域，中国文学开始走出被冷落、被边缘的困境，显示出不一样的文学特质，成为世界文学不容忽视的组成部分。特别是近年来，当代作家或诗人常常获得各类国际性文学大奖。例如，2013年上半年继苏童、王安忆之后，阎连科入围"曼布克国际文学奖"的决审名单。诸如此类的消息总让国内媒体欢呼不已，他们甚至认为当代文学终于走向了世界，成为世界关注的中心。2012年10月11日，莫言荣获诺贝尔文学奖，更让这种情绪化的表达甚嚣尘上。可是，冷静地观察一下，不难发现这些热闹的背后，其实还是存在不少问题，甚至是根本性的问题。目前，已有研究者从不同角度对中国文学走出去的问题与障碍做了解析[1]，笔者想提出三个方面的观点。

首先，中西方文学交流的不平等性。西方对中国文学的关注与熟悉程度，与我们对西方文学的关注与熟悉程度相距甚远。西方出版社每年翻译、出版的当代文学作品，远远无法和我们每年引进、出版的西方文学作品相比。我们从中看到的是历经世代累积所造成的中西政治、经济、文化实力的悬殊。当代文学身处世界文学的边缘，长期以来一直"面对维持这个世界的不平等结构的法规和力量，并敏锐地意识到了为了延续自己的写作生命，他们必须在各自的中心获得认可，他们也必须对国际文学的最新审美发明保持高度敏感"[2]。可是，西方文学一直有着某种西方中心论的集体无意识，对中国文学始终不冷不热，少有主动了解、热切拥抱的冲动。也许，现实世界的文化流是永远的"不平等流"？这种不平等、不相称，从某种程度上，也透露出西方读者长期以来的偏见。很多时候，中国文学成为被想象的"另类"（alternative）之一。在"东方主义"式的凝视中，中国文学不可避免地被想象、被审视、被阅读，甚至被视作与西方决然不同的存在。东方主义是"从一个毫无批评意识的本质主义立场出发来处理多元、动态而复杂的人类现实的；这既暗示着存在一个经久不变的东方本质，也暗示着存在一个尽管与其相对立但却同样经久不变的西方实质，后者从远处，并且可以说，从高处观察着东方。这一位置上的错误掩盖了历史变化"[3]。可惜，普通的西方读者未必听得进爱德华·W. 萨义德的真知灼

---

[1] 参见高方，许钧. 现状、问题与建议：关于中国文学走出去的思考 [J]. 中国翻译，2010（6）：7-8.

[2] 大卫·达姆罗什. 新方向：比较文学与世界文学读本 [M]. 陈永国，尹星，译. 北京：北京大学出版社，2010：225.

[3] 爱德华·W. 萨义德. 东方学 [M]. 王宇根，译. 北京：生活·读书·新知三联书店，1999：428-429.

见，当代文学的丰富性总是有意无意地被那种高高在上的、本质化的凝视所忽视。

其次，虽然当代文学开始产生一定的国际影响力，但在英语世界基本上还是属于边缘化、小众化的文学，很难成为畅销读物。当代文学的阅读可能欧洲要比美国好一些，诗歌要比小说好一些。例如，王德威与哥伦比亚大学出版社合作推出的"中国文学翻译系列"，包括了《私人生活》《我爱美元》《马桥词典》《一九三七年的爱情》《长恨歌》等拥有一定影响力的当代文学作品，译作也是出自名家手笔，但是总体而言销量仍极为有限，更多的是进入大学图书馆作为专业研究者的阅读材料。这与英美读者阅读的趣味是直接相关的，法文、德文、日文的作品经翻译后进入英语世界，同样也很难成为畅销读物。所幸出版者未必看重眼下的市场收益，而更多地看重其文学与文化交流的意义。我们还是得经过这样慢慢的积累，不要急功近利，才可能逐步帮助西方读者认识中国文学。这些译本的文学史意义随着时间的流逝，才会逐渐彰显出来。当代文学的译本往来于中西文化之间，将当代文学的文化元素和个性特色、中国文学的本土性与独特性，一步步转移到另一种话语体系之中，对西方读者不断地产生持续的文化冲击。我们常常说"跨文化之桥"，这些译作其实就是搭建中外文学交流的桥梁，如果没有这座桥梁，中国文学要被西方所认识、所接纳，那真是不可想象的。西方读者在何种层面上接受了当代文学，接受了哪些当代文学作品，这不是一个可以简单量化分析的问题。我们对现在媒体所宣传的当代文学在国外的热闹，还是应该保持冷静、审慎的态度。

最后，中国文学本身的巨大变化，有时已经超出了西方读者的预期，超出了他们的理解与想象的范围。当代文学所展现出的独特认识与情感，以及它立足于中国的历史、社会现实所发生的变化，这本身就是一种非常可贵的特质，也是中国文学作为世界文学一部分的独特定位。对于当代作家来讲，完全没有必要为了迎合国外的某种趣味而刻意改变自己，如果我们放弃自己的个性，成为西方所熟悉、所想象的中国文学，那么就会被西方无情地抛弃。法国学者帕斯卡尔·卡萨诺瓦（Pascale Casanova）早就指出，地处边缘的文学与作家，往往不得不采取各种方式，寻求进入西方世界的许可，可是，并不存在所谓的、统一的、纯粹的世界文学。[1] 每一种文学都有其独特的历史、政治和文化，如果中国文学长期坚守自己的独特风格和价值立场，也许某一天终将为更多的西方读者所认可。

二、中国文学在海外的影响力因素分析

中国文学之所以在海外的影响力不尽如人意，最大的原因还是语言文化的天然隔阂。中西方文学不同的文化传统、语言形式和叙事方式，决定了中西方文学之间巨大的鸿沟。在我们看来十分优美动人的篇章，也许在外国读者眼中就会变成连篇累牍、不知所云的"天书"。译者也许可以费尽心思越过语言的关卡，但不一定能跨过文化的鸿沟。西方国家有着发达而自足的文学传统，有着自己的阅读趣味与评判标准，再加上一些复杂的现实原因，导致国外读者对外来文学总有一定的排斥。当代文学本身发展得也不充分，在整体思想深度和艺术价值上确实难以与西方文学抗衡。加上西方读者长期以来对中国的固有偏见，对当下中国人的真实经验与审美表达不可避免地带有东方主义的凝视。因此，如何真正有效地让当代文学走向世界，被西方读者所接受，必然是一项艰巨的使命。虽然文化交流的途径并不仅限于一种，但文本的翻译无疑是最为重要的一种途径。

如果是为了更广泛地获取海外读者的认同，由以外语为母语的译者来完成翻译工作可能更为合适。这并不是怀疑国内众多翻译家的素养和能力，毕竟文学作品的翻译绝不仅仅是两种语言符码间的精准转换，更何况植根于不同文化背景的语言之间本身就不可能有绝对的意义对等。钱钟书说翻译的最高境界是进入"化境"，就是强调在深刻理解原文的基础上，将原来作品的情感意旨、文化意涵自然而然地与新的语言文化融合在一起，两者缺一不可。显然，这是一个相当高的境界，绝非一般的译者所能企及。例如，葛浩文（Howard Goldblatt）的母语是英语，他比我们更了解鲜活泼辣的、"活着的"本土英语，也比我们更清楚英语国家的文学传统欣赏什么、排斥什么。他可以挑选符合英语读者习惯的词汇与表达方式，也能依据读者的需要调整小说内容。事实上，葛浩文对莫言的小说有所删改，也许有

---

[1] 大卫·达姆罗什. 新方向：比较文学与世界文学读本[M]. 陈永国, 尹星, 译. 北京：北京大学出版社, 2010: 224.

批评者认为作为翻译者的葛浩文不够"忠实",但他让中国文学披上了英美当代文学的外衣,这恐怕是葛浩文译本受到认可的重要原因,也是国内的译者很难与之比肩的原因。

我们不妨以阎连科《受活》的英译本为例,做简要说明。《受活》以一种夸张、滑稽的语言,讲述了一个荒诞、悲哀的故事,以想象、虚构的手法,写出了一个匪夷所思、震撼人心的历史,直指中国现实非理性的内核,是一部有着深刻隐喻的政治寓言小说。2012年,英国兰登书屋出版了罗鹏(Carlos Rojas)的英译本 Lenin's Kisses(《列宁之吻》)。著名作家哈金认为该译作"抓住了原著的活力,幽默、稳重、独具一格,但并不僭越"[1](笔者译)。"受活"是豫西耙楼山脉一些地区使用的方言词汇,大概的意思是享乐、享受、快活,也暗含苦中之乐之意。如果音译为"Shou Huo"显然无法表达其意义,所以译者结合小说情节译成"列宁之吻",相当贴切地传达了原作对柳鹰雀荒诞行为的讽刺,以及原作对革命乌托邦的解构。在具体的文本翻译中,译者灵活运用了"异化"与"归化"的翻译策略:一是遵循逐字翻译原则,不随意漏译任何一个意象,即便是一些非常中国化的表达,译者也将其逐字翻译出来,显示出明显的"异化"策略。例如,"这样算,每人每月谁都能挣上一万块钱哩,每人每月有上万的收入,那可是要惊吓了祖坟的收入哟"译成了"… it was enough to make their ancestors turn over in their graves"。又如,"那些介绍信上政府的公章红红艳艳"译成了"sparkling red"。二是译者对于《受活》中大量的方言,诸如"哩""死冷""热雪""儒妮子""头堂"等,还有一些不太好懂的叙事逻辑,则根据需要加以处理,甚至增添和删改了一些内容,以利于西方读者更好地理解和接受。当然,也有一些地方的处理稍显生硬。例如,原作中说,"有个瞎子就对聋子说道,人家说我家不用点灯,连我家的油灯都给拿走了,那油灯是红铜,闹铁灾的时候我都没舍得交上去"。其中"铁荒"就直译为"steel shortage",这对于西方读者来说,可能会语义不明,需要更为灵活的处理。

《受活》的翻译也许远不能说已臻于"化境",但确实显示了以英语为母语的译者处理译作的优势。罗鹏从事中国文学研究的身份,更为他往来于两种文化之间寻求语言与意义的转换提供了便利。在时下的中国,当

---

[1] Lianke, Y. *Lenin's Kisses* [M]. trans Carlos Rojas. London: Random House, 2012: back cover recommendation.

代文学的外译似乎成为一种潮流。可是，翻译实践不仅仅是为了"出口"本国文学，无论如何，没有读者的翻译就是无效的交流。对于国家斥巨资组织各种典籍或经典作品的外译"工程"，我们乐观其成，但对其效果持保留态度。"熊猫丛书"曾风靡全球150多个国家和地区，汇集了从古至今数百部中国文学作品译本。可是这套丛书中的绝大部分作品出版之后就悄无声息了，对于西方大众读者并没产生多大的影响，有的译本永远躺在驻外使馆的地下室里被蒙上尘埃、蛛网，遭受蠹虫侵袭，极少数命运稍好的译本进入大学图书馆，被相关研究者翻阅，或者成为其他译本的参照，例如，葛浩文就据此重译了刘恒的作品《黑雪》（*Black Snow*）。因此，当代文学的翻译，更为有效的方式可能还是得靠以西方语言为母语的国外专业翻译家或汉学家，或代理人，或出版社。由他们自主选择、自主翻译的作品，可能更容易获得西方读者的青睐，争取最基本的读者。从这个意义上说，我们需要更多的像葛浩文、杜博妮（Bonnie S. McDougall）、蓝诗玲（Julia Lovell）、白睿文（Michael Berry）、罗鹏、杜迈可（Michael Duke）这样的译者。

如何让当代文学真正有效地走向世界，除了翻译实践的层面之外，还可以从其他技术层面加以推进，创造更多交流的可能，如：组织文学参访活动，参加国际性的比赛、展会，组织作家到西方高校进行巡回演讲（莫言、苏童、余华、阎连科等人经常会有类似的活动），等等。从而使当代文学作品更频繁地参与世界性的文学生产、流通与阅读之中。这些工作显然不能只靠若干高校、出版社、个人或组织，社会力量的参与也十分必要。而且争取海外出版商、高校、相关组织机构甚至公司的帮助，对于扩大中国文学的海外影响力也是至关重要的。当然，我们不必抱着特别功利性的目的，也不应奢求我们的努力在短时间内就能立竿见影，更不必为了迎合国外的某种趣味而刻意调整自己的创作。中国文学在西方世界的边缘化地位，绝非一朝一夕形成的，要让西方读者消除之前的偏见，重新认识中国文学，同样需要经过漫长的积累才有可能逐步实现。

三、中国文学与世界文学的关系

我们讨论当代文学的英译与传播，一个基本的预设就是当代文学需要走向世界、融入世界，但是，正如前面所指出的那样，无论当代文学是否走向世界，世界都已成为当代文学的深刻背景。从比较文学的立场来看，中国文学本身就是世界文学的一个重要组成部分。现在已经不会有学者在提及世界文学时忽略中国文学的存在，只是我们还需要进一步讨论，中国文学到底要以何种面貌居于世界文学的大家庭里？全球化时代下的中国文学到底面临着怎样的机遇与挑战？

"全球化过程最重要的特点之一，是文化生产与商品生产的关系日益密切。在大众文化与日常生活、意识形态与学术思潮等各个领域中，文化与商品的紧密结合，渐渐形成了充满内在矛盾与悖论的'全球化文化想象'。"[1]一方面，全球化要求本土必须服从全球的权力结构存在；另一方面，全球化的跨国潮流又催生了本土变革的积极性。全球化与本土，往往融合而成"全球本土化"。笔者认为，在强调全球化、强调资本与商品的跨国流通、强调普世价值的今天，更应当强调中国文学的特殊性和最起码的中国立场。如果不能充分关注中国文学的特殊性，那么就很容易走向浅薄的全球普世主义，将中国文学与文化的现实，削足适履地置于与全球化接轨的想象之中。弗雷德里克·杰姆逊曾经提出著名的第三世界文学寓言的理论，认为所有第三世界的文本均带有寓言性和特殊性；我们应该把这些文本当作民族寓言来阅读，当它们的形式是从占主导地位的西方表达形式的机制——比如小说——上发展起来的。第三世界的文本"总是以民族寓言的形式来投射一种政治：关于个人命运的故事包含着第三世界的大众文化和社会受到冲击的寓言"[2]。弗雷德里克·杰姆逊提出"民族寓言说"的目的就是不断提醒，"任何世界文学的概念都必须特别注重第三世界文学"[3]。霍米·巴巴（Homi Bhabha）也指出，处于弱势的第三世界文化时刻在进行着对霸权文化的抵制与反抗，进行着文化上的反渗透，由此形成了文化上的多样性。[4]通过研究当代文学的创作，我们发现当代文学的"民族寓言"显然大大超出了弗雷德里克·杰姆逊的理解与界定，从政治、文化、伦理、审美等不同层面拓展与丰富了弗雷德里克·杰姆逊对第三世界寓言的阐述，显示出当代文学的独特品性。如果不能充分认识到当代文学的这

---

[1] 刘康. 旅美学踪丛书：全球化/民族化[M]. 天津：天津人民出版社，2002：4.

[2] 弗雷德里克·杰姆逊. 处于跨国资本主义时代中的第三世界文学[M]张京媛，译//詹明信. 晚期资本主义的文化逻辑：詹明信批评理论文选. 陈清侨，等译. 北京：生活·读书·新知三联书店，1997：523.

[3] 弗雷德里克·杰姆逊. 处于跨国资本主义时代中的第三世界文学[M]张京媛，译//詹明信. 晚期资本主义的文化逻辑：詹明信批评理论文选. 陈清侨，等译. 北京：生活·读书·新知三联书店，1997：521.

[4] 参见王宁. 民族主义、世界主义与翻译的文化协调作用[J]. 中国翻译，2012（3）：9.

些特殊性，其存在价值就会大大降低——你想方设法和别人保持一致，这也许会比较容易获得接纳，但没有差别意味着你不能做出独到的贡献。我们并不是要故步自封，也不是要与全球化的潮流相抗衡，而是希望承认"世界文学"作为一种生态系统的内在多样性，强调全球化时代中国文学这个"第三世界文本"的特殊性和丰富性。

大卫·达姆罗什在《何谓世界文学？》(What is World Literature?) 一书中，从全球化的角度将"世界文学"理解为世界范围内文学的生产、流通和翻译的过程。[1] 大卫·达姆罗什将"翻译"的作用提到了一个新的高度。的确，翻译文学是多元文化、多元文学系统中最为活跃的一部分，它在不同文化之间起到了一种协调作用，并不断地将新的东西引入本土文化，形成文化翻译的"另类性"，同时又不断地解构主流文化的霸权，推动多元文化的融合。[2] 翻译文本创造了一个著名翻译理论家劳伦斯·韦努蒂(Lawrence Venuti) 所说的"本土的兴趣共同体"，通过译文而把共同体捆束在一起的各种兴趣不仅仅是以外语文本为焦点的，还反映了译者在译文中铭写的本土价值、信仰和各种再现……就在某一体制内已经获得经典地位的外语文本而言，译文成了支持或挑战现行经典和阐释，也即流行的标准和观念的阐释共同体的场所。[3] 这种支持与挑战的过程，正是世界文学不断流动、深化、融合的过程。虽然"世界文学本身也是不平等的整体，其各个所属部分——不同国家和地区的文学——的发展通常受制于它们在整个体系中的位置"[4]，但毕竟世界文学已经不再是一个美好的乌托邦想象，而是日益成为一个整体，一种文化全球化的表征与审美现实。中国文学作为世界文学的一个部分，与各民族、各语际的文学一起，共同构成了世界文学这个"想象的共同体"。整个世界文学应该是一种不断交流与传播的状态，哪怕是一种想象性的联系。各国别文学都只是世界文学的一部分。即使我们讨论国别文学，将其与其他文学相区别，但仍然无法回避它与世界文学的联系。美国著名汉学家宇文所安(Stephen Owen) 也曾经提出，在全球化的语境下，中国文学与文化传统应该成为全世界共同拥有的宝贵遗

---

[1] Damrosch, D. *"Introduction: Goethe Coins a Phrase"* in *What is World Literature?* [M]. Princeton: Princeton University Press, 2003: 1-36.
[2] 参见王宁. 民族主义、世界主义与翻译的文化协调作用 [J]. 中国翻译, 2012 (3): 9.
[3] 大卫·达姆罗什. 新方向：比较文学与世界文学读本 [M]. 陈永国，尹星，译. 北京：北京大学出版社，2010: 194.
[4] 大卫·达姆罗什. 新方向：比较文学与世界文学读本 [M]. 陈永国，尹星，译. 北京：北京大学出版社，2010: 244.

产。我们所要做的"不是把中国文学变成中国独有的东西，而是应该把《红楼梦》与《堂吉诃德》都视为同等伟大的小说，使中国文学成为一种普遍的知识"[1]。显然，中国文学本身就代表了世界文学的一个面向，而且是一个重要的、不可或缺的面向。中国作家用独特的语言文字和表达方式，写下自己对国家民族、对这个世界、对整个人类社会历史的独特感受，以自己个体化的经验丰富了全人类的经验，以自己的文学创作为世界文学共同体增添色彩。从某种意义上讲，中国文学早已是"作为世界文学的中国文学"。它的意义与价值，其实不需要借助"被译成几国文字""在海外销量如何""获得哪些国际奖项"就可以被肯定。有人曾问，莫言获奖可否视为当代文学"走出去"的成功？这个问题也许本来就是个"伪命题"，当代文学本来就被包含在世界文学之内，哪里有"里外"之分，又怎会需要"走出去"呢？

因此，关键是要以平常心平等地对待世界文学共同体中的不同的"他者"。我们应该认识到，与"他者"的差异是由不同的民族文化与审美特性所决定的，在与"他者"的交往中，在世界文学的总体格局中，每一种文学都需要在与其他文学的正常交流中保持和发展自己的独特文化和审美个性。随着全球化经济、信息技术、跨国资本、大众媒介的介入，我们面临的是一个多元共生的文化相对主义时代，每一种文学都有其存在的合理性。我们无法超越世界文学的总体格局而自拉自唱，世界文学永远是当代文学生存与发展的背景与语境，永远是一个挥之不去的"他者"。正是不同国家的文学互为"他者"，才共同构成了世界文学想象的共同体。正如爱德华·W. 萨义德所说，"每一文化的发展和维护都需要一种与其相异质并且与其相竞争的另一个自我（alter ego）的存在。自我身份的建构——因为在我看来，身份，不管东方的还是西方的，法国的还是英国的，不仅显然是独特的集体经验之汇集，最终都是一种建构——牵涉到与自己相反的'他者'身份的建构，而且总是牵涉到对与'我们'不同的特质的不断阐释和再阐释。每一时代和社会都重新创造自己的'他者'"[2]。毫不夸张地说，当代文学也是作为一种资本在全球范围内流通与渗透。一方面，当代文学的精神场域受制于世界文学的话语冲击，我们应该敞开心胸，接纳"他者"

---

[1] 季进. 另一种声音：海外汉学访谈录 [M]. 上海：复旦大学出版社，2011：14.
[2] 爱德华·W. 萨义德. 东方学 [M]. 王宇根，译. 北京：生活·读书·新知三联书店，1999：426.

的万千风光,以世界文学的最高成就作为自己的参照;另一方面,我们应该重返中国文学的传统,丰富自身的文学实践,以独特的实践参与到世界文学的进程之中,反过来给世界文学带来刺激。既不要遗失中国文化的固有血脉,又不会脱离世界文学的谱系,从而催生出中国文学的内爆,呈现出多层次、多角度的"众声喧哗"的叙事格局,显示出作为世界文学的中国文学的独特风貌,这才是当代文学最为现实与紧迫的任务。

(本文原载于《中国比较文学》2014年第1期)

虚构与实质

——论《现代中国文学与文化》中的当代小说研究

秦 烨

《现代中国文学与文化》（*Modern Chinese Literature and Culture*）是英语世界中国现代文学研究最重要的刊物之一，由美国俄亥俄州立大学主办，著名汉学家葛浩文（Howard Goldblatt）教授和邓腾克（Kirk Alexander Denton）教授先后担任主编，自1984年创刊以来，在每年出版春、秋两卷的基础之上，间或推出专题特刊并延续至今。该刊凭借锐利的观察评论、前沿的理论观点，以及诸多极具影响力的作者群体，成为我们了解英语世界中国文学与文化研究走向的重要窗口。[1] 其作者来自文学与文化研究的诸多领域，探讨的主题从文学文本、经典电影、文艺理论延展到建筑艺术、媒体研究、视觉文化，不仅反映出英语世界对现当代中国文学与文化的研究动态，而且以严谨新颖的理论观点和深刻犀利的论述风格著称，在海内外汉学研究领域，享有极高的声誉。大卫·达姆罗什（David Damrosch）教授曾经提倡，将世界文学视为"一种阅读模式——一种以超然的态度进入与我们自身时空不同的世界的形式"和"民族文学间的椭圆形折射"。任何进入世界视域流通传播的文本，它们身上依然承载着源于民族的标志，而这些痕迹将会越来越扩散，作品的传播离发源地越远，它所发生的折射也就变得越尖锐，通过双重折射、部分重叠，源文化和主体文化提供了两个焦点，生成了这个椭圆空间，提供了不同文化语境及理论语境中有效解读同一文本的新视角与新思路。而不同区域对世界文学的全球性研究的参与都会有不同的形式，满足不同的需要，但对于每个区域的学者，重要的是获得这样一种意识，即从其他的文化视角来看，世界将会多么不同。因此，《现代文学与文化》理应成为国内研究者不可忽视的参照系。

---

[1] 季进. 译介与研究［J］. 南方文坛, 2015 (6): 53.

经过 30 多年的积累,《现代中国文学与文化》的影响力日趋显著,体量也较为庞杂、丰富,其对中国现当代文学研究创造性的多元视角,能够启发我们建立与本国文化之间更加新颖、跃动的关联。文学作品往往"提供了重要的社会观念的检验场,因为文学深刻地折射出社会的张力和问题"[1]。本文旨在对该刊的中国当代小说研究进行综合性论述,将考察重点放在 1949 年以后的中国叙事,探究《现代中国文学与文化》如何通过当代中国小说,切入当代中国的社会政治、经济生活、历史变迁、文化精神和主体意识。具体而言,主要通过以下几个维度进行阐释:一是文化层面的解读,即通过小说叙事形成的文本世界,映射当下视域中的传统文化及其发展境况;二是进入当代叙事的具体文本,阐释其所涉及的政治史、战争史以及想象的历史;三是分析小说所书写和塑造的特定历史时代的人物形象,结合文本书写者的主体意识,述及所塑人物主体之诗学与权力,尤其是寄寓其中的叙事伦理及从中投射出来的叙事倾向与诗学伦理。

一、叙事与文化

文化自身通常会折射出隐形的"无为"力量。虚构与叙事的文本关注社会文化的焦点,文化寻求"有为"的现实对照,将精神思想和心理范畴延伸至现实层面的"干预",这既是小说叙事的根本动力之一,也是文化使命的完美呈现。对于小说而言,由叙事衍化出的文化意蕴,往往需要在虚构文本与现实干预之间进行传导。在这一过程中,叙事话语与文化意识如何能够积蓄丰厚的能量并反转施力于现实层面,这无疑成为小说研究与文化研究的重要课题。

国内对中国当代都市小说的研究,往往擅于从其中的地域色彩、商业文化、欲望沉浮、人性收放等要素出发,揭示在特定的经济形态下的城市生活、市民精神、性别差异,以及寄寓其间的道德考察与伦理衡量。而《现代中国文学与文化》刊登的文章则更多地从现代或后现代的境况出发,指出商品经济与消费文化如何与人心、人性相互搅扰与碰撞。其中,陆洁将注意力置于 20 世纪 90 年代的中国都市小说,这些小说所聚焦的人物形象

---

[1] 大卫·达姆罗什. 新方向:比较文学与世界文学读本 [M]. 北京:北京大学出版社,2010:295.

是活跃于中国当代社会主义市场经济与商品化浪潮中的"中间阶层"和"中产阶级"城市居民。在对"全球化时代邂逅消费文化"进行阐述之后，陆洁以何顿的《太阳很好》与池莉的《来来往往》两部小说为中心，指出"这两个文本均反映出中国社会已缓慢进入转型期，及其造成的深刻的文化冲突与困境。在这类写作中，消费文化并未被塑造成一个恶魔（某些早期都市小说中会如此描述），而是被塑造成最终未能在日常生活中提供本真性意义或某种真谛的一种幻觉。与此同时，消费文化也被视作一种走向重构日常生活的意义与经验的某种强大而无法避免的力量。因此，消费文化既是虚幻的、虚构的，又是内在的、实质性的。这一矛盾性本质的文学表述，的确直击当代中国社会思潮的症结所在"[1]（笔者译）。中国高速发展的社会和经济，形成了一个后现代消费型社会，但突飞猛进的变化缺乏相应的意识形态与文化思想的支撑，无法调和或消除日益凸显的阴影效果与负面影响，从而导致思想和文化层面的辐射力远远跟不上物质和经济的增长速度，两者之间的失衡进一步加剧了人心与人性的异化。因此，陆洁着眼于对消费文化的批判性审视，指出中国20世纪90年代的都市小说往往倾向于建构"一种全新的文化想象"，"这一文化想象既可以被看作对消费文化及其腐蚀性的批评，也可以被看作中国似乎不可阻挡地朝向社会变迁的文化需求的回应"[2]（笔者译）。中国的20世纪90年代正是市场经济和都市建设突飞猛进的时期，个体的精神、思想也呈现出了不同于以往的物化与异化倾向；而文化在这个过程中同样经受了挤压和消解，面临着边缘化的危机。因此，如何突破围困自身的政治、经济和历史的限制，乃是文化自救与他救的使命之所在。此时小说的出现，既是中国社会发展与城市变迁的产物，也是城市疾病形成的隐喻性文本，进而形成批评性与建设性并存的文化力量。

然而，小说叙事并非仅仅沉溺于封闭的文本和话语范畴，往往也逾越其间，努力寻求与之对应的、更为广大的文化意义。在薇薇安·李（Vivian Lee）看来，极具代表性的文本无疑是韩少功的小说《马桥词典》中基于"词汇"的叙事。在《马桥词典》的关键词中，叙事的"语辞"衍化成了"词汇"，创造出了丰富的社会政治历史内涵，并且具备了某种文化性的标识；而其如何通过词汇达至"文化"，则为薇薇安·李所要探究的关键所

---

[1][2]　Lu, Jie. Cultural Invention and Cultural Intervention: Reading Chinese Urban Fiction of the Nineties [J]. *Modern Chinese Literature and Culture*, 2001, 13 (1): 109-110.

在。从《马桥词典》中可以看出,韩少功的回溯性叙事,经常返归到神话的奇幻之中,又往往从"记忆幻觉"这一层面来形成陌生化的效果。实际上,韩少功的叙事策略是借此打开诸如此类的虚构性起点,并以此为起点建构出新的小说世界。对于韩少功所描述的文本世界而言,返回就是启程,开始就是结束,于终局处,觅得新的生机和开端,并再次出发。这是韩少功《马桥词典》的叙事动力,而韩少功所构造的这种叙事模式,"大致能够总结《马桥词典》对时间与历史的处理。倘若这一循环模式被用来解释韩少功对'长时间跨度'的处理,可将个体人物的故事看作众多'简要事件'截取时间的客观变迁。此外,这些人物是韩少功虚构人类学中的文化隐喻,这些隐喻展示了成为叙事本身一部分的自我意识的虚构性。在《马桥词典》中,时间的双重构形,伴随着通过戏剧化叙述者公开提及的自传体细节,有助于将小说的主题化为知识的媒介,隐喻性地'看作'该小说的推动力及其自我强加的局限性"[1](笔者译)。小说的叙事功能,诸如对时间的处理、对自我意识的虚构、对寄寓其间文化隐喻的凸显,凡此种种的书写尝试怎样能够触及建构文化的精神,是韩少功《马桥词典》所呈现出来的野心。而他通过语词形塑的文本世界,更是虚拟建构了新的精神伦理和文化逻辑。

陈建国则主要通过当代中国小说中的幽灵叙事,讨论进入 21 世纪之后的中国叙事所传达出的精神困境和思想分裂,探讨幽灵作为一种话语如何在当代中国文化中成为可能,并以怎样的方式呈现出来。具体而言,作者在分析莫言的小说《战友重逢》时,阐明小说的故事性其实是"自我实现的象征性行为","莫言所呈现的幽灵般的叙述者,提供了一个自我辩护的空间,通过他者——既通过叙述者也通过郭金库——谈论言说的幽灵形式。然而,这种个体困扰仅仅显示出经由神经衰弱、阴魂不散的自我所进入的某种关于未完成愿望的创伤性记忆。幽灵似的叙述者洋溢着一种强烈的悔恨之感,一种即将发生却又永远不可能发生之感"[2](笔者译)。作为主体的自我在当代呈现出的混乱和纠葛,成为当代中国的精神常态之一。而论及陈村的小说《屋顶上的脚步》时,作者则提出"假如鬼魂没有出现,取而代之的是需要透过一种幽灵般出没的行动感知的效果,关于幽灵的书写

---

[1] Lee, Vivian. Cultural Lexicology: Maqiao Dictionary by Han Shaogong [J]. *Modern Chinese Literature and Culture*, 2002, 14 (1): 172.

[2][3] Chen, Jianguo. The Logic of the Phantasm: Haunting and Spectrality in the Contemporary Chinese Literary Imagination [J]. *Modern Chinese Literature and Culture*, 2002, 14 (1): 248.

便因此体现了不存在的东西与在阴影中的东西这两者之间协商的一种渴望"[3]（笔者译）。陈村小说中的后现代化倾向，还颠覆了绝对真理的神话和客观现实，通过对幽灵的重塑揭示出主体精神上的创伤，借以消除神秘化的世俗日常。陈村的小说实际上变成了一个如何为现实世界祛魅的后现代主义文本范式。此外，余华的小说也被纳入幽灵叙事的范畴。简而言之，当代中国的幽灵话语，是现代化发展过程中的文化生态与精神世界的对应物，作者在这里试图阐述幽灵在当代中国小说、文学乃至文化中出现的叙事指向与话语机制。

二、小说与历史

英语世界对当代中国叙事的探究与针对近现代中国的研究不同，不再将中国简单视作一个民族国家，而是在此基础上更多地关注政治体制、经济环境与特定时空境况中个体的归宿，即在特定情形下社会历史政治的发现与重述、地域文化的呈现与发抒，以及主体精神的确立与变迁。当代中国叙事通过何种形式、哪些要素对当代视野中的中国历史进行再现，是《现代中国文学与文化》期刊所触及的重要课题之一。

这里所提及的历史，主要是战争史和政治史。当代中国小说由于代际缘故，与之对应或侧重论述的战争史主要指第二次世界大战与国共内战，诸如莫言的"红高粱系列"及相关的抗日战争小说等。而当代中国的政治历史，特别是中国20世纪50—80年代的社会政治史，是英语世界历史与文学研究较为注重的对象，而上述时期所呈现的文本意味与历史涵蕴，无疑也极为丰富。除此之外，改革开放时期的小说出于该时期对人性的极大冲击与重新塑造，同样成为《现代中国文学与文化》重点涉及的论题之一。

一般而言，对战争历史的描述，向来以血腥、残忍和严酷作为关键词，其所带来的身体上的残害与精神上的创伤，难以尽书。史蒂芬·里普（Steven Riep）的《创伤之战：残疾、伤疤与战争的反英雄叙事》（"A War of Wounds: Disablity, Disfigurement, and Antiheroic Portrayals of the War of Resistance Against Japan"）直接触及战争所遗留下来的身心伤害，对中国抗日战争中最为残酷的部分进行论述，探讨的核心是当代小说在聚焦战争历史时的形象塑造与人性救赎。而莫言的"红高粱系列"同样以抗日战争为背景，G. 安德鲁·斯塔克（G. Andrew Stuckey）在其《是记忆还是幻想？

〈红高粱〉的叙事者》("Memory of Fantasy? Hong gaoliang's Narrator")中，分析了莫言小说中的叙事者角色。该文指出在战争背景下，小说的叙事者如何推动情节的进程，如何进行人物的塑造并借此建构自身的道德与逻辑。其在记忆与想象之间游走的叙事者形象，代表了叙事者的时间意识与历史观念，也从中透露出了小说的叙事意旨与叙事伦理。

而在现实政治层面，阿来所引领的藏地叙事成为英语世界关注之所在。事实上，当代中国的社会政治历史从地域划分而言极为广阔，理所应当涵盖西藏等地区，阿来作品的重要性于焉显现。可以说，《尘埃落定》《格萨尔王》等小说让阿来无可争议地成为西藏地区政治、历史、文化叙事的重要代言人。王一燕的《代表西藏的政治学：阿来的藏地故事》("The Politics of Representing Tibet: Alai's Tibetan Native-Place Stories")选择将阿来及其藏地叙事作为研究对象，认为西藏地区和藏族人民的故事向来是中国叙事的陌生地带，这使得藏地叙事往往具备一种神秘感和陌生感。而通过阿来的小说所呈现的藏族故事，不仅映射出藏区变迁的家族、家庭与个体的命运，客观上更是形成了某种政治学意味。更为重要的是，相对于中国小说以中东部地区为叙事中心的现状而言，藏地叙事的出现令中国乃至世界更为内在而深刻地认知、理解和尊重西藏地区的独特性。由此，阿来笔下的西藏地区及其藏族故事，文字背后蕴藏的信息与丰富的意涵不言而喻。

不仅如此，当代中国小说对特定历史时期的乡土想象进行叙事的尝试，也是《现代中国文学与文化》关注的话题。例如，卡罗琳·菲茨杰拉德（Carolyn Fitzgerald）的《记忆的想象之所：汪曾祺与后毛泽东时代对乡土的重构》("Imaginary Sites of Memory: Wang Zengqi and Post-Mao Reconstructions of the Native Land")、肖慧（Hui Xiao）的《科学与诗学：改革时代中国农村婚姻危机的叙事》("Science and Poetry: Narrativizing Marital Crisis in Reform-Era Rural China")，以及吴过（Guo Wu，音译）的《中国当代小说、艺术与集体记忆中对地主恶霸的社会建构和解构》("The Social Construction and Deconstruction of Evil Land Lords in Contemporary Chinese Fiction, Art, and Collective Memory")等。

汪曾祺的出现，向来被视为当代中国文学史的异趣，其平和冲淡的叙事风格，延续了沈从文小说一贯的风格。20世纪80年代，即卡罗琳·菲茨杰拉德所指出的"后毛泽东时代"，中国文学从政治旋涡中摆脱出来，开始呈现出多彩、鲜活的面貌。作者以汪曾祺的《受戒》《大淖记事》等小说为

虚构与实质
——论《现代中国文学与文化》中的当代小说研究

例,指出汪曾祺在"文化大革命"之后的历史时期通过虚构性叙事,逐渐展现出独特的乡土依归,并基于传统乡村的地域文化而形成了颇具意味的想象性建构。与中华人民共和国时期其他乡土作家相较,汪曾祺的乡土观念不仅现实主义的成分较少,而且更加理性化。与此同时,该观念和近代文学传统的连接更为密切,包括有关《桃花源记》的书写和文人实践(literati practices),例如,创作律诗和题赠带有诗歌的绘画。通过在其作品中对传统的召唤,经由与故乡相关联的集体记忆和个人记忆交织杂糅的结晶,汪曾祺成功地激发青年作家们同样渴望重新连接历史与文化的真实之感。与汪曾祺如出一辙,这些青年作家们同样寻找场所——既是地理上的又是文学性的——将其定位于他们的作品中,并围绕其连接点重构支离破碎的记忆和认同。[1](笔者译)换言之,汪曾祺试图对中国式乡土世界进行重塑,从中国当代历史的角度来看,他的创作既是对创伤的一种疗救,也是建立在传统价值与精神想象之上的某种历史性表述。

肖慧着眼于改革时代的中国农村,揭示在商品经济侵袭下的乡村所凸显出的现实面貌与精神困境,尤其是将论述集中在对农村婚姻成败的探讨之中,强调婚姻危机引发的思想挣扎与人性磨砺。事实上,改革开放时期既对应于社会政治历史的变动,又牵扯出中国乡村这一特定空间里的特定人群,即缔结婚姻的个体/群体(家族)之间的危机。通过细致考察小说的叙事过程,呈现出立体的历史维度。如是这般的历史,既是社会政治、战争、经济运行轨迹中出现的大历史,又是个人主体的内在心理转圜的生活史与内心史。《中国当代小说、艺术与集体记忆中对地主恶霸的社会建构和解构》则立足于当代中国对地主恶霸形象的塑造,作为中国第三次土地革命时期较为突出的人物形象,地主恶霸不仅是善恶两立的伦理背反,而且构成了小说叙事的基本矛盾与内在动力,作者以此揭示出小说叙事与时代伦理背后的人心所向和意识形态旨归。

此外,于展绥的《死亡的三重寓言:余华小说中的生存真理、文化反思与历史真实》一文则针对余华小说中的血腥与死亡,阐述小说对于现实人生的观照和介入,并以此为基础形成面向文化的反思性力量,探究在历史的残酷与无常中的生命存在。正如作者所言,"从余华在小说中对死亡的处理可见,余华的复杂性与深刻性体现在他面对人类所有的智慧时的开放

---

[1] Fitzgerald, C. Imaginary Sites of Memory: Wang Zengqi and Post-Mao Reconstructions of the Native Land [J]. *Modern Chinese Literature and Culture*, 2008, 20 (1): 115.

姿态，尤其是他愿意去包容那些非正统与异类之所在"[1]（笔者译）。更为重要的是，余华的小说往往通过对人物的塑造、特定精神意象的书写，将死亡纳入其寓言的世界中，借以体察和指摘现实的政治和历史。因此，对于余华和他的小说而言，死亡仅仅是作为一个开端，更为出色之处在于其"通过死亡揭示人类的普遍状况与本质"，对"人类生存中的无助与无望"[2]（笔者译）给予充分的关注；并且在这个过程中，竭尽全力地容纳人类世界的异端，在展现出生命的包容性的同时，在小说哲学上殊异于儒家主流，而趋向于海德格尔所提出的外在的"他者"。最后，作者认为，余华小说中所展现出来的丰富性，是"结合了相互迥异的、表面上看起来自相矛盾的文学惯例和文化传统——现代的与传统的、外国的与本土的、历史的与超越的、个人化的与普遍性的"[2]（笔者译），这也使余华的小说成为当代中国最出色的文学作品之一。

事实上，当代中国小说关乎历史的叙事，并非彼此分化，而是往往兼而有之。以上诸种"历史"涉及单向度的考究，诸种历史情态之间实则彼此缠连、不可分割，战争史和政治史必定牵连个体的精神境况，而主体的生活史和心理流变则与外在世界的运转息息相关，其中更是不可避免地掺杂了想象性与寓言性的因素。而在《现代中国文学与文化》中的各类论述有助于更深刻地开掘中国当代小说所包孕的历史意涵，也有助于呈现出当代中国从国族到个体、从历史实在到内在想象层面的复杂状况。

三、诗学与主体

从小说所形成的文本世界到人物形象具体的行为言语，都离不开叙事主体与人物主体的建构。而发现和创造主体的过程，实际上也是文本诗学的重要旨归与精神寄寓。《现代中国文学与文化》较为注重对文学与文化"主体"的开掘和对诗学主体的探索，追寻当代中国的人性复归，探视文化传统与权力历史的存在，通过性别叙事与个体叙事切入叙事主体与人物主体，并经由小说的话语建构与叙事伦理，凸显小说的批判审视功能，开掘

---

[1] Yu, Zhansui. Death as a Triple Allegory: Existential Truth, Cultural Reflection, and Historical Authenticity in Yu Hua's Fiction [J]. *Modern Chinese Literature and Culture*, 2010, 22 (2): 256-257.

[2][2] Yu, Zhansui. Death as a Triple Allegory: Existential Truth, Cultural Reflection, and Historical Authenticity in Yu Hua's Fiction [J]. *Modern Chinese Literature and Culture*, 2010, 22 (2): 256-257.

虚构与实质
——论《现代中国文学与文化》中的当代小说研究

出更为深刻的主体精神与诗学内蕴。

具体而言,在《现代中国文学与文化》对中国当代小说的论述中,较为突出的是关于身体的诗学和政治。蔡秀妆的《身体、空间与权力:解读苏童与张艺谋作品中的文化意象》展现了19世纪20年代的中国——紧随1919年五四新文化运动之后的关键性时期——他们往往将女性追求自由时的困境与中国寻求现代性时的思想障碍相提并论。[1](笔者译)事实上,这也是苏童对文化传统与文学传统的双重探索,他的小说往往基于对两性情感与身体的探讨,揭示无处不在的家庭与家族权力。一方面,通过身体的占有达至权力的凸现;另一方面,指出特定的空间与意象对人性的形成和作用。作者通过将苏童的小说与张艺谋的电影进行对比,指出"在他们的文字与镜头这两种截然不同的意象类型中浮现出的——苏童文本中后花园里的一口枯井,影射了颠覆性的女性气质……他们用对立的方法来塑造女性自我解放的限度与潜力。最终,需要论证的是,苏童的实验性审美给他笔下的女性人物对思想独立的让渡提供了更多空间……因此,苏童为读者提供了女性能够向她们存在的对象化发起挑战的、种种令人不安的视觉想象"[2](笔者译)。可见,苏童小说中重要的聚焦点是大宅、枯井、花园、秋雨等文化意象,它们不但成为始终铺展于文本世界的背景与场面,构成人物现实活动与内心心理的重要象征,而且预示着结局的产生,以及主体的态度和命运。更为重要的是,小说中的文化意象所传达出来的精神意涵,昭示了女性与女性命运作为中国现代性重要的映射,其往往受迫于金钱、权力与文化空间,从而被扭曲、异化。女性意识在特定的国族、城市、职场、家庭空间中所形成的种种畸异,也反映在小说所描述的"身体"之中,接受着来自虚构世界与文化层面的审视、批判与解构。《无论疾病抑或健康:阎连科及关于自身免疫的写作》一文以阎连科的小说为中心,通过对《坚硬如水》《丁庄梦》《日光流年》等小说的阐释,全面剖析阎连科刻画的农民形象及其"在所生活的严酷的社会状况和条件"。作者指出,就这点而言,他同鲁迅和沈从文很像,他们的作品都用病态式的比喻,流露出对底层人民愚昧的忧虑。[3](笔者译)因此,可以说,阎连科的小说蕴

---

[1][2] Deppman, Hsiu-chuang. Body, Space, and Power: Reading the Cultural of Concubines in the Works of Su Tong and Zhang Yimou [J]. *Modern Chinese Literature and Culture*, 2003, 15 (2): 121-122.

[3] Tsai, C. H. In Sickness or in Health: Yan Lianke and the Writing of Autoimmunity [J]. *Modern Chinses Literature and Culture*, 2011, 23 (1): 97.

蓄着极大的悲悯，其笔下的人物主体遭受病痛与死亡折磨的段落，体现出阎连科深切的精神慰藉和文化关怀。

另外，《现代中国文学与文化》还编纂了一期以"疾病"为主题的特刊，其中杨欣的《女性疾病与复原的成形：陈染与安妮宝贝》可以说较为切实而深入地探究了女性身体内部的反应和状态。写于1996年的《私人生活》是女性主义作家陈染的代表作，该小说也是20世纪90年代"个人化写作"最重要的作品之一。而同样在个人化写作中成绩斐然的，还有网络作家安妮宝贝，就在陈染发表《私人生活》10年之后，《莲花》一书出版，这意味着安妮宝贝写作生涯的一个高峰。在杨欣看来，这两部小说均将焦点集中于病态的都市女性：陈染审视了20世纪90年代的女性如何在社会与个人的压力之下陷入疾病，安妮宝贝则追溯了在21世纪前10年中一个女性怎样通过自我探索的旅程从心理和生理的危机中痊愈。这些作品折射出在后社会主义中国两个截然不同的历史时刻，女性为应对急速变化的社会现实所采取的不同文化策略。[1] 针对陈染和安妮宝贝的小说，杨欣关注的是都市中饱受病症困扰的女性形象，她们共同生活的国际化大都市不过是一个在中国改革开放时期崛起的社会、经济、意识形态的巨大符号，而正是都市生活的碎片化和不确定性，导致她们陷入梦魇般的病症，并迫使她们不断寻找新的出路，以期治愈自身的痛苦。而正是在此种境况下，她们得以返归自身，进行全面深刻的自我认识与审视。作为后社会主义中国意识形态竞争的中心，国际化大都市已经历了始于20世纪80年代巨大的社会、经济与思想的转变。正是都市生活的不确定性导致女主人公们生病，并驱使她们去探索另类的生活道路。她们可以在那里解决自身的困惑，从疾病中复原，并且发现作为个体的她们到底是谁。陈染对于退出私人空间的描述与安妮宝贝对于身体和心灵流亡到国度中偏远地区的描绘是两种不同的补救措施和疗法。陈染与安妮宝贝关于疾病和痊愈的叙事，构成了女性在对抗消费社会全面转型时代中关于自身主体性的探索。可以说，杨欣所探讨的是在当代中国的特定区域与具体空间中的主体状态，尤其通过个体的疾病或健康状态，包括身体与精神的病症，试图对应和批判的是当代中国都市的社会经济基础及其中所渗透出的集体无意识，并由此切割出女性群体的精神状貌和思想。

---

[1] Yang, Xin. Configuring Female Sickness and Recovery: Chen Ran's and Anni Baobei [J]. *Modern Chinese Literature and Culture*, 2011, 23（1）：169.

女性身体固然是有关身体书写主题的重中之重，因为女性身体在中国社会兼而有之地呈现出传统因袭与当代特性。女性身体解放所传达出的讯息，通常被视为人性解放的标志，并构成中国走向现代的表征符号。不仅如此，《现代中国文学与文化》还进一步从单纯的人物本身挪移出来，关注更为广阔的社会现实与世道伦理。薇薇安·李在《如同魅惑女性一般的城市：当代电影与小说中对上海的重塑》一文中，通过比对女性面容与身体上的"魅惑"，表明当代中国的电影和小说如何呈现城市中的欲望与欲望中的城市，特别是寄寓于消费时代的魔都上海的文学书写，更是凸显了现代性的中国通过虚构性叙事建立起来的文本性存在。不仅如此，作者还进一步探询人性的依归与文化的延传将何去何从，以及当代中国的文化与文明在经历了各种改革与城市化进程之后，将采取何种方式继续存在与发展。

除了家庭和家族、城市和乡村的主体呈现，政治化、情感化的主体同样被纳入讨论的范围。主要表现为当代中国小说塑造的人物主体是围绕特定的社会情境所产生的主体情感、人物关系和政治纠葛，以及由此而生发出来的颇具政治意味的情感心理。罗伊·陈的《被占据的梦想：宗璞小说中政治-情感的空间与集体》一文分析了伤痕文学代表作家宗璞笔下的小说人物的主体性最重要的体现——梦想，如何在残酷的政治和社会空间中被冲击、被篡改、被塑造的过程。罗伊·陈主要通过人物的情感和思想完成对宗璞笔下的小说形象主体的透视。作者并不认为宗璞的小说中存在着主体的缺失，而是察觉到文本中"更为凸显的是在主体间流传并最终把群众团结在一起的感情因素的作用力。这种流动性的情感影响力由此唤起共同的政治期待和渴望。宗璞的作品展现了情感这种看似局限于私人领域的亲密关系如何能够渗入更大向度的群众性政治经验"[1]（笔者译）。作者所谓引发情感因素的政治伟力，事实上属于意识形态对个体经验的改造范畴，人物对政治的认同与否，事实上源自情感上是否能够产生依赖和信任。

宗璞的小说在当代中国文学史上以其伤痕题材的作品著称，如写于1979年的小说《我是谁》，描述了"文化大革命"所带来的主体精神上的暴虐与摧残，这曾是国内学术界关注的热点。而罗伊·陈所关心的则是宗

---

[1] Chan, Roy. Occupied Dream: Politico-Affective Space and the Collective in Zong Pu's Fiction [J]. *Modern Chinese Literature and Culture*, 2013, 25 (2): 22.

璞于1978年发表的一篇名不见经传的小说《弦上的梦》。该小说延续着以往对伤痕文学作品的思考,作者开掘出伤痕小说的目的性指向,以及其中蕴藏着的深刻而内在的感伤情绪。此类小说作为一个整体,经常由于其注重说教性谴责而牺牲了关于社会深层问题的批判性反思而遭受质疑。[1] 作者所要做的,是要重新探究宗璞的小说中的"感伤问题",聚焦于宗璞的小说文本中所勾勒出的"政治-情感的空间"(politico-affective space)。在这个空间里,形形色色的情感往往趋从于政治所赋予的、规整而统一的理想,在大众化与统制性的国家意志中不断接受塑造并不断定型、成形。在这个过程中,个体感情与群体想象不断地发生传导,个别化的主体被凝结成政治化的大多数。而为大众所分享和认同的,既有现实空间的实在物,也有存在于不同主题内心的象征物,比如普遍性的社会理想与政治想象。然而在作者的视线中,个体与群体、主体与政治之间并不是相互区隔的,也并非处于一种对抗的关系之中;相反,集体政治通过意识形态的召唤,试图唤起诸多个体对其产生深切的亲密感和认同感。从这个意义上而言,宗璞的小说所构建的是"一个羽翼未丰的梦想","其中包含着那些也许以某种方式在不确定的将来,能够实现寻求民族复兴与探索崭新世界的人们的真诚愿望"。[2](笔者译)

四、结语

纵观《现代中国文学与文化》中的中国当代小说研究,较为突出地反映了英语世界对当代中国文学文化、政治历史、经济改革所给予的关注,其研究视角和方法论明显有别于国内的小说研究,其着眼的重心更是深刻地体现出海外中国文学研究对当代中国文学与文化的多元化介入与创造性思考。

如前所述,该刊对中国当代小说的研究,不仅从小说的叙事行为进而推演至社会文化层面的意义寻求,试图通过语词建构的虚拟世界达至对现实境况的干预和思考;而且还沉潜于文本世界的芸芸众生,抽丝剥茧出自政治史、战争史至生活史、个人史等在内的当代历史或当代叙事视角统摄

---

[1] Chan, Roy. Occupied Dream: Politico-Affective Space and the Collective in Zong Pu's Fiction [J]. *Modern Chinese Literature and Culture*, 2013, 25 (2): 21.
[2] Chan, Roy. Occupied Dream: Politico-Affective Space and the Collective in Zong Pu's Fiction [J]. *Modern Chinese Literature and Culture*, 2013, 25 (2): 47.

下的传统意绪。不仅如此，从性别与身体、家庭与家族、疾病与健康、意象与隐喻以及情感政治等层面，切入主体内部的叙事形态，也成为其诗学探询所关注的重心。可见，《现代中国文学与文化》的研究视野极为开阔，其鞭辟入里的讨论所涵盖的方面也展示了丰富而复杂的向度，体现出英语世界对中国文学与文化研究的较高水平，也为中国文学研究提供了重要的参照和比对，颇具研究价值，有待学界更进一步探究与追索。

（本文原载于《南方文坛》2016年第2期，题目略有改动）

论海外"《解密》热"现象

季 进 臧 晴

2014年,麦家长篇小说《解密》的英译本 Decoded 在英语世界出版。随即,小说的西班牙语、俄语、法语、德语、意大利语等33种语言的译本也陆续出版,在西方形成了一股强势的"《解密》旋风"。《解密》的英译本在美国亚马逊年度图书榜单上,一度达到了世界文学排行榜的第17位,在阿根廷雅典人书店文学类作品的排行榜上,西班牙语版的《解密》也曾攀升到第2位,短短几天内销售了上千册。一夜之间,《解密》成了国际性的畅销小说,打破了中国小说在海外难以商业化出版的困境。这个描写天才式的红色间谍最终被国家安全所异化的传奇故事在西方世界一夜蹿红,其速度之快、势头之猛是出乎所有人的意料的。自1949年以来,中国政府为实现"中国文学走出去"曾做出了巨大的努力,20世纪50年代初创办了《中国文学》(*Chinese Literature*),几经改版,先后经历了增设法文版、改为月刊等不断翻新,最终于21世纪初悄然停刊;相关的"熊猫丛书"等,尽管政府投入了大量的人力、物力,其反响寥寥也是不争的事实。现在,《解密》的成功似乎让始终停滞不前的中国文学对外传播看到了希望,创作界、评论界和出版界将其上升为"麦家现象",希望能因循规律,带动中国文学的国际梦。

事实上,在《解密》受到西方读者欢迎之前,麦家在本土就是一位成功的畅销书作家。自2002年以来,包括《暗算》《解密》《风声》在内的各种麦家作品,累计销量早已达到惊人的数字。毫无疑问,麦家小说不同于主流创作的可读性是其赢得读者的关键因素,但其在畅销排行榜上的长盛不衰主要得益于作品被改编成影视作品并获得了巨大成功。有研究统计显示,《暗算》在2003年上市后表现平平,随着柳云龙执导的电视剧《暗算》在2005—2006年火爆荧屏后,小说的销售量呈现出井喷的态势。[1] 此后,

---

[1] 熊芳."麦氏繁华":麦家小说及其改编作品畅销原因探析[D].西安:陕西师范大学,2013:8.

随着谍战小说、谍战剧的不断升温,借助《风声》(改编自 2009 年出版的麦家的《风声》)与《听风者》(改编自 2012 年出版的麦家的《暗算》中的"听风者"一章)的上映,麦家作品在图书产业中的收益也一路上涨,达到了炙手可热的地步。

但是,《解密》在西方世界的火爆与本土的情形大不相同,《暗算》《风声》等影视剧火则火矣,却远未达到走向世界的地步。在西方市场"畅销性"这一维度上做出巨大贡献的,主要包括译者、出版商、媒体等在内的一系列非文本因素的市场运作。正如皮埃尔·布尔迪厄(Pierre Bourdieu)的"文学场域"理论所指出的那样,文学场域中的每一个参与者,包括作家、文学研究者、评论家、文学译者等,都在利用自己的力量,即文化资本制定策略,其在场域斗争中的最终结果决定了艺术作品的面貌。

《解密》在世界文学界的成功首先得益于其英语版译者、英国汉学家奥利维亚·米欧敏(Olivia Miburn)。麦家自称,《解密》在国际市场的亮相与成功"是机缘巧合,或是运气",是"自己在合适的时候遇到的合适的人"[1]。米欧敏是一名专攻古代汉语的英国学者。2010 年,在韩国首尔大学任教的她赴上海参观世界博览会,在返韩的机场书店里,她买了麦家的两本小说《暗算》和《解密》,大为欣赏,于是出于"奇文共欣赏"的初衷,她逐步将小说翻译成英语念给她的爷爷——一位曾在第二次世界大战期间从事密码破译工作的情报专家听。尔后,她陆续将其译成 8 万字的纸稿交给了她的大学同学、新生代汉学家和翻译家蓝诗玲(Julia Lovell),得到了后者积极的反馈。蓝诗玲又将其推荐给英国企鹅出版公司,一举奠定了《解密》在海外出版界的地位。

在这个颇具传奇色彩的故事里,奥利维亚·米欧敏扮演了相当重要的角色。一是作为一名译者,奥利维亚·米欧敏的翻译是相当成功的,几乎所有的海外评论都注意到了高水平译文对《解密》走红的重要作用,特别是洋溢在字里行间的古典韵味给英语读者带来了中国文学的宝藏。英国《独立报》就曾以具体语句和段落为例,剖析了其是如何原汁原味地保留了古代汉语的韵味,进而称赞奥利维亚·米欧敏的翻译堪称"中英对接的最高典范"。《中国日报·美国版》也指出译者"创造了流利而优雅的翻译",

---

[1] 陈梦溪. 麦家谈作品受西方青睐:这其中有巨大的偶然性[N/OL]. 北京晚报,2014-3-24[2016-2-3]. http://culture.people.com.cn/n/2014/0324/c172318-24721824.html.

鼓励其进一步翻译麦家的其他作品。[1]（笔者译）二是作为一名欧美汉学界的学者，奥利维亚·米欧敏间接促成了《解密》入选"企鹅经典丛书"，这也是继曹雪芹的《红楼梦》、鲁迅的《阿Q正传》、钱钟书的《围城》、张爱玲的《色戒》以后入选的当代中国文学作品。也正是由于"企鹅经典丛书"的品牌效应，《解密》很快被有着"诺贝尔文学奖御用出版社"之名的美国FSG出版公司签下美国版权，其西班牙语版本也由西班牙行星出版集团出版，并被收入该集团旗下经典品牌"命运书库"。该书库囊括了一大批诺贝尔文学奖得主的代表作，《解密》的起点不可谓不高。

由于重要出版机构的介入，《解密》打破了长期以来中国小说在海外难以商业化出版的困境，正如蓝诗玲曾指出的那样，"译介到海外的中国文学作品大多并非商业出版，而属于学术出版，这使得中国文学作品始终被置于学者研究视域而难以走近普通大众"[2]，而《解密》从一开始就已进入了以"畅销"为目标的市场化运作。例如，美国FSG出版公司在2013年签下《解密》一书的美国版权后，曾派了一支摄影团队从纽约飞到杭州，和麦家一起用了整整一个星期，花费数十万为《解密》的发行量身定制了一部预告片[3]，并为其制定了长达8个月的推广计划。西班牙行星出版集团在西班牙版《解密》上市之际，在马德里的18条公交线路连续投放了40天的车身广告，极为夸张地打出了"谁是麦家？你不可不读的世界上最成功的作家"的推荐语[4]，更邀请著名作家哈维尔·希耶拉（Javier Sierra）参与《解密》的发布会，并将容金珍比作西班牙人所熟知的堂吉诃德，还安排另一位知名家阿尔瓦罗·科洛梅（Álvaro Colomer）在巴塞罗那的亚洲之家（Casa Asia）与麦家展开对话[5]。随着《解密》在全球的走红，国内的出版机构迅速与国外出版商联手，从2014年6月开始，浙江出版联合集团和浙江省作家协会依托麦家作品的海外出版机构，在英国、美国、西班牙、德国、法国等10多个国家进行了长达1年的巡回推广，组织各种文学

---

[1] Davis, Chris. Cipher This: Chinese Novel Explores Cryptography's Labyrinth [N]. *China Daily USA*, 2014-5-8 (2).

[2] 胡燕春. 提升当代文学海外传播的有效性 [N]. 光明日报·文化评论周刊, 2014-12-8 (13).

[3] 陈谋. 麦家笔下的"斯诺登"引发《纽约时报》等外媒争相报道 [N]. 成都商报, 2014-2-25 (12).

[4] 高宇飞. 麦家：西方不够了解中国作家 [N]. 京华时报, 2014-6-25 (27).

[5] 张伟劼.《解密》的"解密"之旅：麦家作品在西语世界的传播与接受 [J]. 小说评论, 2015 (12): 110-117.

沙龙、文学之夜、媒体和读者见面会[1]，其投入的人力、物力之巨，时间地理跨度之大，开创了中国图书对外推广的新纪录。

在《解密》的一系列市场推广过程中，出版机构乘着"斯诺登事件"的东风，有意利用了其所引发的社会恐惧心理与反思心态，一度占领了海外市场。2013年6月，斯诺登将美国国家安全局关于棱镜监听项目的秘密文档披露给了《卫报》和《华盛顿邮报》，引起了轩然大波。在互联网时代，谁可以逃脱监控的天罗地网，所谓隐私是否有可能只是人们的幻想等都触动着人们的神经。《解密》此时亮相世界文坛，恰似卡勒德·胡塞尼在美国"9·11"事件后推出《追风筝的人》，用文学的想象满足了人们对现实问题的好奇与担忧，正如《纽约时报》评论所指出的那样，"斯诺登事件爆发后，美国情报部门对全世界大规模实施监听、侦听这一耸人听闻的事件公之于众，人们对麦家的作品顿时又有了新的认识和感受，其现实意义不容置疑"，并暗示容金珍的故事很可能来自作者本人的经历，"这位作家今年50岁，已是知天命之年，在他17年的戎马生涯中，有相当一部分时间在不为人知的秘密情报部门度过，与军队掌握最高机密的密码专家打过交道"[2]（笔者译）。无独有偶，在西班牙语版《解密》的作者介绍中，出版商也使用了相似的手法，"他当过军人，但在十七年的从军生涯中只放过六枪"，"他曾长时间钻研数学，创制了自己的密码，还研制出一种数学牌戏"[3]，引发了读者强烈的好奇心。对于这一历史契机，麦家并没有回避，而是做出了积极回应，在面对王德威提出的"如何看待'斯诺登'后的全世界这个现象"的问题时，他直接将容金珍与斯诺登进行比较，指出"他们都是为国家安全这份至高神职修行的、异化的人，不同的是，前者为此感到无上光荣，情愿为此自焚以示忠诚，后者则恰恰相反。他们是一个硬币的两面，背靠背，注定要在两个心向背的世界里扮演着一半是英雄一半是死敌的角色"[4]。麦家将来信与回信一并公开，作为小说的新版前言公之于众，本身就表明他自己的立场。

可以说，《解密》在西方世界的畅销是作者、译者、出版机构、评论界

---

[1] 沈利娜. 在偶然与必然之间：麦家作品缘何走红全球[J]. 出版广角, 2014 (16): 37.
[2] Tatlow, D. K. A Chinese Novelist's World of Dark Secrets [N]. *The New York Times*, 2014-2-20 (12).
[3] 张伟劼.《解密》的"解密"之旅：麦家作品在西语世界的传播与接受[J]. 小说评论, 2015 (2): 113-114.
[4] 麦家. 解密[M]. 北京：北京十月文艺出版社, 2014: 1-4.

等各方面合力的结果,而这种合力的机缘,实在是可遇而不可求的。

经由现代出版机制的操作,一部小说可以迅速进入尽可能多的读者的视野,成为一部"畅销书",但读者对它的接受与小说最终走向经典化仍依赖于文本自身的因素。在《解密》登陆英语文学界之初,众多媒体都给予其肯定的评价,美国《纽约时报》《华尔街日报》《纽约客》,英国《每日电讯报》《卫报》《泰晤士报》《独立报》等主流媒体都给予其极高的评价。《华尔街日报》在1个月内连续3次报道麦家,英国《经济学人》周刊在封面写出"一部伟大的中文小说"。《纽约时报》的观点颇具代表性,认为麦家对革命故事叙述的擅长和对红色间谍英雄的塑造使得小说呈现出一种新的紧张感。[1](笔者译)

这种紧张感对西方读者而言并不陌生,可以直接与其侦探小说(detective story)的文学传统相对接。在类型文学发达的英语文学界,侦探小说是一种源远流长的文学传统,始于埃德加·爱伦·坡(Edgar Allen Poe)于1841年发表的《莫格街谋杀案》,经由近200年的发展,它成为一直备受欢迎的类型文学,从阿瑟·柯南道尔(Arthur Conan Doyle)的《福尔摩斯探案》、阿加莎·克里斯蒂(Agatha Christie)的《尼罗河上的惨案》到约翰·迪克森·卡尔(John Dickson Carr)的《三口棺材》,侦探小说已经形成了固定的模式:开头是某一件神秘罪案的发生,经过侦探的几番侦查、与罪犯斗智斗勇之后,最终以案件的侦破而告终。侦探小说常用的一条原则是,表面上看令人信服的证据,其实是毫不相干的事物。同时,通常的套数是,那些可推导出问题的、符合逻辑的线索,在侦探得到它们并通过对这些线索进行符合逻辑的解释而推断出问题的答案时,读者就能清楚地了解事情的来龙去脉了。冷战以后,随着人们对间谍和阴谋题材的兴趣与日俱增,传统的侦探小说以及由犯罪小说衍生出的间谍小说、警察小说等,形成了西方流行文学中一支强大的谱系。究其根源,小说中的悬念构成了吸引读者的一大元素,并随着商品化的发展成为小说可读性的重要来源。

从这个意义上说,《解密》恰到好处地契合了西方侦探小说的传统。此前,麦家因其作品在本土的走红而被冠以"谍战小说之王""特情文学之父"的称号。谍战小说虽然将背景设在我国特定的历史时期,但其构成要

---

[1] Tatlow, D. K. A Chinese Novelist's World of Dark Secrets [N]. *The New York Times*, 2014-2-20 (12).

素基本与西方侦探小说如出一辙，只是不同于西方侦探小说对侦探个人形象的突出，而往往以人物群像的方式，从而彰显民族内涵与历史意义；特情文学主要聚焦我国20世纪50年代中后期的历史事件，侧重人物的政治立场，往往以中国共产党地下组织突破美苏情报机构，或逮捕国民党的特务间谍为结局。然而，不论《解密》究竟更靠近哪一个类型，小说在特定历史背景下对悬念的运用是毋庸置疑的。小说开篇以"1983年乘乌篷船离开铜镇去西洋拜师求学的人，是江南有名的大盐商容氏家族的第七代传人中的最小……"开场，待读者渐渐进入老黎黎和小黎黎的世界后，作者笔锋一转，将故事转移到N大学，开始讲述一个数学天才和他同样具有传奇色彩的洋老师希伊斯的故事，直至小说用近半篇幅完成了"起""承"部分后，故事才徐徐拉开帷幕："从那以后，没有人知道金珍去了哪里，随着吉普车消失在黎明的黑暗中，犹如是被一只大鸟带走，带到另一个世界去了，消失了，感觉这个新生的名字（或身份）是一道黑色的屏障，一经拥有便把他的过去和以后彻底隔开了，也把他和现实世界彻底隔开了。"[1] 读者这才恍然大悟，原来"容金珍干的事是破译密码"，而所谓"解密"方才正式登场。

如果细细分析，可以看到《解密》蕴含了不少独到的元素，契合了西方读者的阅读趣味。一是对多个学科领域的综合运用吻合了西方读者的阅读习惯。小说《解密》融合了密码编译术与破译术、数学公式的推导、计算机编程的方法、天文历法、无线电等诸多内容，这类横跨自然科学与社会科学的创作以令人耳目一新的方式让国内读者为之一振，但西方读者对此并不陌生，他们对具有智力挑战因素文本的热衷与丹·布朗（Dan Brown）、007系列等阅读传统是一脉相承的。二是《解密》中对于中国传统民间奇人异事的渲染也极大地引起了西方读者的兴趣。例如，小说一开篇就谈及的"释梦术"，由玄而又玄的容家奶奶的故事奠定了小说诡秘的色彩。又如，希伊斯与容金珍在棋道上的较量，两人在不动声色中你来我往、见招拆招，提前演习了密码斗争场上的"化敌为友"和"互为出入"。这些颇具神秘色彩的传统文化使得文本在最大程度上满足了英语读者的东方想象。此外，《解密》所涉及的国家安全、秘密单位、第二次世界大战、抗美援朝、冷战以后的国际形势等问题恰恰是此前中国文学海外传播的盲点，拓展了西方读者所熟悉的农村生活、当下社会问题等中国文学题材。

---

[1] 麦家. 解密[M]. 北京：北京十月文艺出版社，2014：127.

除了这些独到的元素外，小说的叙事手法也功不可没。小说运用了大量游戏性和迷宫性的叙事方式，这正是师承对中西方文学都具有重要影响的阿根廷作家豪尔赫·路易斯·博尔赫斯（Jorge Luis Borges）。麦家坦言，豪尔赫·路易斯·博尔赫斯的创作于他有着特殊的意义，在初遇其作品时，"但没看完一页，我就感到了震惊，感到了它的珍贵和神奇，心情像漂泊者刚眺见陆岸一样激动起来"[1]。麦家的情况并不特别，正如马原的小说总是以"我就是那个叫作马原的人"开头，豪尔赫·路易斯·博尔赫斯可谓是一代中国作家共同的精神之父。一方面，正如现有研究所指出的那样，麦家小说与游戏性的关联深得豪尔赫·路易斯·博尔赫斯作品的精髓[2]，文本通过中国化的情节设置与故事内核极好地消化了这一舶来品，展现出对缜密叙事逻辑的无尽追求和对诡秘氛围的精心营造；另一方面，这种游戏性与迷宫式的叙事手法正是与文本对人生终极问题的追问紧密相关的。从类型上说，豪尔赫·路易斯·博尔赫斯的《小径分岔的花园》是一部侦探小说，但其之所以为经典，是小说中余琛对自我价值的探寻，以及祖孙两人跨越时空对人生意义的反思，麦家的《解密》也不外如是。小说的高潮出现在容金珍阴差阳错地遗失了最为重要的笔记本，在高度紧张与极度疲惫的冒雨寻找中，他似乎得到了神谕：

> 因为只有神，才具有这种复杂性，也是完整性，既有美好的一面，又有罪恶的一面；既是善良的，又是可怕的。似乎也只有神，才有这种巨大的能量和力量，使你永远围绕着她转，转啊转，并且向你显示一切：一切欢乐，一切苦难，一切希望，一些绝望，一切天堂，一切地狱，一切辉煌，一切毁灭，一切大荣，一切大辱，一切大喜，一切大悲，一切大善，一切大恶，一切白天，一切黑夜，一切光明，一切黑暗，一切正面，一切反面，一切阴面，一切阳面，一切上面，一切下面，一切里面，一切外面，一切这些，一切那些，一切所有，所有一切……[3]

而当笔记本最终被寻回的时候，读者发现其中并没有什么了不得的大

---

[1] 麦家. 博尔赫斯和我 [J]. 青年作家，2007（1）：10.
[2] 张光芒. 麦家小说的游戏精神与抽象冲动 [J]. 当代文坛，2007（4）：30-33.
[3] 麦家. 解密 [M]. 北京：北京十月文艺出版社，2014：211-212.

秘密，而只是一些对人生奥义的感悟，将其与这段呓语相对照，才发现所谓的"发疯"恰恰是他开悟了久久叩问的问题，那是关于人生、关于宇宙、关于人性的终极意义。

由此可见，《解密》从涉猎范围、背景设置到叙事手法都可谓正中西方读者的下怀，其总体的风格也可以被概括为"神秘"。小说中的人物，不论是具有主人公光环的天才少年容金珍，还是昙花一现的配角希伊斯、小黎黎，都是令人捉摸不透的缥缈形象，似乎每一个人的背后都有着一股神秘力量，而对神秘力量的顺应或挑战也推动着他们卷入命运的旋涡。正是对这些神秘力量的探索，小说触碰到了勇气与恐惧、孤独与充实、大义与私欲，而读者对这些人性矛盾面的共鸣恰恰是不分国界、无关中西的。

《解密》的成功，让我们再次看到了大卫·达姆罗什所说的"世界文学"的合理性与可能性。大卫·达姆罗什在其专著《什么是世界文学》中提出，世界文学是民族文学间的椭圆形折射；世界文学是从翻译中获益的文学；世界文学不是指一套经典文本，而是指一种阅读模式——一种以超然的态度进入与我们自身时空不同的世界的形式。在大卫·达姆罗什的定义中，"世界文学"具有相当的流动性，它甚至不是各国文学在全球语境下最终交汇并走向"美丽新世界"或者说"终极体系"，它更像是一种文化的中介，以相当个人化的阅读来理解"他者"的文化。这种对文学的整体性和连续性所做的解构：一方面，证实了所谓的"文学"可能是一些散点化的存在，它并没有一以贯之、起承转合的宏大历史，更遑论世界史；另一方面，说明了所谓的"世界文学"不过是一个长时段的建制过程，而非目标。为此，他在结语中启用了"如果有足够大的世界和足够长的时间"这个标题。

《解密》所彰显的与西方文学传统和西方读者想象相吻合的面向，使得它在西方的翻译、传播、接受中获得了巨大成功，成为大卫·达姆罗什所说的"世界文学"的文本。它通过翻译，让西方读者进入遥远中国的历史时空，折射出中国文学的独特光芒。需要特别指出的是，在大卫·达姆罗什的"世界文学"观念之下，依然存在非常多元化的区域、国别经验，《解密》中的中国元素本身就是一个极具张力的存在。正是因为这些多元元素，才使得"世界文学"不至于成为平面化的混杂身份、混杂历史的概念。在这个意义上，海外学者提出"华语语系"的观察，试图通过不同的"声音"来辨识纷繁的主体，《解密》中的中国声音成为海外读者定位麦家的重要依据。当然，我们也必须看到，中国当代文学走出去的关键是优秀的翻译，而很多时候，翻译恰恰最容易摧毁多音部的建制，当《解密》和莫言、苏童、王安忆、余华等人的小说，一起被标准化的现代英语或法语推向世界之际，往往伴随着时空距离和中国色彩的损失。如何在翻译实践中，最大限度地转换和传达小说的内容、措辞、风格，甚至意义，《解密》的成功为我们提供了很好的范例。《解密》的成功启示我们，"世界文学"的概念不是霸权层面的，而是技术层面的。一方面，文学既不是不可译的，它可以拥有瓦尔特·本雅明（Walter Benjamin）所说的"来世"，作家作品的传播也有助于民族文学间的交流与互动，以及文化壁垒的消除；另一方面，我们也无须把中国文学地位的抬升，乃至跻身世界文学之列的期望，仅仅寄托在翻译上，没有被翻译或者在翻译中失利的作品未必就不具备"世界性"。真正能够推动中国当代文学走出去的，也许应该还是文学程式、阅读习惯、地方经验、翻译实践等各种因素的合力使然。

（本文原载于《南方文坛》2016年第4期）

麦家与世界文学中的符码叙事*

秦 烨

麦家是继鲁迅、钱钟书、张爱玲之后,被"企鹅经典丛书"收录作品的又一位中国作家。2014年,《解密》英译本由英国汉学家奥利维亚·米欧敏(Olivia Milburn)与克里斯托弗·佩恩(Christopher Payne)共同完成,英国企鹅出版集团旗下 Allen Lane 出版社和美国 FSG 出版公司联合出版,在全球20多个英语国家和地区同步发行[1],上市当天就创下骄人的成绩[2],成功进入海外大众视野,并引发一股强势的"《解密》旋风",该书的国际畅销性"打破了中国小说在海外难以商业化出版的困境"[3]。《解密》被翻译成33种语言,在100多个国家出版,引起国内外文坛广泛关注,并入选英国《每日电讯报》评选的20部近百年来世界最杰出间谍小说,"为中国文学争得一席之地"[4]。

《解密》的成功当然离不开文学领域中译者、媒体、出版商、评论家、文学研究者在内的一系列非文本因素的市场运作,尤其是斯诺登事件的蝴蝶效应[5]、奥利维亚·米欧敏"简练又优雅"的翻译、"企鹅经典丛书"的品牌边际效应等可遇而不可求的偶然因素。但能够让不同地理空间、异质文化背景的读者都喜爱《解密》,关键归因于麦家将充满魅力的中国文化

---

* 本文系教育部社科基金青年项目——"跨文化语境下的 MCLC 期刊研究"(18YJC751036)、江苏省社会科学基金青年项目——"中国当代文学研究的第三空间"(16ZWC004)阶段性成果。

[1] 缪佳,汪宝荣. 麦家《解密》在英美的评价与接受:基于英文书评的考察[J]. 中国现代文学丛刊,2018(2):229-230.

[2] 参见时贵仁. 古筝与小提琴的协奏曲:麦家文学作品走向海外的启示[J]. 当代作家论坛,2017(2):187.

[3] 季进,臧晴. 论海外"《解密》热"现象[J]. 南方文坛,2016(4):82.

[4] 王迅.《解密》之中有当下世界文学写作的密码:从麦家作品《解密》入选20部近百年来世界最杰出间谍小说说起[N]. 文汇报,2018-2-9(10).

[5] Tatlow, D. K. A Chinese Spy Novelist's World of Dark Secrets [N]. *The New York Times*, 2014-2-20(12).

元素与世界文学中的重要脉络——符码叙事传统成功衔接，融合碰撞出崭新奇幻的文本火花。

本文以麦家长篇小说《解密》与世界文学的关系，以及其海外译介与传播为个案，探讨其文本所彰显的叙事技巧和隐含的符码元素。符码本身是一种对语言的替代和超越，是一种变相地对普世语言抑或"元语言"的追寻。麦家将符码融合到叙事中，努力统摄、通约文化差异性，有力推进了"中国当代文学何以走向世界的文本诉求"[1]这一学术界热点话题的讨论。

一、密码"解密"：世界文学谱系中的麦家

《解密》是一则寓言式的虚构故事，从晚清民国时期的历史变迁，延宕至关于冷战时期谍报领域的真实描述，错综复杂的悬念设置，将沉重的历史以轻缓的方式呈现出来。揭示密码破译者的孤独，是这部小说的主题。尽管内容抓人眼球，但《解密》并不是一部惊悚悬疑类的小说。麦家的写作呈现了当代世界文学的特质，在超越地缘界限的基础上，展露出跨文化的自觉性与历史的共时性。《解密》与西方类型小说的种种关联，让人不禁联想到约翰·勒卡雷的谍战小说[2]；文本中人物心理的处理，对应弗洛伊德的精神分析理论；容金珍巨大的脑袋和奇异的家庭背景，呼应了加西亚·马尔克斯的魔幻现实主义风格；701所的情节设置、林·希伊斯的人物设定，则带有苏联"反间谍"小说的烙印。读者在这部小说里宛若置身彼得·凯里（Reter Carey）小说中神秘的全新世界，在他描写的令人同情而又高深莫测的主人公身上，我们还能看到美国作家赫尔曼·梅尔维尔（Herman Melville）笔下人物巴特尔比的影子。容金珍这个冷漠与温柔可以如此和谐并存的神秘人物，还令读者联想到汤姆·麦卡锡（Thomas Mccarthy）的经典作品《C》。书中设定的旁述者在结尾处向读者揭开真相，将容金珍陨落的过程和盘托出：一个简单的错误造成了一个天才的夭折[3]，曾经的民族

---

[1] 王迅.文学输出的潜在因素及对策与前景：以麦家小说海外译介与传播为个案[J].当代文坛，2015（11）：103.

[2] 缪佳，汪宝荣.麦家《解密》在英美的评价与接受：基于英文书评的考察[J].中国现代文学丛刊，2018（2）：229-230.

[3] 此处对应的文本情节为小偷在火车上偷走容金珍放置绝密笔记本的皮包，致使其发病疯癫成为废人。

英雄最终只能在特工同人的照顾下，于疗养院中度过痴呆的余生。

以上种种，都是《解密》符合西方读者的阅读期待并产生共鸣的直观因素。当我们深入剖析文本，则会发现麦家写作技巧的精妙之处、叙事艺术的独具匠心，它实在令人击节。

1. 精心设计的叙事迷宫

众所周知，豪尔赫·路易斯·博尔赫斯（Jorge Luis Borges）是麦家所崇敬的文学大师[1]，后者体悟到前者"用来制造小说的材料是有限的，不复杂的：简单的故事，古老的身影，甚至常常出现雷同的东西"，却给予读者"无限的复杂，无限的多"之阅读感受，关键点乃是"诡秘的叙述"。豪尔赫·路易斯·博尔赫斯凭借"精致的、陌生的措辞和比喻"构筑"由一切过去的、现在的和将来的事物交织而成"的镜花水月般的文本迷宫或游戏，让读者接近而又远离故事本身，不止一次被"扯进了一个无限神秘怪诞的，充满虚幻又不乏真实的，既像地狱又像天堂的迷宫中"。麦家从豪尔赫·路易斯·博尔赫斯"制造怀疑"的高超技艺里汲取灵感，缔造他自己文本里"神秘又精致、遥远又真切的新世界"。[2]《解密》最为鲜明的叙事策略是博尔赫斯式的迷宫叙事与文字游戏。小说讲述了一个"一位天才试图努力破解另一位天才竭力构造的迷宫——结果却造成史上最令人心碎的"悲剧故事。正如李欧梵所言，"解码"是在现实世界之外的黑暗中完全闭塞的超现实，人的灵魂被逼到死角，甚至产生心理变形。因此，谍战或特情小说的写作一是要求作者能把这个神秘世界里的人物、场景和故事写得真实、可信；二是作者应掌握基本的数学、心理学和科学史知识储备，否则免谈密码；三是作者需要有高超的叙事技巧，将情节置于多义套层的框架内，此类故弄玄虚的形式"是传统叙事手法的复杂变形，也是一种略带后现代意味的'后设'"[3]。在麦家的小说中，叙事者总是不厌其烦地交代资料出处，时而补充插叙，时而倒叙回忆，逻辑严密，情节翔实，在层层叠叠、加码减码的过程中，制造出奇幻的迷宫效果。

《解密》由《起》《承》《转》《再转》《合》五个篇章与一篇《容金珍笔记本》六个部分构成。《起》是以典型的全知全能叙事视角，仿佛散点透

---

[1] 麦家多次在访谈和散文中强调博尔赫斯对其创作的影响力："这是我阅读人生中的一次洗礼，全然改变了我对文学的认知，甚至改变了我人生的道路。"

[2] 麦家. 接待奈保尔的两天[M]. 杭州：浙江文艺出版社，2016：16-21.

[3] 李欧梵. 中国现代文学的传统和创新：以麦家的间谍小说为例[J]. 中国现代文学丛刊，2017（2）：191-192.

视的中国画一般,将江南铜镇容氏家族几世春秋的古老故事缓缓展现在读者面前:盐商起家、子孙留洋求学、兴办学堂、"崇尚科学、追求真理""救国报国",却在晚清民国时期的战乱和政治变迁中因与政府产生矛盾而逐步败落。《承》突然笔锋一转,变为倒叙的手法,通过叙事者"我"采访当年事件知情者的方式,以人物对话、访谈实录、来往信件、私人日记等多重形式不断转换叙事视角,全方位还原出容金珍从数学天才到解密英雄的传奇人生及悲剧命运。《合》则将前四篇里包裹的所有神秘和秘密,以精彩的手法有效地整合到一起,"无论是内容或是叙述的语言、情绪,都没有故意追求统一,甚至有意做了某些倾斜和变化","似乎在向传统和正常的小说挑战",其实"只是在向容金珍和他的故事投降"。[1] 从"我"采写容金珍故事的缘起,到关键见证者范丽丽女士(希伊斯太太)、严实(接替容金珍破译黑密之人)、翟莉(容金珍妻子)的补充叙述,揭示出"容金珍通过自己的灾难——这种神奇又神奇的方式,向他的同人显示黑密怪诞的奥秘,这是人类破译史上绝无仅有的一笔"[2]。至此,整部小说完整回顾了容金珍的过去与现在,他的神秘与天才、伟大与凄凉,无不令人动容。

若《解密》就此结束,未免有落入平淡无奇的类型小说窠臼之嫌。文本的结构亮点落于《容金珍笔记本》,该篇的结尾是全书颇为梦幻和令人称奇的组成部分。作者运用容金珍的日记建构出一种全新的叙事纬度,作为小说的后记或补记。在先前的章节里,金珍精神崩溃后,便从叙事中消失了,小说剩余部分的内容变得支离破碎,读者必须对这些信息进行过滤,才能找到关于主人公最终命运的线索。容金珍留下的笔记本就是谜团,是破译他本人的密码,看似人称含糊、只言片语、断续混乱的病人札记,实则从字里行间折射出容金珍的真情实感和思想火花,使读者进入第一人称叙事视角内心隐秘的逻辑世界。至此,《解密》这座精心设计、体裁丰富、层次错落的叙事迷宫大功告成。

2. 表象之下的双重译码

在扑朔迷离的文本结构之中,《解密》还完美演绎出与安贝托·艾柯(Umberto Eco)《玫瑰之名》相类似的"双重译码"效果。"双重译码"这一概念最早由建筑家查尔斯·詹克斯(Charles Jencks)提出,他认为"后现代主义建筑或艺术作品同时面向少数精英和普通大众,对前者,它运用

---

[1] 麦家. 解密[M]. 北京:十月文艺出版社,2014:223.
[2] 麦家. 解密[M]. 北京:十月文艺出版社,2014:267.

'高层次'的译码；对后者，它运用大众译码"。安贝托·艾柯则将"双重译码"延展到文学领域，专指作者同时运用互文性反讽和暗含的元叙事诉求。以其小说《玫瑰之名》开篇作者如何碰巧获得一份古老的中世纪文本这一情节设置为例，被重新发现的中世纪手稿作为常见的文学主题既是一个双重反讽，又是一个元叙事的暗指——由于安贝托·艾柯巧妙的构思，文本源自"19世纪对原始手稿的翻译"意味着新哥特小说的元素，而涉及手稿出处的标题"自然，这是一部手稿"，则暗示了文本与世人皆知的意大利伟大小说家亚历山德罗·曼佐尼（Alessandro Manzoni）之关联，以及对"自然"的反讽。安贝托·艾柯认为，"通过运用这种双重译码技巧，作者无形中和阅读素养深厚的读者建立了某种默契"[1]。换言之，"双重译码"有微言大义的意味，只有具备知识与文化储备的读者，才能接收到某些独特频段的信息。

"双重译码"同样频现于麦家的文本之中。例如，开篇有关容氏家族故事的叙述，极易让读者联想到《京华烟云》《子夜》之类的中国现代文学经典，甚至上溯到明清传奇的春秋笔法。而波兰犹太裔教授林·希伊斯以乔治·维纳切的笔名偷偷撰写反共产主义的长篇檄文，秘密担任以色列和X国的军事情报分析员——这类人物令人回想到冷战时期的相关史实。《解密》近百年（1873—1970）的叙事时间跨度隐藏着从辛亥革命、抗日战争、解放战争、反右运动直至"文化大革命"的漫长历史线索。容金珍日记以碎片化的语言段落作为形式载体，戏仿《圣经·旧约》的诗篇与《雅歌》、尼采的《查拉图斯特拉如是说》的文体，既宛若箴言，又饱含诗意，颇具后现代主义小说风格。整部小说在看似中国传统章回小说的链式结构背后，环环相扣的悬念设置、复杂交叠的多声部人物叙事、情节推进的触发动机、内外视角的急速切换，无一不彰显麦家所具备的世界文学意识和写作技巧。

《解密》别出心裁的文本建构引发了学术界的关注，林培瑞断言麦家的小说最吸引人的地方——真的是让人爱不释手——来自对容金珍的心理分析，以及扣人心弦的情节、诡异的气氛和夸张的细节。王德威认为麦家的风格融汇了"革命历史演义，心理惊悚小说，以及受西方启发的间谍小说"[2]的风格。

---

[1] 安贝托·艾柯. 一位年轻小说家的自白：艾柯现代文学演讲集[M]. 李灵，译. 桂林：广西师范大学出版社，2014：37-40.

[2] Tatlow, D.K. A Chinese Spy Novelist's World of Dark Secrets [N]. *The New York Times*, 2014-2-20（12）.

二、历史回溯：文化记忆与英雄重塑

1. 再现历史的记忆之场

在伟大的小说家笔下，"完美的虚构可能创造出真正的历史"[1]。由于文学在某种意义上承载着重塑人类精神史与心灵史的功能，因此，面向历史并追问其存在是不少作家求索的目标。在这个意义上，《解密》的时间与空间的处理，往往与真实的历史事件相契合，虚构的个人记忆召唤着模糊的集体记忆，神秘遥远的特情系统成为读者关于战争时代的想象媒介，进而演化为文化记忆的有效载体，过去被历史有意或无意消声的群体及其边缘性记忆开始复活。"701所"与"信箱"这一对象征物，以及容金珍的两本笔记，就是小说中的记忆之场。

根据历史学家皮埃尔·诺拉（Pierre Nora）的定义，记忆之场（les lieux de mémoire）是民族历史的关节点，既是自然的，又是人为的；既是最易感知的直接经验中的对象，又是最为抽象的创作。与历史对象不同，记忆之场"是自身的所指对象，是些仅仅指向自身的符号、纯粹的符号。但它并非没有内容，并非没有物的存在和历史，恰恰相反，使记忆之场成为场所的，正是它借以逃脱出历史的东西"[2]。它是个双重的场域：一方面，极端地自我封闭；另一方面，又总是准备扩展自身的意义，一切都在象征，都在意指。

"701所"正是这样的存在。"作为一个特别单位、一个秘密机构，特别就是它的长相，秘密就是它的心脏，有如一缕遥远的天外之音。"抵达"701所"的路途"深奥复杂，迷宫一样"，穿越蜿蜒的山路和隐蔽的山洞，与世隔绝的"院子里寂静无声、死屋一般阴森森的感觉"，仿佛中世纪古老的城堡，黑暗中冒出"跟幽灵一样"的工作人员。1956年6月11日凌晨那不同寻常的离别场景，预示着容金珍"即将踏上神秘的不归路……他以一个新的名字甚至是新的身份与亲人们作别……随着吉普车消失在黎明的黑暗中，有如是被一只大鸟带走，带到另一个世界去了，消失了"。新的名字（或身份），仿佛一道沟壑、一个断层，不仅割裂了他的过去和未来，也使

---

[1] 彼得·盖伊. 历史学家的三堂小说课[M]. 刘森尧, 译. 北京：北京大学出版社, 2006：153.

[2] 皮埃尔·诺拉. 记忆之场：法国国民意识的文化社会史[M]. 黄艳红, 等译. 南京：南京大学出版社, 2017：27-31.

他与现实世界隔绝开来。与亲友唯一的联络方式是"本市三十六号信箱",仿佛近在咫尺,实则无人知晓。信箱是掩人耳目的象征符号,意味着"事关国家安危的、神秘又秘密的机构",意味着最伟大和光荣的生命。该信箱发挥效用的契机,则是"文化大革命"爆发时,容金珍收到家书及时赶回N大学拯救自己的姐姐(容因易)。他来去如梦、位高权重,但基本没有人身自由,贴身随从"既像保镖,又像个看守"。诸多片段凸显出主人公的身份之谜与历史的复杂性。[1]

《解密》中作为重要符码出现的笔记本有两本,皆属于主人公容金珍,一本是工作笔记,另一本是私人日记。虽然容金珍随时记笔记的习惯早已成为"他生活的一种方式",但叙事者"我"亲见的唯一一本笔记本复印件,是1966年突然昏倒送医的容金珍在入院之后所写的"病中札记"。叙事者将这些只言片语加上编号,凸显出这九十个段落就是读者了解容金珍内心世界的符码。该日记实质上就是等待破译的"个人"密码本,折射出人性的另一侧面,充盈着形而上学的冥想、奇妙梦幻的想象力和喜怒哀乐的烟火气。蓝皮的工作笔记本则"犹如他的影子,总是默默地跟随着他","扉页印有'绝密'字样和他的秘密代号,里面记录着这些年来他关于黑密的种种奇思妙想",包含了数学的推理、思考的片段、诡谲的梦境、瞬间的灵感,深藏于字里行间的"是他命运中的天外之音,是天籁,是光芒,是火焰,是精灵","是他灵魂的容器"。因此,笔记本遗失事件简直是一场绝望的灾难,彻底击垮了他。那个惊世骇俗的天才,最终无法摆脱不幸的命运。[2]

恰如哲学家雅克·朗西埃(Jacques Rancière)所言,表征过去可能会禁锢历史,却也可能释放历史的真正含义。"701所"与信箱、工作笔记与私人日记——这两组互为镜像的记忆之场既是记忆赖以凝结和沉淀的场域,也是历史主题的文学再现,在差异性的场景中弥合了集体性历史与自发性记忆之间的鸿沟。

2. 反英雄的天才形象

在人物设定上,麦家笔下的主人公与西方文学传统中的"反英雄"形象一脉相承,他们"既拥有超越常人的智慧,又具有和普通人一样的弱

---

[1] 麦家. 解密[M]. 北京:十月文艺出版社,2014:126-134,138-141.

[2] 麦家. 解密[M]. 北京:十月文艺出版社,2014:273-275,302,197-199,205,228-229.

点",也会"恐惧、偏执、孤僻",充满真实性和感染力。[1]《解密》的主人公容金珍本应是显赫家族第十代后人,却因其私生子的身份从小备受歧视,幸得小黎黎和洋先生施以援手,才在容家深宅简陋僻静的梨园里长大。他继承了奶奶容幼英博士的数学天赋,天资极高却一度"失常的哑口",没有"真正的名字",瘦弱孤僻,性格中"有痴迷又不乏脆弱""偏执和激烈"的一面。[2] 寄宿在小黎黎家和大学求学阶段是其一生中难得美好平静的时光。在政治局势与历史浪潮的裹挟中,原本有着知遇之恩的师生,沦为穷凶极恶的超级代码世界里两国对垒的头脑工具。被绝密单位招致麾下的容金珍,为破解国家头号劲敌,研发超级密码"紫密"和"黑密",并历经种种生死攸关的孤寂和失落,终以疯癫收场。[3] (笔者译)

"麦家这些小说里面的英雄人物或科学家,一个个都是现实时代的牺牲品,心理有极大的扭曲,都变成很不正常的人物,完全封闭的人物。这些人物在中国现代文学史上写得很少,因为他们过的不是常人生活,心理也是非常态,所以特别难写。"[4] 无论是《解密》里的大头容金珍,还是《暗算》里的瞎子阿炳,都是脆弱的天才,带着身体的缺陷和情商的反常,在文本特殊的时空背景中显得突兀而不合时宜。此外,因执行任务而终身瘸腿的郑处长(后任局长)、因无法破解"紫密"而精神分裂的棋疯子、因政治幼稚而被软禁监视的希伊斯、因组织安排而步入婚姻的翟莉,所有人的命运围绕"魔鬼制造的密码"不可逆地运行,在"危险得足以毁灭一切"又"神奇得足以创造一切"的"巨大的偶然性"之下宛如蜉蝣、轻若鸿毛。[5]

"间谍、密码、阴谋和机密,自远古时代以来就一直是人类政治与军事交锋的一部分",麦家的文本则提示读者"间谍与密码的'艺术'和政治性"早已植根于生活的方方面面。[6] (笔者译)《解密》中的男女主角皆

---

[1] 时贵仁. 古筝与小提琴的协奏曲:麦家文学作品走向海外的启示 [J]. 当代作家论坛, 2017 (2): 188.
[2] 麦家. 解密 [M]. 北京:十月文艺出版社, 2014: 26, 29, 31, 34, 57.
[3] Tatlow, D. K. A Chinese Spy Novelist's World of Dark Secrets [N]. *The New York Times*, 2014-2-20 (12).
[4] 李欧梵. 中国现代文学的传统和创新:以麦家的间谍小说为例 [J]. 中国现代文学丛刊, 2017 (2): 192-193.
[5] 麦家. 解密 [M]. 北京:十月文艺出版社, 2014: 266-267.
[6] 这是王德威教授在接受采访时对《解密》的分析评价,参见 Tatlow, D. K. A Chinese Spy Novelist's World of Dark Secrets [N]. *The New York Times*, 2014-2-20 (12).

为带有浓厚存在主义色彩的偶然个体，他们追寻意义，却距离完全理解这种意义总有一步之遥，他们身上夹杂着归属感和疏离感的情绪，指引读者冷静地清点记忆与历史的遗产，缅怀被湮没在浩瀚过往中的无名者，理解历史、记忆、想象共同筑起的传奇时代。

三、象征场域：文本中的元符号性

在哲学符号学的视阈中，事物的感观形象倘若尚未能被感受者理解为携带意义的感知，那么它们仅仅是"呈现"（presentation）而已。然而它们一旦被意识化合，则成为媒介化的"再现"（representation），也同时成为符号。当符号再现文本这一事件本身，并被另一个文本再次表现出来后，就可称为"再再现"（re-representation）。作为再再现使用的符号，"元符号"（meta-sign）这一"关于符号的符号"非常重要。[1] 符号是携带意义的感知：意义必须用符号才能表达，符号的用途是表达意义。而意义就是一个符号可以被另外的符号解释的潜力，解释即意义的实现。[2] 符号与意义环环相扣，形成了安贝托·艾柯所谓的符号文本与解释之间的逻辑循环——"文本就不只是一个用以判断诠释合法性的工具，而是诠释在论证自己合法性的过程中逐渐建立起来的一个客体。这是一个循环的过程：被证明的东西成为证明的前提"[3]。有意义，才出现对意义的追寻；有解释，才构成符号的文本。

麦家的小说成功运用一系列引人入胜的意象，既可作为叙事结构的推动因子，又可被理解为主题性的隐喻，生成文本的"元符号链"。这种"元符号链"把静态的意义呈现模式历史化、时空化，从而把符号与叙事、历史记忆与经验融为一体。在此意义上，麦家同时在两条线索上推进：一方面，如上文所言，符码本身是一种对语言的替代和超越，是一种对普遍意义或"元语言"的追寻，也是一种通约的差异性，提炼并简化大千世界的努力；另一方面，他对"元符号链"的运用，把静止的符号幻化为跃动的、发展的具体心理历程，而且这两者构成一个符码化的系统，又反过来邀请

---

[1] 参见赵毅衡. 哲学符号学：意义世界的形成 [M]. 成都：四川大学出版社，2017：270-279.

[2] 赵毅衡. 符号学原理与推演 [M]. 南京：南京大学出版社，2011：1-3.

[3] 艾柯，等. 诠释与过度诠释 [M]. 王宇根，译. 北京：生活·读书·新知三联书店，1997：78.

读者进行探案式的解构，从而创造出一种奇妙的阐释学事件。

1. 梦

希伊斯意识到"梦是人精神中最神秘难测的一部分"，容金珍则青出于蓝而胜于蓝，认为"世上所有的秘密都藏在梦中，包括密码"。梦是他与密码之间灵性的联系，梦所映射出的想象世界潜伏着种种契机和暗示。容金珍打破常规思维，从"世袭的方法中滑出去，胆大包天地闯入禁区"，把《数学游戏大全》《世界密码史》与释梦、下棋等看似毫无关联的领域融会贯通，他"相信世上密码与一具生命是一样的，活着的，一代密码与另一代密码丝丝相连，同一时代的各部密码又幽幽呼应"，万物彼此依存。[1]"容金珍白天常常沉溺于思想或者说幻想中，每一个夜晚都是在梦中度过的"，甚至有段时间鼓励自己做梦，因为"他怀疑制造'黑密'的家伙是个魔鬼，具有和常人不一样的理性和思维，那么自己作为一个常人，看来只有在梦中才能接近他了"。根据心理学家海因兹·哈特曼（Heinz Hartmann）的理论，梦以情感为导向，将新的材料编织入原本就储存在记忆系统的材料中，不仅生成梦的图像，与此同时，还综合并更新了记忆系统，所以做梦是记忆系统整合过程的一部分。[2]（笔者译）虚构的梦境所传达出的情感记忆与知觉记忆却无比真实，梦的世界与经验世界相互渗透。容金珍将现实中的一切复沓入梦，梦境中的灵光又纷至沓来，他在现实与梦幻两个世界之间游走，尝试解开密码之谜。他破译密码时多次闯入禁区，等同于赋予天马行空的梦境合理的解释。

"一个秘密对自己亲人隐瞒长达几十年乃至一辈子，这是不公平的"，容金珍对于他的家人来说"是一个梦，白日梦、睁眼梦、梦里的梦，恐怕连擅长解梦的他自己都难以理解这个奇特又漫长的梦"，但若不如此，"国家就有可能不存在"，"任何国家和军队都有自己的秘密"，就像冰山隐匿在水下的部分，在大是大非的国家利益面前，"个人的意志"微不足道。在胆小、敏感、冷漠等代名词背后，"容金珍以别人不能忍受的沉默和孤独尽可能地省略了种种世俗的生活"，目的就是尽快破解"紫密"和"黑密"这般"事关国家安危"的噩梦。因此，容金珍的日记本里呈现出以梦来揭示世界和自我的危险与悲凉："他梦见自己在齐腰深的河水里向前走着，一边在看

---

[1] 麦家. 解密[M]. 北京：十月文艺出版社，2014：93，159-160，161-164.
[2] Hartmann, E. *The Nature and Functions of Dreaming*[M]. Oxford: Oxford University Press, 2011: 108.

一本书，书里没有字……神在天上，你在地下，所以你的言语要寡少。事物多，就令人做梦；言语多，就显出愚昧……多梦和多言，其中多有虚幻……睡眠是死亡的预习，梦境是人的魔境。"[1]

2. 数学

数学在文本中承担起联结密码破译与人脑奥秘的重要元素。钻研纯数学领域的艰深难题，意味着对未知世界的探索精神，也预示着进入应用数学领域的可能性。"希伊斯的秘密就是他比任何人都更清晰又肯定地洞见了"容金珍的数学天分，在诀别前夕给小黎黎校长的信中，他诚邀容金珍参加自己主持的"探寻人脑内部结构奥秘（人世间最大奥秘）"的人工智能课题。然而，接踵而至的战争和时势把容金珍"可能有的另一种前程丢进了历史的深渊里"。即便如此，这个数学天才在"森严的政治阴影"下"逆潮流而行"，将毕业论文的选题"常数 π 之清晰与模糊的界限""建立在世界著名数学家格·伟纳科的数字双向理论基础上"进行模拟证明。这篇闪烁着独立精神和高超思维的论文"在如此蛮夷之地拔起一座大厦，感觉是用铁捏了朵花"，体现出科学超越一切政治话语和历史界限的必然性。小心翼翼的求证、日复一日的耐心不可或缺，但准确专业的判断、独立自由的思考、不惧权威的勇气更为难能可贵。[2]

3. 棋局

棋类作为游戏，是"手谈"，是双方的智力博弈，"棋艺是越熟越复杂"，掌握的套路与棋路的变化相得益彰，"出招拆招、拆招应招"、真假难辨、险象环生。棋盘与迷宫实质上是同构的，破解棋局意味着找到走出迷宫的路径。容金珍和导师希伊斯教授的友谊因为下棋而与日俱增，这两个天才发明了复杂怪诞的"数学棋"，需要精心策划布局，共分四路，双方各执两路，而且"棋子在开局之前是为对方效力的，只有开局之后才属你管辖、调动"。所以"这棋最大的特点就是你在与对方对弈的同时，还要对付自己一方的两路棋子，努力把它们阵容调整好，争取尽早达到化敌为友和互为出入的目的"。数学棋"完全是关于纯数学研究的结果，它明里暗里具备的静谧的数学结构和深奥的复杂性，以及微妙、精到的纯主观的变换机制"，只有非凡的大脑才能应对，是绝对意义上智力的较量。[3] 在游戏的

---

[1] 麦家. 解密[M]. 北京：十月文艺出版社，2014：120，150，185，286，295-298.
[2] 麦家. 解密[M]. 北京：十月文艺出版社，2014：88-93，101，103-105.
[3] 麦家. 解密[M]. 北京：十月文艺出版社，2014：78-81.

名义之下，容金珍的逻辑思维与数学能力显山露水。

而小说中的诸多人物又何尝不是两国对垒的棋盘上身不由己的一颗颗棋子呢？除了容金珍，小说还通过另外两个人——棋疯子和严实——来补充呈现该主题。曾破译多部密码的功勋人物棋疯子不幸患上精神分裂症，"一夜间由一个众人仰慕的英雄变成一个人人都怕的疯子"。破译大师和疯子的身份转换暗示着职业的秘密——过度执迷于破译事业、陷入智力活动的死角会徒增导致疯癫等极端状态的危险系数，也阐释着天才与疯子的对位关系——"在破译界，只有两种人敢如此冒险，一种是真正的天才、大天才，一种是疯子"。此外，棋疯子这个"可怜怪异的幽灵"纠缠住容金珍这个天才，也预示着他们的命运息息相关，为后文的情节发展埋下伏笔。[1]

接班破解出"黑密"的严实则坦言下棋是"职业病"，"所有从事破译工作的人，命运中和棋类游戏都有着一种天然的联系，尤其是那些平庸之辈，最后无一例外地都会迷恋于棋术"，他自己也是其中一员，"几十年都在寻求和压抑中度过"，棋术不过是"一种类似垂死挣扎的努力"。他还提及"天才的失常与疯子如出一辙，都是由于过分迷醉而导致的"，他们"是我们人类这个躯体向外伸出的两头"，倘若天才对等于数学上的正无穷大，疯子则是负无穷大，而这两者在数学领域往往被看作同一个，同一个无穷点。"研制密码的事业就是一项接近疯子的事业，你愈接近疯子，你就愈接近天才"，反之同理。[2] 在这个意义上，容金珍和棋疯子才是黑暗恐怖的密码世界中真正的英雄，也是极致而纯粹的个体。

如果说梦境具备周公解梦的东方传统与心理分析的西方语境之间的文化差异，抑或存在被唯心主义收编的嫌疑，那么棋局、数学题、密码则毫无疑问可被称为人类理性思维所创造的三位一体的迷宫。"紫密"与"黑密"就是"陷阱、黑洞"，是无法破解的数学难题、僵持不下的棋局。解梦之术、数学难题、复杂棋局三者又与破译密码有着千丝万缕的联系，交织成错综复杂的思维网络、跳跃性的智力游戏，意识、潜意识、无意识游弋其间。对弈的棋盘、阅读的闲书、奇幻的梦境，均为容金珍获取灵感、识破天机的高超手段，在多维的空间内发挥人脑的最大功效，只有天才能够做到。"容金珍，一个深陷于精密的、虚无的、令人百思不得其解的心理迷

---

[1] 麦家. 解密[M]. 北京：十月文艺出版社，2014：144-146，167.
[2] 麦家. 解密[M]. 北京：十月文艺出版社，2014：253-255.

宫的痴迷者，他在冥冥之中有感知来自宇宙阴阳秩序的能力，却无法给自己的心灵带来安慰。"[1]（笔者译）作为一个天赋异禀的数学天才，他在被迫选择的职业领域获得卓越成就，将本国破译领域推向崭新纬度。而在自我的心灵战争中，他却命中注定是流离失所的精神漂泊者。吞噬他内心的并非特务间谍，反而是密码学本身。数学的奥秘、智慧的天赋、梦想的能量、真理的追索终究敌不过人类亲手缔造的魔鬼——围绕密码生成的阴谋诡计与人性之恶。

四、结语

当我们谈论文学时，总是处于古代和现代、内在和外在、高雅文学和通俗文学、西方文学和中国文学不断流动的过程中。"面对文学，中国作家与读者不仅依循西方模拟与'再现'观念而已，也仍然倾向于将文心、文字、文化与家国、世界做出有机连锁，而且认为这一个持续铭刻、解读生命自然的过程，一个发源于内心并在世界上寻求多样'彰显'形式的过程。"[2] 在不少作家竞相效仿西方小说潮流、注重语言试验的语境下，麦家重拾小说中的基本元素，并出奇制胜，其间谍小说在形式和技巧上都和别人不一样，"是一种类似西方侦探小说的文类，并不属于'五四'以降的写实小说的主流……这种小说必定是虚构的，然而也必须是以假乱真，让读者得到一种虚实难分的'假现实'"[3]。这也印证了麦家自己的观点——"真正的创新其实是'创旧'，在传统中转化、开拓"的观点，即所谓"创新往往发生在与传统的吊诡之中"。[4]

麦家的写作擅长灵活运用极具文化象征性的隐喻意象与中国元素，制造出陌生化与普遍化、地方性与世界性并存的阅读体验。容氏家族的古宅深院、梨花水、解梦术、大头鬼，完全对应西方读者对东方神秘传统的想象；革命英雄主义、个人服从于集体与爱国的红旗下，则吻合西方媒体对20世纪后半叶中国形象的塑造。因此，初览《解密》的读者容易迷失在错

---

[1] Anonymous. Mysteries: Brainy Games [N/OL]. *The Wall Street Journal*, 2014-2-14 [2019-4-18]. http://www.wsj.com/articles/mysteries-brainy-games-13p2418194.

[2] 王德威，王晓伟."世界中"的中国文学[J]. 南方文坛, 2017（5）: 8.

[3] 李欧梵. 中国现代文学的传统和创新：以麦家的间谍小说为例[J]. 中国现代文学丛刊, 2017（2）: 190-196.

[4] 参见麦家在第三届全国青年作家创作会议上的发言《文学的创新》，后收入其文集《接待奈保尔的两天》.

综复杂的人物谱系、悠久厚重的历史铺陈之中，从而忽略中国文化元素和传统小说风格的表象之下，文本充斥着奇幻诡谲的西方现代小说叙事技巧。

最重要的是，虽然符号具有天然的抽象特质，导致它超越文化的特殊性与在地性，但是在麦家的叙事空间里，符号与中国的集体记忆、英雄传统密不可分。中国独有的历史经验，通过符码化方式得以保存。而麦家对时间线性的精妙操控，又呈现出前所未见、易被遗忘的历史暗角和私人记忆场域。世界文学与本土文学的有机结合，莫过于此。

综上所述，麦家成功运用世界文学中的重要母题——密码，将本土性与国际性、传统性与现代性互融。在其文本世界里，中国传统的叙事文学显现出超越本土的复杂潜能，以及不为旧理论所束缚的前卫意味与文学世界性的向度。这既是叙事学上的重要成就，也是令文本极具可读性并走向世界的重要助力。换言之，麦家的小说《解密》成为中国文学走向海外，积极参与世界文学构建的一个绝佳范例。

（本文原载于《中国现代文学丛刊》2019 年第 10 期）

回溯与预言交叠下的悲歌
——《日光流年》的史诗性叙事研究

王 敏

  《日光流年》《受活》是阎连科"耙耧系列"小说的姐妹篇,陶东风从悲剧叙事的角度出发,对两者进行了比较,认为阎连科的创作是到了《受活》才臻于"寓言式社会历史悲剧书写的真正成熟",《日光流年》的失败在于没能将社会历史事件融入主要情节之中。他甚至进一步假设,如果作者能够"把三姓村人的悲剧根源追溯到当时中国的特定社会环境,特别是解放后历次政治运动对农村的伤害乃至摧残,而不是神秘的命运"[1],文本中分裂的自然环境和社会环境描写才能够紧密地重合起来,以此成功地影射极"左"政治运动给中国农民造成的深重灾难,也只有这样,葛红兵所谓"一部真正意义上的当代中国史"[2]的评价才能成立。然而这样一来却背离了作者的创作初衷。阎连科曾说,这部小说是为了"寻找人生原初的意义",怀着对死亡的无限恐惧,完成"走向心灵之死的漫长写作"。[3]事实上,《日光流年》这种"脱社会历史化"的特征赋予它一种更为开阔的哲学视角,去追寻和拷问生命的本体意义。

  三姓村人世代饱受喉堵症的折磨,在同顽疾抗争的过程中又不断遭遇天灾人祸,在"活着"这一原始欲望的驱使下,其他皆成虚妄。精致、机巧的语言结构之下,呈现出极端的粗粝与疏旷,与其说是一出悲剧,倒不如说它更像一部史诗。小说中关于英雄梦、道德追问和两性关系等主题的表达,在一定程度上的确像是《伊利亚特》的回声,通过回溯与预言的交

---

[1] 陶东风. 从命运悲剧到社会历史悲剧:阎连科《年月日》《日光流年》《受活》综论[J]. 中国现代文学研究丛刊,2016(2):173,178.

[2] 葛红兵. 骨子里的先锋与不必要的先锋包装:论阎连科的《日光流年》[J]. 当代作家评论,2001(3):54.

[3] 阎连科. 走向心灵之死的写作[J]. 南方文坛,2007(5):43.

叠，作者从政治、伦理和性别三重叙事空间对生命的原初意义进行了充满张力的史诗式揭示。

一、生命价值与权力角逐的置换：《日光流年》中的政治叙事

20世纪的中国文学一直存在着一脉鲜明的英雄主义叙事传统，而20世纪80年代中期出现的新写实小说，以其对日常生活形态的经验表达颠覆并解构了传统英雄叙事中的理想主义精神，表现出"反英雄"的美学特征。孙先科在梳理这一蜕变历程时不无痛心地指出："当代文学中英雄主义的底蕴由社会理想主义到个性主义再到赤裸的个人主义的变化轨迹，显示出令人悲哀的'精神滑坡'。"[1] 而20世纪90年代随着消费主义的全面入侵，英雄精神所折射出的崇高感在当代文学中隐遁几至无形。

在如此语境下，阎连科小说中浓烈的英雄情结正填补了当代文学这一主题的缺失。但这些复活的英雄身上带着挥之不去的死亡气息，还拖着一条长长的"反英雄"的影子。阎连科笔下的男性英雄是一群被挟裹在政治洪流和个人欲望之中的梦游者，狂热却又徒劳地同世界抗争，在某种程度上，他们近乎盲目的执拗为自身的失败与渺小增添了一层悲剧色彩。只有在《日光流年》中，司马氏父子带领村民同死亡抗争的悲剧折射出真正的英雄精神，但他们既有悖于中国传统文化中将个体完全消解于群族主义的英雄形象，不属于拜伦式的或是海明威式的西方现代英雄，而是更贴近荷马史诗中既具有鲜明的个人意识又具有强烈氏族责任感的原始部落英雄。

西方的英雄观从一开始就流露出鲜明的个人主义特征，但唯有在荷马时代，荣誉感和权力欲才能既矛盾又和谐地共存。权力是英雄梦的原欲，是男性心底最本质的渴望。在这部小说中，阎连科剥下了这一欲望的外壳，将其置于生死大戏的幕布之上，痛苦地嘲弄了它的真实与虚妄。三姓村人百余年间的生活就是一场没有实体敌人的战争，在死亡的步步紧逼之下，生命的温度是这黑暗场域中唯一的光源。权力的争夺既是短暂人生的游戏慰藉，又是关乎最终抵达光明之有效途径的思考与践行。于是，在个人权力和群族利益的不断碰撞中，英雄传说和政治话语同时诞生了。

在《日光流年》中，这两条叙事线索互相交织。故事背景进行了"去现实化"的处理，把耧山脉"褶皱深处"的三姓村被描述成一个与现代社

---

[1] 孙先科. 英雄主义主题与"新写实小说"[J]. 文学评论, 1998 (4): 55.

会严重脱节的场域，而时空的错位感则迫使读者跳出历史的既定视角展开阅读。阎连科在这里以隐喻的方式呈现了人类社会由自然状态向契约社会转化的缩影。托马斯·霍布斯（Thomas Hobbes）认为，人类为了摆脱在自然状态下所感受到生存恐惧与威胁，将自己除生命权之外的全部权力和力量"托付给某一个人或一个能通过多数的意见把大家的意志化为一个意志的多人组成的集体"[1]，来代表自己的人格，由此产生了国家的雏形。权力虚幻的火焰诞生自黑暗的死亡深处，却又企图逃离这母体。他们所努力要逃离的"原始的自然状态"，其实是任何社会契约都规避不了的生命的最终形态，这一悖论隐藏在《日光流年》的政治叙事中。

有学者认为，阎连科通过塑造一系列群族英雄的形象，在这部小说中探讨了"个体的价值完全消融于群体的合理性"[2]。这一说法似乎有待商榷，因为准确地来说，他们不是完全抛弃了对个体价值的追寻，而是用权力的角逐进行了置换。三姓村内部的权力之争就是这种畸形个体意识的直接表现。"绵羊般"顺从的蓝百岁拜服在杜桑和司马笑笑的权威之下，并渴望通过获得权力来摆脱自己懦弱的性格，而他无心的一句话又在年仅7岁的司马蓝心中埋下了对权力朦胧向往的种子，令后者恍然大悟原来是谁做了村主任谁就可以对全村人吼嚷呢！从此，司马蓝的个体价值与群族英雄的责任通过权力这一纽带牢牢束缚在一起。父亲对种油菜的执着，饥荒中对残废孩娃的舍弃，以及继任村主任蓝百岁对全村人"改水土、换肠胃"的别样探索，都无形中影响着司马蓝的成长朝向一个固定的轨迹，使他清楚地认识到，做村主任不仅仅意味着情绪的肆意宣泄，还在一定形式上左右着全村人脆弱不堪的命脉。虽然掌握不了自己的寿命，却能够决定别人的生死，这何尝不是一种无可奈何的慰藉呢？权力不仅消解了个体意识，还在一定程度上置换了生之执念，以便隐藏对死亡的恐惧。

不仅如此，阎连科还在三姓村的权力更迭中，赋予司马蓝更为复杂深刻的悲剧性：在他挣扎于被历史抛弃的绝境中寻找生存的意义时——从荷马式的群族英雄走向封建家长的权力之巅，却又毫无防备地遭遇了时代大潮的冲击。但这一势不可挡的浪潮是通过杜柏这个单薄如一道剪影似的人物细水长流般地宣泄而出的，做了"公社干部"的杜柏代表了"村里的另

---

[1] 霍布斯. 利维坦[M]. 黎思复, 黎廷弼, 译. 北京：商务印书馆, 1985：131.
[2] 丁丽蓉, 潘海英. 群族英雄与超人形象：以《年月日》与《热爱生命》为例[J]. 文艺争鸣, 2011（14）：149.

外一种力量",两种力量的角逐不自觉地将三姓村推入尴尬的历史境地。和以往的权力更迭不同,杜柏是以"外部"姿态对三姓村进行干预的,他假托"镇上的意思"催促成立村委会,村委会须由村民投票选举产生,成员包括村主任、副村主任和两个委员,大小事务一应"商量着办",这显然是现代民主社会的形式。

但在三姓村这一特殊的时空场域中,历史话语发生了畸变,现代对传统的胜利不再单纯是自然的、进步的,而是呈现出某种必然的残酷性与悲剧性。透过杜柏所撕开的时空裂缝,司马蓝已隐约窥见自己支撑在原始群族英雄和封建家长躯壳下的血肉之躯无可挽回地走向了萎缩;而杜柏虽将现代之光展现给三姓村,却并不打算带领他们走向那光明的世界,他不过是想通过煽动村民成立村委会,来为儿子杜流的晋升(即成为杜家的掌权人)铺平道路。作为村里唯一的读书人,杜柏代表了精巧、狡诈而又狭隘的现代智慧,而他所引入的现代民主制度也不过徒有光鲜而虚伪的形式,现代政治话语的强行入侵,对始终没能进入历史语境之内的三姓村而言,无疑将是思想上的另一重灾难。

在这场从摆脱原始自然状态演变而来的权力游戏中,司马蓝和杜柏都是失败者。随着开渠工程的失败和司马蓝的溘然长逝,三姓村的"现代化进程"被狠狠地抛回,而外部政治话语一旦介入,必将给原有的权力结构以深重的打击。如果说司马蓝是三姓村的巨人,杜柏就是那个想要站在巨人肩膀上的人,他将希望建构在司马蓝"无量的功德"之上,司马蓝之死不仅象征着三姓村传统权力结构的崩塌,也预言了杜柏现代民主之梦的破灭。[1] 在这极富隐喻意味的传统与现代的双重失败之中,寄予了阎连科对生命之真和生命之痛的思考。

二、特殊共同体下的美德拷问:《日光流年》中的伦理叙事

英雄的"德性"究竟指向怎样的内涵,不同的社会文化和道德结构所做出的界定也不尽相同。因此,当我们试图从道德伦理的角度阐述司马蓝的英雄形象时,现代道德体系对我们认知结构所造成的干扰给这项工作增

---

[1] 作为第一个见到灵隐水被污染的人,杜流选择了自杀;杜柏在带领村民埋葬了儿子、司马兄弟、蓝四十及其他人后,也终于感受到了喉病的疼痛。于是"一切也就结束了,袅袅飘飘地烟消云散了"。参见阎连科. 日光流年[M]. 天津:天津人民出版社,2012:113.

加了困难：司马蓝身上所体现的强权思想、年轻时为谋权所耍的诡计和权力欲，以及荣誉感背后的私心、对妻子杜竹翠的寡情、对恋人蓝四十的辜负，等等。所有这些"不道德"的行为为何没能妨碍我们将司马蓝视为一位真正的英雄人物呢？正如阿拉斯戴尔·麦金泰尔（Alasdair MacIntyre）所言，"英雄美德的践行既要有一种特定的人，又要有一种特定的社会结构"[1]，二者缺一不可。既然《日光流年》是一部英雄史诗式的作品，对英雄美德的考察也必须回溯到英雄时代的社会结构之中，而作者对三姓村"去社会历史化"特征的描述恰在一定意义上使这种追溯成为可能。

阎连科对乡土社会那根植于传统并异于现代都市文明的道德精神，怀有一种深沉的眷恋，面对现代法律制度对乡土社会暴雨一样的冲击和侵袭，则很难不为这承载着"生存温馨"的传统道德精神感到忧心。这几乎是阎连科小说世界中萦绕不去的一个主题，但正如艾翔在《道德理想国的构建》一文中所指出的，阎连科的道德出发点并不是现实主义的乡土伦理，"而是不乏激进，同时也包纳传统的一种较为暧昧的道德观念"[2]，这种暧昧的态度源自作者清楚地知道传统乡土文明在市场文化与消费伦理冲击下必将瓦解的无奈，它是历史必然性抛给个体的选择困境。《日光流年》的写作恰似一曲献给这个古老法则的挽歌，当司马蓝（特定的人）作为权力和法度的象征确立了三姓村（特定的社会结构）的生存秩序，实际上也清晰地折射出了那个世界的道德精神——它早已远去，又或从未存在，正如荷马笔下勾勒的英雄社会。但我们不能过于随意地把三姓村称作中国式的英雄社会，它既不属于历史的真实，又不属于现在的真实，而是代表了被阎连科称作"神实主义"的"不存在的真实"[3]，这种绝对的真实被掩藏在现实的真实表象之下。

三姓村是一个游离于现实尺度之外的特殊共同体，这应当是所有评论得以展开的前提。有学者批评《日光流年》表现了人性之恶，消解了"社会基本的伦理秩序"，过分夸大了特定历史现实的遭遇，与"现实世界的主流价值相悖而行"[4]，如此以现代伦理观照这部史诗式的作品显然是行不

---

[1] 阿拉斯戴尔·麦金泰尔. 追寻美德：道德理论研究[M]. 宋继杰, 译. 南京：译林出版社, 2011：159.

[2] 艾翔. 道德理想国的构建[J]. 新疆大学学报（哲学·人文社会科学版）, 2015（5）：121.

[3] 阎连科. 发现小说[J]. 当代作家评论, 2011（2）：114.

[4] 赵玲丽. "神实主义"掩盖下的伪现实书写：重读阎连科《日光流年》[J]. 晋中学院学报, 2017（2）：100.

通的。阎连科曾强调过这个一直被大家所忽略的事实,那就是三姓村是一个被"社会遗忘的地方",和《受活》中遗忘过后又被"捡回来"的受活村不同,它自始至终从未被社会记起。[1] 因此,我们不能将批评的眼光囿于现实的历史语境之内,对小说人物的道德批评须置于这一特定共同体或社会形式所特有的道德结构之下进行。

阿拉斯戴尔·麦金泰尔在阐述荷马史诗的美德问题时提出的三个核心概念为阐释《日光流年》中的伦理叙事提供了一个很好的视角:一是"为社会角色(所有个体都置身其中)所要求的事物概念";二是"那些能够使个体去做他或她的角色所要求的事情的品质,亦即优秀或美德的概念";三是"人类境况的脆弱和受制于宿命与死亡的概念,因此做有德者就不是逃避脆弱和死亡,而是主动担当他们所应得的东西",且唯有在史诗的叙述形式之中,这些要素才能恰如其分地对应于各个相关的位置。[2] 在《日光流年》中,所谓"为社会角色所要求的概念",指的自然是带领全村人同死亡抗争的事业,由此,美德就是有益于这一行为的品质;当司马蓝站在三姓村的权力之巅,他的身份(社会角色)要求他担负起生存的重任,而他则用自己短暂的一生履行了这一职责。与此同时,失败的结局非但不能削弱他的英雄形象,反而在一定程度上通过悲剧性确认了司马蓝"有德者"的荣誉。

司马笑笑在荒年里对残疾生命的舍弃,司马蓝对蓝四十的辜负,以及贯穿始终的女性献祭,是小说中富有争议的三个伦理问题。然而如果将其置于史诗的叙事框架之中,这些为现代道德观所不容的"恶行",其实并未脱离美德的轨道,或者至少不存在无法跨越的鸿沟。面对蝗灾后余粮吃尽只能分粮种的生存困境,司马笑笑为保全全村人的姓名,拒绝给残疾孩娃分粮食。这在坚信生命平等论的现代伦理的观念中,无疑是对个体生命的极端漠视,但在三姓村所象征的特殊语境中,司马笑笑的"残忍"恰恰是他忠于职守的表现:他既是村里不容置疑的"王法",也是村民的希望。他的决定关乎三姓村的存亡。对于三姓村人来说,比威胁自身生存的死亡更残酷、更令人恐惧的是"断子绝孙"的诅咒,而司马笑笑的身份要求他做一位神巫式的王者,用行动的希望祛除他们内心的恐惧。在所有可能遭遇

---

[1] 阎连科,黄江苏.超越善恶爱恨:阎连科访谈[J].南方文坛,2013(2):81.
[2] 阿拉斯戴尔·麦金泰尔.追寻美德:道德理论研究[M].宋继杰,译.南京:译林出版社,2011:162-163.

的冲突之中，选择履行符合自己身份和地位的最终职责，就是对美德的践行。

当我们不自觉地以"现代"立场来对小说中的人物进行道德拷问时，司马蓝身上的种种"污点"在一定层面上确实令人难堪，而最令人感到"无力抗辩"的，莫过于他对蓝四十的辜负和伤害。后者以其善良、坚韧的性格和惊世的美貌成为小说中"无辜者"和"献祭者"的象征，正是她富有牺牲精神的爱情为司马蓝铺就了通往权力之巅的阶梯。司马蓝一生的成就与荣耀镜像地映衬着蓝四十一生的痛苦与不甘，但被辜负的爱情不过是她悲剧人生的表象，真正的痛苦源自身份的丧失——不仅仅是司马蓝的妻子，还因为这场"惊天动地的乡村情爱"，被剥夺了缔结婚姻的可能，妻子、母亲以及任何亲属身份的丧失使她成了三姓村中一个幽灵式的人物，一个游离于司马蓝权力中心之外的、在场的"不在场"。对于以"亲属结构与家庭结构"获取自我确认的史诗式的社会而言，这样的缺失使她成了一个人人熟知的"陌生人"，而根据阿拉斯戴尔·麦金泰尔的阐述，陌生人因为"没有任何公认的人的身份"，无法在社会阶层中获得一席之地，不对任何人负有任何权利和义务，这不是自由，而是精神的放逐和谋杀，是另类形式的死亡。[1]

与此相反，司马蓝一直为自己的社会身份所约束，他的自私、谎言、狡诈，甚至暴戾，都与其身份紧密相连。如果说最初对权力的仰望仅仅是一种模糊的臆想，父亲临终前的嘱托真正确立了他的身份认同感，从此他自愿背负起沉重的使命，在个人情感方面别无选择。父亲一生的壮举、牺牲、遗愿，无形中使司马蓝产生自己作为权力"合法继承者"的认同感。[2] 他的权力欲和私心，在迎合之中又反过来帮他一再进行这一身份的确认。但在这样一个权力即法度的集体中，"合法性"唯一能确立的只是自我认同感，并不能提供任何稳固的保障，因此他时时面临着来自表弟杜柏

---

[1] 阿拉斯戴尔·麦金泰尔. 追寻美德：道德理论研究[M]. 宋继杰，译. 南京：译林出版社，2011：156.

[2] 关于三姓村首任村主任的说法，小说中前后有所出入：在第四十九章中，杜桑学医归来，他说外面村里都有了村主任，于是村里人觉得村主任非他莫属了，由此可见，在此之前，三姓村并无村主任一说。但在第五十一章中，司马笑笑对儿子说，司马南山靠卖皮子当上了村主任，但父亲死时他因为年幼，没能把村主任一职接下来。然而，不论这一矛盾是作者无心之失，还是有意为之，司马笑笑确实有着将权力家族化的想法，所以他临终前这样嘱咐儿子。司马蓝的权力欲中于是又多了一重介于公与私之间的模糊诱因，即恢复自己"合法王者身份"的使命感。这个细节很容易被忽略，但对我们从"身份"视角理解司马蓝的行为，却并非无关紧要。

（另一位"合法继承者"）的威胁，这几乎可以被看作对荷马史诗中居于核心地位的竞技性冲突的一次戏仿。然而在这原始力量与现代智慧最终玉石俱焚的冲突之中，只有司马蓝在一定程度上践行了美德。勇敢作为荷马式英雄社会最主要的美德，体现在一个人的行为之中，而"一个人的所作所为就是这个人本身"[1]。这和外表魁梧、做事雷厉风行的司马蓝不同，杜柏的权力欲中没有丝毫的责任感，谎言和狡诈的背后更缺乏勇气和力量的支撑，如此种种，他那利己主义的现代智慧阻碍了他获得权力身份的可能。因此，杜柏的失败源自他从根本上而言是一个典型的失德者。

与此同时，小说中贯穿始终的关于女性献祭的描述，尽管令人十分不悦，却不能简单地从现代伦理观出发去做善恶评判。作为道德体系的核心概念，对"善"的共同信奉和追求是政治共同体在关系界定时的重要依据，它的内涵是共同体成员"共同筹划的观念"[2]，因而具有特殊性。死亡在三姓村这个特殊的共同体之中，如同它在荷马那里一样，是一种"纯粹的恶"，但最大的恶不是尸体遭受污辱，而是死无后裔的"断子绝孙"之痛。因此，当蓝四十半是被逼迫、半是自愿地向卢主任献出童贞，她挽救的不仅仅是父亲的权威和恋人的理想，还是全村人存活下去的希望。从这个角度来讲，这与被阿伽门农亲手送上祭坛的伊菲格尼亚一样，蓝四十的牺牲也是为了恪守作为女儿的职责，换言之，是那被物化了的身份在损害其生命完整性的同时又赋予其扭曲的意义。但恰恰就是这种被扭曲的道德结构，提醒我们如果仅从贞洁观的角度估量牺牲者所遭受的伤害是狭隘的，尽管所有的牺牲都留下了伤痕，然而给予蓝四十悲剧人生致命一击的不是做出了身份所要求的牺牲，而是她的牺牲最终没能换来那本应该被承认的合法身份。

三、救赎与复仇：《日光流年》中的性别叙事

在蓝四十和伊菲格尼亚的献祭事件中，存在着一种更深层次的权力结构，即被性别话语所规定的从属身份，它将女性作为最无辜的牺牲者群体推向政治与文化的祭坛。在《日光流年》中，借由死亡意象的介入，阎连

---

[1] 阿拉斯戴尔·麦金泰尔. 追寻美德：道德理论研究 [M]. 宋继杰，译. 南京：译林出版社，2011：153-154.

[2] 阿拉斯戴尔·麦金泰尔. 追寻美德：道德理论研究 [M]. 宋继杰，译. 南京：译林出版社，2011：197.

科消解了由男性一手建构的性别神话：女性虽然"被牺牲"，却从未"被占有"，两者之间的裂隙将男性虚幻的自我投射吞噬于荒诞、黑暗的母腹之中。通过塑造蓝四十和杜竹翠这样一对性格迥异而又彼此冲突的女性人物，作者从救赎和复仇两个维度瓦解了表层叙事中的男性权威。

作为小说中令人叹惋的"被损害者"，蓝四十代表了女性主体在遭受男权话语侵略后所呈现出的极端残缺性。传统女性善良和顺从的"美德"被描述成她身上与生俱来的品质，同时也暗示读者它如何埋下她悲剧人生的祸根。小说中两人初次见面的场景被描写得意味深长，彼时年幼的她尚且能够享用母亲甘甜的乳汁，司马蓝却因为母亲怀有身孕被迫断奶，对乳汁的渴望令他心烦意乱，以致发生"拱吃猪奶"的闹剧。而当蓝四十的母亲出于怜悯向他献出自己的奶水时，幼小的司马蓝心中清楚地知道自己成了"掠夺者"，原始的生存渴望被压缩进"乳汁"这一极具象征色彩的意象之中，司马蓝试探性的侵占和蓝四十无条件的奉献形成强烈的对比。一定意义上，蓝四十在"妻妾游戏"中的妥协、委身于卢主任，以及再一次出卖身体为司马蓝筹集医药费，所有的爱恨纠葛都不过是最初"乳汁事件"的变形。而在这一次又一次的让步之中，她让渡了自己的主体性，就像桑德拉·吉尔伯特（Sandra Gilbert）和苏珊·古芭（Susan Gubar）所揭露的那样，"用自己的美德创造了她的男人的'伟大'"[1]。

蓝四十献身的渴望和司马蓝对占有权的放弃，形成小说中耐人寻味的悖论。但与其说司马蓝的尊重是出于愧疚，倒不如说是敬畏，它折射出男性话语权在面对自己一手缔造的女性神话之虚构性时所感到的幻灭与挫败。年少轻狂的司马蓝在十六岁的那个夜晚第一次经历了事实的残酷，当他在夜色的掩映下情难自已地闯进蓝家院子抱住蓝四十，本以为她会惊吓得大加反抗，却不料她在最初惊魂甫定之后不仅从容地安抚了父亲的疑问，而且庄重地向他提出成亲的要求，而当她"迈着稳稳扎扎的脚步，往上房走去的那一刻，他才终于明了，是他被她震慑住了，被她吓住了"。司马蓝模糊地感受到自己膨胀的男性尊严遭到了无情的践踏，他感到挫败，甚至恐惧，他的放弃是因为无力占有。正如西蒙娜·德·波伏娃（Simone de Beauvoir）所指出的那样，女性作为男性所建构的他者，代表了后者矛盾的情感，矛盾源自他们在面对身体存在、生与死等问题时的无能为力。他想

---

[1] 桑德拉·吉尔伯特，苏珊·古芭. 阁楼上的疯女人：女性作家与19世纪文学想象［M］. 杨莉馨，译. 上海：上海人民出版社，2015：29-30.

要把她视作某种偶然性,到头来却发现她与死亡、虚无紧密相连,他妄想反抗自己的肉体状态,最终却又经由她感受到"对自己肉体的偶然性"的致命恐惧。[1]

他想将她当作一个纯粹他者的努力失败了,由敬畏产生的距离感早在幼年第一次见到蓝四十光裸而白净如日光的身体时便已萌生。她的身体是如此美好而充满生命的甜香,和即将到来的饥荒形成过于鲜明的对比,随着时间的流逝,这具日趋完美的肉体渐渐成为小说中神圣的能指符号,指向司马蓝心中被死亡阴影所笼罩的残缺生命的反面。多年后,当他自知命不久矣去向她告别时,她身上飘散不尽的春日气息仍使他感到无比眷恋,她的丰润犹如"满月一般没有一丝一毫的缺",这样的完满不仅象征着三姓村人世代对生存的终极渴望,也令司马蓝望而却步。他无法把她当作自己的情人,因为她早已被剥夺了尘世性,承载着歌德那"永恒的女性,引我们飞升"的男性理想[2],并成为司马蓝自我救赎的隐秘途径。蓝四十之死象征着司马蓝希望的破灭,死亡于是瞬间降临,而他完全放弃了抵抗,在对尸体的拥抱中完成最后的救赎。

同样是男权社会的牺牲者,杜竹翠却像美杜莎或克吕泰涅斯特拉那样,以反抗的姿态发泄复仇者的愤怒。她的丑陋和泼辣同蓝四十形成有趣的对比。如果说蓝四十代表了男性理想中的"天使"形象,杜竹翠则无疑象征了妖魔化的书写。她从一出生就以其丑陋不堪的模样震惊了司马蓝,他"看见姑姑的怀里有一只不长毛的虫儿在蠕动,浑身上下红得如煮熟的肉",长大后的她仍旧寡瘦得不见一丝生的气息,然而被作者抹去了女性肉体特征的杜竹翠像一根针扎在司马蓝及其所代表的男权社会的心上。这种性别特征的残缺恰恰是一种真正的完满,摒弃了男性话语权的界定与想象,杜竹翠在一定程度上构建起了女性的主体性。

和总是处于被动地位的蓝四十不同,杜竹翠从来都积极主动地争取自己的权益。她敢于为自己的欲望发声,她的野心和勇莽恰恰和司马蓝是一样的,区别仅在于她想要爱情,他渴望权力,两者一样荒诞不经,他和她注定一样一败涂地。杜竹翠对司马蓝不是没有柔情,但当司马蓝既践踏了她的真心又侮辱了她的尊严时,她选择了复仇。作为复仇者的杜竹翠抛弃

---

[1] 西蒙娜·德·波伏娃. 第二性(Ⅰ)[M]. 陶铁柱,译. 北京:中国书籍出版社,1998:174.

[2] 歌德. 浮士德[M]. 绿原,译. 北京:人民文学出版社,2013:453.

了妻子身份的最后一道性别屏障，完全以平等的姿态站在司马蓝面前。她拒绝再由男人来制定自己的社会位置，多年来她屈从于他的权威之下，"从未实施过自己的法律"[1]，因此当复仇的时刻来临，她直言不讳地谩骂道："我好不容易熬到你快死了呢，我侍奉你一辈子侍奉到头啦！"此番恶毒的言语招来哥哥的一顿痛打，而她却像"一捆结实的柴火一样，被她哥杜柏从门框里枝枝杈杈踢出去，倒在地上立马又一个骨碌爬起来"。司马蓝在这场厮闹中明白，杜竹翠的存在就是对自己权力的威胁。于是，当他做完手术身体渐渐恢复了往日的勇力，便对妻子生出一股杀意来，她的一举一动都"营造着他要杀人的念头"。

  这一场对决写得尤为精彩，将两性间难以言说的冲突和人性的丑陋与复杂刻画得入木三分。他精心设计的圈套、心中百转千回过的良心说辞在她的顺从中化为乌有，而这种顺从又透着赤裸裸的威胁与轻蔑："今夜你要打我你就把我活活打死，不把我打死，你就不是人。我要叫一声疼，我就不是人。"当杀人的冲动褪去，司马蓝在复仇的行动中感到进退两难，"在不知如何是好中，他又看见他们夫妻的呼吸缠在一起像两团烟雾不分彼此了"，于是他将一腔的怨恨和杀戮的愿望通过粗暴的性侵发泄出来，以此宣示自己的主权与尊严。他只想使她哭，最终看到她落泪时，他便"感到了惬意和快活，像终是如愿以偿地复了仇"。然而，她的哭却是因为在自己35岁的前夜终于体验到性爱的快感——原本被认为只为男性所拥有的某种神秘特权。当她洞悉了这一秘密时，便不再执拗于妻子的身份。明白了婚姻不过是两性关系表面的形式，她愿意放弃这一形式，也谅解了丈夫对蓝四十的痴恋，但要求保留"每隔十天半月"同他欢爱的权利。我们不能将杜竹翠的醒悟仅仅等同于低级的肉欲追逐，而应看到，正是这种肯定确立了女性作为欲望主体的存在，男性想象中的征服与占有，也在这里被彻底颠覆。因此，阎连科在这篇小说中不仅没有像有些学者批评的那样表达了男权思想，相反地，他对蓝四十、杜竹翠所代表的"天使"与"魔鬼"的男性想象进行了反讽，并阐释了"反复无常"这一女性特征的虚构性。

四、结语

  小说想要表达的东西似乎很多，尽管作者不认同将小说的意义固定在

---

[1] 西蒙娜·德·波伏娃. 第二性（Ⅰ）[M]. 陶铁柱, 译. 北京：中国书籍出版社, 1998：87-88.

对抗死亡的主题之上,但仍不可否认它的重要性。谢有顺认为,《日光流年》中的死亡描写之所以惊心动魄,是因为它颠覆了"道义之死"的光辉主题,而直面那无从抗拒的自然之死,精神底蕴中"洋溢着一种原始的天真,一种对生命可能性的不懈进取和追寻,它是一个关于绝望与信心、苦难与勇气的巨大寓言"[1]。恰如阎连科在访谈中对这篇小说死亡主题的追认:人不能战胜死亡,但是人的精神可以超越死亡。[2] 作者通过极端化的死亡叙事表达了曾萦绕在英雄史诗和希腊悲剧中的古老而庄重的情绪,即被埃德蒙·伯克(Edmund Burke)定义为悲壮的那种崇高感。

(本文原载于《当代作家评论》2019年第4期,收入本集时略有删减)

---

[1] 谢有顺. 极致叙事的当下意义:重读《日光流年》所想到的 [J]. 当代作家评论,2007 (5):47.

[2] 阎连科,黄江苏. 超越善恶爱恨:阎连科访谈 [J]. 南方文坛,2013 (2):81.

多元文学史的书写

季 进

如果想了解中国文学漫长的演进历程，那么通读一部历时性的文学史显然十分必要，无论它是严格地按照时间线索来讲述，还是依据主题来建构体系。但是，紧随其后的问题是，我们撷取什么来书写文学史？决定我们选择的标准如何制定？撰写的规范又从何而来？最为关键的是，史家如何界定自己的位置，整合理论，超越规则，独上高楼？

过去的文学史往往以一种权威的姿态，传达给读者一个简单的文学演进的脉络，并对文学现象、作家作品做出不容置疑的判断，甚至给人一种错误的印象，似乎某段时期、某个区域、某位作家、某类风格的作品更加重要、更为正确。殊不知，文学演进本身就是千般风光、变幻无常的，任何一种文学史在某种程度上都只是想象的结果。文学与历史想象力的复杂纠葛，成就了各种不同的文学史。宇文所安（Stephen Owen）在《瓠落的文学史》一文中，开宗明义地提出了重新思考文学史必须注意的三个层次：首先，确认在当前的文学研究实践里有哪些研究方式和信仰是司空见惯的，然后问一问这些研究习惯是否都是有效的工具……其次，我们应该把物质、文化和社会历史的想象加诸我们习以为常、决信不疑的事物上……最后，我们要探询那些文学史写作所围绕的重要的作家，他们是被什么样的人视为重要的作家的，根据的又是什么样的标准。[1] 宇文所安对现有的、充满自信的文学史提出了严峻的质疑。他所主张的文学史，似乎是充满历史想象力的、无定无常的文学史。这并不是一味否定现有的文学史写作，而是"为了更好地描述我们所知道的东西——以及我们所不知道的东西"[2]。因此，我们有必要厘清三种决然不同的历史：文学本身的历史、文学史的历史，以及作为大背景的文化和社会历史。所谓"瓠落的文学史"，正是指其

---

[1] 宇文所安. 他山的石头记[M]. 田晓菲, 译. 南京：江苏人民出版社, 2006：7-8.
[2] 宇文所安. 他山的石头记[M]. 田晓菲, 译. 南京：江苏人民出版社, 2006：25.

大而无当，反而无用。

我们既不能戒除来自过去文学史的影响，它的"陈规定见"，乃至"典律"都值得重新思考；又不应忽视外围历史与文学自身的关系。文学作为特定时空下的产物，受惠甚至受制于它，却绝不意味着双方可以画上等号。谷梅（Merle Goldman）对20世纪40—50年代的"异见分子"的研究已经清楚表明，在社会主义时期，国家意识无法完全操控作家创作。文学本身的历史可能更为复杂。它的变化完全是细微、缓慢而多样的，有时甚至是重复的，没有一条人们所想象的跃进的线性进化史。因此，文学史写作既是一种历史想象的方式，也是文学、社会、时代、读者期待、文学生产等诸多因素斡旋的结果。写出一部完美的文学史，其难度可想而知。当然，我们不可能书写一部完美的文学史，也不可能存在唯一的文学史。我们所能做的只是以各自不同的方式、角度、立场，不断地去走进文学史。

海外对中国现代文学史的书写，为我们呈现出了中国现代文学史的多元与复杂的面向。假如我们并不以"文化观光客"的心态来揣测对方，那么当下日益繁荣的海外汉学研究，或许可视为进入自身历史的另类法门。在跨文化的脉络中，将中国文学史挤压成平面的做法变得不再可能。这是一个复数的、多面的文学史，并不存在均质的文学史，也没有哪些部分更具重要性。所有的文学史都是文化过滤的结果，意识形态、教育体制、文化机构、商业运作和阅读群体共同造就了一部文学史。当然，它还包含着同过去的价值判断进行协商的关键部分。写出一部新的文学史，绝非斩断前缘、另起炉灶，而是重新组织我们所占有的材料，包括对既有作家作品的重新评判，引入新的文献资料和作家作品，提出新的辩论，等等。也就是说，复数的观念、多元的观念，减弱了文学史的确定性，质疑了一言以蔽之的权威性，我们对文学史的认识随之开阔，讲述故事的方式也变得灵活多样。

综观20世纪50年代以来的海外中国现代文学研究，相关的文学史写作，呈现出复杂多变的形态，我们可以从以下几个方面来略加考察。

第一，对重返文学层面的认知。20世纪90年代以前，中国现代文学史的书写往往伴随着鲜明的意识形态色彩，成为确立主流意识形态文化权威与文化认知的某种手段，对文学史的描述、对作家作品的品评都难免落入模式化的窠臼。而海外中国现代文学史的书写，没有这种意识形态的预设，往往直接从文学的审美性层面切入文学史，对一些司空见惯的文字表述或固定成型的研究习惯不断提出质疑。这些文学史的书写，不仅有利于拓展作品内涵、作家深度和历史的多面性，也有利于不断改写文学史上模式化的表述。这种模式化的表述往往表现为某种"偏见"，认为某个作家、某部作品、某类风格一定比其他的更为重要、更为正确。如果我们使用的是"突出"，而不是"重要""正确"，那么这些结论也许会变得恰切许多。例如，我们不可否认鲁迅在现代文学史上的显赫地位，但据此认定他比茅盾、张爱玲等人更重要、更正确，这显然是令人怀疑的。文学史的标准不应该以某个作家、某部作品、某类风格为是，而应该寻求一种普遍的审美价值。这或许是欧美现代中国文学研究的开山力作——夏志清的《中国现代小说史》（*A History of Modern Chinese Fiction*）产生巨大影响的重要原因。尽管这本著作也带有自己的意识形态立场，但它基本上是以文本的"审美价值"和"道德关切"为准则的，是"对优美作品的发现与批评"[1]。一方面，弗·雷·利维斯（F. R. Leavis）所提的"大传统"（Great Tradition）清晰可探，着力强调文学与人生的直接关联，主张好的文学作品都是人生各种情景的精致展现；另一方面，夏志清以20世纪50年代盛行西方的新批评方法，重新解读了中国现代作家的作品，通过对作品结构、人物、情节的细腻研究，发掘出一批彼时不为人所看重、不为人所知的作家，将沈从文、张爱玲、钱钟书、张天翼等人单列专章加以论述，将鲁迅只是视为新文学运动的多声部之一，消解了鲁迅独于一尊的地位。这些看似寻常的处理，一方面，让我们把须臾不离的目光从鲁迅身上移开，去注意文学史的各个方面；另一方面，也让我们重新审视光环消逝后鲁迅真实的隐秘，甚至是黑暗的一面，这一面在此后夏济安的《黑暗的闸门：中国左翼文学运动研究》（*The Gate of Darkness*：*Studies on the Leftist Literary Movement in China*）、李欧梵编著的《鲁迅及其遗泽》（*Lu Xun and His Legacy*）和《铁屋中的呐喊：鲁迅研究》（*Voices from the Iron House*：*A Study of Lu Xun*）中都得到了进一步的证明。与夏志清文学史批评较为接近的是李欧梵为《剑桥中国史》撰写的精彩章节《追寻现代性（1895—1927）》和《走上革命之路（1927—1949）》，以"现代"和"革命"为名，将"现代性"作为现代文学演进的主轴，探究了晚清至民国时期和民国至中华人民共和国成立时期的中国文学历程，完全是一部简明版的"中国现代文学史"。

第二，文学史研究面向多元化。过去的文学史架构常常不脱"鲁郭茅、

---

[1] 参见季进. 对优美作品的发现与批评永远是我的首要工作：夏志清访谈录[J]. 当代作家评论，2005（4）：33.

"巴老曹"的排列组合，虽用语颇大，却不免给人肌质单薄之感。五四运动之后，写实之外，中国文学只落得个乏善可陈。而今，将我们对物质、文化和社会历史的想象，而非意识形态和政教体制的正确态度，加诸我们习以为常、确信不疑的材料，许多被遗忘的"新大陆"逐渐浮出水面。耿德华（Edward M. Gunn）的《被冷落的缪斯——中国沦陷区文学史（1937—1945）》(*The Unwelcome Muse: Chinese Literature in Shanghai and Peking, 1937—1945*) 对1937—1945年中国沦陷区文学的考察引人注目，全书自由开放，从小说、散文到杂文、戏剧打通论述，不必分门别类，颇有深意；作家有张爱玲、钱钟书、唐弢、杨绛、于伶，不分雅俗，唯浅尝辄止，不免遗憾。值得注意的是，该书讨论被政治话语屏蔽下的文学区域和时段，力主发现其中多样的文学才华和架构，引人深思。与此书相类似的是李欧梵的《中国现代作家的浪漫一代》(*The Romantic Generation of Modern Chinese Writers*) 中关于中国现代文学中浪漫世代的研讨。李欧梵受教于三大汉学名师，他们在引领研究方向、拓宽研究空间、重拾"经典"方面都影响深远。夏志清重构现代文学框架，风气所及，直接引发国内20世纪90年代重写文学史的风潮。夏济安细磨左翼作家"黑暗"形象，引发深度思考。雅罗斯拉夫·普实克（Jaruslav Prusek）辨析史诗与抒情，既引出了其与传统的关联，又展示了现代的进程。与三位老师不同的是，李欧梵弃写实而究浪漫，以断代问题为主，指出现代中国文学浪漫的另一面向。这不仅指代一种创作风格，还呈现出作家的创作姿态。苏曼殊、林纾、郁达夫、徐志摩、郭沫若、萧军、蒋光慈几位作家，或飞扬或沉郁，或传统或先锋，且笑且涕，人言人殊，但都与西方文学传统息息相通。李欧梵所作此书大大丰富了我们对中国现代文学史复杂面向的认知。

即使是一些传统的研究面向，也借鉴新的方法，比照新的研究内容，揭示出过去被单面化的各种关系间的多元结构。例如，在写实与虚构的问题上，过去往往认为写实主义的作品总是效忠现实的，而无关虚构的，但安敏成（Marston Anderson）和王德威的讨论则表明对现实的过分专注往往带出某类限制，或者写实本身难逃虚构本命，而演化出新的"变种"。安敏成的《现实主义的限制：革命时代的中国小说》(*The Limits of Realism: Chinese Fiction in the Revolutionary Period*) 一书，以文化及意识形态批评为出发点，介绍革命时代的中国文学。在安敏成看来，鲁迅、叶绍钧、茅盾、张天翼期望以现实主义为依托，介入现实人生，但是每每愈是深切地描摹社会，改造的无望感就愈发强烈。他们无力应付写实主义内蕴的吊诡，徘徊在写实与虚构、道德与形式、大历史与小细节之间。"现实主义"的概念清晰不再,反而蕴含诸多变数。

如果说安敏成的讨论揭橥了写实观念在内在逻辑与外在历史、政治之间的回环往复,了无终期,那么王德威的研究则欲表明这种种回环间的文字游戏何以达成,一旦冲破了"模拟"的律令,它们会呈现出何种面目。《写实主义小说的虚构:茅盾、老舍、沈从文》(*Fictional Realism in 20th Century China*:*Mao Dun*,*Lao She*,*Shen Congwen*)一书,将写实与虚构并置,表白的却是其私相受惠、李代桃僵。诚如作者所说:"这三位作家基本承袭了十九世纪欧洲写实叙事的基本文法——像对时空环境的观照,对生活细节的白描,对感官和心理世界的探索,对时间和事件交互影响的思考等。但他们笔下的中国却出落得如此不同。茅盾暴露社会病态,对一代革命者献身和陷身政治有深刻的体验;老舍从庶民生活里看出传统和现代价值的剧烈交错;沈从文则刻意藉城与乡的对比投射乌托邦式的心灵图景……这三位作者的不同不仅在于风格和题材的差异,更在于他们对'写实'和'小说'的意义和功能各有独到的解释。茅盾藉小说和官方'大叙事'抗衡,并且探索书写和革命相辅相成的关系。老舍的作品尽管幽默动人,却总也不能隐藏对生命深处最虚无的惶惑。而在沈从文的原乡写作尽头,是对历史暴力的感喟,和对'抒情'作为一种救赎形式的召唤。"[1]可以看到,"模拟"的现实不再,取而替之的是"拟真"的仿态。或是历史政治小说,或是笑谑的闹剧、悲情小说,或是原乡神话、批判的抒情,此般种种,见证了写实文类的多样性,由此取消了将之化约为一的一厢情愿。此消彼长的辩证之间,推进的正是写实的深度。中国现代文学史写实的、抒情的、政治的、社会的、区域的、文化的种种面向,就这样生动而丰富地呈现在我们面前。

第三,挑战僵化的文学史书写形态。任何一种新的文学史书写都是对既成文学史的协商和重新"洗牌"。无论是思想,还是框架;无论是材料,还是立场,从某种意义上,都是一种新的实验。从基础的时间分期来说,现代文学的起讫通常是在1917—1949年,夏志清的论述框架就根基于此,但后来者如李欧梵、王德威、胡志德(Theodore Huters)、米列娜(Milena Doleželová-Velingerová)等却有意要考察五四运动与晚清时期的内在关系。

---

[1] 王德威.写实主义小说的虚构:茅盾、老舍、沈从文 [M].上海:复旦大学出版社,2011:2-3.

王德威甚至将现代从最初的19世纪末推向了19世纪中期，论域向前延伸了近60年。30年内的起落分区，通常是以政治事件为依据，10年为一个坐标，但现在的研究者常常冲决罗网，自有不同的考核年限。例如，李欧梵就以两大时段来看待1895—1949年的中国文学，其中1927年是分水岭，前后分别可以用"追求现代"和"走向革命"来归纳。[1] 当然，严肃的学者已经意识到文学的历史和政治的历史并不吻合，过分依靠外缘标准来推敲文学分期的做法，容易导致文学史写作受控于意识形态。因此，从新的研究视点切入，根据不同的研究内容来进行文学史的分期，就显得十分适切。例如，从翻译的塑形作用来看，胡缨的《翻译的传说：中国新女性的形成（1898—1918）》(Tales of Translation: Composing the New Woman in China, 1898—1918) 判定1898—1918年是一个时间段落，而非1917年；从民族身份的确立来看，石静远（Jing Yuen Tsu）的《失败、民族主义和文学：现代中国人身份的形成，1895—1937》(Failure, Nationalism, and Literature: The Making of Modern Chinese Identity, 1895—1937) 则判定1895—1937年属于同一个逻辑话语链，而非1949年。因事取时，而非定时填空，这是文学史书写形态的突破之一。它驱策文学史写作走出了连续时间内事件罗列的定式，而变成断代定点研究，无论深度、性质都发生了巨大转变。用陈平原的话说，就是从普及型的教科书，变成了专家式的文学史。[2]

突破对文学史书写形态的另一个表现是，不再把文学体裁当作文学史写作的基本单位。传统的文学史通常以专章讨论一种体裁，这样的做法有一定的合理性，但是忽略了各种文类之间的呼应、纵横的关系。耿德华的做法是以关键词的方式进行重组，例如，在"反浪漫主义"的议题下，讨论的是吴兴华的诗歌、杨绛的戏剧、张爱玲和钱钟书的小说，消泯了体裁文类之见。还有一种比较流行的替换方式，是以作家为中心进行写作。他们既可以是各自分散的，如王德威分而治之地讨论了茅盾、老舍、沈从文三位的写实与虚构；也可以具有统一的名目，如安敏成以道德限制谈鲁迅和叶绍钧，用社会阻碍论茅盾和张天翼，史书美则借区域流派做准绳，在"京派"名目下收罗废名、凌叔华和林徽因，以"重思现代"来加以涵盖，同时上海的地域则主推新感觉派，用"炫耀现代"做结。当然，还有一种

---

[1] 李欧梵. 现代性的追求 [M]. 北京：生活·读书·新知三联书店，2000：177-339.
[2] 陈平原. 小说史：理论与实践 [M]. 北京：北京大学出版社，1993：27.

做法是，干脆将某一文类发展壮大，不以孤立为忤，形成一部专门的文类史。如奚密的《现代汉诗：一九一七年以来的理论与实践》（*Modern Chinese Poetry: Theory and Practice since* 1917）系统论述现代汉诗的演进历程，耿德华（Edward M. Gunn）的《重写中文：一九一七年以来的理论与实践》（*Rewriting Chinese: Style and Innovation in Twentieth-century Chinese Prose*）关注中国现代散文的风格与创新，罗福林（Charles A. Laughlin）的《中国报告文学：历史经验的审美》（*Chinese Reportage: the Aesthetics of Historical Experience*）以历史经验的美学切入现代报告文学，都堪称文类史写作的代表。

第四，多元文学史的书写激发与挑动了理论间的辩难。这种理论的辩难，往往正是这些文学史书写的迷人之处、出彩之处，它们不再是干巴巴的材料的堆砌，不再是各种各样作家作品的排序游戏，也不再是文学与社会的简单勾连。在文学史书写的背后，显烁着理论的思辨，彰显着思想的魅力。多元文学史的书写，提出了一些值得深思的问题。

一是现代与传统的关系。在中国现代文学研究方面，普实克最先致力于这一问题的探讨。对他而言，中国古典文学对于现代文学的影响主要是抒情境界的发挥。在体裁上，它由诗歌延至小说；在形式上，是对古典诗中主体性表达的借鉴。普实克的宏论，改写了将中国现代文学视为决裂传统而周体全新的系统的论述。承其衣钵，米列娜持续探讨小说形式的消长转换与社会现象的推陈出新，以为世纪之交，中国小说的种种变数，虽不脱西方影响，但其中传统的因素仍一目了然。由此，传统与现代的界限变得模糊，武断地定义现代开始的做法也就值商榷。为避免分歧，人们转而考察更为宏大的领域，如"20世纪中国文学"等。

二是文学文本与非文学文本界限的松动。按照传统的理解，文学指向的是文字文本，其他如视觉文本（电影、广告、图像等）、文化文本（城市、性别、刊物等）不属此列。但随着研究的深入与新的批评理论的引进，文学史书写的空间不断拓宽，诚如王德威所说：20世纪90年代以来的现代中国文学研究早已经离开传统文本定义，成为多元、跨科技的操作。[1]"已有的成绩至少包括电影（张英进，张真，傅葆石），流行歌曲（Andrew Jones），思想史和政治文化（Kirk Denton），历史和创伤（Yomi Braester〔柏佑铭〕），马克思和毛泽东美学（刘康，王斑），后社会主义（张旭

---

[1] 杨义. 中国文学年鉴2007[M]. 北京：中国文学年鉴社，2007：397.

东),'跨语际实践'(刘禾),语言风格研究(Edward Gunn〔耿德华〕),文化生产(Michel Hockx〔贺麦晓〕),大众文化和政治(王瑾),性别研究(钟雪萍),城市研究(李欧梵),鸳鸯蝴蝶和通俗文学(陈建华),后殖民研究(周蕾),异议政治(林培瑞),文化人类学研究(乐刚),情感的社会和文化史研究(刘剑梅,李海燕)等。"[1]

三是批评与批评的批评。以纯粹白描的方式来讲述作家作品的文学史,于今已显得过时。韦勒克(R. Wellek)早在20世纪40年代就批评了将文学史、文学理论和文学批评区隔开来的做法,强调"文学理论不包括文学批评或文学史,文学批评中没有文学理论和文学史,或者文学史里欠缺文学理论与文学批评,这些都是难以想象的"[2]。新批评、形式主义、结构主义、解构主义、文化研究等理论,开掘了中国现代文学的性别、族裔、情感、日常生活等多面形态,并标举了其批评功用。将文学史书写与这些批评理论、批评之批评有机融合,正是海外中国现代文学研究创新与成功的一个方面。然而,面对诸多时新的理论话语与研究视角,如何活络对话、专注其所促动的复杂的理性和感性脉络,而不是生搬硬套,表演其所暗含的道德优越性和知识权威感,这又值得我们警惕。在这方面,周蕾的《妇女与中国现代性:西方与东方之间的阅读政治》(*Woman and Chinese Modernity*:*The Politics of Reading between East and West*)认为,文学史书写与"批评之批评"熔于一炉,赋予其著作别样的深度,这是值得我们深思与借鉴的。

四是文学与历史的对话。如前所述,文学本身的历史、文学史的历史,以及作为大背景的文化和社会历史,这三种历史形态之间的交错混杂,贯穿其中的则是文学与历史本身的对话。文史不分家,自是中国文化的古训。老生常谈,却无不与当下盛行的新历史、后设的历史若合符节。历史或为庞大的叙事符号架构,或为身体、知识与权力追逐的场域,唯有承认其神圣性的解体,才能令文学发挥以虚击实的力量,延伸其解释的权限;文学或为政治潜意识的表征,或为记忆解构、欲望掩映的所在,只有以历史的方式来检验其能动向度,才可反证出它的经验有迹可循。前者我们不妨以黄仁宇的《万历十五年》为例,后者不妨以史景迁(Jonathan D. Spence)

---

[1] 何言宏.二十一世纪中国文学大系(2001—2010)·理论卷[M].南京:南京师范大学出版社,2014:607.

[2] 雷·韦勒克,奥·沃伦.现代外国文艺理论译丛第一辑(1):文学理论[M].刘象愚,邢培明,陈圣生,等译.北京:生活·读书·新知三联书店,1984:32.

的《王氏之死》为证。前者是用文学的方式讲述历史,后者是用历史的方法考察文学。而王德威的《历史与怪兽:二十世纪中国的历史,暴力与叙事》(*The Monster That Is History: History, Violence, and Fictional Writing in Twentieth-Century China*)则往返于文学与历史之间,不断辩证究诘,层层深入,将文学与历史的思考推向了新的层面。回到文学史写作本身,既要积攒历史的材质,又不能为其所限;既要探解文学的独特性,又不能失去历史的线索。文学与历史之间盘根交错、千丝万缕的联系,正是建构文学史的最佳起点。

(本文原载于《文学评论》2009年第6期)

21世纪以来北美地区的中国古代通俗文学研究

臧 晴

21世纪以来,北美地区中国古代通俗文学的研究愈演愈盛。一方面,韩南(Patrick Hanan)、夏志清等老一辈学者早期的研究为北美地区的古代文学研究奠定了基础,培养出以浦安迪(Andrew H. Plaks)、何谷理(Robert E. Hegel)为首的第二代学人和以马克梦(Keith Mcmahon)、黄卫总(Martin Huang)为代表的第三代学人;另一方面,冷战以后,欧美各个大学不断涌现的东亚研究系为各类中国文化研究铺平了道路,而随着越来越多中国学生的加入,以及研究范式的不断拓展,使得北美地区中国古代通俗文学研究的队伍日渐壮大,并在21世纪呈现出多样纷呈的面貌。

北美学界对中国古代文学的研究是从通俗文学———白话小说开始的。韩南研究《金瓶梅》《肉蒲团》以来,对白话小说的研究在题材和文本选择上更进一步拓宽。韩南的《中国近代小说的兴起》(The Rise of Modern Chinese Novel)收录了其10篇论文,着重论述了19世纪末20世纪初中国小说家的技巧创造力、西方人对中国小说的"介入"和20世纪早期的写情小说这三大问题。黄卫总的《帝制晚期的欲望和虚构》(Desire and Fictional Narrative in Late Imperial China)不但重读了《金瓶梅》《红楼梦》,更详细讨论了一些尚未引起学界注意的二三流作品,诸如《痴婆子传》《姑妄言》《灯草和尚》等,从而勾勒出从"欲"到"情"的发展轨迹。他还著有《帝制晚期中国的男子气概》(Negotiating Masculinities in Late Imperial China),主编有《蛇足:续书、后传、改编和中国小说》(Sequels, Continuations, Rewritings and Chinese Fiction)。

以某一个文本为中心的研究中出现了金葆莉(Kimberley Besio)和董保中(Constantine Tung)合著的《〈三国〉和中国文化》(Three Kingdoms and Chinese Culture),从《三国演义》开始,论述广泛意义上的三国文化。这一类的研究还有葛良彦的《走出水浒:中国白话小说的兴起》(Out of the

Margins: The Rise of Chinese Vernacular Fiction)、李前程的《悟书：〈西游记〉、〈西游补〉和〈红楼梦〉研究》(Fictions of Enlightenment: Journey to the West, Tower of Myriad Mirrors, and Dream of the Red Chamber)、丁乃非的《秽物：〈金瓶梅〉中的性政治》(Obscene Things: Sexual Politics in Jin Ping Mei)、商伟的《〈儒林外史〉和帝国晚期的文人身份及其在小说中的表现》(Literati Identity and its Fictional Representations in Late Imperial China) 和萧驰的《作为抒情天地的中国花园：〈红楼梦〉通论》(The Chinese Gardens as a Lyric Enclave: A Generic Study of The Story of the Stone)。

专题式的研究也出现了各类分支，例如，吕立亭的《中华帝国晚期文学中的非故意乱伦、啃老和其他奇遇》(Accidental Incest, Filial Cannibalism and other Peculiar Encounters in Late Imperial Chinese Literature)，从题目上就可以看到其研究视角的独特。又如，Chloë F. Starr 的《晚清的红灯小说》,(Red-light Novels of the Late Qing) 和胡志德 (Theodore Huters) 的《拥抱世界：晚清和民初的博采西长》(Bringing the World Home: Appropriating the West in Late Qing and Early Republican China)。其中的佼佼者为两部女学者的专著———魏爱莲 (Ellen Widmer) 的《美人与书：19 世纪中国的女性与小说》(The Beauty and the Book: Women and Fiction in Nineteenth-Century China) 和胡缨的《翻译的故事：1899—1918 年中国新女性之创造》(Tales of Translation: Composing the New Woman in China, 1899—1918)，前者认为 19 世纪末的女性已经极为活跃地参与到小说的阅读、批评、撰写和编辑活动之中，后者通过考察各种文体、版本和媒介方式，大跨度地并置、比较形象类型，对"傅彩云""茶花女""苏菲亚""罗兰夫人"等流行形象的生产、流传以及移植进行探讨。由此，中国"新女性"形象在中西各种话语与实践的纠缠混合下，逐渐浮现。

21 世纪以来，还出现了一些古代话本小说的译本，如韩南翻译了扬州小说《风月梦》(Courtesans and Opium: Romantic Illusions of the Fool of Yanzhou)，杨曙辉与杨韵琴合译了《喻世明言》(Stories Old and New: A Ming Dynasty Collection)、《警世通言》(Stories to Caution the World: A Ming Dynasty Collection)、《醒世恒言》(Stories to Awaken the World: A Ming Dynasty Collection)。

相较于白话小说研究的兴盛，北美学界对中国古代文言小说的研究可算是后来居上，研究者从 20 世纪 80 年代对《聊斋》的集中探索延伸出对整个志怪小说的讨论。其中有蔡九迪 (Judith Zeitlin) 的《虚幻的女主角：

17世纪中国文学的鬼魂和性别》(*The Phantom Heroine*: *Ghost and Gender in Seventeenth-Century Chinese Literature*) 和蒋兴珍(Sing-chen Lydia Chiang)的《自我觉醒：中华帝国晚期志怪故事中的身体和身份》(*Collecting the Self*: *Body and Identity in Strange Tale Collections of Late Imperial China*)。另有两篇以狐仙为主要关注对象的专著——韩瑞亚(Rania Huntington)的《异类：狐与明清小说》(*Alien Kind*: *Foxes in Late Imperial Chinese Narrative*)与康笑菲的《狐仙崇拜：帝国晚期及现代中国的权力、性别与大众宗教》(*The Cult of the Fox*: *Power*, *Gender*, *and Popular Religion in Late Imperial and Modern China*)，前者研讨了狐仙与人之间界限的演变过程，认为在人与非人、男与女、超能力与怪物之间摇摆变化的狐仙正是其在人类身上的投射；后者阐释了来自历代文献和当下田野材料的丰富意蕴，指出狐仙敬拜的多样性、模糊性、流动性、边缘性和盲目性，并试图以此来质疑中国文化标准化的特质。

戏曲方面，《牡丹亭》《桃花扇》是北美学界颇为关注的两个文本。研究者总是从分析《桃花扇》开始，来论述晚明时期的"情交"主题对后世的影响，如前文所提及的黄卫总的《帝制晚期的欲望和虚构》，又如史恺悌的《牡丹亭400年演出史》(*Peony Pavilion Onstage*: *Four Centuries in the Career of a Chinese Drama*)，再如吕立亭的《人物、角色和思想：〈牡丹亭〉和〈桃花扇〉中的身份认同》(*Persons*, *Roles and Minds*: *Identity in Peony Pavilion and Peach Blossom Fan*)。此外，伊维德(Wilt L. Idema)著有《朱有燉的杂剧》，全书对朱有燉的生活、时代、剧作以及后世对朱有燉杂剧的接受等问题进行了全面深入的研究，对朱有燉的杂剧，依据其功用、题材分为五种不同的戏剧类型，即宫廷典礼仪式、传统的庆寿和超度、盛世赏花活动、妓女的忠诚、英雄好汉，并按照写作年代加以排列，全面介绍了其杂剧的情节、结构等戏剧因素，清晰地描绘了朱有燉杂剧与传统戏曲的承继与发展的脉络演变。

伊维德在中国古代说唱文学特别是宝卷上的研究可谓独树一帜，他的研究基本以人物为主，著有《包公和法治：从1250—1450年的八个说唱故事》(*Judge Bao and the Rule of Law*: *Eight Ballad-Stories from the Period 1250—1450*)、《梁山伯与祝英台：梁祝传说的四个版本》(*The Butterfly-Lovers*: *Four Versions of the Legend of Liang Shanbo and Zhu Yingtai*)、《孝行和自我救赎：观音和她的侍从》(*Filial Piety and Personal Salvation*: *Two Precious Scroll Narratives of Guanyin and Her Acolytes*)、《白蛇和她的儿子：雷

峰宝卷》(*The White Snake and Her Son: A Translation of the Precious Scroll of Thunder Peak, with Related Texts*) 等。他最为著名的《孟姜女哭长城：中国传说的十个版本》(*Meng Jiangnv Brings Down the Great Wall: Ten Versions of a Chinese Legend*) 是通过翻译不同的孟姜女故事，显示出子弟书、弹词、歌仔册、宝卷等不同体裁所表现出的差异，以及不同地区、时代、功能题材所构成的不同故事。例如，在有些作品中，孟姜女是一个典型的孝女，但是在其他一些故事中，她毫不关心她的父母和公婆。他的研究把关于孟姜女的故事汇编在一起，形成一个选本，凸显出多样化体裁所带来的不同文本的含义。

此外，北美学界还有一些对歌谣的研究，例如，徐碧卿（Pi-ching Hsu）的《色情以外：对冯梦龙〈童痴〉中幽默感的历史解读》(*Beyond Eroticism: A Historian's Reading of Humor in Feng Menglong's Child's Folly*)。又如，罗开云（Kathryn A. Lowry）的《16及17世纪通俗歌谣的锦图：阅读、仿效和欲望》(*The Tapestry of Popular Songs in 16th and 17th Century China: Reading, Imitation and Desire*) 阐述了歌谣流通的过程，文本是如何塑造读者的，又是如何被各类文体所塑造的，表演性文本的介入是如何丰富歌谣的想象力和改写措辞的。而对弹词的研究主要有马克·本德尔（Mark Bender）的《梅与竹：中国苏州弹词传统》(*Plum and Bamboo: China's Suzhou Chantefable Tradition*)。

不难看出，21世纪以来北美地区对中国古代通俗文学的研究进入了一个全面发展的阶段，其视点之新、材料之多、理论运用之娴熟受到国内学界的一致肯定。但也不难看出，这些研究主要集中在主题研究、比较研究和文化研究的层面，还存在许多盲点。例如，很多17—19世纪的小说至今仍未被讨论到，以多部著作为研究对象的整体性研究也比较缺乏。但作为国内研究的补充，北美地区的相关研究仍不失为一个很好的参照与补充。

[本文原载于《陕西理工学院学报（社会科学版）》2014年第1期，题目略有改动]

中国昆剧英译的现状、问题与对策

朱 玲

一、引言

在人类戏剧发展史上，古希腊悲喜剧、古印度梵剧与中国戏曲并称世界三大古老戏剧，其中中国戏曲成熟较晚却厚积薄发。据2017年中华人民共和国文化部（现为中华人民共和国文化和旅游部）举行的全国地方戏曲剧种普查结果，中国共有348个剧种[1]。尽管总量不少，可以称为"种剧"的却只有弋阳腔、昆腔、秦腔、皮黄腔等少数几种。"四方歌曲，必宗吴门"，元末明初发源于江苏昆山的昆曲迄今已有600多年的历史，以它细腻婉转的声腔、字珠句锦的文辞、载歌载舞的表演为后来地方戏的成长提供了充分的养料。[2] 2001年，昆曲以全票通过并首批入选联合国教科文组织"人类口头与非物质遗产代表作"名录，成为中国世界级"非物质文化遗产"的第一张名片。而昆剧兼具文学性、思想性与艺术性，是中华民族核心价值观在文学艺术领域的重要体现。在当前"中国文化走出去"的国家战略背景下，要讲好中国故事，昆剧的翻译与对外传播是一个极佳的突破口。在中国"走出去"的时势下，文化外译是把中国及中国文化对外翻译成目的语，向目的语国家进行的一种跨国界、跨语言与跨文化的外向型的传播活动[3]，具有一定的现实意义和时代价值。

---

[1] 中华人民共和国国务院新闻办公室. 文化部举行全国地方戏曲剧种普查成果专题新闻发布会［R/OL］.（2017-12-26）［2019-2-11］. http：//www.scio.gov.cn/xwfbh/gbwxwfbh/xwfbh/whb/Document/1614324/1614324.htm.
[2] 朱恒夫. 中国戏曲剧种研究［M］. 北京：人民文学出版社，2018：绪论4.
[3] 陈俐：南昌大学纪念汤显祖诞辰460周年学术会议论文集［M］. 南昌：江西人民出版社，2012：400.

二、研究对象的界定：昆腔、昆曲与昆剧

昆剧研究中有三个概念容易混淆，按产生时间的先后顺序可分为：昆腔、昆曲与昆剧。

昆腔亦称昆山腔，是元末明初发源于江苏昆山的一种音乐声腔。昆曲本质上是曲，乃诗之一体，即创作以供昆山腔演唱的诗词。昆剧是昆山腔曲剧，产生于明代嘉靖后期，具备戏班、演员和剧目等要素，综合性是它的突出特点。简而言之，昆腔的本质是一种音乐，昆曲是用昆腔演唱的诗体文本，而昆剧则是既包括昆腔，又包括昆曲，还包括舞台演出的综合性戏剧。鉴于联合国教科文组织非物质文化遗产名录中的译名以及戏曲界的使用习惯，也多以昆曲通指以上三者。

本文着眼于戏剧的汉英翻译，而作为音乐的昆腔则不涉及汉英两种语言的转换活动，作为文本内容的昆曲几近于诗词，不具备戏剧的特有要素。因此，我们采用严格意义上的界定：作为研究对象的昆剧英译，是指包括音乐、文本和舞台表演的综合性昆山腔曲剧的英文翻译。

三、昆剧英译现状

昆剧自18世纪开始被翻译成外国文字，最先流传出去的是王实甫的《西厢记》和高明的《琵琶记》。现已发现较早的外译本是日语译本，即田岛咏舟翻译的《西厢记》，大约出版于18世纪末，日本文化元年（1804年）由东京田岛长英再版。[1] 而后，昆剧被陆续翻译为法文、英文、德文等多国文字，其中英译本数量最多。

1. 昆剧英译本

据《昆戏集存》收录，当前流传下来（近60年来有过演出或教学记录）的昆剧共计411出（折）[2]，按文学来源可大致分为：宋元南戏47出（折），元杂剧18出（折），明清传奇337出（折），明清杂剧3出（折），清代时剧6出（折）。

---

[1] 马祖毅，任荣珍. 中华翻译研究丛书之三：汉籍外译史 [M]. 武汉：湖北教育出版社，1997：168-169.

[2] "出"是指传奇剧本结构上的一个段落，"折"是指元杂剧剧本结构的一个段落。

(1) 英译剧目

笔者据此统计出,这 411 出(折)戏分属 103 部剧目,目前已出版英译本的有 27 部,约占总数的四分之一。这 27 部绝大多数为经典折子戏[1]的选译本,其中只有 8 部有全译本,它们分别是《琵琶记》《西厢记》《紫钗记》《牡丹亭》《邯郸梦》《南柯梦》《长生殿》《桃花扇》。

表 1 昆剧英译剧目统计

序号	昆曲剧目	作者	全译本	选译本	文学来源	合计
1	《荆钗记》	柯丹邱		√	宋元南戏	3
2	《白兔记》	无名氏		√		
3	《琵琶记》	高明	√			
4	《单刀会》	关汉卿		√	元杂剧	1
5	《连环计》	王济		√	明清传奇	20
6	《西厢记》	王实甫	√			
7	《宝剑记》	李开先		√		
8	《浣纱记》	梁辰鱼		√		
9	《玉簪记》	高濂		√		
10	《紫钗记》	汤显祖	√			
11	《牡丹亭》	汤显祖	√	√		
12	《邯郸梦》	汤显祖	√	√		
13	《南柯梦》	汤显祖	√			
14	《狮吼记》	汪廷讷		√		
15	《燕子笺》	阮大铖		√		
16	《天下乐》	张大复		√		
17	《虎囊弹》	邱园		√		
18	《十五贯》	朱素臣		√		
19	《长生殿》	洪昇	√	√		
20	《桃花扇》	孔尚任	√	√		

[1] 折子戏即选场戏,大多是整本戏中较为精彩的出目。

续表

序号	昆曲剧目	作者	全译本	选译本	文学来源	合计
21	《雷峰塔》	方成培、陈嘉言		√	明清传奇	20
22	《金雀记》	无心子		√		
23	《千忠禄》	李玉		√		
24	《烂柯山》	无名氏		√		
25	《四声猿》	徐渭		√	明清杂剧	2
26	《吟风阁》	杨潮观		√		
27	《孽海记》	无名氏		√	时剧	1
合　计			8	25		

据表1的数据显示，现有的昆剧英译本都是读者和观众耳熟能详且舞台搬演较为活跃的剧目。其中昆剧代表性剧目，诸如汤显祖的"临川四梦"——《紫钗记》《牡丹亭》《邯郸记》《南柯梦》、高明的《琵琶记》、王实甫的《西厢记》、洪昇的《长生殿》和孔尚任的《桃花扇》，既有全译本，也有选译本。25部剧有英文选译本，汤显祖的《紫钗记》《南柯梦》只有全译本而无选译本。通常情况下，剧作先有选译本，再以此为基础进而有全译本，而这两部剧是借规划出版"临川四梦"之机才予以选入的，是个例外。此外，有些剧目不止有一个全译本，最为典型的是《牡丹亭》。它的译者既有中国人，也有外国人，译者各自独立完成，译作的出版上存在时间差；同一位译者的译本，例如，白之译本和张光前译本，在时隔数年后又有自行修订的版本问世。剧目的复译和重译，也验证了原作的经典地位。

从全译本剧目的文学来源上看，除了1部来源于宋元南戏的《琵琶记》之外，其他7部均为明清传奇。究其原因，一是明清传奇是昆剧的主要文学来源，共计411出（折）戏中就有337出（折）来自明清传奇，占了总量的80%以上，由于总量大因而被选中的概率也大；二是明清传奇大多描写才子和佳人缠绵悱恻的爱情故事，当然也不乏如《桃花扇》之类"借离合之情，写兴亡之感"的作品，因此素有"十部传奇九相思"之说。无论是在古代还是在现代，无论是在中国还是在外国，爱情都是亘古不变的母题，先将此类作品译成英文，或许更易推广中国文化，进入西方世界。

（2）译作用途

从译作的序、跋或封皮、扉页上的标识来看，目前昆剧英译本的用途大致可分为两类：一是用于文本阅读，二是用于舞台演出。

除了表2所列昆剧舞台演出英译本外，其他均用于文本阅读，目标受众既包括母语为英语的读者，又包括母语为汉语的英语学习者，还包括昆剧爱好者。例如，汪榕培带领翻译团队在2006年出版的《昆曲精华》一书中，一并选译了16部昆剧，每部剧仅选译1个折子，他们的初衷或可代表大多数昆剧译者："译本是用以阅读而非演出的剧本。"[1]

除了用于文本阅读之外，还有少数译作是针对舞台演出的，主要包括：杨宪益与戴乃迭合译的《长生殿》演出剧本、李林德的青春版《牡丹亭》字幕译本、石俊山的《1699·桃花扇》字幕译本、许渊冲与许明合译的《西厢记》《牡丹亭》《长生殿》《桃花扇》4部剧舞台本、汪班的《悲欢集》中收录的《玉簪记》《烂柯山》《狮吼记》《孽海记》《虎囊弹》《牡丹亭》《钟馗嫁妹》《长生殿》8部剧字幕译本。

表2 昆剧舞台演出英译本统计

序号	译者	译作	译本类型	译作用途
1	杨宪益、戴乃迭	《长生殿》	选译本	舞台演出
2	李林德	《牡丹亭》	选译本	
3	石俊山 (Josh Stenberg)	《1699·桃花扇》	选译本	
4	许渊冲、许明	《西厢记》《牡丹亭》 《长生殿》《桃花扇》	选译本	
5	汪班	《玉簪记》《烂柯山》《狮吼记》 《孽海记》《虎囊弹》《牡丹亭》 《钟馗嫁妹》《长生殿》	选译本	

一部昆剧往往有几十出（折），全本演完需要几天时间，素来以折子戏为主要的舞台搬演模式。折子戏以紧凑简练的艺术形式、丰富生动的剧情内容和细腻多样的表演风格而赢得观众的喜爱。表2中的英译本因源于折子戏演出，故均为选译本，其译者大多热爱昆剧或者中国其他传统戏曲，又因受到昆剧院团或曲社邀请，专为昆剧演出配译字幕。例如，时任联合国语言部中文教师的汪班曾说："由于自幼喜爱昆曲和京剧，于20世纪80年代在纽约见到了上海昆曲团演员精湛的表演，又因任教于联合国，与当时

---

[1] 王宏. 翻译研究新论[M]. 哈尔滨：黑龙江人民出版社，2007：192.

中文部主任兼纽约海外昆曲社副社长（现任社长）陈安娜女士熟识，应她之请，开始为演出的昆曲做英文翻译。"[1]

在上述昆剧英译本中，无论是全译本还是选译本，要么以书本呈现的方式供读者做案头阅读，要么以字幕呈现的方式供剧场观众理解剧情，共同之处都是以文字来呈现以供"看"。而作为中国戏曲共有特征之一——演员所唱的曲词和所说的道白，直接以英文来表演，即剧场体验中"听"的部分，至今尚未见到专此用途的英译本问世，况且能否实现用英文配以昆腔来演唱曲词仍是一个值得商榷的问题。

2. 昆剧英译者

与实务性及其他类型的文学艺术作品翻译不同，昆剧翻译因对译者的汉语理解水平和外语表达水平、对戏曲特别是昆曲艺术的理解力和感悟力，以及个人修养与综合素质要求甚高，因此难度极大，能担此重任的译者寥寥无几。据统计，国内外约有 32 人从事过昆剧英译，至今健在者约有 20 人，其中多半已步入古稀或耄耋之年，中青年译者奇缺，根据译者身份可分为以下三类（表3）：

表3 昆剧英译者分类统计

序号	分类	译者姓名
1	中国译者	杨宪益、汪榕培、张光前、许渊冲、许明、贺淯滨、刘耳、朱源、张玲、霍跃红、尚荣光
2	海外华人	熊式一、刘荣恩、张心沧、陈世骧、李林德、汪班、黄少荣、杨孝明
3	外国汉学家	哈罗德·阿克顿（Harold Acton）、施高德（Adolphe Clarence Scott）、威廉姆·艾云（William Irwin）、西德尼·霍华德（Sidney Howard）、哈特（Henry H. Hart）、戴乃迭（Gladys Yang）、白之（Cyril Birch）、宇文所安（Stephen Owen）、莫利根（Jean Mulligan）、奚如谷（Stephen West）、伊维德（Wilt L. Idema）、汤姆·米修（Tom MeHugh）、石俊山（Josh Stenberg）

注：表中译者姓名加上方框，表示该名译者已经辞世。

（1）中国译者

中国译者以杨宪益、汪榕培、许渊冲、张光前等为代表。他们具有扎

---

[1] 汪班. 悲欢集 [M]. 北京：外文出版社，2009：xiv.

实的中英文双语功底，国学基础深厚，而且多为外语专业出身，同时受到中西两种文化影响，又具有世界文化的眼光，对中国文化持有自然体认和肯定的态度，具有强烈的民族文化归属感。尽管他们本人不一定喜爱昆剧，或把原作视作一般的文学作品，但仍然一丝不苟地谨慎对待，"一名之立旬月踟蹰"[1]也在所不惜。例如，已故的汪榕培教授，常年坚守在典籍翻译事业的第一线，在繁忙的教学、科研和行政工作之余笔耕不辍几十年，皓首穷经，译著等身。正是根植于灵魂深处的中国文化情结，驱使这一代老翻译家毕生致力于用外语向世界弘扬和传播中国文化。

（2）海外华人

海外华人以熊式一、陈世骧、李林德、汪班等为代表。他们拥有中华民族的血统，对中国文化有直观的感受和体悟，移居海外后依然怀有一颗"中国心"。例如，美国加州大学的李林德教授，自幼受家庭的熏陶，酷爱并擅唱昆曲，受白先勇之邀为青春版《牡丹亭》翻译演出字幕。有相似经历的这些海外华人，对汉语掌握的熟练程度和国内译者几乎无异，对外语的理解力、感受力和表达力又远胜于国内学者，对外国读者的接受心理也易于捕捉。深刻的民族情结和对祖国文化的怀念是他们从事昆剧翻译的强大动力。

（3）外国汉学家

外国汉学家以哈罗德·阿克顿、施高德、白之、宇文所安等为代表。他们没有中华民族的血统，也未在中国出生，母语为非汉语的本族语，但都学习过汉语，有的来过中国，对中国文化有着浓厚的兴趣。例如，出生在意大利的英国汉学家哈罗德·阿克顿，于20世纪30年代常驻中国，喜爱中国戏曲艺术，游历过许多地方，其中包括昆曲的发源地，回乡后为排遣对中国的思念之情翻译了《桃花扇》。一般来说，他们对汉语的把握及对其文化的了解不如中国人，对原作的理解难免偶有偏差（但也不尽然，毕竟中国译者也未必能完全理解正确），但在译入语的表达上，他们具有得天独厚的优势，且熟谙外国受众的接受心理，具有比较文学与文化的研究视野，译文风貌别具一格。

除了以上三类依据译者身份的明确划分外，还有一类特例，虽为极少数却是昆剧译者队伍中不可或缺的成员，并且发挥着独特的功能，那就是一组以中国译者杨宪益、外国汉学家戴乃迭为代表，另一组以海外华人陈

---

[1] 赫肯黎.天演论[M].严罗，译.北京：华夏出版社，2002：译例言12.

世骧、外国汉学家哈罗德·阿克顿和白之为代表的中外译者合作的翻译模式。在此类译者组合中，往往既有中国人，又有外国人，他们各自具有第一类中国译者和第三类海外汉学家的特征，或为伉俪，或成挚友，因共同的兴趣爱好走到一起，成为工作搭档，取长补短，各尽所能，共同从事昆剧英译工作。

四、昆剧英译的问题与对策

通过考察和梳理译作和译者两方面的情况，我们发现在推动中国昆剧"走出去"的进程中存在以下三个问题，并尝试提出有针对性的对策与建议。

1. 提升国际市场份额，扩大译介主题宽度

昆剧是世界性"非遗"，是中国戏曲艺术较高成就的体现，而它的翻译却相对滞后。现存的百余部剧目中，有英译本的仅占四分之一，其中大多数还是一出（折）戏或几出（折）戏的选译本，只有8部剧有全译本。以昆剧为载体向世界讲好中国故事，这个数量还远远不够。外国受众接触到数量充足的译本，才有可能充分了解其中蕴含的中国文化精髓。为此，我们既要译介更多的昆剧作品，又要拓展国外出版发行渠道，与国际上有影响力的出版社合作，促进昆剧译作国际市场份额的提升。

在译本数量提升的同时，主题的选取也须斟酌。目前译出的剧目，以爱情为主题的明清传奇占据了绝对优势，这种做法有利有弊。汤显祖的《牡丹亭》是昆剧对外传播的一个成功个案，和它的知名度关系密切——在全世界100部最著名的戏剧排行榜中，《牡丹亭》名列第32位，是唯一入选的中国戏剧[1]。中国戏曲擅长写情，"戏曲的戏剧性是人物激情的抒发"[2]。然而，如果我们只介绍明清传奇，会误导外国人认为昆剧只讲浪漫故事，既千篇一律又乏味，对于追新求异的他们来说难以培养持久的兴趣。密歇根大学的林萃青教授对昆剧在美国的传播进行了一项调查，发现剧目的传统性、重复性、狭窄性和刻板性是让昆剧不能直接吸引广大美国

---

[1] 2008年纽约资料汇编出版公司出版了美国学者丹尼尔·S. 伯特（Daniel S. Burt）的《100部戏剧：世界最著名的戏剧排行榜》（*The Drama 100: A Ranking of the Greatest Plays of All Time*），评委由来自美国哈佛大学、耶鲁大学、斯坦福大学、宾夕法尼亚大学等九所大学，不同族裔的世界一流文学专家组成。

[2] 刘素英. 中西戏剧的"戏剧性"比较 [J]. 外语教学，2006 (3): 93-96.

观众的主要原因之一。美国文艺界工作者和观众，所关注的是艺术本身的表现，以及它对社会现象和问题的批判和对话。[1] 可见，国人钟爱的主题不一定适合外国市场，昆剧的译介需要目标国本土化的传播策略，在主题选择上应有所规划与兼顾，诸如纳入反映中国历史和社会变迁、政治制度和民族融合、家庭伦理和道德亲情的宋元南戏和杂剧，以及贴近大众欣赏品味的时剧，等等。

2. 丰富译本类型，拓展译作用途

寻求中国情怀的国际表达，是中国文化对外传播的重要使命。"就我们现有的较为经典的艺术产品特性而言，绝大多数还是在中国国内视野中打造的，具有国际视野的艺术信息表述方式和优秀作品严重不足，从而削弱了中国艺术在国外的影响。"[2] 从古典到现代，再从现代到世界，译作在目标语文化中能否取得预期效果，译法是关键。由于中西文化交流存在"时间差"和"语言差"[3]，外国读者对中国文化的接受需要一个循序渐进的过程。对于外国人不太熟悉甚至从未听说过的剧目，不妨采取选译、编译、改写等形式，先培养一定的受众基础，待时间和条件成熟，再过渡至大批量、大规模的全译本。

目前的昆剧英译本，案头读本占主流，目标受众是外国戏剧研究者、爱好者和少数国内的外语学习者，然而这个受众群体毕竟数量有限。我们认为昆剧的对外传播不应片面强调剧作的文本价值，而应针对不同受众群体，推动不同形式和不同层次的传播，其中海外演出就是直接、有效的方式之一。可喜的是，近期昆剧的海外巡演呈逐年增多的趋势，仅2016年国内七大昆剧院团[4]的海外演出共近20场[5]，越来越多的海外演出需要字幕译本。此外，我们还可以利用影视、音乐、动漫等形式开拓全方位、多层次的对外传播渠道，这些都需要不同类型的译本与之配合。

3. 筹建昆剧译者队伍，发挥海外汉学家功能

随着我国外语教育水平的不断提升，特别是2007年设置翻译硕士专业

---

[1] 林萃青.1990年以来昆曲在美国的传播 [C] //周秦.第八届中国昆曲学术座谈会论文集，2018：345-351.

[2] 王延信.中国艺术海外传播的国家战略与理论研究 [J].民族艺术，2017（2）：20-27.

[3] 谢天振.中国文学走出去：问题与实质 [J].中国比较文学，2014（1）：1-10.

[4] 七大昆剧院团包括北方昆曲剧院、上海昆剧团、江苏省演艺集团昆剧院、浙江昆剧团、湖南省昆剧团、江苏省苏州昆剧院和永嘉昆剧团。

[5] 中国昆曲年鉴编纂委员会.中国昆曲年鉴2017 [M].苏州：苏州大学出版社，2018：43-108.

学位（Master of Translation and Interpreting，MTI）以来，翻译从业者数量激增，"20 年来，参加翻译资格考试的考生预计已达近 200 万人次，其中约 20 万人获得了证书"[1]。然而，在如此庞大的中国译者队伍中，能从事昆剧翻译的却寥若晨星，国外译者就更显凤毛麟角，国内外健在者仅约 20 人，中青年译者奇缺，译者队伍面临严重的断档危机。因此，译者队伍的培养与建设迫在眉睫！昆剧翻译难度甚高，要求译者精通中外两种语言和文化。同时，要翻译什么类别的作品，最好先成为该领域的专家，例如，要译昆剧，先要对昆剧有所研究。目前，昆剧翻译尚处于自发状态，多因译者个人兴趣或辅助学术研究而进行。我们建议变自发为有组织状态，建立全球昆剧译者数据库，着重寻找与吸纳海内外中青年译者，并邀请专家对中青年译者进行中国戏曲知识普及、昆剧观摩、文化典籍翻译等方面的培训，以辅助中青年译者提升对原作的理解力、译语的表达力、昆剧艺术的感悟力。

翻译分为顺向翻译和逆向翻译，顺向翻译是从外语译成本族语，逆向翻译是从本族语译成外语。从翻译规律来看，海外汉学家和海外华人比国内译者更具翻译优势，不啻为昆剧翻译的理想人选；从实际情况来看，纵观世界文化传播的历史，文化的接受在很大程度上要依托目标语国家和民族的知识分子以及社会精英来推动完成，例如，西方传教士在中国传统思想典籍与文化典籍对外传播中功不可没；从现有的昆剧译本来看，国内外反响较好，尤其在国外认可度更高的译本，大多由海外汉学家译就，诸如白之译的《牡丹亭》、莫利根译的《琵琶记》等。因此，海外译者特别是海外汉学家是传播中国文化的重要使者，应进一步发挥他们的作用，将此纳入中国昆剧"走出去"实施的重大战略部署。中国译者擅长原语理解，外国译者擅长译语表达，中外译者合作不啻为昆剧翻译的最佳模式。目前，国内外译者基本各自限于一隅，没有便捷的途径和渠道让他们知己知彼、互通有无。中外译者合作机制的搭建需要政府、组织、单位等多方协调、统筹安排。

五、结语

在民族国家交往日益频繁的今天，文化外交越来越多成为国际社会民

---

[1] 黄敏，刘军平．中国翻译资格考试二十年：回顾、反思与展望 [J]．外语电化教学，2017（1）：49-54．

心相通的主要途径。作为大雅正音[1]的世界性"非遗",中国昆剧想要"走出去",先要"译出去"。通过梳理昆剧译本与译者现状,我们发现昆剧翻译存在着译作数量不足、主题选择狭窄、译本类型与用途受限、译者队伍面临断档危机等问题,无法满足昆剧翻译精准对接海外市场的需求。据此,我们逐条给出对策与建议,希望能够通过提升国际市场份额、扩大译介主题宽度、丰富译本类型、拓展译作用途、筹建昆剧译者队伍、发挥海外汉学家功能等方式,来推动构建与完善中国昆剧对外传播的世界网络,从而加速昆剧走出国门、登上国际舞台的进程,同时为中国戏曲其他剧种的译介提供参考。

(本文原载于《外语教学》2019 年第 5 期)

---

[1] 中国戏曲历来有花部和雅部之分。雅部,又称大雅正音,指昆剧;花部,又称花部乱弹,指除昆剧以外其他所有地方戏,包括京剧。

唐诗选本的日本化阐释及其
对中晚期日本汉诗创作的影响

吴雨平

文学的发展命运往往是由历史决定的,每一种文体都是如波涛起伏、与春秋周旋,在写作的实践中流转,呈现出某种演进的节律,生长出年轮似的肌质。日本汉诗亦是如此。由于它相对于中国诗歌的继发性,它的风尚流转往往不是诗人各自为政的探索的"竞合",而是通过选本的集结和提倡,进而群起模仿的蜜蜂效应来实现的。中国的文学选本传入日本,跟日本的文学传统结合后,对日本汉诗创作形成的影响,就是对这种文学规律的极好开示。中晚期日本汉诗坛对《三体唐诗》《唐诗选》等唐诗选本的接纳、阐释和重新建构,体现了外来影响作为一种独特的文学资源的存在,并且反映了日本汉文学对中国诗风的追随和抵抗,以及日本文学主体意识的逐步觉醒。

一、《三体唐诗》《唐宋千家联珠诗格》《唐诗选》

日本汉诗发展到五山时期,寺院的禅僧取代皇族和宫廷文人成为汉文化在日本传承和传播的主导力量,这必然导致诗风的改变——汉诗创作开始追求一种新的范式,效仿的对象从白居易一人扩展到李白、杜甫、刘禹锡,直至唐代晚期诗人和宋代诗人。其中,宋代的苏轼和黄庭坚受到了特别的尊崇,因为他们不仅是当时的一流诗人,而且还与佛教特别是禅宗有着非常密切的关系,二人都跟当时的名僧交游甚广。因此,作为早期日本汉诗的模仿对象——《文选》《白氏文集》的地位必然要被新的诗文选本所取代,《三体唐诗》《古文真宝》以及先后出现的《诗人玉屑》《瀛奎律髓》《唐宋千家联珠诗格》等就充当了这样的角色,其中尤以《三体唐诗》《唐宋千家联珠诗格》最为流行。

《三体唐诗》原名《唐贤三体诗法》,又称《三体诗》,由南宋周弼选编,选167位唐代诗人的七言绝句173首、七言律诗150首、五言律诗201首,每体各成一卷,共三卷。南宋灭亡后,元代出现了释圆至(字天隐,号牧潜)注和裴庾(字季昌,号芸山)注的两种注释本。因为所选诗篇只限于七绝、七律、五律三种诗体,所以称为"三体",三体之下又分若干"格":七言绝句分为实接、虚接、用事、前对、后对、拗体、侧体七格;七言律诗分为四实、四虚、前虚后实、前实后虚、结句、咏物六格;五言律诗分为四实、四虚、前虚后实、前实后虚、一意、起句、结句七格。由于编者论诗分格,所以排列不按诗人所处时代的先后顺序,而以格的顺序编次。这对当时越来越多想学习汉诗创作的日本人来说无疑是具有入门性质的教科书。实际上,中国的知识分子阶层在南宋时期也有了显著的扩展,读诗、写诗的人数不断增加,学习诗歌创作的需求也相应增长,《三体唐诗》本身就是为了适应中国当时诗歌向大众化方向发展的新情况应运而生的。

作为一部为了适应时人学习唐诗的需要而选编的唐诗选本,《三体唐诗》鲜明地反映了南宋以来诗坛上反江西诗派、崇晚唐诗学的观念,晚唐杜牧的诗共有17首被收录,位居《三体唐诗》之首,但诗集中没有选录李白和杜甫的诗歌,大概是因为李白的律诗佳作并不多见,七绝成就虽高但难以模仿学习;杜甫的律诗固然代表了唐代律诗的最高成就,但他以文为诗、以议论为诗的特点正是宋诗的门径,而江西诗派又以杜甫为祖。《三体唐诗》还一反江西诗派对诗人"学问"的过分强调,大力提倡对诗歌本身艺术性的追求,特别强调诗歌创作中虚与实的辩证关系,强调诗歌的主旨在于寓诗人的情思于景物之中:

> 其说在五言,然比于五言,终是稍近于实而不全虚,盖句长而全虚,则恐流于柔弱,要须于景物之中而情思贯通,斯为得矣。[1]

"情思贯通"乃诗歌创作的根本,而虚与实的互相渗透、水乳交融是诗歌创作的重要原则,其目的在于提高诗歌的诗性和美感,这从某种程度上契合了日本的民族审美情趣。

于济、蔡正孙编集的《唐宋千家联珠诗格(二十卷)》,成书于1300

---

[1] 陈伯海. 历代唐诗论评选[M]. 保定:河北师范大学出版社,2002:403.

年。它既是一部研究宋、元之际诗学发展的重要文献，也是一部融选本、诗格、评点多种批评方式为一体的重要诗学著作，但是此书在元代以后已经亡佚，中国的书目题跋对这本书的著录极其罕见，郭绍虞先生的《宋诗话考》中考述蔡正孙的著作时也没有涉及此书，不过韩国和日本还有多种这本著作的翻刻本，流传非常广，影响也很大。《唐宋千家联珠诗格》专门论述七言绝句，所标诗格达 300 种之多，而每格又都以唐、宋诗人的诗歌为例，并附有评释。这种编排体例使它既具有诗学著作的性质，又带有诗歌总集的特征。《唐宋千家联珠诗格》所标诗格绝大多数着眼于用字，因为这部诗格本为童习诗歌者而编，所以作为初学者入门必经的途径，从字、句入手应该是有实用价值的。其所举的诗例，除了唐、宋名家的作品之外，也较多地收录了当世诗人的作品，尤其是宋末遗民诗人的诗作，这些诗人虽然不见于志传，也无专集流传，但他们的诗便于学习和模仿，正因为如此，《唐宋千家联珠诗格》在日本汉诗创作主体由寺院僧侣转变为一般知识分子阶层，即日本汉诗开始向更为广泛的人群普及时发挥了重大作用。

而到了江户时代，日本汉诗诗风在荻生徂徕[1]（1666—1728 年，字茂卿，号徂徕）的倡导下，由沿袭宋调转向重新崇尚唐音。荻生徂徕认为"六经"为中国圣人之学，而朱子的《四书》孕育着心学，实质上是老庄之学，所以他主张掌握古文辞，从而理解"六经"中记载的圣人之道。以他为代表的学派，也称作"蘐园学派""古文辞学派"。这种复古的要求促使他竭力推崇明代诗坛、文坛"后七子"领袖之一的李攀龙（1514—1570 年，字于鳞，号沧溟），因为李攀龙所选的唐诗可以说是明代"前后七子"号召的"诗必盛唐"复古主张的直接体现。

《唐诗选》由李攀龙编纂于 1600 年前后，但由于李攀龙曾编过三十四卷《古今诗删》，而《四库全书总目》卷一百八十九《古今诗删》提要指出："流俗所行，别有攀龙《唐诗选》。攀龙实无此书，乃明末坊贾割取《诗删》中唐诗，加以评注，别立斯名。"因此，后人认为《唐诗选》是明末书商以其中的唐诗部分为基础编纂而成的。然而，据同是"后七子"的王世贞《艺苑卮言》所言，《唐诗选》由李攀龙的友人徐中行等人校订、刊核，王世贞为其作序，真实性应该无可怀疑。更重要的是，《唐诗选》反映了李攀龙诗论的主要观点，这也正是它在日本大受欢迎的原因。

---

[1] 日本江户中期著名儒学家。先崇尚朱子学，后高举"文必秦汉，诗必盛唐"大旗，开创日本古文辞派，与前期的朱子学抗衡。

《唐诗选》选 128 位唐代诗人的诗歌 465 首，和《三体诗》在规模上大体相当，而且二者都是唐诗选本，但是它们的编纂方法、入选诗歌的着重点有着明显的不同。一是诗体不同。和《三体诗》只选七言绝句、七言律诗、五言律诗三种诗体的诗相对应的是，《唐诗选》的七卷由五言古诗、七言古诗、五言律诗、五言排律、七言律诗、五言绝句、七言绝句七种诗体构成，它们几乎囊括了中国古典诗歌的所有形式。而如果作为阅读书籍的话，一般的读者还是希望能够接触和欣赏到形式多样的诗歌作品集。二是所选诗人和诗歌不同。《三体诗》作者 167 人中只有 55 人的作品入选《唐诗选》，其余 112 人的诗歌未被《唐诗选》选编，而这 55 人的诗歌作品中，一共只有 29 首诗歌是被两种书同时收录的，也就是说，即使有作者的诗歌被两种书同时选中，被选的诗歌也不尽相同，可见两种书的选编标准是有很大差异的。《唐诗选》收录最多的是杜甫的诗歌，共 51 首，然后是李白的诗歌，共 31 首，他们的诗歌是中国诗歌史上的巅峰之作，所以从模仿学习的意义上来说，《唐诗选》未必是最合适的选集，但是如果不从自己创作的角度，而单从阅读和欣赏的需要出发考虑的话，那么七种诗体具备，并且选编了李白、杜甫这样的大诗人的《唐诗选》就要比只有"三体"的《三体诗》更容易受到广泛欢迎了，而这正好适应了江户时期日本知识分子阶层构造的新变化。

二、唐诗选本的日本化阐释

日本文化是在与多种外来文化的接触中培育起来的，它在大量吸收外来文化中优秀部分的同时，又与外来文化保持着适当的距离，形成了非常独特的文化个性。从历史上看，他们对于外来的中国文化先表现出极大的兴趣和热情，并且原封不动地照搬过来，然后开始与外界隔离，将引进的东西在内部进行消化、吸收、改造、创新。有日本学者将这一特点概括为日本文化特有的、对外来文化的"摄取醇化"的功能："将所有外来文化中优秀的部分赋予日本的生命，以日本国民的血液作为其营养元素，使其生成发展。"[1] 事实上，任何文化在接受外来文化时都是有所选择和取舍的，这种选择和取舍往往出自本土文化的需要，出自由于本土文化长期积淀而形成的独特审视角度。

---

[1] 金子彦二郎. 平安时代文学と白氏文集 [M]. 东京：培风馆，1943：1.

日本汉文学的发生、发展和衰弱正是日本这种独特文化个性的一个缩影。为了摆脱汉文学的贵族气息，以适应市民社会、商业社会的需要，日本对上述唐诗选本进行了种种本土化的阐释。

《三体唐诗》各种注释本的作者往往以自己的学识和见解，对所选名家、名诗进行另类解读和阐释，例如，诗僧雪心素隐对杜牧的《山行》就有自己与众不同的解释。一般认为，这首诗是从长途旅行图中截取的"山行"片段，写的虽是旅客眼中的秋景、秋意，但诗人反前人之意而为之；不写"秋花惨淡秋草黄"的景色；也不写"万里悲秋常作客"的悲哀，作者情有独钟的是似彩霞的满天枫叶，于是发出了"霜叶红于二月花"的由衷赞叹，表现了诗人豪爽、乐观的精神风貌。可是雪心素隐却认为这只是对这首绝句通常的、表面的解释，实际上它还潜藏着作者内心深处更隐秘、更真实的东西。杜牧任湖州刺史时，遇到过一位红颜知己，可她其时已经嫁作他人妇，并且生有两个孩子，《唐才子传》对此有过描述。日本的僧人便把这段逸事和《山行》联系了起来，认为如果将年轻时的那位女性比作仲春二月盛开的鲜花的话，那么此时的她就可以算得上是美艳绝伦的枫林红叶，杜牧的内心更"爱"的显然是后者，否则面对枫叶，一贯具有"悲秋意识"的中国封建文人是很难产生美感的。这样的联想我们确实闻所未闻，这样的解释也不免牵强附会，但是将抒情性的文字叙事化，将抽象的情感具体化，也许正好迎合了当时越来越多阅读汉诗的普通日本人的欣赏口味，正好适应了日本文学表现"私"的情感和生活的传统，它们使中国诗歌更加日本化、普及化了。这是一种对异族文化做出的因时、因地的反应。

随着五山时期禅僧们对中国诗歌口语化的讲解和日本印刷事业的发展，为了更加适应汉诗大众化的要求，江户时代还出现了森川许六（1656—1715年，字羽官，别号五老井、菊阿佛等）的《和训三体诗》，完全从初学者的角度对《三体诗》中的每一首诗都进行了简单明了的日文注解，而且注释的方法颇为特殊——以原诗为题材，经过作者的联想和发挥，用"俳谐"这样一种日本文学的形式重新表现出来。森川许六本身是一位对俳谐、汉诗、绘画皆通的上层武士，在江户幕府任职时曾与日本最为著名的俳句大家松尾芭蕉（1644—1694年，本名松尾宗房，别号桃青、泊船堂等）过从甚密，是松尾芭蕉晚年的门人。而中国古典诗歌经过这种从语言到表现形式的"和化"，不再是那么遥不可及和高不可攀，它被揭下了异域高雅文化的神秘面纱，由贵族知识分子对这种稀缺文化资源垄断的局面被打破，汉诗堂而皇之地走进了更多日本人的生活之中。其实，文学、艺术有相通的一面，中国文学样式和日本文学样式、高雅文学和通俗文学之间本来就没有不可逾越的鸿沟。如果从文体的角度来看，虽然每种文体都有其内在的规定性，但文体之间并不是绝对不可通约的，只要存在"会通的可能性"，文体就存在变异和创造的可能。具备创造性的作家总能创造出一种新的文体变异方式，经俳句解释的汉诗可以说就是一种新的文体变异方式，中国诗歌的经典范本为日本汉诗提供了这种变异的参照系。

同样，为了适应更广泛的阶层阅读和唐诗欣赏，进而学习汉诗创作，日本学界对《唐诗选》也进行了日本化和普及化的种种尝试，《唐诗选唐音》《唐诗选字引》《唐诗选掌故》《笺注唐诗选》《唐诗选国字解》《唐诗选画本》等书籍相继出版刊行。其中，《唐诗选唐音》因为用假名逐字标注每一首诗歌的中国读音而畅销，此事虽然发生在荻生徂徕去世后，但是实现了荻生徂徕一贯倡导的汉文要直接用中国音读的主张；还有为每一首诗歌注出韵脚的普及性读物，甚至还有在诗歌每个字的四角标注圆圈以表示平、上、去、入四声的做法：圆圈在左下角表示这个字是平声，在左上角表示上声，在右上角是去声，在右下角是入声。这使得《唐诗选》不仅具有可供欣赏的作用，还为更多的人学习汉诗创作提供了极大的便利。

在众多与《唐诗选》相关的出版物中，从汉诗的普及和大众化的角度来看，特别值得一提的是，嵩山房出版的《唐诗选国字解》《唐诗选画本》这两种读物。嵩山房是日本出版界专门出版汉籍的老字号，直到明治末年一直由小林家族世代经营，《唐诗选国字解》《唐诗选画本》都经继承家业的第四代小林高英之手出版。如上所述，《唐诗选国字解》作为汉诗学习的教材多次再版，使《唐诗选》名声大噪；《唐诗选画本》于天明八年（1788年）初次出版刊行，其后50年内又经多次重版，影响广泛。《唐诗选画本》将《唐诗选》的每一首诗都配上图画，在图画的空白处题上相应的诗歌，诗歌的右边再标注出日语的假名，给人的感觉虽然像是在画作上添加了诗歌作为点缀，但是这种图文并茂、将精英文化转化成大众文化的新尝试，使更广泛的日本民众得以接触到中国诗歌的精华，体味到高雅文学的魅力，它们在文学、历史、出版等众多领域具有的独特价值，一直延续到现在，尤其是在出版文化向视觉化、大众化、通俗化的方向发展方面，体现了这本书策划者的独特思考。而用我们今天的眼光来看，这种做法体现了日本文化对外来文化的一贯态度——先全盘接受，然后进行本土化的改造。而小林高英本人也是一位具有较高汉学修养的出版家，曾经以汉籍出版专业店第四代传人的身份为许多汉籍出版物作过序、跋，还在《唐诗选画本》刊行两年后，写作出版过《唐诗选和训》，用日语对《唐诗选》中的诗歌进行简洁明了的解说。因此，日本汉诗在江户时代能够发展到顶峰，与小林高英等"儒商"的努力也是紧密相关的。

三、唐诗选本对中晚期日本汉诗坛的影响作用

中国古典诗歌无疑是古代中国诸种文学样式中完备、发达且表现形式优美的体裁，作为古代中日文化交流的直接产物，日本汉诗是用汉民族的文字和文学样式创作的，日本人在创作汉诗的同时也接收了中国古典诗歌的全部观念和形态，必然要将全面移植汉民族诗歌表现的观念和方法作为起点，追随汉民族诗歌发展的步伐。而中国的格律诗不仅是一种文体、一种形式上迥异于其他文体的文学样式，还有一系列的文化和道德"格律"隐含其中，诸如"思无邪""乐而不淫，哀而不伤"等。作为"后学"，日本汉诗免不了步入"亦步亦趋"的阶段。然而，我们还应该看到和承认，日本汉诗的作者和读者都是日本人，而其面临的生活场景也是日本，因此，汉诗必然在这种日本文化的语境中发展变化，演变成符合日本民族审美情趣的"日本的汉诗"。对中国唐诗选本本土化所进行的种种努力和尝试，既适应了幕府统治集团大力提倡儒学的国家意识形态，呼应和配合了儒学的日本化进程；又使汉诗这一外来"品种"的文学样式更符合日本民族的审美习性，从而更为广泛地普及到了一般知识分子阶层甚至平民百姓中，最终迎来了日本汉诗万紫千红的江户时代。

在日本，如果要说被读得最多的汉诗作品，恐怕谁都会优先提及李攀龙的《唐诗选》，但这种情况主要是在江户时代中期以后，而如果把研究的目光再往前推进一些，我们就会发现，在更长时间范围内给予日本汉诗以影响的，也许还是《三体唐诗》。因为从室町时代到江户时代中期，为数众多的日本人都是专攻《三体唐诗》的，直至刻本的《唐诗选》问世后，人们才转而将学习《三体唐诗》放在第二的位置上，但这两种书都使汉诗更深刻、更广泛地渗透到了日本人的生活中，为汉诗的普及做出了贡献。正如日本学者指出的那样，这两种书无疑是日本"从室町时代到江户末期木版印刷的年代里，被多次重印的超级畅销书"[1]。

---

[1] 村上哲見. 漢詩と日本人[M]. 东京：日本讲谈社，1994：149.

14世纪初，《三体唐诗》编成后不久，释圆至和裴庾的两种注释本便先后传入日本，日本很快有了此书的和刻本。到了室町时代，在当时学术和印刷事业中心的京都的各大寺院中，又有了多种版本。日本学者调查发现，在代表当时日本最高学术水准的京都五山禅寺留存至今的书籍资料中，有许多是记载当时的学问僧讲课内容的"抄物"，这些"抄物"中既有为数众多的"写本"（抄写、誊写本），又有经过印刷而流传的"刊本"（印刷本），而在这些"写本""刊本"中，数量、种类最多的便是《三体唐诗》《古文真宝》，其中《三体唐诗》又占据首位。[1] 当时日本汉诗人的读书喜好和《三体唐诗》等选本的受欢迎程度由此一目了然。

《三体唐诗》是随着江湖诗人、市民诗人群体兴起而出现的有关诗学入门方面的教科书，而选编上的独特之处又方便了读者入门学习，同时《三体唐诗》细致准确的艺术分析，重视直观妙悟的感性把握，又和日本文学的传统十分吻合，所以该诗传入日本以后受到五山时期僧侣尤其是初学汉诗者的极大欢迎，当时出现了各种各样的翻版和注释本。例如，义堂周信、村庵灵彦和雪心素隐分别著有《三体诗抄》，都是对《三体唐诗》的注解，它们都非常适应汉诗初学者的需求。"近岁少年丛偶学诗文者，狭而《三体》《真宝》，广而苏、黄集而已，至如《文选》，则束阁而不读焉。"[2] 先前被推崇备至的《文选》此时已经被束之高阁，《白氏文集》虽然深受日本人喜爱，但70多卷的篇幅又让很多初学汉诗的人望而却步，故从平安时代末期起就有很多人喜欢读《千载佳句》《和汉朗咏集》那样令人轻松愉快的读本，而"本朝之泥于文字者，学诗则专以《三体唐诗》，学文则专以《古文真宝》"[3]。确实可见当时诗坛对《三体唐诗》等唐诗选本的追崇。

《三体唐诗》在日本失去其权威地位，是在江户时代中期李攀龙的《唐诗选》风行于世之后。但是明治二十五年（1892年），森槐南的《唐诗选评释》出版，与此相对应，第二年野口宁斋出版了他的《三体诗评释》，这两位是当时汉诗坛二分天下的著名人物，备受世人推崇，使两本诗集在日本汉诗发展史上具有了重要的地位。"凡是要读汉诗的日本人，恐怕没有人没有读过这两本书。而且，这两本书的流行，对日本印刷、出版的历史也给予了深刻的影响。"[4] 当然，两种书的影响作用是不一样的："论时间之

---

[1] 村上哲见. 漢詩と日本人 [M]. 东京：日本讲谈社，1994：153.
[2] 林鹅峰. 鹅峰林学士文集. 东京：ぺりかん社，1997：407.
[3] 京都史绩会. 罗山先生文集（卷一）[M]. 京都：平安考古学会，1918：301.
[4] 村上哲见. 漢詩と日本人 [M]. 东京：日本讲谈社，1994：149.

长，是《三体诗》；而要论影响面之广，当属《唐诗选》。"[1] 日本的汉学者也常常对这两种书进行比较研究。

《唐诗选》也是成书不久便传入日本，日本立刻就有了内容几乎完全一致的刻本《唐诗训解》[2]。《唐诗选》虽然流行于江户时代中期以后，但是在日本享保九年（1724年）由荻生徂徕的弟子服部南郭（1683—1759年，字子迁，号芙蕖馆、同雪、观翁）考订的和刻本《唐诗选国字解》刊行之后才大行其道的。这本书重印达20次，印数近10万部，表明当时汉诗创作已经出现了民间化的倾向；另外，这本书的封面上还往往印有"不许翻刻，千里必纠"等字样，也从侧面说明这是一本在商业上有利可图的畅销书。《唐诗选》的命运在300年前的日本江户时代就几乎已经演绎了现代出版界时常出现的现象：出版伊始并没有引起人们的关注，但由于某个契机突然大受欢迎而被书商竞相出版，一时洛阳纸贵。

纵观日本古代文学史，既有菅原道真编撰的《新撰万叶集》（893年），又有大江千里奉敕编纂的《句题和歌》（894年），还有藤原公任编撰的《和汉朗咏集》（1012年）等集子，它们创造性地将汉诗（包括唐诗和日本人所作汉诗）与和歌并列编辑，形成了鲜明的跨文化特征，新的"版式语言"象征着汉诗、和歌"符号地位"的此消彼长。同时，在日本诗歌史上，几乎每一时代都有相当一部分汉诗作者是双语诗人，他们同时兼及和歌或者俳句的创作领域，这种跨语际书写的实践，使中日文学与文化的基因得以无缝对接与混生。日本对唐诗选本的本土化阐释，是属于不同文学体系的中国文学与日本文学既互相对立和竞争，又互相补充和完善的过程，其目的和结果是使汉诗演变成一种既符合中国诗歌的既定规范，又与日本人审美情趣逐渐接近的特殊文体，一言以蔽之，同化即异化，异化即同化。

总之，中国的文学选本在东传日本之后，对日本汉诗的创作和编撰产生了相当重要的影响："从日本汉诗的历史发展来看，每一时期诗风的形成，都有一种选本作为写作典范；诗风的转变，也往往靠选本为之推波助澜。"而且，"站在汉语文学圈的范围内来考察域外文学，也同样会看到选本的实际影响，远超过任何一种文学批评的专书。"[3] 其实，何止是"诗风"的形成和转变，选本体现的文学自觉意识和文学观念对日本汉诗的影

---

[1] 村上哲见. 漢詩と日本人[M]. 东京：日本讲谈社，1994：149.
[2] 参见村上哲见. 漢詩と日本人[M]. 东京：日本讲谈社，1994：191.
[3] 张伯伟. 选本与域外汉文学[J]. 南京大学学报（哲学·人文·社会科学版），2002(4)：81.

响，日本人对于汉诗这种外来文体认识上的发展变化更是至关重要，我们可以从中窥见的是日本汉诗的发展轨迹，以及不同时期的日本汉诗在美学上的不同偏好和独特的关怀重点。而这种"美的偏见"[1]的形成，又是由多种因素促成的，日本汉诗每一个发展阶段都充分吸取了中国文学丰富的养料，并且融合了中日文学的双重传统。

（本文原载于《江苏社会科学》2009年第5期，《中国人民大学复印报刊资料·中国古代、近代文学研究》2010年第1期全文转载）

---

[1] 柯庆明. 中国文学的美感[M]. 石家庄：河北教育出版社，2001：172.

佐藤春夫与郁达夫交恶缘由之考察

倪祥妍

佐藤春夫（さとうかるお，1892—1964年）是日本诗人、小说家、评论家。或许因为他熟谙中国古典文化的关系，在当时的日本文坛上，佐藤春夫是与我国同时期的新文学作家过从甚密的一位。田汉、郁达夫、郭沫若、徐志摩、周作人，甚至包括文坛巨擘鲁迅等人都与其有过不同程度的交往。只可惜在时代的浪潮中，人与人之间的友情经不起任何的考验，友谊的小船说翻就翻。本文重点考察一下佐藤春夫和郁达夫交恶的缘由。

一、过从甚密的交往

如果要谈佐藤春夫和几位现代作家结识的情况，先是田汉在日本东京高等师范学校留学时读了佐藤春夫的作品，然后慕名给佐藤春夫写过几封表示崇拜的信件，之后又应佐藤春夫的邀请亲自登门拜访，与之纵谈中日文学现状。时间是1921年10月16日。而后两人交往密切，感情甚笃。[1] 这之后，田汉又把在东京帝国大学读书的郁达夫引见给佐藤春夫。郁达夫向佐藤春夫谈起自己的留学生活和自己对佐藤春夫作品的评价，佐藤春夫也谈起去台湾和福建旅行的见闻等，不知不觉中，时间过去了两个多小时。之后，郁达夫又多次单独拜访佐藤春夫。关于两人开始交往的经过，时隔20多年，佐藤春夫在广播稿《呼唤旧友》中还曾有过详细的回忆。日本学者伊藤虎丸在学生时代也曾亲自登门拜访过佐藤春夫，问起过这方面的情况，佐藤春夫告知说，"最初还是田汉来，由田汉带着郁达夫来的。后来郁达夫一个人也经常来"[2]。回国之后，郁达夫也时常关注佐藤春夫的情况。

---

[1] 伊藤虎丸，小谷一郎，刘平. 田汉在日本 [M]. 北京：人民文学出版社，1997：447.
[2] 伊藤虎丸. 佐藤春夫与郁达夫 [J]. 刘平，译. 中国现当代文学研究丛刊，1993（2）：208.

1927年4月29日，郁达夫在日记中还记下了这样的话："……买了一本《公论》的五月号，里头有佐藤春夫的《文艺时评》一段，觉得做得很好。"[1] 1927年6月，田汉以南京国民党政府原总政治部宣传处艺术顾问、电影股长的身份访问日本。佐藤春夫和村松梢风不仅亲自到神户港口去迎接田汉，其间，他们还安排田汉和日本文化界人士重续旧情、结交新友。正是这次，田汉邀请佐藤春夫去中国旅行，所以这一年的7月10日至8月3日之间，佐藤春夫偕同妻子和侄女佐藤智慧子[2]一道去中国旅游了一个多月。这段时间，郁达夫或安排招待宴会，或安排游览娱乐活动，或去佐藤春夫下榻的饭店与其畅谈到半夜，或陪伴佐藤春夫一家游览上海和杭州一带。其间，经郁达夫、田汉等人的安排，佐藤春夫又结识了徐志摩、郑伯奇、胡适之、欧阳予倩、王独清等中国作家。

这段旅游经历促进了佐藤春夫和中国新文学作家之间的交流，尤其加深了佐藤春夫一家和郁达夫之间的友谊。1927年7月29日，在从上海写给村松梢风的信中，佐藤春夫这样说道："郁（达夫）你也认识吧，我受到他很多照顾。在中国人里我最喜欢他。他的日语特别好。"[3] 七八年之后，佐藤春夫曾这样回忆说，"由于郁达夫陪伴游览杭州西湖，所以使得连日的无聊和失望都多少得到了抚慰"[4]。郁达夫留给他们的印象是亲切的、热情的。与其同行的佐藤春夫的侄女佐藤智慧子曾这样回忆说："一到上海，郁先生立即到旅馆来看我们，而且以后差不多每天都见面。在上海，除了郁先生之外，还见到了王独清先生、徐志摩先生、欧阳予倩先生等各位，但郁先生对我们招呼得最亲切，因此印象最深，也最为怀念。他是一个平易近人、非常好的人。"[5] 结婚以后，佐藤智慧子还专门给长男取名达夫。[6] 1998年，佐藤智慧子又发表了一篇《昭和二年之夏》的文章，回忆她和叔父一起与郁达夫的友好交往，并特别说起听到郁达夫死因时的悲痛心情："战争结束后不久，我听到一个令人悲伤的消息，郁达夫先生遭日本宪兵掐死。我到现在还珍藏着王二南翁（郁达夫第二个妻子王映霞的外

---

[1] 郁达夫.郁达夫文集（第9卷）[M].广州：花城出版社，1984：133.
[2] 因为佐藤春夫和佐藤智慧子在户籍上是兄妹关系，致使当时郁达夫、田汉等人都误认为佐藤智慧子是佐藤春夫的妹妹，其实是侄女。
[3] 佐藤春夫.定本佐藤春夫全集（第6卷）[M].东京：临川书店，1998：296.
[4] 佐藤春夫.定本佐藤春夫全集（第21卷）[M].东京：临川书店，1999：90.
[5] 小田岳夫，稻叶昭二.郁达夫传记两种[M].杭州：浙江文艺出版社，1984：289.
[6] 佐藤春夫.定本佐藤春夫全集（别卷1）[M].东京：临川书店，2001：104.

祖父）的题字，每年逢时便挂起它，缅怀昔日感慨万分。"[1]。

1936年11月12日，郁达夫以讲学和采购印刷器材为名，踏上阔别18年的日本东京。在逗留日本1个多月的时间里，郁达夫多次与佐藤春夫见面。在佐藤春夫的安排下，郁达夫与其一起参加了创造社策划的《大鲁迅全集》的翻译预备会，因为佐藤春夫是《大鲁迅全集》的编辑、顾问中的一员。郁达夫在这段时期不仅去日本千叶县市川市访问了避难中的郭沫若，两人不计前嫌，重归于好，还在佐藤春夫的介绍下拜访了著名作家志贺直哉先生。

用"亲密、友好"来形容1936年之前的郁达夫和佐藤春夫之间的关系一点都不为过，但是这样的"彼此可以畅谈文学的幸福时代"[2]，因为佐藤春夫的一篇《亚细亚之子——"黎明东亚画谱"映画物语》[3] 画上了句号，而郁达夫发表《日本的娼妇和文士》一文回击了佐藤春夫的言论。"这两篇文章是两国文学交流断绝的象征"[4]。两位作家的交往也以遗憾的结局而终结。

二、交恶缘起

1938年5月14日《抗战文艺》第一卷第四期上登载了郁达夫的一篇《日本的娼妇和文士》，郁达夫在文中痛骂佐藤春夫的"假冒清高"，其行为不如中国下流之娼妇[5]。这篇文章是针对两个月前，佐藤春夫在《日本评论》（1938年3月1日）上发表的题为《亚细亚之子——"黎明东亚画谱"映画物语》的文章而写的。

不用说，此篇文章确如郁达夫所评是一篇地地道道的"劣作"。从整篇文章的内容安排来看，上卷占三分之二，下卷占三分之一，给人以头重脚轻之感。对于文章中人物的对话，佐藤春夫一会儿直接引用，一会儿又间接转述，行文非常混乱。令人不敢置信的是，这是出自曾经极力反对文学

---

[1] 佐藤智慧子. 定本佐藤春夫全集（第28卷）[M]. 东京：临川书店，1998：3.

[2] 伊藤虎丸. 创造社与日本文学 [C]. 日本学者研究中国现代文学论文选粹. 吉林：吉林大学出版社，1987：170.

[3] 日语中的"映画物语"，即中文的电影故事。虽名为电影故事，但据日本学者铃木正夫调查和武继平先生的考证，这篇作品并没有被拍成电影。

[4] 伊藤虎丸. 创造社与日本文学 [C]. 日本学者研究中国现代文学论文选粹. 吉林：吉林大学出版社，1987：206.

[5] 郁达夫. 郁达夫文集（第8卷）[M]. 广州：花城出版社，1983：295.

的功利性，主张"字有字灵"，倡议艺术家要"热爱表达、敬畏表达"的艺术至上者——佐藤春夫之手。当然，更重要的低劣之处是佐藤春夫在文章中不惜凭主观臆想，歪曲事实，践踏友情，美化国策。

熟知郁达夫和郭沫若经历的人一看便知道这篇作品中的主人公汪某、郑某的原型就是郭沫若和郁达夫[1]。佐藤春夫炮制此篇作品的依据就是两年前郁达夫来日和郭沫若所写的《由日本回来了》一文。郭沫若的这篇文章最初发表在1937年8月16日第47期的《宇宙风》上，三个月后由日本学者山上正义[2]翻译，并登载在1957年11月18日用红字印刷着"上海战胜纪念"的《改造》临时增刊号上。文章前面还加了译者的注释："长期流亡日本的郭沫若，七七事变发生后不久，忽然出现在上海。这是当时我国报纸已报道的消息。郭沫若抱着什么样的感慨离日本而去的呢？在此从《宇宙风》杂志译载他的《由日本回来了》。"正巧佐藤春夫也在这一期上发表了散文《曾游南京》。目录中的"曾游南京……佐藤春夫"的右边就印有"由日本回来了……郭沫若"这几个字[3]。无疑，佐藤春夫是看了这篇文章的译文的，而且深有感触，就写了暗合国策的《亚细亚之子——"黎明东亚画谱"映画物语》。

文章中的郑某、汪某曾同时留学日本，又共同热爱文学，郑某到达日本后访问汪某，不久汪某从日本逃脱，郑某娶第二夫人住在西湖之滨的情节，与郁达夫娶第二夫人，去日本时约见因北伐失败而被蒋介石通缉而流亡日本的郭沫若，不久郭沫若从日本秘密回国等事实比较吻合。但佐藤春夫在事实之上又进行虚构，设想郑某访日就是为了策动汪某秘密回国，从蒋介石处领取了高额的悬赏金，并买了汪某祖上留下的田产，郑某又霸占了汪某昔日的情人，养在西湖之滨等内容，无疑纯属个人杜撰。作者借着郑某的形象故意丑化人物原型郁达夫是显而易见的。

郁达夫愤慨的理由正如他自己所说，是佐藤春夫在文章中用了阿附军

---

[1] 最先看到这篇文章的是时任国民党中央宣传部国际宣传处对敌宣传科科长的崔万秋，他毕业于日本广岛文理科大学。因为这种特殊的关系，他经常能看到日本的报纸、杂志。读到佐藤春夫写的文章之后，他马上告诉了郁达夫。

[2] 山上正义（やまがみまさよし，1896—1938年），中文名林守仁。在中国做过多年的新闻记者工作，和鲁迅有过亲密交往，是《阿Q正传》的最早翻译者，但在日本文坛长期被埋没。1997年6月丸山昇撰写的《某个中国特派员——山上正义和鲁迅》一书出版（田畑书店）后，山上正义在中日文学交流史上所发挥的作用才逐渐被日本学者所关注。

[3] 祖父江昭二. 日中两国文学家的"交流"：佐藤春夫和郁达夫[J]. 杉村安儿子，译. 中国现代文学丛刊，2005（1）：141.

阀的态度，"处处高夸日本皇军的胜利，日本女人的爱国爱家的人格的高尚"和"拙劣地使尽了挑拨我们违反领袖（蒋介石），唆使我们依附日本去做汉奸的技巧"；把男人说成"出卖朋友的劣种"，把女人说成"比日本的娼妇还不如"。他指责佐藤春夫对事实的歪曲、诬蔑已经超过了常识的范围，使用挑拨离间的策略，远离了艺术家的立场。[1]

在文章中，汪某是一个经过事实洗礼，识破蒋介石的阴谋，对皇军的华北开发政策心悦诚服的亲日家。从佐藤春夫的立场上，他是把汪某作为正面人物塑造的，但在那样特殊的历史时期，作为人物原型的郭沫若也是无法领受他这份"好意"的，若不是郁达夫公开撰文驳斥，郭沫若应该也会有同样的反应的。

佐藤春夫在郭沫若身上所寄予的自愿归顺"王道乐土"的希望，正像他关于战争的"必胜"预言一样随着昭和天皇的无条件投降的宣言变成了肥皂泡。[2] 他所编造的汪某评价"鲁迅不是什么有社会觉悟的伟大思想家"，"决没有以现代的觉悟为基础的政治思想"，只是一个"天真的思想家"的说法[3]，也与现实中的郭沫若对鲁迅的评价相距甚远[4]，恰恰表现出佐藤春夫那一阶段对鲁迅看法的改变。这和他以前所作的评价该是怎样的对比呢？在翻译《故乡》时，他特意撰写了《〈故乡〉后记——关于原作者小记》，称赞鲁迅是"中国最大的小说家、全中国左翼作家联盟的领袖"；"我有幸在我国高级读者层中有着很大影响的本刊上获得若干篇幅，冒昧地把自己以不成样的学习和笔力所作的译文，公诸于世，使我有机会向这位充满沉痛、雄浑和亲和力的现代杜甫，表示我的敬慕之情"[5]。当他闻知鲁迅逝世时，又专门撰写《月光与少年》对鲁迅表达缅怀之情："偶尔与这位世上不再容易出现的伟大的东洋的文学者生于同一时代但却永远失去了相会之期，这不能不说是一件恨事，永生的恨事。几年来就想请鲁迅到日本来，以追求东洋人的精神，为着一般日本人起见，想以实例来显示伟大的人物即使在如今也不一定全出自西洋的自觉，然而这个希望归于

---

[1] 郁达夫.郁达夫文集（第8卷）[M].广州：花城出版社，1983：295.

[2] 1945年1月1日，佐藤春夫在杂志《净土》11卷第1号上发表《必胜的信念》，鼓吹"前线后方的人都要有信心，有信心就一定能胜利"。

[3] 佐藤春夫.定本佐藤春夫全集（第10卷）[M].东京：临川书店，1999：223.

[4] 郭沫若在《由日本回来了》中，写到在从日本回来的船上想写一首诗和"最喜欢的"鲁迅的诗《悼柔石》——这首诗是鲁迅哀悼被国民党暗杀的青年文学家柔石而作，郭沫若说："原诗大有唐人风韵，哀切动人，可称绝唱。我的和作是不成气候的……"分明是对鲁迅称赞有加的。

[5] 佐藤春夫.定本佐藤春夫全集（第29卷）[M].东京：临川书店，1998：413.

泡影了……唯一感到欣慰的是，还曾有幸多少领受过鲁迅之艺术的感染与教诲……"他认为鲁迅是"二叶亭四迷、森鸥外、幸田露伴三个人"的功绩与人格的总和，还曾"盼望鲁迅来日共同探索东洋人的精神、灵魂"，以向日本人证实在20世纪的现代文明中，"伟大人物的产生并不只限于西欧"[1]。即使在1939年写《日支文化的融合——怎样谋求知识阶级的融合》一文时，他也好像仍保持着对鲁迅的好感，"在鲁迅活着的时候，想请他到日本来，希望他做个日本的文士，自己找人去商量……鲁迅也有点想下决心改变志向的意思。好像说晚年再考虑，但因为健康情况不允许而去世了"[2]。联系整篇作品中对郭沫若、郁达夫的歪曲，来看这段对鲁迅的评价，我们分明可以看出，佐藤自己在中日开战后，对鲁迅、郭沫若、郁达夫、田汉等文化人及整个中国评价的动摇。

关于佐藤春夫是否看过郁达夫的这篇文章至今说法不一。有学者根据1941年佐藤春夫将《亚细亚之子——"黎明东亚画谱"映画物语》收入小说集时将其改名为《风云》，并特意将郑某改为郁某的举动，认定佐藤春夫至少耳闻了郁达夫批驳他一事，所以用改姓之举以示报复和嘲弄。例如，武继平先生认为佐藤此举是报复，原文是"佐藤获悉郁达夫指名道姓诋毁自己的名誉之后……索性将《亚细亚之子——'黎明东亚画谱'映画物语》中郁达夫的化身郑某还原为郁姓作为报复"[3]。日本学者祖父江昭二先生认为是嘲弄，说佐藤春夫"故意把以郁达夫为原型的郑某改姓为郁。佐藤没有反省，竟然甚至主动地挑明了。佐藤在《短篇小说集风云自序》中用滑稽的语调这样写道：'今日外地文学正处于全盛的顶峰是时代趋势'，希望分清随波逐流的'世上敏于抓机会的人'和'始创外地文学的先驱者的我'。如果站在他的主观立场上来看，这个故意挑明的修订大概不是'乘机'，而是对郁达夫的轻微嘲弄，也就是说，佐藤以为自己只不过对曾经写过'在日本现代小说家中，我所最崇拜的是佐藤春夫'这样字句的郁达夫在战时的批判加以嘲弄而已"[4]。但日本学者铃木正夫认为佐藤春夫不知道郁达夫撰文谴责他的事。其根据是1951年7月佐藤春夫曾在《围绕陶晶孙氏座谈会》上做了有关郁达夫的发言，说郁达夫是中国新文士中少有的

---

[1] 佐藤春夫. 定本佐藤春夫全集（第22卷）[M]. 东京：临川书店，1999：270.
[2] 佐藤春夫. 定本佐藤春夫全集（第22卷）[M]. 东京：临川书店，1999：79.
[3] 武继平. 佐藤春夫的中国观论考[J]. 浙江学刊，2007（5）：91.
[4] 祖父江昭二. 日中两国文学家的"交流"：佐藤春夫和郁达夫[J]. 杉村安儿子，译. 中国现代文学丛刊. 2005（1）：146.

通古典的人，转述了郁达夫当年跟他交谈的内容，最后还提到"听说（郁达夫）被日本军人所杀非常可惜，想写郁达夫的回忆（录），但是还没有写作的机会，所以非常遗憾"。陶晶孙听完后，说："郁的事谁来写倒是很重要。"佐藤春夫紧接着回应了一句："真的很想写啊！"铃木正夫据此认为，如果佐藤春夫知道郁达夫撰文的事，在座谈会上的做法会有所不同。同时，他也认为佐藤春夫同样不知道郭沫若在《再谈郁达夫》一文中提及佐藤春夫是间接杀害郁达夫的凶手的说法。笔者虽然难以断定佐藤春夫究竟知不知道郁达夫撰文的事，但通过他将"郑某"改为"郁某"的举动，至少说明那个时候他是否定了自己早年关于郁达夫的"支那人中我最喜欢他"的评价的[1]，而且也是丝毫不考虑此文日后可能会出现的后果的。

虽然佐藤春夫从未在任何场合以任何方式谈起自己写这篇文章的动机，也没人考证出他是接受了什么"指示"而写的，但此文阿谀国策、诬蔑郁达夫、诋毁鲁迅、歪曲郭沫若的成分是非常明显的。笔者认为，佐藤春夫若不是接受"指示"而作，那就有两种原因可以解释他写此作的目的：一是他对郁达夫等文化人印象的改变，二是通过此作表明立场、划清界限、保全自己。因为之前的佐藤春夫一直是以一个"中国趣味者"的形象出现，在中日开战之后不可能没有这样的担心。

总之，《亚细亚之子——"黎明东亚画谱"映画物语》《日本的娼妇和文士》的公开发表，宣布了两位作家长达数10年的友谊的终结。

三、是"文人"，更是"国士"

《亚细亚之子——"黎明东亚画谱"映画物语》只是佐藤春夫"毛色一变"、协力国策的开始之作，接下来他表现出了更为积极的一面：1938年5月，担任日本文艺春秋社的特派员，9月又被内阁情报部视为文学家的海军班中的一员，亲临已经成为战场的汉口。同年10月，出版诗集《东天红》（中央公论社），此诗集包括《军国之春》《讴歌国旗》《献给战死军人的歌》《送别歌》《站在卢沟桥畔放歌》《在陋巷里看北京》《闻南京空袭并序》等，诗集名就是取自《亚细亚之子——"黎明东亚画谱"映画物语》一文前面的那首同名诗歌，并作为第一首放在前面。1939年2月，出版

---

[1] 佐藤春夫. 定本佐藤春夫全集（第6卷）[M]. 东京：临川书店，1998：296.

《战线诗集》（新潮社），内有《一诗人从军之志赋》[1]《庆祝广东陷落》《大势已决》等。1942年5月出版诗集《日本颂歌》（樱井书店），包括《靖国神社颂》《皇国纪元二千六百年赋》《讴歌英灵献给遗族的歌》《满洲航空株式会社战歌》等。1943年又亲赴马来西亚、爪哇群岛等日军占领区采访"圣地战绩"。同年2月，出版诗集《大东亚战争》（龙吟社），包括《大东亚战序曲》《讴歌大东亚战争的黎明》[2]《特别攻击队军神颂》《军神加藤少将》《大东亚战争军歌》《讴歌皇军海军》《马来战线进击谱》《新加坡陷落》《讴歌日本之母》等。1944年3月出版《奉公诗集》（千岁书房），其中包括《军神山崎部队长之颂》《挽歌》《敌机来的话》《壮志云飞并序》《学徒出阵壮行歌》《海国日本赋》等。显然这一时期的佐藤春夫已经把诗歌作为美化战争、鼓舞士气、讴歌国策的宣传工具，为日本的侵略政策鸣锣击鼓、摇旗呐喊。其间，佐藤春夫还为《日本陆军之歌》题词，参加日本文学报国会的活动，并参加日本文学报国会举行的巡回演讲，演讲题目为《美丽的假名日本语》[3]，参加"大东亚文学者决战大会"。作为一个作家、诗人，他丧失了起码的分辨力、正义感。

不仅如此，该时期佐藤春夫还撰写了不少抨击现代中国无文化和如何向中国移植文化的文章，以一个作家的独特身份为军国主义者的侵略政策出谋划策。

他根据自己1920年、1927年两次游历中国的经历，以及卢沟桥事件中中国所暴露出来的缺点，在《中国有文化吗》一文中，称"中国某个时代虽然已表现出那个时代的世界文化的顶点"，但通过卢沟桥事件，"中国暴露出了一点都不像文化国的样子"。断言"古代的中国[4]文化随着唐玄宗而灭亡了。宋代萌芽的近代中国的近代文化随着清朝乾隆皇帝而灭亡了。乾隆之后似是而非的西太后喜欢的颓废就是中国生活的全部"[5]。在《中国非文化国也》一文中，又重申"唐宋明清的时候中国是文化国，但是断言中华民国没有文化我想是没有问题的。古代的中国文化随着唐玄宗皇帝

---

[1] 这首诗简直就是佐藤春夫的夫子自道之作。

[2] 其中有赞扬"日本军刀的锋利无比，砍落的都是妖魔的头"的句子。

[3] 20世纪30年代初，佐藤春夫针对文相平生氏的"为了节约能源和节减经费而提出废止汉字"的主张，专门撰写《汉字废止不可论》一文陈述了使用汉字的文化意义及废止汉字可能带来的坏处，坚决反对废止汉字。此时佐藤又转而讴歌日本语中"美丽的假名"了。思想上的转向由此可见一斑。

[4] 佐藤文中提到中国，都用"支那"一词。以下不另注。（笔者注）

[5] 佐藤春夫．定本佐藤春夫全集（第22卷）[M]．东京：临川书店，1999：40.

而一起灭亡了。其中的一部分传承到宋代成为近代中国文化的基础，通过金元等诸蛮族的刺激反而吸收了西域的新空气而发展成明代的文化。明代的文化只有少有的一部分没有和朝廷一起灭亡，而平安无事地传承至清代，清朝传承下来，到康熙乾隆的时代是集大成的时期。所以今天的中国之所以还被世界看成是文化国，就是康熙乾隆时代所给与欧洲的影响的余风……乾隆恐怕是中国文化要凋谢之际的芳香吧，那之后一点文化的影子都没有"[1]。

然后，从自己熟悉且曾经欣赏的中国文化人身上搜集素材，例如，郭沫若参加北伐军失败而逃亡日本，而后又从日本秘密逃脱，再次投身政治；又如，曾经深交的田汉时任南京国民政府[2]原总政治部宣传处艺术科顾问兼电影股长；再如，"最喜欢的郁达夫"也弃笔从政，做了国民党"福建省政府"秘书处公报处主任。最后，他得出结论："一切的传统文化的全部灭亡，取而代之的是多少留学生的知性竭尽全力为了实现政治上的野心，其他的全是苦力、娼妇及商人。在恶政治家和苦力、娼妇、商人之间享受权力的争斗中能有文化吗？能要求他们有文化吗？"[3] 因为"文化是日常生活中被具体化而表现出来的知性和高尚的情操——换言之，可以说是哲学和艺术"，但是"在现代中国的生活中，一点知性和高尚情操都难以发现"[4]。佐藤春夫认为，构成中国文化人的主体——留学生都抛弃艺术而投身到旧中国乌烟瘴气的政治中去了，现代中国[5]自然也就没有什么文化可言了。此时，他竟然没有意识到自己也早已偏离纯文学的轨道，走上附庸政治之路，这是很具有讽刺意味的。

在得出中国无文化的观点之后，佐藤春夫指出："中国文化中有价值的东西无疑是由于我国的传承而得到了发展。像汉字就是一例。自己曾经因为这个理由很反对废止汉字。要把中国文化中对世界有用的东西继续发扬光大这是我国的义务也是一种权利。我们要在没有文化的中国播下新文化的种子，这是战后我国的大事业。"[6] 他又补充说："中国自古以来的文化究竟到哪里去了呢？无疑是来到了我们国家……我们国家如果不继承这个

---

[1] 佐藤春夫．定本佐藤春夫全集（第22卷）[M]．东京：临川书店，1999：186．
[2] 佐藤春夫当时认为田汉任职的是武汉国民政府，并将这一错误认识写进《人间事》，曾让日后的田汉在政治上遭受麻烦，所以田汉曾公开表示过不满。
[3] 佐藤春夫．定本佐藤春夫全集（第22卷）[M]．东京：临川书店，1999：941．
[4] 佐藤春夫．定本佐藤春夫全集（第22卷）[M]．东京：临川书店，1999：40．
[5] 佐藤春夫定义的现代中国是指和他处于同一时期的"中华民国"。
[6] 佐藤春夫．定本佐藤春夫全集（第22卷）[M]．东京：临川书店，1999：41．

（汉字），在世界的其他地方还有能够读得懂李白、杜甫的民族吗？汉字是一个必须好好对待的事⋯⋯现在中国的国情根本不适合作为文化的温床⋯⋯中国的文化在中国已经枯死了，但在我国开花了。我们不是有进出大陆在那里树立文化的权利和义务吗？"[1] 佐藤春夫在此和其后多次使用"进入"或"进出"大陆，这是一种怎样意义上的"进入"或"进出"呢？此时，用武继平先生的话来说，即此"进出"是和"武装入侵"同义的。"所谓'进出中国大陆'显然不指日本文化人到已沦为文化沙漠的中国去帮助复兴中国传统的文化活动"[2]。日本的"进出中国大陆"，显然是要在武力征服之后将中国大陆据为己有才有可能实现的，也就是说自认为富有"知性和高尚情操"的佐藤春夫是支持日本的侵略政策的。佐藤春夫的美好意愿就是有朝一日日本人"进出大陆"能像进出日本本土一样，来去自由。"这是我国的义务也是一种权利"的说法是何等的荒唐啊！

接着，佐藤春夫为日本人"进出中国大陆"传播新文化设计了更为具体的文化开发蓝图。先是号召日本国人对中国的文化重新认识是当务之急，因为在日本"知识人中至今有不少人错误地认为中国，不，中华民国就是古来的文化国。说起来有些不好意思，我自己在四五年前也是这样认识的人。中国的古代的文化，现在较多地传到我国来了并且保持了命脉。这个事实是使得不少国人还错误地认为现在的中国还是文化国，同时中国的知识人也常常有轻侮我国的现象"[3]，所以"我想早早地去除这样的谬误。我国对他们即使有感谢、尊敬的理由，在此所看出的一直被轻侮的道理是应该的吗？我们消化他们的文化已经变成自己的血肉这是引以为自豪的，虽然不能吝啬对他们的感谢，但也没有一直尊敬的理由"[4]，所以第一步就是要号召日本国人"不能再把中国作为先进的文化国去尊敬了"[5]。佐藤春夫狭隘之心理可见一斑。

他还主张要"让理解皇道，有行动约束力的新日本的知识人进出大陆是当下之急务⋯⋯这次的事变即使得不到新的领土、得不到赔偿金，对这

---

[1] 佐藤春夫.定本佐藤春夫全集（第22卷）[M].东京：临川书店，1999：186-187.
[2] 武继平.佐藤春夫的中国观论考[J].浙江学刊.2007（5）：90.
[3] 此种说法倒证实了郭沫若在《在论郁达夫》一文中所说的"日本人很褊狭"的说法。
[4] 佐藤春夫.定本佐藤春夫全集（第22卷）[M].东京：临川书店，1999：79-80.
[5] 佐藤春夫.定本佐藤春夫全集（第22卷）[M].东京：临川书店，1999：41.

种新人物[1]的教育，我想也是相当有意义的。可以想象，现在已经出动的军人们在军事行动终结之后，自愿留下的人肯定是有的，还有有志从国内想特别进出的人也会不少吧。所以政府要考虑采取什么方法才能让这些新的移民能够在大陆安住"[2]。"得不到新的领土、得不到赔偿金"的假设，其实正说明了他自己也是企图得到新的领土和赔偿金的。要想把别国的领土变为自己的"新领土"，唯有武力夺取，这就是名副其实的侵略。侵略别国的领土若是还想得到赔偿金的话，那只有一个字——"抢"了。因此，佐藤春夫在此处已经表现出全心全意地支持国家的侵略政策。

不仅如此，他还以一个作家独特的"远见卓识"，提醒那些可能进入中国大陆的日本人，要有"日本进入中国是文化人进入中国"的意识，指出日本人进出中国大陆"跟林语堂先生曾经说的蛮族进入中国被中国化不一样。中国人只知道我们日本人从唐代学到很多东西一事，如果不认识到现在的中国就难以认识现在的日本，如果把日本人进入中国看作和古时候的蛮族进入中国一样而考虑的话，那就太滑稽可笑了。金、元等蛮族来到多少有点文化的中国一看，好像农民来到东京而感到眩惑一样。但现在的日本人进入中国大陆，就像城市人到了农村一样"。所以"不会轻易地无批判地被中国同化"。但因为"中国是一个魔国"，所以"进入大陆的日本人，要因此而率先通过新日本人的认识意识到自己是新日本人。还有这个新日本人要按事情的程序从古来所感到的中国是文化国的古来日本人的想法中断然地解放出来"[3]。他还毫不讳言地指出，"进出大陆，不但具有政治的意义，我想还有民族性的创造——改造的问题。进出大陆是我们在担负着几世纪来的祖先赋予的重任。我们把自古以来的梦想在今日实现是幸福的。要自觉、自重。不要让祖先感到耻辱，不要让祖先的梦想失望（破灭），达到目的虽然不是一朝一夕的，但因此我们担负的作用是非常重大的。完成它是不能犯错误的"[4]。其中"进出大陆是我们在担负着几世纪来的祖先

---

[1] 武继平先生认为佐藤春夫所说的"新日本的知识人"和"新人物"指周作人、钱稻孙等亲日派，笔者结合原文语境，认为佐藤春夫所说的"新日本的知识人"和"新人物"是跟"不理解皇道、没有行动约束力的人"相比较的说法，主要是指理解、拥护当时日本侵略政策的知识分子。

[2] 佐藤春夫. 定本佐藤春夫全集（第22卷）[M]. 东京：临川书店，1999：80.

[3] 佐藤春夫. 定本佐藤春夫全集（第22卷）[M]. 东京：临川书店，1999：186.

[4] 佐藤春夫. 定本佐藤春夫全集（第22卷）[M]. 东京：临川书店，1999：188.

赋予的重任"道出了几代日本人侵略中国的野心，这恰恰说明那场战争对于日本来说是蓄谋已久了的。

为了更好地对中国进行文化奴役，佐藤春夫认为还要谋求两国之间知识分子阶级的融合，"因为中国是古来的文字国，因此尊重文字、敬重文人的心情超过我们国家人的想象。因此可以利用这一点，如果可能的话，找出适当的方法，在日华文人中，搞一个相互理解、热爱其他文化的联欢，使得两国的国民感情在某种程度上得到缓和"。他还认为周作人、钱稻孙是最佳人选，"因为周作人娶了日本女人为妻，钱稻孙从庆应的幼儿园到高中的教育都是在日本接受的，与其说是知日家，不如称之为具有日本之魂的文人"[1]。在佐藤春夫看来，周、钱二人对日本无所不知，简直无异于日本人，甚至有过之而无不及，这是很好的宣传标本。所以，他提议最好能把周、钱二人"在日本作为学者、作为文人欢迎，如果给这些人书写机会的话，我们了解中国有能力的知识人对日本人的意见的机会就会多一些。还有中国的民众，怎样理解日本也可以知道。让周作人和钱稻孙等做私立学校的教授，让他们开设中国学，日本的知识分子阶级所能得到的东西也决不少。或者在大陆选择适当的土地，让日本和中国的学生一起学习"[2]。"在国内，在某种程度上像奖励保护有志做开业医生进出大陆的方案等不知是否成立。取而代之，可以把他们国家多余的日本文学研究者引进到我国，然后把我国不少中国文学研究者派送到他们国家"[3]。

佐藤春夫对日本发起的这场意在瓜分他国的战争，采取了倾力合作的狂热态度，彻底抛开了初期高举的"非功利、创作之外无目的"的、艺术至上的大旗，完全转变为一个为天皇的侵略政策献策献计的"国士"。

虽然没有资料显示郁达夫有没有机会看到过以上佐藤春夫的这些战时诗作和文章，但我们可以假设：若是郁达夫知晓这些，他对佐藤春夫的态度又会是怎样的呢？答案是不言自明的。

---

[1] 佐藤春夫. 定本佐藤春夫全集（第22卷）[M]. 东京：临川书店，1999：160.
[2] 佐藤春夫. 定本佐藤春夫全集（第22卷）[M]. 东京：临川书店，1999：79.
[3] 佐藤春夫. 定本佐藤春夫全集（第22卷）[M]. 东京：临川书店，1999：81.

四、适得其反的"呼唤"

"佐藤式"的呐喊助威和"有信心就一定能胜利"[1]的理论最终没能挽救那场侵略战争的命运。1945年8月15日，日本裕仁天皇不得不向全国广播了接受《波茨坦公告》，颁布无条件投降的诏书。其后，在战争中倾注了那么多热情的佐藤春夫会有什么样的表现呢？回想往事，他会以不同的方式认罪、忏悔吗？遗憾的是，佐藤春夫不仅没有，还做了一件让有正义感并熟知佐藤春夫的人难以言说的事。

战败之后仅仅两个月，即1945年10月，佐藤春夫接受了日本NHK广播公司的委托，撰写《呼唤旧友》的广播稿，并于12月20日通过日本NHK广播公司播送[2]。

广播稿以书信的格式书写，佐藤春夫开始直呼"郁达夫君"，接着就交代了写作此稿的目的是"征求华日亲善的故事……利用这个机会跟你交流"。

然后，佐藤春夫谈及自己曾多方打听郁达夫的消息，称几年前"听说你去了陷落之前的新加坡投身华侨运动……可以想象你的生活是在动荡不安中度过的。我们都好像天下被狂风暴雨刮跑的小鸟。也有人好像海燕喜欢暴风雨，但是你和我原来好像是平静的白天在开花的树枝上唱歌的种类"。

接着，他回忆自己和郁达夫的多次交往，并对郁达夫不断地给以溢美之词，"你的融洽的说话方式让人很是怀念"，"在西湖的美景中又加上你的温暖的友情，回想起来我是快乐的"，"我把你看成真的文化人"，"具备贵国古时的文人墨客的风格，具有贵国一般年轻文学者相称的对古典文学的热爱和造诣"，直言"对你的友情和过去没有什么改变"……[3]说起1936年的那次见面，"我决没有把你想成敌方的间谍"，"我们一点也没有把对方当作敌国人的观念"，"即使那个时候也没有感觉到事变是特别的障碍"。即使可以忽略他曾经说过的、不单指责郁达夫一人的那句"多少留学生的知性竭尽全力为了实现政治上的野心"，但只要想想《亚细亚之子——"黎明

---

[1] 1945年1月1日，佐藤春夫在杂志《净土》11卷第1号上发表《必胜的信念》，鼓吹"前线后方的人都要有信心，有信心就一定能胜利"。

[2] 经铃木先生调查，由东山千荣子朗读，具体时间是1945年12月20日晚上7点至7点30分。原稿一万多字，但播出的是删减稿。原稿由佐藤春夫的外甥竹田龙儿发现，现收录于《定本佐藤春夫全集》（别卷1）。

[3] 佐藤春夫.定本佐藤春夫全集（别卷1）[M].东京：临川书店，2001：98-106.

东亚画谱"映画物语》佐藤春夫所塑造的郑某形象我们就知道佐藤春夫这一说法的破绽了。也许,他只能用我们常见的"本作纯属虚构,请勿对号入座"的告示语来搪塞了。

说到战争带给中国的伤害,佐藤春夫就借用徐志摩曾经对他说过的话,"你国和我国的各种各样的纠纷都是因为军部的勾当,和一般的人民没有关系"。将责任推给"军部",说"我们文化人决没有责任",并且避重就轻地谈及徐志摩所用的"军部"一词的新颖与时髦,希望郁达夫也能具有徐志摩一样的认识,甚至用"抛开跟我们无关的事,回到从前不是很好吗""讨论那些过去了的、不愉快的事还有另外的时候,现在想暂时争取温暖的机会回顾一下我们之间快乐的、友谊的历史""在这多难的日子,我借助电波不是要把这陈腐的述怀、回想和牢骚集于一身来呼唤三千里之外的你,而是想让你回忆起我们的友谊。希望借此毫不犹豫地伸出悲惨的手,重新寻求你的不渝的友情""我们事到如今没有时间在国内互相把责任推给对方,白白发牢骚,这样丢尽面子。我们该走的路只有一条。在四面楚歌中站起来,必须尽早地改造祖国"来避开话题。他希望通过回忆愉快的交往让旧友郁达夫忘记不快,还多次说"我相信我们的友情",希望郁达夫能回忆"度过青年时代的日本的土地和他的人民,不要把我们当作阴险至极的国民",其意思就是"我们原本就不是阴险的民族",并让郁达夫念及自己这个老友的面子,持有忘记"旧怨新愤"的气度,为日本的复兴不遗余力地献计献策,和盘托出对日本的"旁观者清式的批评"和发展两国友好感情的办法。[1] 这些套用佐藤春夫自己的话来说,他确实是在"打如意算盘"[2]。佐藤春夫坚称自己是"征求你们国家知识人意见的最诚恳者","志愿当祖国复兴的中心","因为我们对祖国的爱情非常纯粹"等。这些说法本身也许并没有错,但这些话从有过如此经历的佐藤春夫口中说出,就不禁让人觉得幼稚得近乎可笑了。记得佐藤春夫曾评价谷崎润一郎是一个"少有的、没有思想的作家"[3],但战争时期的谷崎润一郎能够明辨日本发动战争的非正义性,采取消极反抗的方式,埋头从事《源氏物语》的现代日语翻译工作。而自信的、有思想的佐藤春夫在战争中却像个十足的跳梁小丑,现在又用这种若无其事的态度向一个曾经被其伤害过的人,假惺惺

---

[1] 佐藤春夫.定本佐藤春夫全集(别卷1)[M].东京:临川书店,2001:98-106.
[2] 佐藤春夫的原话是:"我是在打如意算盘吗?"
[3] 佐藤春夫.定本佐藤春夫全集(第19卷)[M].东京:临川书店,1998:300.

地"呼唤"友情，这不恰恰说明他自己"缺乏思想"吗？

其实一个人一时辨不清方向走错了道路倒也没有关系，正所谓知错能改，善莫大焉。同一时期，曾经和佐藤春夫一样发挥助力作用的日本学者不在少数，例如，1942年6月出任刚成立的日本文学报国会诗部的会长高村光太郎[1]，也曾在战争期间发表过多篇为战争喝彩的诗作，但战争结束之后，他对自己在战争中的活动自我裁判，去日本岩手县的山中选择一间三张榻榻米大小的小屋过了7年自给自足的禁欲蛰居般的生活。1947年7月出版了20首自我反省的诗篇，并发表了《暗愚小传》以示惭愧和谢罪，至今一直被学界有良知的、正直的学者所称道。佐藤春夫如果能有高村光太郎一样的认识，真诚地反省自己的错误，向老友说一声抱歉，我想包括郁达夫在内的热爱和平与正义的人们一定会向他伸出友爱之手的，可惜佐藤春夫并没有这样的境界。他虽然也有"战败国的国民""世界的侵略者""必须忍受阴险民族之名""自作自受、自食其果"的自我意识，但对自己写的一首首摇旗呐喊的战争诗、一篇篇对中国进行文化奴役的指导文章、一桩桩效力国策的事实毫不提及，当然更无责任意识、赎罪观念，却一味地将责任推给"军部"，称其"是被列那狐的指导者所欺骗"了，并大言不惭地称自己是"爱正义、人道"的人。铃木正夫曾说，若是让知道事情来龙去脉的日本人来听佐藤春夫的这个"呼唤"，其中一定会有人忍不住厉声呵斥"佐藤，住口"的。[2] 祖父江昭二用"无耻""没有责任心，态度缺乏逻辑性"来评价佐藤春夫的这个行为。[3] 试想一下，如果郁达夫没有辞世，将会对其如何评价呢？

正如佐藤春夫所说，郁达夫是最知道日本的长处和短处的人，也是深知两国历史的人。1936年12月，他曾在一次讲演中这样说："过去两三千年间在精神上一致的两国，能轻易地走向两极吗？中国和日本应在社会上、精神上求得一致，才是正道……我在东京时，也跟各方面的人士这样说过，一时的变化、一时的误解，则不成其问题。总之，历史相同、文字和习惯相同的人们，自有机会相互谅解，并携起手来。"[4] 但在因日本侵略失去

---

[1] 高村光太郎（たかむらこうたろう，1883—1956年），雕刻家、评论家、诗人。

[2] 铃木正夫. 佐藤春夫与郁达夫：兼及佐藤春夫的放送原稿《呼唤旧友》[C]. 横滨市立大学论丛（人文科学系列），2002：181.

[3] 祖父江昭二. 日中两国文学家的"交流"：佐藤春夫与郁达夫[J]. 杉村安几子，译. 中国现代文学丛刊. 2005（1）：147.

[4] 郁达夫. 郁达夫文集（第7卷）[M]. 广州：花城出版社，1983：24.

老母、家破人亡之后，面对如此表现的佐藤春夫，郁达夫还能以其宽广的胸怀，对佐藤春夫表示"谅解，并携起手来"吗？笔者是非常怀疑的。

写这篇广播稿时，佐藤春夫不知道郁达夫已经遇害且死于日本宪兵之手。他综合打听到的消息，以为郁达夫还能在重庆或其他地方听到他的"呼唤"。我们还是为郁达夫听不到而感到欣慰吧，否则他在九泉之下也会难以安息的。

小泉八云对中国故事的二次加工及其创作理念的转变[*]

王胜宇

小泉八云在英语世界以文笔凝练、细腻著称。他曾于百年前在熊本和东京等地写下了一系列随笔、游记和怪谈。这些作品直到今天仍然是西方读者了解日本传统文化的重要读本。小泉八云本名拉夫卡迪奥·赫恩（Lafcadio Hearn），1850年生于希腊莱夫卡达（Lefkada）岛，童年和少年时代在爱尔兰和英格兰度过，19岁时独自来到美国闯荡，凭借自己的努力和才智，在新大陆成为一位小有名气的记者和专栏作家。1890年，他以撰稿人的身份远赴日本。比起同时代客居日本的西方人，他似乎更能入乡随俗。他先与一位松江当地女子结婚，而后又加入了日本国籍，并开始使用"小泉八云"这个更为中国读者熟悉的名字。在日本的14年里，小泉八云笔耕不辍，出版了一系列介绍日本文化的专著。正是凭借这些影响力颇广的作品，小泉八云一跃成为20世纪最受瞩目的日本文化的诠释者之一。此外，小泉八云也为日本民俗学的建立做出了重要贡献，他以日本传统故事为基础写成的短篇故事集——《怪谈：奇异事情的故事与研究》（*Kwaidan*: *Stories and Studies of Strange Things*）在1904年出版后广受好评，使很多学者开始关注日本的民间信仰和妖怪文化。该书在被翻译成日文后，还在很大程度上促进了日本现代怪谈文学的发展。[1]

---

[*] 本课题得到了温州肯恩大学SpF研究基金（WKU201819019）的资助。徐东风和郑语恬为本文的修改提供了宝贵意见，在此一并致谢。

[1] 小泉八云的《怪谈：奇异事情的故事与研究》由高浜长江首次译成日文并于1910年由日本角谷书店出版发行。日文中的"妖怪"（ようがい）一词比中文的语意更加宽泛，例如，日本妖怪学的奠基人井上圆了（1858—1919年）在其著作《妖怪学讲义》中便用该词指代一切不可思议的事物，包括自然现象。

本文的研究对象是小泉八云一本名为《中国灵异谈》（*Some Chinese Ghosts*）[1] 的短篇故事集。该书出版于 1887 年，即他抵达日本之前 3 年。这本故事集标志着小泉八云独立创作中的一次重要转变，此前他写作的主要关注对象是新奥尔良的克里奥尔文化。借由《中国灵异谈》一书成功迈出第一步以后，小泉八云在以东亚为题材的创作之路上越走越远，最终成为大名鼎鼎的怪谈作家。此外，《中国灵异谈》也标志着小泉八云作为一个艺术家学徒时代的终结。在 1898 年致友人的一封信中，小泉八云将《中国灵异谈》称作自己通过他人著作了解东亚的早期作品，但他同时也强调该作品集里面的"故事却都是纯粹以艺术为目的"，如果会重印的话，他"不会改动一个字，只会在新的版本中加上一个适当表达歉意的前言"。[2]（笔者译）虽然《中国灵异谈》略逊色于其日后蜚声国际的《怪谈：奇异事情的故事与研究》，但总的来说，其文学价值并不低，而且作者对他人著作的依赖也不应该被视作《中国灵异谈》的致命弱点。事实上，小泉八云的代表作《怪谈：奇异事情的故事与研究》里的大多数鬼怪故事也并不是他从民间收集来的。除了《雪女》一篇是他从"武藏国多摩郡调步村一位农夫"那里听到的以外，其余的均是作者取材于《夜窗鬼谈》《古今着闻集》《雨月物语》等在日本流传已久的著作，在此方面，与《中国灵异谈》并无本质区别。[3]（笔者译）

小泉八云早在 20 世纪初就被介绍到我国。据刘岸伟考证，周作人在他 1916 年的文章《一蒉轩杂录》中引用过小泉八云对日本俳句和绘画近似性的讨论，这是中国人第一次提到小泉八云。[4] 此后，胡愈之、辜鸿铭、朱光潜等人都评论过小泉八云，只是讨论的范围主要局限于小泉八云抵达日本以后的著作。最早评论《中国灵异谈》的中国学者是民俗学和童话研究的重要开拓者赵景深。他于 1928 年发表在《文学周报》的《小泉八云谈中国鬼》是国内第一篇研究小泉八云创作的文章。[5] 在此文中，赵景深考证

---

[1] 该书的英文标题可以被直译为《几个中国鬼》，然而汉语中的"鬼"并不能完全表达小泉八云所用"ghost"一词的全部含义。这一点本文在后面会详细解释。笔者认为，刘岸伟先生的译法《中国灵异谈》更贴近小泉八云的本意，故在本文中采纳此译法。

[2] Bisland, Elizabeth. *The Life and Letters of Lafcadio Hearn* (2 Vols.) [M]. Boston: Houghton Mifflin & Co., 1906: 367.

[3] Hearn, Lafcadio. *Kwaidan: Stories and Studies of Strange Things* [M]. Boston: Houghton Mifflin & Co., 1904: iii.

[4] 刘岸伟. 小泉八云与近代中国 [M]. 武汉：武汉大学出版社，2007：43.

[5] 牟学苑. 小泉八云思想与创作研究 [M]. 北京：北京大学出版社，2016：18.

了小泉八云创作故事的来源,并盛赞他的文学成就。后来,赵景深还将该故事集推荐给鲁迅。遗憾的是,尽管小泉八云同中国渊源颇深,但是国内关于他的专门研究一直不多,直到近 10 年才有专著出现。其中,最重要的学术著作有刘岸伟的《小泉八云与近代中国》和牟学苑的《小泉八云思想与创作研究》。这两本书都深入地讨论了小泉八云与东方文化的关系,并揭示了小泉八云的社会宗教思想和文化观对其文学创作的影响。

虽然本文也同样以小泉八云的创作理念和文学观作为研究对象,但是研究的侧重点有所不同。在这里,笔者关注的是《中国灵异谈》主题的统一性和小泉八云对自己在中国故事传播中所扮演角色的定义。此外,笔者还通过小泉八云对中国故事的分析,探讨他创作理念的转变。本文的主要观点是《中国灵异谈》在小泉八云的创作生涯上占据一个至关重要的节点。借由该书,小泉八云成功地完成了其小说写作从"惊悚"向"怪异的美"的过渡。在这一转换过程中,他创造出一个能充分体现其"最高等级艺术"观的主题,即工匠(艺术家)与作品灵魂的契合。

一、《中国灵异谈》的创作背景

1887 年,即《中国灵异谈》正式出版的那一年,小泉八云已经搬到美国路易斯安那州的新奥尔良市整整 10 个年头了。当时,他正为《哈勃周刊》(*Harper's Weekly*)工作,业余时间还出版过一些译作和小说。来到新奥尔良市以前,小泉八云曾在美国中部城市辛辛那提市生活过近 10 年。在那里,他曾与中国文化有过短暂接触:有一次,他的朋友亨利·克雷比尔(Henry Krehbiel)说服了一些中国乐师为他们二人演奏音乐。多年以后,小泉八云对这段经历仍然念念不忘。在《中国灵异谈》的扉页上,小泉八云把这本书敬献给亨利·克雷比尔,感谢他用真诚打动中国乐师,为他们二人演奏三弦,并合唱了一首《茉莉花》。

此时,对中国音乐的浓厚兴趣还不足以激发小泉八云写作的欲望。在新奥尔良市的 10 年,小泉八云的报刊文章和独立创作基本上都是以当地的克里奥尔文化为关注对象的。[1] 这些作品与人类学家书写的民族志颇为相

---

[1] 小泉八云 1887 年前发表的作品在 Laura Stedman 为他整理的出版列表中可以找到,详见 Stedman, Laura, Gould, Georgem. *Concerning Lafcadio Hearn* [M]. Philadelphia:George W. Jacobs & Company,1908:336-342.

似，主要是为某一个特定的社会族群或文化群体画像。那么，究竟是什么因素促使他在新奥尔良市进行创作，并出版了一部讲中国鬼神的作品集呢？这要从1884—1885年当地发生的一件大事说起。

19世纪末美国三分之一的棉花都在新奥尔良市交易。为了纪念对英棉花出口100周年，新奥尔良市举办了世界工业与棉花百年纪念博览会。身为记者的小泉八云自然不能错过这场盛会。然而，意想不到的是，这次博览会为这位记者的人生带来一个重要转机。

中国和日本都在会上设有展馆。来自东方的展品让小泉八云流连忘返，其中，他对中国馆的描述是这样的：

> 主入口两侧各立有一尊高大的花瓶，从上到下均覆盖着繁复的雕花和绚丽的嵌色。色调搭配带有浓郁的中国风格：底色是明亮的黄色，那是中国人信仰中神圣的颜色和造化的颜色。每当上苍的主宰提笔运墨之时，几乎毫无例外地使用黄色。只有在他惩戒之时，才会用闪电之笔划出一道白光。这一点我们在"惩恶扬善"之书《感应篇》中可以读到。该书还将神的文字称为篆书。这些古色古香的篆刻文字今天不大常用，但在珠宝、印章、山崖上还可以被看到。这些古老的图像、文字大概是上古时代的发明。那是伟大的游牧时代，虽不见诸史书，却仍能从中式建筑奇特的顶和檐上依稀看到一丝痕迹。（笔者译）

> At either side of the main entrance is a great vase, carved from lips to base with complex designs in partial relief and enamelled in divers colors. In general effect of coloration the display is strictly Chinese; the dominating tone is yellow, —bright yellow, the sacred and cosmogonic color according to Chinese belief. When the Master of Heaven deigns to write, He writes with yellow ink only, save when He takes the lightning for His brush to trace a white sentence of destruction. So at least we are told in the book called Kan-ing p'ien, —the "Book of Rewards and Punishments", which further describes the writing of God as being in *tchouen*, —those antique "seal-characters" now rarely seen except in jewel engraving, signatures stamped on works of art, or inscriptions upon mountains, —those primitive ideographic characters dating back

perhaps to the age of which we have no historic record, but of which Chinese architecture, with its strange peaks and curves, offers us more than a suggestion—the great Nomad Era.[1]

在这段话里，一些《中国灵异谈》的要素已初露端倪。

第一，充满神性的文字承载天道，这正是小泉八云的写作追求。他的每一篇中国故事都褒善贬恶，特别注重宣扬儒、释、道三教所规范的美德和恶行。《中国灵异谈》里六个故事中的两篇，即《织女的传说》（"The Legend of Tchi-Niu"）和《颜真卿归来》（"The Return of Yen-Tchin-King"），正是取材于文中提到的《感应篇》（全称《太上感应篇》）。以《颜真卿归来》为例，该故事中的主人公明知凶多吉少却仍奋不顾身地去敌营招降，遇难之后其鬼魂不远千里迢迢赶回来向圣上复命。这是一个是典型的忠臣形象。同样，在《织女的传说》《大钟魂》（"The Soul of the Great Bell"）中，小泉八云歌颂了主人公的孝道。这些故事都很好地保留了原素材中的道德观念。

第二，小泉八云眼中的汉字带有强烈的图像性和装饰性。他对写在或刻在物体表面的汉字尤其着迷，在《大钟魂》一篇的开头，他特意提到了钟体上的佛经经文。在后来《怪谈》中《无耳芳一的故事》（"The Story of Mimi-nashi-Hoichi"）一篇的结尾，他也写到被鬼魂纠缠的芳一和尚通体被方丈写上佛经。《中国灵异谈》于1877年出版时，书中很多地方都插入一些汉字，这些字笔法颇为拙劣，有的内容也与前后故事无关（比如标题页中间印有"龙图公案"四个字），但对既不懂中文又无法欣赏书法的西方读者来说，这些汉字带有很强的装饰性，其功能与插图类似。

第三，此段文字还暗示出物质与文化之间的紧密联系。在小泉八云看来，理解一个民族之精神的重要途径是其工匠创造出来的器物。小泉八云在花瓶的颜色中看到了中国人的信仰，从屋顶的飞檐想到了史前时代的游牧民族。这一点在《中国灵异谈》中也有所体现，第一个故事的主题是铸钟，第五个故事讲的是茶的起源，最后一个故事的中心事件是烧瓷。故事中涉及的这些物品其实不难让我们想到清朝送去参展的展品。它们在小泉八云的故事中是中国精神的象征。

从小泉八云的书信中可以了解到，《中国灵异谈》是作者在博览会期间

---

[1] Hearn, Lafcadio. The East at New Orleans [J]. *Parry's Literary Journal*, 1885: 242.

和此后不久写成的，其中的《织女的传说》最早就是1885年在《哈勃芭莎》（*Harper's Bazaar*）杂志上发表的。如果没有当年的博览会，也就没有小泉八云的《中国灵异谈》。然而，仅靠博览会提供的灵感还不能完全达到小泉八云的目的。

同时代流行的一些所谓的"中国故事"多是西方作家依靠臆想凭空捏造出来的，与真正的中国和中国人风马牛不相及，小泉八云想要呈现给读者的却是原汁原味的中国故事。只可惜他不懂中文，所以想要实现这一目标就必须依靠二手资料。幸好19世纪末蓬勃发展的印刷业和日渐兴盛的汉学使他这样一个住在新奥尔良市的普通读者也能有机会通过市面上流通的书籍接触到中国故事的素材。那么，这些素材最终如何转化为小泉八云的灵异故事呢？对二手材料的依赖是否会束缚作者讲故事的自由呢？小泉八云的故事又保留了多少中国趣味呢？要想回答这些问题，我们首先要了解小泉八云对自己工作的定义。

二、《中国灵异谈》的二次加工和小泉八云创作风格的形成

虽说是部短篇故事集，《中国灵异谈》却颇有几分学术著作的风范。在书的末尾，小泉八云添加了跋和释名，共计近30页。通过这些辅文，读者可以了解到小泉八云主要借助的是19世纪汉学家用法文和英文出版的著作，特别是这些汉学家对中国古籍的翻译。例如，在跋中指出《孟沂的故事》（"The Story of Ming-Y"）源自《今古奇观》一书，被荷兰汉学家施古德（Gustave Schlegel）译成法文后加进他1877年翻译的《卖油郎独占花魁》一书的导言中。交代了这些以后，小泉八云仍觉得不够过瘾，又一口气列举了在施古德之前六位翻译过《今古奇观》的汉学家。他让读者看到，《中国灵异谈》所有的故事均有确切出处可循。

在《中国灵异谈》的序言里，小泉八云点明了自己与同时代汉学家之间的关系。他谦逊地将儒莲（Stanislas Julien）、施古德、詹姆斯·理雅各（James Legge）、赫伯特·翟理斯（Herbert Giles）、亚历山大·伟烈亚力（Alexander Wylie）等众多通晓中文的学者称为"伟大的开拓者"，而将自己比作其后亦步亦趋的"卑微的旅行者"。在他看来，开拓者做的工作是"发现和征服"，而他所做的工作则是"采摘"。[1]（笔者译）如果仅从字面意

---

[1] Hearn, Lafcadio. *Some Chinese Ghosts* [M]. Boston: Roberts Brothers, 1887: iii.

思上理解，这种"采摘"难免有拾人牙慧之嫌，让我们觉得小泉八云只是坐享其成，做了一些简单的选编而已。然而，事实并非如此。小泉八云做的其实是一种具有原创性的改编，在保留原故事主体情节的基础上，按照自己的风格和套路进行叙述。这种改编策略一直延续到《怪谈：奇异事情的故事与研究》，所以日本学者平井呈一称其作品为"再话文学"。[1]

本文更偏向于使用"二次加工"这个词来形容小泉八云的工作。笔者选择这个词有两个考量：一是"改编"这一说法比较笼统，不能清晰地概括小泉八云使用材料的特性，事实上，小泉八云所用的素材都已经被他前面的汉学家"加工"过了，并不是原始的中国故事，甚至有些中国故事本身就是汉学家的杜撰；二是工匠的创造是小泉八云在《中国灵异谈》中深爱的主题。本文在后面会谈到，他在故事中将工匠当作一个艺术家的隐喻，因此同工匠的劳作一样，他的工作也是把材料"加工"成艺术品。

在小泉八云列举的汉学家中，英国人赫伯特·翟理斯最值得一提。他于1880年出版的《聊斋志异》英译本（*Strange Stories from a Chinese Studio*）是一部有里程碑意义的杰作。在这本书中，赫伯特·翟理斯翻译了《聊斋志异》400多篇故事中的146篇作品。该书虽然不是全译本，却是西方对蒲松龄文言文小说的第一次大规模翻译——此前最多的一次也只是英国人阿连璧（C. F. R. Allen）在19世纪70年代翻译了《聊斋志异》中的18篇作品。

向西方读者介绍《聊斋志异》时，赫伯特·翟理斯将这部书描述成中国民间故事集，而这恰好是小泉八云最感兴趣的文学类型。此外，在赫伯特·翟理斯的译文中，人物形象丰满、语言优美、情节曲折传奇，而不是像此前的翻译家一样过于偏重文学性较低的志怪。[2]

《聊斋志异》中的传奇多写书生与鬼狐之间的浪漫故事，这类故事的主题属于世界文学中普遍存在的异类爱情。赫伯特·翟理斯将这些传奇译得如此生动而富有人情味，以至于德国哲学家马丁·布伯（Martin Buber）将《聊斋志异》德译本命名为《中国鬼神与爱情故事》（*Chinesische Geister-und Liebesgeschichten*），并在前言中对《聊斋志异》的评论如下：

---

[1] 平井呈一. 小泉八云入门[M]. 东京：古川书房，1976：71.
[2] 一般来说，志怪多以事件为中心，篇幅较短，带有外史性质，诸如聊斋中的《地震》《喷水》《化男》等篇章便是很好的例子。传奇多以人物为中心，情节更复杂，聊斋中涉及人与鬼狐恋情的故事多为传奇，代表篇章有《莲香》《青凤》《聂小倩》等。

鬼神精灵为人迷恋或纠缠，反之亦然；但那些翩然而至，要么追求我们，要么挟持我们的，并不是那些来自另一个世界、妖气时强时弱的公邪灵和母夜魔。相反，那些访客是我们这个世界的生灵，他们只不过比（人类）生在一个更低、更幽暗的层次里罢了。（笔者译）

Dämonen werden hier von Menschen, Menschen von Dämonen geliebt und besessen; aber die so zu uns kommen und um uns werben oder uns erfassen, sind nicht Incubus und Succubus mit dem schwankenden Grauen der Jenseitigkeit in ihrer Gegenwart, sondern Wesen unseres Weltkreises, nur in einer tieferen, dunkleren Schicht geboren.[1]

在这里马丁·布伯使用了"Dämon"这个非常中性的词来指代聊斋中的异类。该词源自古希腊文中的"δαίμων"（daimon），泛指次于主神的亚神。他的评价道出了赫伯特·翟理斯出版的《聊斋志异》英译本的一个重要特色，即里面的鬼狐故事并没有太多的恐怖色彩，那些异类也不像欧洲民间传说中那些面目可憎的邪灵、夜魔那样，来自一个与人间毫不沾边的"他界"。

《中国灵异谈》同样没有惊悚的成分，这种巧合也许正是小泉八云受到赫伯特·翟理斯影响的结果。然而，在向西方读者呈献中国故事时，小泉八云走的是一条与赫伯特·翟理斯截然不同的道路。赫伯特·翟理斯其实对旅行者有关中国的写作非常排斥。在《聊斋志异》英译本的前言里，他强调，要书写他国首先需要完全掌握其语言，并对其文化有深入的了解。旅行者往往在这方面有所欠缺，以致扭曲了中国的形象。他要做的就是客观、真实地再现中国人的思想，要达到这个目的，就要在翻译中完全排除译者的介入，也就是完全忠实于原著，让蒲松龄透过他来讲故事（当然这一点他并没有做到）。[2]（笔者译）小泉八云却反其道而行之。正如前文提到的，他将自己比作一个旅行者（当然，真正漂洋过海的不是他，而是文本）。欧洲的游吟诗人可能更符合他脑海中旅行者的形象——他们在云游四

---

[1] Buber, Martin. *Chinesische Geister-und Liebesgeschichten* [M]. Frankfurt am Main: Rutten & Loening, 1916: ix.
[2] Giles, Herbert A. *Strange Stories from a Chinese Studio* (2 Vols.) [M]. London: Thos. De La Rue & Co., 1880: xiv-xv.

方的时候为听众讲述着很久很久以前的故事。可能正是这个原因,《中国灵异谈》中的3篇故事在进入正题前都是以一首歌为先导的。

讲故事的人的声音在每篇的开篇尤为明显,例如,在《瓷神》一篇的开头,讲故事的人自问自答,并如数家珍似的一一列举了中国的名瓷,这种手法很像说书人为了炫技去花大量的时间罗列战场上令人眼花缭乱的兵器,或是餐桌上数不尽的山珍海味。这个讲故事的人还尽量模仿中国人的口气,并大量使用中文词汇,诸如 "fung-hoang"(凤凰)、"Fo"(佛)、"hiai"(鞋)、"Tien-hia"(天下)、"Kwang-chau-fu"(广州府)、"kin"(琴)等。这些概念并非无法用英文固有词汇表达。1886年,在他写给亨利·克雷比尔的一封信中,小泉八云提到波士顿的罗伯特兄弟已经同意出版《中国灵异谈》,但是想让他删掉里面大量的日语、梵语、汉语和佛教的名词。[1](笔者译)为此,小泉八云专门给出版商送去一份长长的文件,在其中援引屠斯塔夫·福楼拜(Gustave Flaubert)、泰奥菲尔·戈蒂耶(Théophile Gautier)、亨利·沃兹沃斯·朗费罗(Henry Wadsworth Longfellow)等人的例子,并提出了不同的意见。在这封信里,小泉八云将他使用的外来词称作"东方主义"(orientalism),并强调这是他小说中不可或缺的重要元素。事实上,有一部分词汇在原文中并不存在,是小泉八云特地加进去做点缀的。它们可以被视作小泉八云"二次加工"过程中的创新。

所有《中国灵异谈》里的故事都比原素材可读性更强。虽然小泉八云也会做很多删减,但从总体上来说,他的二次加工会将故事的篇幅拉长。更难能可贵的是,他增添的元素不仅与原有素材毫不冲突,而且非常有助于提高作品的文学性。以他的第一个故事《大钟魂》为例,该故事的素材源自法国驻华领事达伯理(Dabry de Thiersant)1877年出版的《中国的孝道》(La Piété Filiale en Chine)一书。该书是清代俞葆真编写的《百孝图说》的法译本。[2] 关于达伯理的故事的篇名是《可爱:一个女儿为父亲做出的伟大牺牲》("Ko-Ngai, Sacrifice Extraordinaire D'Une Fille Pour Son Père")。其情节比较简单,开头只是平铺直叙地交代事件的起因:监管铸钟的官员已经失败了两次,永乐皇帝非常生气,警告他第三次失败就要人

---

[1] Bisland, Elizabeth. *The Life and Letters of Lafcadio Hearn* (2 Vols.) [M]. Boston: Houghton Mifflin & Co., 1906: 84.
[2] 但据鲁迅和赵景深考证,《百孝图说》中原无描写铸钟的故事。最接近的传说是李娥为了帮助父亲铸兵器而舍身投炉的故事,该故事能对应上书中题为《投炉成金》的插图。

头落地。而有关那口神奇的钟,作者也只是交代了一下铸造的年代而已,并没做任何细节描写。

相比之下,小泉八云的版本开篇非常引人入胜:

> 大钟楼里的滴漏记录着大钟寺内逝去的光阴。这个金属铸造的庞然大物上面镌满了《法华经》和《楞严经》的经文,高悬的钟锤在落下时猛击大钟厚厚的嘴唇。听!那大钟在回应!虽不能言,可她的声音充满了力量!可——爱!绿色屋顶高翘的飞檐上,所有小龙都跟随低沉的声波抖动着,一路抖到他们镀金尾巴上的最后一寸;所有瓷做的滴水兽都在雕琢的檐脊上战栗;宝塔上数以百计的铃铛都在震动,想要齐声呐喊:可——爱!所有庙宇金碧辉煌的瓦当都被震撼了;上面木做的金鱼朝天扭动着;透过蓝色的烟雾,佛在众生之上指向天空的手指也在摇晃!可——爱!这音色多像滚滚天雷!(笔者译)

> The water-clock marks the hour in the *Ta-chung sz'*, —in the Tower of the Great Bell: now the mallet is lifted to smite the lips of the metal monster, —the vast lips inscribed with Buddhist texts from the sacred *Fa-hwa-King*, from the chapters of the holy *Ling-yen-King*! Hear the great bell responding! —how mighty her voice, though tongueless! —*KO-NGAI*! All the little dragons on the high-tilted eaves of the green roofs shiver to the tips of their gilded tails under that deep wave of sound; all the porcelain gargoyles tremble on their carven perches; all the hundred little bells of the pagodas quiver with desire to speak. *KO-NGAI*! —all the green-and-gold tiles of the temple are vibrating; the wooden goldfish above them are writhing against the sky; the uplifted finger of Fo shakes high over the heads of the worshippers through the blue fog of incense! *KO-NGAI*! —What a thunder tone was that![1]

这个开头有很明显的二次加工的痕迹。那些描写帝都的庄严景象全然是作者的自由发挥。同小泉八云使用的外来词汇一样,这些景象带有"东方主

---

[1] Hearn, Lafcadio. *Some Chinese Ghosts* [M]. Boston: Roberts Brothers, 1887: 9-10.

义"的意味,而华丽的语言是作者标志性的写作风格——正如赵景深注意到的,小泉八云的故事仿佛是"诗的散文"。日后,小泉八云会用同样的、富有诗意的笔触,勾勒日本充满东方情调的风景。

小泉八云添加的新元素并非完全来自天马行空的想象。例如,《织女的传说》的素材取自儒莲版《感应篇》,原本只有短短几行字。当小泉八云将其扩充成一篇3 000字左右的故事时,增加了显灵、治病、成婚等情节。其中织女为主人公治病和洞房花烛夜的很多细节取自赫伯特·翟理斯翻译的《聊斋志异》中《褚遂良》一篇。类似的情况还出现在《茶树的传说》一篇,该故事中的佛经原文借鉴了《法句经》和《四十二章经》的法译本。由此可见,小泉八云对创作所持的态度是非常严谨的。

当然,小泉八云并不是刻意追求所有情节必须有据可查。事实上,对他来说,一篇故事的精髓不是情节,而是其宣扬的道德。虽然在二次加工的过程中,他在所有的故事上面都打上了自己的烙印,但是原素材内体现的道德观(或者我们可以称为故事的灵魂)都得以完整保留。事实上,对道德的重视是小泉八云艺术观的一个重要方面。当他借由《中国灵异谈》转变自己写作风格的时候,这种艺术观已经在不知不觉中开始显现。

三、小泉八云创作理念的转变

小泉八云曾在美国期间对法国现实主义和自然主义产生过兴趣,并翻译了屠斯塔夫·福楼拜、爱弥尔·左拉(Émile Zola)、居伊·德·莫泊桑(Henri René Albert Guy de Maupassant)等人的作品,但终其一生,小泉八云对鬼怪题材和异事文学的兴趣总是有增无减。早年间,小泉八云对擅长写惊悚小说的美国作家埃德加·爱伦·坡(Edgar Allan Poe)推崇备至。在他写给出版商亨利·沃特金(Henry Watkin)的信中,小泉八云总是亲切地将对方称作"老爹",而自己署名"乌鸦"(Raven)。这个有点古怪的昵称源自埃德加·爱伦·坡一首流传颇广的同名诗,可见小泉八云对他那位作品里满是怪诞元素的前辈敬仰之深。

小泉八云生活的时代正是哥特体小说盛行的年代。他早期独立创作充斥着古堡、密室、鬼魂、梦魇等典型的哥特元素。他写的第一篇鬼故事,即1874年发表在《问询者》(*The Enquirer*)杂志上的《杉壁橱》("The Cedar Closet"),就很有模仿埃德加·爱伦·坡的痕迹。这篇故事以第一人称叙述,讲的是一个尘封已久的秘密:一对父女被杀害,尸骨被埋进杉壁橱的墙洞里，而迫害他们的德雷小姐在死后仍旧阴魂不散。她的幽灵在古宅里四处游荡，并在叙述者的新婚之夜展露出可怖的面容，将故事中的"我"吓昏了过去。

《杉壁橱》中的第一人称叙述者在小泉八云有关东方题材的作品里几乎见不到，在《中国灵异谈》和后来的怪谈文学中，小泉八云更习惯使用第三人称的视角讲故事，即使是在讲一个有点可怕的故事的时候，也是用一种异常舒缓、平和的口吻，就像《怪谈：奇异事情的故事与研究》中的盲琴师芳一和尚那样，可以把坛浦决战中平家的覆灭讲得让鬼魂痛哭流涕，却始终收放自如，带着一种超脱的心态去寻求艺术的最高境界。

除了文学作品以外，小泉八云在新奥尔良市为报纸和期刊所写的文字也多有追求惊悚的倾向。正如牟学苑所指出的那样，在这一时期，小泉八云的写作不离鬼怪传说、通灵术、巫毒教（voodoo）、屠宰场、精神病院、墓地、贫民窟、废料加工厂、犯罪、通灵术、催眠术、占星术、灵魂照相、器官移植、盗掘尸体等那些看起来不那么"体面"的题材。[1] 这些题材往往是与充斥着基督教价值观和中产阶级趣味的美国主流文化相左的，它们充分体现出小泉八云对边缘文化的好奇心。

然而在《中国灵异谈》中，小泉八云彻底摒弃了哥特式的恐怖。他称该书所表现的主题是"怪异的美"（weird beauty）。[2] 这是他在写作中第一次将这个概念作为一种审美标准提了出来。小泉八云所谓的"怪异的美"，其实正是"恐怖"的反义词。这种对立关系可以从在他在《骨董》（*Kotto: Being Japanese Curios, with Sundry Cobwebs*）一书中看到。在提到"古老的东方信仰"中鬼与昆虫之间神秘的关系时，小泉八云写道：这种信仰"以很多不同的形式体现，有一些形式带有不可名状的恐怖，其他的形式则饱含怪异的美"。[3] （笔者译）

其实，除了与恐怖对立外，这种"怪异的美"还有另一个显著特征，那就是它是一种未被工业文明侵蚀的古老世界观的抽象。在这种世界观里，万物皆有灵性，人与鬼神和谐共处。在《中国灵异谈》的序言中，小泉八云曾以花为喻，用"熠熠生辉的花王""一朵黑色百合""泛着磷光的玫

---

[1] 牟学苑. 小泉八云思想与创作研究 [M]. 北京：北京大学出版社，2016：152-153.

[2] Hearn, Lafcadio. *Some Chinese Ghosts* [M]. Boston: Roberts Brothers, 1887: iii.

[3] Hearn, Lafcadio. *Kotto: Being Japanese Curios, with Sundry Cobwebs* [M]. New York: The MacMillan Company, 1910: 184.

瑰"来解释"怪异的美"让人联想到的意象。[1]（笔者译）这些想象中瑰丽的花朵色泽奇特，多有幽冥之意。因此，要想彻底领悟小泉八云所谓"怪异的美"的全部含义，我们还必须把这个概念同作者对鬼的定义联系起来。

小泉八云讲到的鬼有别于19世纪西方哥特体小说里令人毛骨悚然的亡魂，在语意上其实更接近马丁·布伯使用的"Dämon"。这个词翻译成中文里的"灵"更为妥当。在他题为"超自然现象的价值"（"The Value of the Supernatural in Fiction"）的演讲中，小泉八云指出"ghost"一词在古代泛指无实体、如影子一样的"幽魂"（shadow-soul），而该词的形容词形式 ghostly 是一个非常宽泛的概念：

> 古英语中（除了"ghostly"）没有其他与"spiritual"或是"supernatural"相对应的词。众所周知，前面这两个词本来是拉丁语，不是英语固有词汇。凡是当今宗教称作"神的"（divine）、"神圣的"（holy）、"神奇的"（miraculous），古代盎格鲁-撒克逊人一律只用"ghostly"一词表达。他们说一个人的ghost，而不是说他的spirit或是soul，所有形容宗教知识的他们都称"ghostly"。由于天主教忏悔的仪轨在过去的2 000年几乎未变，所以在今天，神父总是被叫作"ghostly father"，这是因为他就像是父亲那样照顾众人的ghost，也就是灵魂。忏悔者总是把神父称作"Father of my ghost"。可见，"ghostly"这一词非常灵活，可以用来形容所有跟超自然有关的事物。对基督徒来说，这个词甚至可以用来描述上帝，因为造物主在英语里总是被称为圣灵。（笔者译）

> The old English had no other word for "spiritual" or "supernatural" —which two terms you know, are not English but Latin. Everything that religion today calls divine, holy, miraculous, was sufficiently explained for the old Anglo-Saxons by the term ghostly. They spoke of a man's ghost, instead of speaking of his spirit or soul; and everything relating to religious knowledge they called ghostly. In the modern formula of the Catholic confession, which has

---

[1] Hearn, Lafcadio. *Some Chinese Ghosts* [M]. Boston: Roberts Brothers, 1887: iii.

remained almost unchanged for nearly two thousand years, you will find that the priest is always called a "ghostly father"—which means that his business is to take care of the ghosts or souls of men as a father does. In addressing the priest, the penitent really calls him "Father of my ghost". You will see, therefore, that a very large meaning really attaches to the adjective. It means everything relating to the supernatural. It means to the Christian even God himself, for the Giver of Life is always called in English the Holy Ghost.[1]

只有在明白了小泉八云使用的是 ghost 一词的古意以后，我们才能真正认识到《中国灵异谈》主题上的统一。虽然学界通常将这本书的书名译作《几个中国鬼》或《中国鬼故事》，但从严格意义上说，该故事集里面真正写到鬼的，只有《孟沂的故事》《颜真卿归来》两篇。其余四篇里讲的都是可以脱离身体而存在的魂，或是引申出来的仙、魔。例如，《茶树的故事》里僧人悟道时其实是不断地与心魔做斗争的，而勾引僧人破戒的女魔总是被称为幻影（Illusion）。同时，女魔与梦境之间也存在联系，当女魔成功诱使僧人入睡的时候，叙述者称其为魔鬼（Mara）。有趣的是，小泉八云曾经指出，英语中"nightmare"一词是"night"和"mara"的组合，而噩梦是不同文化中恐怖故事的共同来源。在故事的最后，破了戒的僧人痛定思痛，割下眼皮再次立誓，最后如磐石一样入定，女魔再也拿他没有办法了，僧人割下的眼皮变成了茶树。在一定程度上，这一情节其实也可以被视作作者自己在写作中与恐怖主题分道扬镳的写照：在完成了《中国灵异谈》之后，小泉八云基本摒弃了哥特体小说这一文体。

《中国灵异谈》中，《大钟魂》《瓷神》中描写的灵魂最能代表小泉八云的写作特色。这两篇故事都反映了一个在作者以往的作品中从未出现过的主题，即工匠的创造。该主题的确立是小泉八云作为一个艺术家成熟的标志。通过工匠的故事，小泉八云描写出一个能与物体合二为一的灵魂，并第一次成功地将"美"的思想引入神鬼题材的小说，为后来在日本创作《怪谈：奇异事情的故事与研究》奠定了基础。此外，工匠的故事还折射出小泉八云对自身艺术创作的反思。在《有关最崇高艺术的问题》（"The

---

[1] Hearn, Lafcadio, Erskine, John. *Interpretations of Literature* (2 Vols.) [M]. London: William Heinemann, 1916: 90-100.

Question of the Highest Art"）一文中，他强调：

> 我以为，最高等级的艺术是这样的，它对观者的道德感化如同爱情对一个不吝付出的恋人施加的影响一样（难以抵挡）。这种艺术必须是一种外在表现，其核心是值得为之牺牲自我的道德之美——为这些道德观念死去是一件美好的事。这种艺术应当使人激情澎湃，甘愿为伟大而高尚的理想舍弃性命、享乐和一切所有。正如考验爱是否炽烈要看一个人能否忘我，忘我精神也是对最高艺术的考验。（笔者译）

> I should say that the highest form of art must necessarily be such art as produces upon the beholder the same moral effect that the possession of love produces in a generous lover. Such art should be a revelation of moral beauty for which it were worth while to sacrifice self—the moral ideas for which it were beautiful to die. Such an art ought to fill men even with a passionate desire to give up life, pleasure, everything for the sake of some grand and noble purpose. Just as the unselfishness is the real test of strong affection, so unselfishness ought to be the real test of the very highest kind of art.[1]

《中国灵异谈》中的两篇工匠的故事均很好地阐释了上文中谈到的为艺术舍弃自我的精神，《大钟魂》里工匠铸钟屡次失败，可爱为了救父亲投身熔炉，她的身体消失了，灵魂却与伟大的作品合二为一，每当钟声响起的时候，人们都仿佛听到她的名字：可——爱。在《瓷神》一篇中，名为仆（音译）的陶工是一位可以"点石成金"的"伟大艺术家"。皇帝让他烧造绝世瓷器，仆苦思冥想，最后在观看窑火时领悟到方法，于是"在第九天，仆跳进火焰，将他的灵魂交付瓷窑的神明，将他的生命奉献给他的职业，他的灵魂化作瓷瓶的灵魂"[2]（笔者译）。在这段描述里，作者第一次提到陶工的灵魂时，用的正是"ghost"一词。他在文中其他地方还提到，后世

---

[1] Hearn, Lafcadio, Erskine, John. *Interpretations of Literature* (2 Vols.)[M]. London: William Heinemann, 1916: 9-10.

[2] Hearn, Lafcadio. *Some Chinese Ghosts*[M]. Boston: Roberts Brothers, 1887: 160.

的陶工要向仆的"神灵"(divine ghost)祈祷。可以说,这篇故事处处体现着带有 ghostly 意味的"怪异的美",然而其主旨却同《大钟魂》一样,是对道德的讴歌:《大钟魂》归根结底讲的是"孝",《瓷神》字里行间透露出的是"忠"。从这一层面上看,这两篇故事集中体现的正是小泉八云追求的"最高等级的艺术"。

四、结语

1888年,从法属西印度群岛回到美国后,小泉八云偶然读到了美国人帕西瓦尔·罗威尔(Percival Lowell)所著的《远东的灵魂》(The Soul of the Far East)一书。在写给友人的信中,小泉八云曾多次提及该书,并对帕西瓦尔·罗威尔大加赞誉。受这本书的影响,1890年小泉八云毫不犹豫地接受了报社远赴日本的指派。没过几年时间,他便成为一名与帕西瓦尔·罗威尔齐名的旅日美国作家。在1895年致巴兹尔·霍尔·张伯伦(Basil Hall Chamberlain)的一封信中,小泉八云写道:

> 我不想把自己的书说成是像帕西瓦尔·罗威尔的《远东的灵魂》那样杰出的作品,但有趣的是,至少在我收获的赞许里,多数评论都说我远比帕西瓦尔·罗威尔成功。这是为什么呢?肯定不是因为我能以一个思考者或观察家的身份同帕西瓦尔·罗威尔并肩站立。简单来说,这是因为世人都认为同情心比分析批判精神更加公道。(笔者译)

> I don't wish to say that my work is as good as Lowell's "The Soul of the Far East"; but it is a curious fact that in at least a majority of the favourable criticisms I have been spoken of as far more successful than Lowell. Why? Certainly not because I am his equal, either as a thinker or an observer. The reason is simply that the world considers the sympathetic mood more just than the analytical or critical.[1]

---

[1] Hearn, Lafcadio. *The Writings of Lafcadio Hearn* (14th Vol.) [M]. Boston: Hougton Mifflin & Co., 1922: 319.

小泉八云提到的同情心（sympathetic mood）是其以东方为主题的作品的重要特征，这种同情心可以被理解为一种心灵的通达。辜鸿铭曾夸奖小泉八云是真正理解日本的作家。日本学者森亮也曾称赞，小泉八云后期的创作是用"英语写就的日本文学"[1]。胡愈之更是在1923年发表的一篇文章中这样评价："在历来到过东方的许多西方观察家中，能和东方神契灵化的，只有现在所介绍的Lafcadio Hearn了。他是对于西方的'东方的解释者'，他是从情绪方面解释东方，而不是单从物质方面解释的。所以到了后来，连他自己也东方化，变成了一个慈祥文秀的小泉八云了。"[2] 以上评论最终都指向一点，即小泉八云能够放下西方人的身份，将自己与其书写的对象合二为一，最终成为东方精神的代言人。

在一定程度上，小泉八云的"东方化"是其模仿自己故事中人物的结果。同《中国灵异谈》中的工匠一样，他甘愿为了最高等级的艺术舍弃自我，但他的灵魂也因此得以穿越时空，透过不朽的作品发声，给读者带来心灵上的震撼，并让他们在感受美的同时，对古老东方朴素的道德观肃然起敬。从这一点上看，小泉八云最终的确在日本找到了令他魂牵梦绕的"远东的灵魂"。然而，不可否认的是，早在1875年左右，他就已经踏上了探索的征途。正如本文所述，在小泉八云的字典里，"灵魂""精神"都可以用"ghost"一词表达。因此，《中国灵异谈》与他日后所著有关日本民族精神的作品在本质上反映的是相同的主题，而该书也应该被视为小泉八云探索"远东灵魂"的最早尝试。

---

[1] 森亮. 小泉八雲の文学[M]. 东京：恒文社，1980：151.
[2] 刘岸伟. 小泉八云与近代中国[M]. 武汉：武汉大学出版社，2007：6.

夏济安、宋淇与亨利·詹姆斯

孙连五

亨利·詹姆斯（Henry James）作为西方小说史上一位重要作家，对于英美现代文坛都产生了深远影响，他的小说理念直接影响了詹姆斯·乔伊斯（James Joyce）、马塞尔·普鲁斯特（Marcel Proust）、艾德琳·弗吉尼亚·伍尔夫（A. Virginia Woolf）、威廉·福克纳（William Faulkner）等现代主义作家。亨利·詹姆斯不仅是一位杰出的小说家，在小说写作上取得了令人瞩目的成绩，而且他还是一位出色的文艺理论批评家。他的《小说的艺术》一文是一篇载入史册的宣言书，对西方盛行的自然主义、浪漫主义进行了尖锐地批评，同时提出了心理现实主义主张，强调道德观念与艺术观念的统一。这一纲领引导了亨利·詹姆斯的小说创作，可以说，"直到今天这篇文章仍然是一篇关于小说的艺术的纲领性宣言"[1]。20世纪20年代以来，亨利·詹姆斯在西方文坛声誉日隆，诸如爱德华·摩根·福斯特（E. M. Forster）、弗·雷·利维斯（F. R. Leavis）、埃德蒙·威尔逊（Edmund Wilson）等文学批评家都给予了他甚高的评价。

然而，在1949年以前的中国现代文坛，亨利·詹姆斯却遭遇了冷落，他的同道者寥寥无几，其小说在这一时期被译介到中国的也不多，仅有《戴茜米勒尔》《四次会面》《诗人的信件》《螺丝扣》等几个中篇作品。这一时期，国内文坛对于亨利·詹姆斯的介绍也十分少见，曾虚白的《美国文学ABC》、张越瑞的《美利坚文学》都对亨利·詹姆斯做过介绍，最重要的评论研究来自卞之琳和萧乾。卞之琳是国内较早研究亨利·詹姆斯的学者，他任教西南联合大学时曾开了一门亨利·詹姆斯选修课，且写有英文讲稿《亨利·詹姆士小说八讲》，选修课结束后，因不满意，就自行焚毁了。他还编了一套"舶来小书"，内收西洋小说翻译六种，除《阿道尔夫》

---

[1] 亨利·詹姆斯. 黛西·密勒[M]. 赵萝蕤, 巫宁坤, 等译. 上海：上海译文出版社, 1993: 6.

外，多为本校学生所译，丛书囊括了亨利·詹姆斯的两部小说《诗人的信件》和《螺丝扭》。卞之琳为之作序，并且对亨利·詹姆斯的小说进行了介绍，在卞之琳看来："他在英国小说史上是第一个把小说当作艺术，注意小说的形式而影响了当代英国小说的小说家。也是他，在英国，首先看重了小说里的心理表现而无形中助威了日后的'意识流'派小说。也是他暴露了欧洲上层社会的衰败，预感了本世纪动乱的降临，而不由自己地先导了英国在第一次世界大战后成名的一大批英国第一流作家，只是他倒也许进了一步的，表现了他的醉心于创造秩序。"[1] 但是，这两部小说出版后并没有引起多大反响。卞之琳在这一时期创作的小说《山山水水》，有意采用了亨利·詹姆斯"翻新"的表现虚构故事的技巧——"视点"或视角运用。[2] 1947 年 6 月，《文学杂志》在上海复刊，其第 2 卷第 1 期复刊号上刊登了萧乾的《詹姆士底四杰作》，这是他计划写《当代英国小说》中的一章，这篇论文代表了中国现代文坛对亨利·詹姆斯研究的最高水准。萧乾对亨利·詹姆斯给予很高的赞誉，并分析了他的四部长篇小说《一位女士的画像》《奉使记》《鸽翼》《金碗》。他认为，在亨利·詹姆斯以前的和以后的英国小说是不同的，"他向文坛盛极一时的自然主义揭起叛旗。他以作品表现出小说的内在写法，把主力放在人物对现实的反应上，因而，从此，小说家再不是无所不在的幻术师了；人物的角度成为创作者的天然限度。这一举，抬高了小说，可也就成为今日英美没有了家喻户晓的狄更生的原因了。他对写作哲学来了个彻底的革命，那就是说，小说不是驮载现实的骡车，不是包罗万象的镜子。他从不写第一身的小说，但在选择安排上，他主张完全通过主观的漏斗，而且经过理性的安排。他处理小说有如一个波斯地毯的设计家，甚而是野战的参谋，一切埋伏，围攻，佯退，猛进，都是精心安排下的"[3]。不仅如此，萧乾还对亨利·詹姆斯的心理小说模式进行了反思，他认为，亨利·詹姆斯的小说"脱离了血肉人生，而变为抽象、形式化、纯智巧的文字游戏了。这里没有勃朗特的热情，没有乔治·艾略特的善恶感，更不会有狄更生的悲惨谐谑的杂烩；一切都逻辑，透明。高雅，精致得有如胆瓶中的芝兰，缺乏的是土气"[4]。萧乾的这种看法无疑也是亨利·詹姆斯没有在中国现代文坛引发共鸣的重要原因。

---

[1] 卞之琳. 卞之琳系列：散文钞（1934—2000）[M]. 合肥：安徽教育出版社，2007：45.
[2] 卞之琳. 卞之琳文集（上卷）[M]. 合肥：安徽教育出版社，2002：264.
[3] 萧乾. 旅人行踪：萧乾散文随笔选集 [M]. 北京：中央编译出版社，2005：342.
[4] 吴格非. 1848—1949 中英文学关系史 [M]. 徐州：中国矿业大学出版社，2010：300.

1949年以后，亨利·詹姆斯在中国的传播陷入一种停滞状态，在一些研究者看来，从中华人民共和国成立之初至20世纪70年代，亨利·詹姆斯的作品"在中国大陆外国文学研究领域一直处于沉寂状态"[1]。20世纪50—60年代，虽然亨利·詹姆斯在中国内地（大陆）文艺界遭遇了冷落，但他在港台地区文坛迎来了同路人，其中最重要的就是夏济安与宋淇。夏济安与宋淇在光华大学读书时就志趣相投，结为至交。1950年赴台以后，夏济安对亨利·詹姆斯这位被冷落的大师获得了重新认识，他与宋淇一起将亨利·詹姆斯引入港台地区文坛。相比同时期中国内地（大陆）的文学环境，欧美文学在港台地区获得了更为充足的传播空间。夏济安、宋淇如何看待亨利·詹姆斯的小说？他们缘何接受亨利·詹姆斯的小说？亨利·詹姆斯又如何影响了他们的文学观念？这些话题从侧面反映了宋淇与夏济安共同的文学旨趣，也是冷战时期西洋文学与港台地区文坛互动的一个缩影。

一、夏济安对亨利·詹姆斯及其作品的研究

夏济安对亨利·詹姆斯的兴趣始于20世纪50年代初期。1951年7月，在赴台湾大学任教半年多后，夏济安接到新学期课程任务，开始准备讲授英美小说，但他缺乏这方面的教课经验，就写信向夏志清请教，并请他推荐相关阅读书目。夏志清这时恰好读了弗·雷·利维斯的《伟大的传统》（*The Great Tradition*），对他的小说理念极其服膺。弗·雷·利维斯认为，简·奥斯汀（Jane Austen）、乔治·艾略特（George Eliot）、亨利·詹姆斯、约瑟夫·康拉德（Joseph Conrad）代表了英国小说的伟大传统，这部极具雄心和自信的巨作拓宽了夏志清的小说视野，他给夏济安推荐了10多个英美小说家，其中包括亨利·詹姆斯两部小说《一位女士的画像》（*The Portrait of a Lady*）、《螺丝扭》（*The Turn of Screw*）。他还特别强调，《螺丝扭》与约瑟夫·康拉德的《黑暗的心》（*Heart of Darkness*）、詹姆斯·乔伊斯（James Joyce）的《死亡》（*The Dead*）都是重要的中篇小说，值得精读，可以使学生对小说的技巧有深刻的领会，并且将哈佛著名批评家麦西生（F. O. Matthiessen）的《亨利·詹姆斯的主要创作阶段》（*Henry James：The*

---

[1] 王丽亚. 新中国六十年亨利·詹姆斯小说研究之考察与分析［J］. 浙江大学学报（人文社会科学版），2013（2）：133.

Major Phase）[1] 和泰特夫妇的《小说之家》（The House of Fiction：An Anthology of The Short Story）两本书寄给夏济安作为参考。麦西生的著作专论亨利·詹姆斯，而《小说之家》里也收录了对詹姆斯短篇小说《丛林猛兽》（The beast in the jungle）的分析。1951年11月，夏济安在致夏志清的信中谈道："我现在也没有'大'读小说。最近看了一本 Emma，Conrad 的 Heart of Darkness；Henry James 的 Mme de Dauves 与 Daisy Miller。Mme de Dauves 我很喜欢，它里面的 moral life 我能懂而且同情；Daisy Miller 我本来只是觉得不能同情，后来看了 Philip Rahv（Dial 的 Great Short Novel）所说的，'Daisy Miller died of Roman fever and a broken heart'，我才知道我没有看懂，因为我以为只是个 superficial girl，看不出有 broken heart 之处。James 那种把主题抓紧了来描写，使人觉得他以前的英国小说的描写大多都不够劲。"[2] 菲利普·拉甫（Philip Rahv）是美国犹太裔文学批评家，也是《党派评论》（Partisan Review）的创办者之一。夏济安提到的 Great Short Novel 实际是由菲利普·拉甫编选的 The Great Short Novels of Henry James，该小说集收录了詹姆斯的《黛西·密勒》《丛林猛兽》《碧庐冤孽》《小学生》《艾斯本手稿》《莫德福夫人》等10个重要短篇小说，由菲利普·拉甫作序。可以看得出来，夏济安对亨利·詹姆斯小说的理解，是从对其短篇作品的认识开始的。这里有夏济安自己的独特感受，他通过阅读西方文学评论加深了自己的理解，从他对亨利·詹姆斯的基本认识就能够看出他的文学观实际上已经开始呈现出同情的倾向。

1955年2月，夏济安赴美国印第安纳大学进修一个学期，学习现代文学及创作，他一共选了四门课：亨利·詹姆斯专题研究、象征主义小说研究、创意写作、莎士比亚研究，其中亨利·詹姆斯专题研究和象征主义小说研究由里昂·埃德尔（Leon Edel）讲授。里昂·埃德尔是美国著名的批评家、传记家，其代表作有五卷本的《亨利·詹姆斯传记》和《现代心理小说》等。1977年，台湾地区学生英文杂志社出版了埃德尔的《亨利·詹姆士》一书。夏济安之所以选择里昂·埃德尔绝非偶然，美国之行再次燃

---

［1］ *此书作者麦西生颇得夏志清推崇，夏志清在赴美国耶鲁大学之前，约翰·克娄·兰瑟姆（John Crowe Ransom）曾将夏志清推荐给他。夏志清在上海时就已经读了麦西生的成名作《艾略特之成就》（The Achievement of T. S. Eliot），在研读亨利·詹姆斯的晚期小说时，也曾翻阅了 Henry James：The Major Phase。据此推测，夏志清对亨利·詹姆斯小说的阅读可能要早于其兄夏济安。

［2］ 王洞，季进. 夏志清夏济安书信集：卷二（1950—1955）[M]. 杭州：浙江人民出版社，2017：130-131.

起了他对亨利·詹姆斯的浓厚兴趣。他在这段时期集中阅读了大量亨利·詹姆斯的小说，夏济安通过细读文本发现，亨利·詹姆斯的风格与维多利亚时期的散文相去不远，这种观点是新奇的。他在大学时期受张歆海的影响，对维多利亚时期的散文很是推崇，在他看来，亨利·詹姆斯的文风属于这一脉络。他提交了《评艾思本遗稿》《论夏德》两篇关于亨利·詹姆斯的论文，得到了里昂·埃德尔的认可和高度评价。尤其是《评艾思本遗稿》展现了夏济安不凡的批评眼光，这篇论文的立意不是在探讨以往关于亨利·詹姆斯研究中常见的心理描写、象征技巧、小说形式等主题，而是对其中有关的风景描写和抒情效果以及暗含的戏剧冲突产生兴趣。夏济安认为，"詹姆斯的风格在这个发展过程中是平易而富有启发性，充满了感官上的美和瑰丽的诗情的。这个风格制造出一种气氛中过去隐然可察，而细枝末节也往往有着颇深的含义"[1]。从这段时期开始，亨利·詹姆斯在夏济安心目中占有了很重要的文学地位。一方面，夏济安自比"詹姆斯式的主人公"（Jamesian hero），对于亨利·詹姆斯笔下那些风流倜傥的男主角十分欣赏；另一方面，他在创作中又努力学习亨利·詹姆斯的小说技巧，夏济安相信自己与亨利·詹姆斯等作家有很多共同的才华，"我的长处，除对英文文字〔身〕很有兴趣（这种兴趣，是和Shakespeare、Dickens、Joyce等共有之的，喜欢pun、play on words、别出心裁的句法phrasing等），其他可说的是，我还有wit、flexibility of mind与perception（这是Lionel Trilling认为Henry James所具有，而Dreiser等美国so-called Naturalist School所没有的）"[2]。在致夏志清的信中，夏济安坦言，"我现在的小说便尽量避免'对白'，如要'对白'写好，我看我在美国再住一年都不够。我现在读Henry James，觉得他的心理描写，我也能达到，只是他的对白（很精彩，针锋相对）我无法企及"[3]。这里可以看得出来，夏济安对亨利·詹姆斯的小说技巧有超越的勇气，但是对亨利·詹姆斯的小说对话又心存敬畏，这使他陷入了影响的焦虑之中，他在美国进修时期创作的小说《传宗接代》（*The Birth of A Son*）、《耶稣会教士的故事》（*The Jesuit's Tale*）都能够体现出亨利·詹姆斯的影响痕迹。1957年，夏济安在《文学杂志》上发表了

---

［1］夏志清. 夏济安选集［M］. 沈阳：辽宁教育出版社，2001：116.
［2］王洞，季进. 夏志清夏济安书信集：卷二（1950—1955）［M］. 杭州：浙江人民出版社，2017：463.
［3］王洞，季进. 夏志清夏济安书信集：卷二（1950—1955）［M］. 杭州：浙江人民出版社，2017：463-464.

《旧文化与新小说》一文。他认为五四运动以后，小说在中国的地位虽然稳固了，但是小说这项艺术需要学习的还有很多，说到取法问题，他提到了弗·雷·利维斯的《伟大的传统》。弗·雷·利维斯所谈到的乔治·艾略特、亨利·詹姆斯、约瑟夫·康拉德等人，夏济安认为他们都能作为中国作家学习的对象。

1956年9月，由夏济安主编的《文学杂志》创刊，杂志主张"朴实、冷静、理智"的文学风格，该杂志在第4卷第5期推出了亨利·詹姆斯专号，并率先刊发了候健翻译的《小说的构筑》、朱乃长翻译的《论亨利詹姆士的早期作品》以及林以亮的《亨利詹姆士与其小说》，同期还连载了亨利·詹姆斯的小说《德莫福夫人》（Mme de Dauves）。从这期杂志的内容安排可以看出编者夏济安的个人趣味和文学理念，尤其是聂华苓翻译的《德莫福夫人》原本就是夏济安极为推崇的小说。不仅如此，《文学杂志》从第1卷第5期开始分三期连载了伊德丝·华顿（Edith Wharton）的《伊丹·傅罗姆》，这部小说也是夏济安喜欢的书。他在1946年的日记中谈道："颇喜之，Kazin氏认其忽视现实社会，颇多非议，然其sense of tragedy（悲剧感）与soundless heroism（无声的英勇）有文学上之永久价值，他日多读几本Wharton氏小说后，当可作文辩护之。"[1] 他在西南联合大学任教期间也读了伊德丝·华顿的《伊丹·傅罗姆》，离开昆明时，还将其送给了苦苦思恋的李彦。其时，夏济安正读了艾尔弗雷德·卡津（Alfred Kazin）的《论本土文学》（On Native Grounds），他对于艾尔弗雷德·卡津在书中对伊德丝·华顿的评价不苟同，故有上述看法。伊德丝·华顿是亨利·詹姆斯晚年的好友，她被认为是美国唯一因学亨利·詹姆斯而成功的小说家。[2] 伊德丝·华顿的《近代小说趋势》一文曾在《西洋文学》1941年第6期刊出，由廖思齐翻译，其中提到了亨利·詹姆斯的创作方法，想必夏济安是读过的。如此看来，将伊德丝·华顿的《伊丹·傅罗姆》译介到台湾地区文坛，又可说是亨利·詹姆斯专号的先声。

20世纪50年代，台湾地区文坛充斥着逃避文学和反共文学，这两种文学倾向显然都不是夏济安所认同的。《文学杂志》虽然提倡现实主义，但是在当时的社会环境之下，要反映社会现实，揭露国民党政府的黑暗面是不被允许的，作家们尽可能不去触碰现实层面的问题，于是转向内心的探索。

---

[1] 夏济安. 夏济安日记 [M]. 北京：人民文学出版社，2011：25.
[2] 伊德丝·华顿, 伊丹·傅罗姆 [M]. 王镇国, 译. 香港：今日世界出版社，1975：1.

又由于与五四运动以来的新文学隔绝，鲁迅、茅盾、巴金等作家的作品在台湾地区都是遭禁的，所以，他们转向西方文学寻找学习的对象。据聂华苓回忆，像托马斯·斯特尔那斯·艾略特、"罗伯特·弗罗斯特、伊·伊·柯敏斯、詹姆斯·乔伊斯、亨利·詹姆斯、海明威、卡夫卡这些现代文学大师都是青年作家学习的对象。诗人和小说家都走向内心世界、感觉的世界、潜意识的世界、梦的世界"[1]，《文学杂志》率先向台湾地区文坛输送新的欧美文学养料，对于台湾地区作家的成长产生了一定影响。正如聂华苓所言，"《文学杂志》所标榜的宗旨和创作还有一段很长的距离。但是《文学杂志》做了不少欧美文学的介绍工作，而且为认真的年轻作家开辟了一片干净的土壤，让他们去摸索、试验、成长"[2]。夏济安之所以在《文学杂志》上推出亨利·詹姆斯专号，其目的或许是看到了心理写实主义可以作为年轻作家的借镜，日后成长起来的作家诸如欧阳子、王祯和等人对亨利·詹姆斯作品的吸收与汲取，都与夏济安及《文学杂志》的推崇有关。在亨利·詹姆斯专号推出的三篇文章中，最值得注意的是林以亮的《亨利詹姆士与其小说》。这篇文章实际上是宋淇为亨利·詹姆斯小说中译本《碧庐冤孽》写的前言，《碧庐冤孽》（*The Turn of Screw*）最初由宋淇约夏济安翻译，但是夏济安因事推辞掉了。在《评彭歌的〈落月〉兼论现代小说》中，夏济安再次提到了这部本该由他来翻译的小说，"亨利·詹姆斯的作品介绍到中国来的不多，香港出过一本他的《碧庐冤孽》中译本（《今日世界》丛书，书中另收《黛丝·密勒》一篇），还有书前的那篇《前言》，值得向读者推荐"[3]。《文学杂志》之所以刊登了宋淇这篇文章，应该是主编夏济安的直接约稿。

宋淇在《前言》中对亨利·詹姆斯的生平与小说风格进行了详细的介绍，他尤其指出了亨利·詹姆斯的小说艰深晦涩、缺乏知音的三点原因：一是亨利·詹姆斯的文字天生就是曲折的，并不是简单、易晓的，由此形成了所谓的"詹姆斯风格"。"这种文章风格往往使人高深莫测，因为除了表现复杂的思想和情绪之外，它本身的构造和文字的排列次序也非常生涩。"二是亨利·詹姆斯对小说形式的特别注意和惨淡经营。"他可以说是十九世纪最自觉的小说家之一，同福楼拜和屠格涅夫比起来，还有过之而

---

[1] 聂华苓. 台湾中短篇小说选（上册）[M]. 广州：花城出版社，1984：3.
[2] 亨利·詹姆士. 德莫福夫人 [M]. 聂华苓，译. 上海：上海译文出版社，1980：Ⅷ.
[3] 夏济安. 评彭歌的《落月》兼论现代小说 [J]. 文学杂志. 1956（2）：25-44.

无不及。"[1] 三是亨利·詹姆斯是一位超时代的作家，他走在了时代的前面。他虽然生活在19世纪，但是他对艺术的看法、他所追求的风格超越了他所在的时代，他开启了现代心理小说的先河，深深影响了詹姆斯·乔伊斯、马塞尔·普鲁斯特等现代作家。1969年，今日世界出版社出版了亨利·詹姆斯长篇小说中译本《奉使记》，宋淇又为该书写了《前言》，他首先回顾了亨利·詹姆斯的作品在港台地区的传播过程，对《文学杂志》不遗余力地推介亨利·詹姆斯给予了赞扬。宋淇又谈道，如果仅翻译亨利·詹姆斯的中篇和早期作品，并不足以代表他的文学成就，长篇小说《奉使记》在中国译介出版具有重要意义。在亨利·詹姆斯本人看来，这部作品也是他"所有作品之中最好的、全面的'最佳'作品"[2]。宋淇对亨利·詹姆斯在中国的研究充满期待，他认为，《奉使记》的出版"只不过是走向一个正确方向的开始，进一步和更深入的研究尚有待开展"[3]。但是，亨利·詹姆斯在中国得到更加深入的研究，则经历了一个漫长的过程。

二、夏济安、宋淇对待亨利·詹姆斯作品的不同态度

夏济安与宋淇在光华大学读书时就志趣相投，他们在对西洋文学的理解和认识可谓志同道合。1949年，宋淇、夏济安先后离开内地赴港，宋淇最终留在了香港地区，曾任职于美国驻香港总领事馆新闻处（以下简称"驻港美新处"）。1950年10月，夏济安去了台湾大学任教。虽然身处港台地区，夏济安和宋淇都对亨利·詹姆斯产生了一致的兴趣，但是他们接受亨利·詹姆斯的缘由又各不相同。

夏济安之所以能够对亨利·詹姆斯产生浓厚的兴趣，其中有很多复杂的因素，当然并不单纯是听了夏志清的意见，主要还是因为夏济安与亨利·詹姆斯在文学观念上的趋同。

首先，亨利·詹姆斯擅长心理描写，他的小说注重对人物内心情感变

---

[1] 林以亮. 亨利詹姆士与其小说 [J]. 文学杂志. 1958 (5)：18-23.
[2] 亨利·詹姆斯. 小说的艺术 [M]. 朱雯，朱乃长，等译. 上海：上海译文出版社，2001：320.
[3] 亨利·詹姆斯. 奉使记 [M]. 赵铭，译. 香港：今日世界出版社，1969：2. 宋淇认为亨利·詹姆斯的小说被译成中文的仅有4部，显然指的是《黛丝·密勒》《碧芦冤孽》《德莫福夫人》《奉使记》。他对20世纪30—40年代译介的亨利·詹姆斯小说并不了解，从这里可以看出亨利·詹姆斯小说在中国现代文坛的影响确实很小。

化的分析。亨利·詹姆斯的哥哥威廉·詹姆斯后来成为美国著名的心理学家、哲学家,亨利·詹姆斯的心理小说可能受到了兄长的影响。亨利·詹姆斯的这种小说特质对夏济安产生了吸引力,因为夏济安在大学时代就对心理学、哲学、历史等学科抱有兴趣,他的毕业论文是关于文学与心理学关系的研究。他曾在与张芝联、宋淇等众好友编辑的《文哲》上发表了一系列文章,其中有两篇文章《大头鬼的头大不大?》《对于中国近代史的一种看法》关涉心理学的内容。在《大头鬼的头大不大?》中,夏济安提到人类的"客观态度"受20世纪三大思潮的影响,其一就是西格蒙德·弗洛伊德(Sigmund Freud)的心理分析学。在夏济安看来,"心理分析学注重于本能的欲望的冲动,和抑制这种冲动的自我,许多欲望都给抑制住而关入下意识的领域里去了。虽然我们不会直接知道这个下意识,然而下意识仍旧时时在支配着我们的思想和行动。不经过'心理分析'这步手续,我们是很难知道那一些的欲念是给抑制住了的"[1]。夏济安在1946年所记录的关于恋爱经历的日记,就是心理分析和情感暴露的经典文本。不仅如此,夏济安在书信中也常常对自己的情感历程进行剖析、省思,无怪乎他坦言自己的书信风格颇有亨利·詹姆斯的味道。夏济安在《对于中国近代史的一种看法》里借用了心理学家阿尔弗雷德·阿德勒(Alfred Adler)的"卑劣错综"(Inferiority Complex)概念来分析中国近代历史,观点新颖、独特,很具启发性。阿尔弗雷德·阿德勒与西格蒙德·弗洛伊德分属心理学两大派别,阿尔弗雷德·阿德勒开创了个体心理学,在他看来,个体在社会中生存,同其他生物一样,需要一种安全感,他不得不合群,可是假如他在社会里不能出类拔萃,甚至觉得如果自己不如别人,他就要惴惴不安、自惭形秽,甚至影响到自己的人生和人格。有意思的是,亨利·詹姆斯在青年时代曾因背部受伤,导致他的性格产生了变化,从此与社交界远离,最后变成一个生活的旁观者。从亨利·詹姆斯这段奇特的人生经历来看,他无疑就是夏济安早年所提到的"卑劣错综"型人格。

其次,亨利·詹姆斯小说中的主人公形象激起了夏济安的同情和理解。夏济安在新亚书院(香港中文大学建校三大书院之一)教课时,与一个叫秦佩瑾的女学生产生了爱情,两人一度到谈婚论嫁的地步,可好景不长,夏济安很快便去了台湾大学,两人只得鸿雁传情,但经常会因为很小的事情吵架,最终导致感情破裂。夏济安坦言,"我同她都是相当敏感的人,这

---

[1] 夏济安. 夏济安选集[M]. 沈阳:辽宁教育出版社,2001:201.

件事情也很 subtle，可以说是没有什么事情，但是仔细分析，里面也有 devil 作祟（devil—in the religious sense）。大致是：我给她神经上的压力太重了——为什么我要这样做呢？只能归咎于 devil 了。她开始怕见我，想逃避我。她明知这样做要给我很大的痛苦，但她还是做了。我相信她的痛苦也不亚于我的，但是她是一种欢喜生活在痛苦中的人，这个加上她的 caprices 和突发的 self-assertion（或 self-negation），就造成现在这个悲剧。读过 Henry James 小说的人大该〔概〕可以了解这个 situation"[1]。1955 年，夏济安在美国印第安纳大学进修期间，与一位美国小姐也保持了暧昧的关系。但是夏济安犹豫不定，对弟弟坦言不要对自己的恋情抱有太大希望，因为他与美国小姐都有智慧和同情心，都是很厉害的人。他们讲恋爱只是在车库里谈，就像亨利·詹姆斯小说里的人物一样，心头不胜怅惘，却也注定毫无结果。夏济安之所以自诩为"詹姆斯式的主人公"，显然是他意识到自己与亨利·詹姆斯小说中主人公性格的相似性，一方面，他们都机智、聪慧，颇具魅力；但另一方面，他们在感情上都极度敏感、脆弱、犹豫不决，最终成为反讽的悲剧形象。正如有学者指出，"爱人与自恋，这两种欲望之间的鸿沟让人对自我的神秘充满悲哀。使夏济安成为詹姆斯式悲剧'英雄'的，乃是在爱人与爱己之间选择了后者，智性、聪明、优雅只是包裹了黑暗自我的外衣。Hero 在此成为一个反讽的称呼"[2]。

最后，亨利·詹姆斯对待文学严肃、认真的态度是夏济安所赞赏的。亨利·詹姆斯在《小说的艺术》里指出，"小说必须严肃地对待自己，才能让公众严肃地对待它"[3]。亨利·詹姆斯正是以严肃、积极的态度从事小说创作，他在文学创作的道路上不断探新求异，最终在英美文坛创建了独树一帜的"詹姆斯风格"。夏济安对于文学的态度也是严谨的，他提倡"朴实、冷静、理智"的文学风格，声称"作家的学养与认真的态度，比灵感更为重要"[4]，对于文学创作，他一直保持谨慎、严苛的态度，对那些初出茅庐的青年作者，他要求他们反复修改，然后才能发表，有时候，甚至会自己亲自动手修改。《文学杂志》第 3 卷第 3 期刊登了一篇小说《周末》，

---

[1] 王洞，季进. 夏志清夏济安书信集：卷二（1950—1955）[M]. 杭州：浙江人民出版社，2017：136-137.

[2] 徐敏. 当年风华正茂：私人书写中的夏济安 [J]. 南方文坛，2017（2）：75.

[3] 亨利·詹姆斯. 黛西·密勒 [M]. 赵萝蕤，巫宁坤，等译. 上海：上海译文出版社，1993：280.

[4] 夏济安. 夏济安选集 [M]. 沈阳：辽宁教育出版社，2001：210.

原本出自一个学生的投稿,讲述了一个妙龄少女如何消除误会,使她的父亲和他的老爱人结合的故事,夏济安为了使小说更加完美,索性进行了重写。在他看来,小说最重要的是形式问题,他以《周末》为例,提出了三种写法:第一种是照原来那样,是标准的美国"true romance""true confession"体小说(此类小说在中国的报纸上亦常刊登);第二种是照现在发表那样:简短、泼辣、残酷——"我"心目中是在学居伊·德·莫泊桑;第三种是照"我"想写的那样:subtle,隐藏的讽刺与悲哀——他心目中的榜样是安东·巴普洛维奇·契诃夫或亨利·詹姆斯。[1] 可以说,夏济安心目中理想的文学形式就是"詹姆斯式"的,亨利·詹姆斯对待文学的那种真诚感染了他。1956 年,夏志清告诉他,计划写一个关于黑人的讽刺幽默小说。夏济安在回信中谈道,"我相信写幽默的东西要比 Henry James 派心理小说容易得多。心理小说有个很明白的 norm,作者不断地苦思修改,的确渐渐可以接近这个 norm,而率尔操觚的确不容易产生好东西"[2],从此可以看出,夏济安对心理小说的严谨态度。他在为《学生英语文摘》写的专栏里曾推荐了一本《新声:美国新作选》(*New Voices:American Writing Today*),该书收录美国新作家约 60 人的作品,这些人大多都籍籍无名,但夏济安认为,"此数十作家皆态度谨严,刻意求精,其忠于艺术、敢于尝试之精神,大致盖秉承 Flaubert、Henry James、Conrad 诸大师之遗教规范。书中所收,虽未必篇篇呕心沥血,要皆务陈词滥调之是去,语文自出机杼而已。正视人生,取材现实,故事自不落窠臼;慧心妙语,无遮无隔,描写亦必多奇句。全书文字,大多可读,其运思之精,功力之深,比之世界名作,亦无愧色。虽曰后生可畏,实亦文章正宗也"[3]。对于这些名气很小的作家,夏济安之所以给予他们高度的赞誉,并非从文学实绩考察,而是因为他们对待文学的那种虔敬态度。另外,夏济安虽然自己的文学创作并不多,但是他创作的小说能够打入美国文坛,与弗拉基米尔·纳博科夫(Vladimir Nabokov)同台竞技,这也都归因于他对创作本身的严苛态度。

宋淇对亨利·詹姆斯的接受方式与夏济安不同,这与他 20 世纪 50 年代初期在驻港美新处的工作有很大关联。1951 年,在香港地区从事了短暂的

---

[1] 王洞,季进.夏志清夏济安书信集:卷三(1955—1959)[M].香港:香港中文大学出版社,2017:254.

[2] 王洞,季进.夏志清夏济安书信集:卷三(1955—1959)[M].香港:香港中文大学出版社,2017:181.

[3] 夏济安.现代英文选评注[M].北京:北京联合出版公司,2016:118.

经商活动后，宋淇到驻港美新处谋职，担任书籍翻译主编，该项工作得到了驻港美新处处长理查德·麦卡锡（Richard M. McCarty）的大力支持。当时，香港地区是美国对华宣传活动的重要阵地。因为香港地区距离中国内地位置最近，可以最快获取中国内地的最新信息；香港地区具备中国内地以外最丰富的传媒资源，对华人圈拥有巨大的影响力，美方可以依托这种资源制作中文宣传材料；香港地区还拥有庞大的中国内地赴港"流亡者"群体，这不仅可以作为宣传主题来"推广"，且这一群体还是美方可以利用的传媒人才资源。[1] 驻港美新处的宣传工作包括报纸新闻记事的制作与传播、杂志专题报道、电台难民访问以及学术论文等，此外，驻港美新处也有一些相对正常的文化业务，诸如图书馆、文化交流、富布莱特学者交换计划、每日首府新闻存档、为"美国之音"汇报等。[2] 其中，《今日世界》杂志与今日世界出版社在对中国文化宣传中起到了很重要的作用，宋淇就参与了早期的美国书籍中译计划，并且为这项工作付出了很多努力。

在宋淇任职后，他提高五六倍稿酬吸引了一大批翻译名家[3]，诸如张爱玲、汤新楣、姚克、余光中、夏氏兄弟等。今日世界出版社由于受到亚洲基金会的赞助，稿费十分优渥。宋淇的工作是既要联络港台地区的译者，跟进书籍翻译的进度；又要与妻子邝文美身兼翻译重任，可谓事无巨细，任劳任怨。宋淇在驻港美新处参与编译的书籍有《美国文学批评选》《美国诗选》《美国现代七大小说家》《攻心计》等，均产生了一定影响。今日世界出版社出版的译丛，不管是在种类、数量上，还是在译者队伍上都难得一见，有人认为，"可谓民国以来的空前创举，不仅对数代的中文读者发挥了巨大的影响，也相当程度地为美国树立了身为进步与民主的象征以及自由世界领袖的形象"[4]。其中最有名的当属"美国文库丛书""美国文学名著译丛"，主要译介美国经典文学作品，其中张爱玲翻译的《老人与海》、夏济安翻译的《名家散文选》、汤新楣翻译的《野性的呼唤》、姚克翻译的

---

[1] 翟韬. "冷战纸弹"：美国宣传机构在香港主办中文书刊研究[J]. 史学集刊, 2016(1): 72.

[2] 陈子善. 记忆张爱玲[M]. 济南：山东画报出版社, 2006: 130.

[3] 今日世界出版社译者队伍的形成过程，单德兴引用了郑树森的推测，可能是由原先从上海赴香港地区的人士[主要是林以亮（宋淇）]从中穿针引线，找到昔日自上海便有渊源的人士，如姚克等名家，以后又透过林以亮与台湾大学外文系教师夏济安的关系（编辑之一的戴天是毕业于台湾大学外文系的侨生），联络上台湾大学和台湾师范大学英语系的一些学者。[单德兴. 翻译与脉络（修订版）[M]. 北京：清华大学出版社, 2016: 105.]

[4] 单德兴. 翻译与脉络（修订版）[M]. 北京：清华大学出版社, 2016: 126.

《推销员之死》、乔志高翻译的《大亨小传》等皆已成译林经典。1953 年，宋淇从驻港美新处辞职后，仍然没有放弃翻译工作，时常向好友提供翻译机会，以增加他们的收入。张爱玲、夏济安在这一时期的翻译工作皆得到宋淇的推荐，夏济安为驻港美新处翻译的著作有《美国散文选》《莫斯科的寒夜》（*A Room on the Route*）、《坦白集》（*The God That Failed*）、《草》（*The Burned Bramble*）等。对于选译什么样的美国文学，宋淇有很大的自主选择权，那些经典名家会优先进入他的视野，而亨利·詹姆斯就是其中重要的一位。1953 年，宋淇曾约夏济安写一本关于亨利·詹姆斯之后的美国小说的书，夏济安自知才学不够婉拒了。1955 年，宋淇又向夏济安约稿翻译 *The Turn of Screw*，由于夏济安已经接手翻译《名家散文选》，加上其他烦琐事务太多，最后不得不请辞。这个小说后来由宋淇在国际电影懋业有限公司（以下简称"电懋电影公司"）的同事、编剧秦羽翻译。秦羽又名秦亦孚，原名朱萱，毕业于香港大学。她出身名门，外祖父朱启钤曾代理北洋政府国务总理，母亲朱湄筠素有"北洋名媛"之称，父亲朱光沐是张学良的亲信。当时，秦羽与张爱玲都在电懋电影公司做编剧，也是名副其实的才女，英文造诣极佳，因话剧《清宫怨》爆红，受英国广播公司邀请主演《秋月茶室》[1]，编剧影片有《红娃》《三星伴月》《星星·月亮·太阳》等，曾获得第一届台湾金马奖最佳编剧。秦羽将亨利·詹姆斯的 *The Turn of Screw* 译作《碧庐冤孽》，但从译名来讲，可谓传神。1956 年，《碧庐冤孽》出版，属于今日世界出版社策划的"美国文库丛书"，该书由《碧庐冤孽》《黛丝·密勒》两个中篇小说构成，《黛丝·密勒》的译者是方馨，即宋淇的夫人邝文美。[2]

之所以选择《黛丝·密勒》《碧庐冤孽》这两部小说来译介，可能是出于宋淇的考虑。在他看来，《黛丝·密勒》的知名度高，是亨利·詹姆斯作

---

[1] 符立中. 张爱玲与白先勇的上海神话 [M]. 上海：上海书店出版社，2011：109-110.

[2] 《黛西·米勒》最初可能由驻港美新处指定张爱玲来翻译，张爱玲在致夏志清的书信里提到过此事："西方名著我看得太少，美国作家以前更不熟悉，James 还是一九五三港美新处在考虑要译 Daisy Miller 才看的——这些题目都可能记错，因为只有二十年前看过他这一本小说集，这篇讲一个天真的少女，末了在罗马竞技场着凉病逝。"（1974 年 5 月 17 日，见夏志清. 张爱玲给我的信件 [M]. 武汉：长江文艺出版社，2014：176.）"不记得告诉过你没有，前些时在《幼狮》上看见译的 *Daisy Miller*，才想起一九五四年 USIS 有意叫我译，给我看厚厚一册 James 的小说，竟会忘了。我只喜欢晚年的一篇 *The Beast in Jungle*，虽然文字晦涩，觉得造诣好到极点：这人——也许有点自传性——一直预感会遇到极大的不幸，但是什么事都没发生，最后才悟到这不幸的事已经发生了。这些年后再看中译 Daisy Miller，还是觉得结局有点软弱 evasive。"（1977 年 7 月 2 日，见夏志清. 张爱玲给我的信件 [M]. 武汉：长江文艺出版社，2014：220.）

品中唯一在他生前受到普遍欢迎的中篇小说，该作刻画的女主人公黛丝·密勒已成美国文学史上经典的文学形象。黛丝·密勒最动人的是她的"真"与"直"，宋淇引《牡丹亭》中杜丽娘的话："我一生爱好是天然。"他认为唯有"天然"才足以形容黛丝·密勒的性格。《碧庐冤孽》是一部带有鬼神意味的恐怖小说，宋淇认为这部小说在同类小说中算得上是翘楚，因为除了奇情和紧张之外，它本身还是上等的艺术作品，也是一部经典之作。他以托马斯·斯特尔那斯·艾略特评价莎士比亚的标准来评判这部小说，认为它兼顾了通俗性和艺术性，是一部伟大的小说。不管是从小说的艺术性还是商业性来看，这两部小说都得到了宋淇的推重。1969年，今日世界出版社出版了亨利·詹姆斯长篇小说《奉使记》(*The Ambassadors*)，由旅美作家赵铭翻译，属于美国文学名著译丛，宋淇又为此书写了前言，他认为这部小说能够有中译本出现，对于译者和出版社而言都需要很大的勇气。另外，亨利·詹姆斯苦心经营的小说风格也不是所有读者都容易接受的，阅读这部小说需要很大的耐心。宋淇引吴兴华诗《览古》中的"止水所知的无限风波，非激浪排空所能想象"[1]两句，作为亨利·詹姆斯小说的最佳写照。尽管一般读者阅读亨利·詹姆斯并不容易，但宋淇仍然对亨利·詹姆斯在中国的译介和研究充满期待。

三、亨利·詹姆斯对港台地区文学的影响

亨利·詹姆斯被译介至港台地区之后，在当时的文坛确实产生了一定影响。尤其对于年轻的作家而言，亨利·詹姆斯对小说人物的刻画、小说技巧的使用令他们感到新奇，亨利·詹姆斯之后的詹姆斯·乔伊斯、威廉·福克纳、马塞尔·普鲁斯特等现代主义作家也很快被译介到台湾地区文坛，很多作家竞相模仿，开始转向对个人内心世界、感官经验的探索，并且在文学语言和艺术手法上进行各种不同的试验。夏济安在《文学杂志》上推出亨利·詹姆斯专号，并且不遗余力地介绍西方现代文学，可谓开风气之先。亨利·詹姆斯对夏济安也产生了重要影响，不仅表现在小说创作的心理手法上，也有对现实主义真实性的探索，这些文学理念促使夏济安对台湾地区文学的现状和未来表达了深切的关怀和忧思。

---

[1] 宋淇所引诗句有误，应为"止水知道的无限风波，非激浪排空所能想象"。（吴兴华. 森林的沉默：诗集［M］. 桂林：广西师范大学出版社，2017：271.）

1955年，夏济安在美国印第安纳大学进修期间创作的《传宗接代》《耶稣会教士的故事》两篇小说，就已经体现出亨利·詹姆斯的影子。《传宗接代》是一篇探讨中国儒家文化和佛教文化冲突的小说，脱胎于旧笔记小说，夏济安在小说中对儒家文化表现出深切的同情，他后来又写了《旧文化与新小说》，对五四运动时期激进的反儒家文化观进行反省，并且提醒当代文坛应该重视儒家文化资源的现代意义。这篇小说意蕴丰富，多次使用象征手法，小说结构也颇不平庸。[1] 这些现代主义小说因素当然与夏济安阅读了亨利·詹姆斯、威廉·福克纳、马塞尔·普鲁斯特、詹姆斯·乔伊斯等小说家的作品有直接关系。美国著名的《党派评论》（*Partisan Review*）刊载了著名作家弗拉基米尔·纳博科夫的小说，可见其小说能得到编辑的青睐，自有其不凡的一面。夏济安在这篇小说里熟练地使用了意识流技巧，在叙事视角上以第一人称叙述。侯健认为，这种小说形式，显然是最常见的埃德加·爱伦·坡到萨基（Saki）等的传统写法：第一人称的作者与另一个人物谈话，从而引出回忆，道出了故事。[2] 不可否认，夏济安这篇小说在叙述上确实与爱伦·坡、萨基的小说相似。其实，夏济安在1946年曾读了斯蒂芬·茨威格（Stefan Zweig）的《象棋的故事》（*The Royal Game*），认为是其所读过的最好的短篇小说。夏济安的《耶稣会教士的故事》所袭用的叙述方式与斯蒂芬·茨威格的小说更相似。但我们又必须注意到，夏济安的叙事技巧可能首要受到了亨利·詹姆斯的启发。夏济安提到，20世纪心理小说写作的方法中就有亨利·詹姆斯的"一个观点"。他认为："所谓'一个观点'也者，就是小说里所有的人物、事迹、地方情调等，都是由某一个人的眼睛看出来的：这个人对于他周围所发生的事有所不懂，读者只好跟着不懂，作者并不加以说明；因为亨利·詹姆士并不想单单描写客观世界，他要描写的是某人主观意识里的客观世界。"[3] 亨利·詹姆斯在小说叙事上的突破在于打破了以往传统小说的全景叙事，往往通过某个中心人物进行叙述，透过他的意识来观察其他的人物和事件，这种叙事视角可以达到立体性、多层次的艺术效果。夏济安在《旧文化与新小说》中提到，五四运动以后，小说在文学中的地位已确立，但是对于小说这项艺术的学习，还有很多很多。在谈到取法的问题时，夏济安推荐了弗·雷·利维斯

---

[1] 参考孙连五.一篇被忽视的现代小说：评夏济安的《传宗接代》[J].华文文学，2017（5）：112.

[2] 夏济安.夏济安选集[M].台湾：志文出版社，1971：193.

[3] 夏济安.夏济安选集[M].沈阳：辽宁教育出版社，2001：34.

的《伟大的传统》一书，该书详细论述了乔治·艾略特、亨利·詹姆斯和约瑟夫·康拉德，顺带还讨论了简·奥斯汀和戴维·赫伯特·劳伦斯（D. H. Lawrence）。他又引述了利昂乃尔·屈林（Lionel Trilling）的观点，将托尔斯泰和陀思妥耶夫斯基加入弗·雷·利维斯的名单中。夏济安说，"李氏和屈氏认为：今日写小说的人，研究这许多人的作品，最可得益。中国的小说家，假如肯去研究这几位大家，他一定会发现：这些人的优点，中国人并不是达不到的"[1]。在夏济安进行小说创作的那段时期，亨利·詹姆斯在他心中占据了极其重要的地位，这种影响是难以回避的。

面对20世纪50年代台湾地区文坛的两大文学潮流"反共文学""逃避文学"，夏济安在《文学杂志》上提倡现实主义，对那些粗制滥造、人物性格失真的文学作品提出了严厉批评。他追求文学创作的真实性、质朴性，以严谨、认真的文学态度引领风尚，不激不随，对当地年轻作家的成长起到了引导作用。亨利·詹姆斯在创作中强调小说中的真实感，当然对他来说，这种艺术真实并不同于客观现实中的真实，而是主观真实。他坚信唯一的真实不是在客观现实之中，而是在观察者从客观现实所取得的印象之中。夏济安显然是认同亨利·詹姆斯这种文学观点的，他在编辑《文学杂志》的过程中，阅读了大量的小说投稿后发现，这些作品虽然表面上有一个现实背景，但是人物性格不真实。夏济安指出，"习以为常的愚蠢宣传和常年的军事僵局，造成了我们感觉和想象的狭隘，这是对今天的台湾（地区）最大的危害"[2]。这在文学创作上的表现尤其突出，为了改变那种机械僵化、虚假宣传的创作倾向，他常常不得不对小说来稿进行大肆修改，甚至重写。[3] 夏济安对小说人物心理状态的真实感是极其重视的，他在评彭歌的小说《落月》时谈道："《落月》既然以翻照相册始，以翻照相册终，我认为作者应该让我们体会到这位退隐女伶看照相册时的心理状态。我说'体会'，恐怕还不大够。我们应该凭借小说文字的媒介，走进小说主角心里去，听她心里的声音，看她眼前所浮现起的回忆。她在翻照相册时候的心理状态，应该全部暴露在我们面前。而且除了这些心理状态，此外应该

---

[1] 夏济安. 夏济安选集 [M]. 沈阳：辽宁教育出版社，2001：13.

[2] Hsia, C. T. *A History of Modern Chinese Fiction*（1917—1957）[M]. New Heaven: Yale University Press, 1961: 518.

[3]《文学杂志》刊登的很多小说都被夏济安修改过，例如，《周末》署名陈秀美（即陈若曦），是夏济安重写的小说。《华月庐的秋天》署名璇仙，也被夏济安修改过。

没有什么别的东西。这才够得'写实'。"[1] 在夏济安看来，《落月》这篇小说主要是回忆过往，如何描写人物的心理真实是决定作者创作成败的关键。他以新批评文本细读的方式，对《落月》中心理描写的优缺点进行了详细的分析，夏济安根据自己的西洋小说阅读体验和创作经验，给作者提出了改进的建议。尽管有些建议无法得到作者的赞同，但是这篇文章无疑展现了一个批评家的同情态度和对文坛的真切关怀。

在《评彭歌的〈落月〉兼论现代小说》中，夏济安认为，20世纪的心理小说是有意模仿诗的技巧的。其所谓的"诗"，主要指的是象征主义的诗。[2] 夏济安对象征主义的重视也许要追溯至20世纪40年代初期的《西洋文学》月刊。1941年，《西洋文学》刊登的两篇张芝联的译文——《乔易士论》（第7期）、《叶芝论》（第9期）颇值得注意，这两篇论文皆译自美国著名评论家埃德蒙·威尔逊的《阿克瑟尔的城堡》（Axel's Castle）。该书是埃德蒙·威尔逊在《新共和》杂志发表的一组现代主义作家论文的结集，以威廉·巴特勒·叶芝（William Butler Yeats）、瓦莱里、托马斯·斯特尔那斯·艾略特、马塞尔·普鲁斯特、詹姆斯·乔伊斯、格特鲁德·斯泰因（Gertrude Stein）等作家为代表，探究了法国象征主义在西方的发展轨迹，该书出版后产生了深远影响。《西洋文学》杂志从中译介了两篇重要论文，可见此书得到《西洋文学》杂志社同人的高度推崇，也显示了这部文学批评著作的极大影响力。埃德蒙·威尔逊在书中多处谈到了亨利·詹姆斯，并且将托马斯·斯特尔那斯·艾略特、马塞尔·普鲁斯特与亨利·詹姆斯进行对比。尤其是在谈到托马斯·斯特尔那斯·艾略特的诗时，埃德蒙·威尔逊发现，"艾略特的诗有一个重要的题材就是对未做探知的情境的悔恨，或是对情感压制的怨愤。这两个主题在新英格兰与纽约作家的作品中都表现得非常显著，从霍桑（Hawthorne）到伊迪丝·华顿（Edith Wharton）皆然。艾略特在这方面与亨利·詹姆斯十分相似。普鲁弗洛克先生与《仕女图》中的诗人，同样无助地怀着缺乏胆量的自觉意识，与《大使》（The Ambassadors）和《林中兽》里的中年主角一样，都在迟暮之年才伤感地发现，生命已经在过度的小心翼翼与可怜平庸中白白流逝了"[3]。埃德蒙·威尔逊的这种看法，实际上揭示了现代心理小说与象征主义隐含

---

[1] 夏济安. 夏济安选集[M]. 沈阳：辽宁教育出版社，2001：38.
[2] 夏济安. 夏济安选集[M]. 沈阳：辽宁教育出版社，2001：48.
[3] 埃德蒙·威尔逊. 阿克瑟尔的城堡[M]. 黄念欣，译. 南京：江苏教育出版社，2006：78.

的文学关联，夏济安显然对这部文学批评著作并不陌生。在这里，象征主义与亨利·詹姆斯开始以一种模糊的知识资源进入他的视野。另外，夏济安在1946年还读了埃德蒙·威尔逊的《三重思想家》(*The Triple Thinkers*)一书，引起了他的高度警惕。[1] 不容忽视的是，此书中收录了一篇《亨利·詹姆斯的含混性》(*The Ambiguity of Henry James*)，埃德蒙·威尔逊以《碧庐冤孽》为例探讨了亨利·詹姆斯小说叙事的含混性，这似乎都预示了夏济安在20世纪50年代与亨利·詹姆斯的再度结缘。

（本文原载于《现代中文学刊》2018年第5期，收入本集时略有改动）

---

[1] 夏济安. 夏济安日记[M]. 北京：人民文学出版社，2011：59.

德性的东方实践
——韩国古代文人美学的人文范式*

王 耘

一、韩国古代文人阶层对时政的判断和期许

金宇顒的《经筵讲义》:"从君之义,不从君之命,是为人臣之义。"[1] 不仅果决,而且强硬。"君之义"与"君之命"的根本区别在于,"命"是现世的"指令","义"是抽象的"使命"——人臣秉持的原则是从化于君王的意义声张乃至道德成长,为韩国古代文人的主体性、存在感、自觉反省的空间和力量奠定了坚实的基础。换句话说,这一群体有资格成为独立的、客观的社会阶层,分析、批判、化导君王的权力。李行在《田制疏》中曰:"伏以豪强兼并,国用之竭,租税苛倍,生民凋悴,强弱相吞,争讼繁多,骨肉相猜,风俗坏败,此私田之弊也。"[2] 贫富差距所导致的分配不均及其连锁反应,是高丽末期朝鲜初期必须解决的根本的社会痼疾。因此,这个社会呼唤公平的正义——"事出于公正,合于人心,悦之者众,怨谤可弭矣"[3]。然而,李行所谓的公正并不提供"均贫富"等策略,更非点燃阶级斗争的火焰,他只是在概念上强调应当使无职者授田,有职者给俸。他只是期待一种革除弊端后的结果。这种期待除了给制度的制定者以道德谴责的心理压力外,并没有指出保障个人公平享有生存权的现实途径。类似"期待"所形成的拓扑效应使得理学的出现极为迫切,同

---

* 本文为2018年国家社科基金后期资助项目"韩国古代文人美学思想研究"(18FZX055)的阶段性成果。

[1] 金宇顒. 东冈集(卷十三)[M]//财团法人民族文化推进会. 韩国文集丛刊(50). 首尔:景仁文化社,1990:368.

[2] 李行. 骑牛集(卷一)[M]//财团法人民族文化推进会. 韩国文集丛刊(7). 首尔:景仁文化社,1990:360.

[3] 李行. 骑牛集(卷一)[M]//财团法人民族文化推进会. 韩国文集丛刊(7). 首尔:景仁文化社,1990:360.

德性的东方实践
——韩国古代文人美学的人文范式

时也成为理学可以依赖的最为重要的文化语境之一。

郑道传作为朝鲜王朝文化制度的开创者，他抵制佛教的理由集中在佛教的现世层面。佛教劳民伤财而无现世回报，不过是一种以神道蛊惑人心的迷信之教而已。这和中国历次倡导反佛者的基调，比如韩愈的理由基本上是一致的，他们反的是佛教，尤其是佛教的负面效应，而不是佛学。国家兴则听人，亡则听神。郑道传为朝鲜王朝订立了文化的基调——兴国，要听人，听于现世之人。郑道传在《上郑达可书》中谈道："异端日盛，吾道日衰，驱民于禽兽之域，陷民于涂炭之中，四海滔滔，未有纪极，呜呼痛哉，伊谁正之？必也学术之正，德位之达，为人所信服者，然后可以正之矣。"[1] 在郑道传看来，朝鲜王朝是在一片纷繁而驳杂的文化废墟上建立起来的。他有着非常浓厚的危机感、紧迫感、责任感和忧患意识。他反复地问自己、问世人一个问题——如何拯救这个世界？他选择的道路是学术，是道德。学术正，德位达，人信服之，则可正则。他企图确立一种关于学术道德的信仰，引领世人走出怪力乱神的泥潭。郑道传之于中国明王朝的体认，与高丽朝文人之于中国元王朝的芥蒂完全相反。在郑道传看来，明王朝的存在，不是复汉唐之古的问题，而是于先秦之道的实践。然而，得出此结论的逻辑前提是什么？此一逻辑的前提显然不能只是奠定在政权更迭，如灭元之举、军事依赖以及身为臣属之国的现实考量上，还亟须一种文化性质的解读。如果把郑道传视为韩国古代文人的代表和写照，我们会发现他们所秉持的理性精神更类似于一种精神信仰而非伦理主张，不管这一信仰的理想化程度有多高，他们都在用自己的生命来践履其信仰。

朴兴生，这位被誉为朝鲜王朝的"初唐诗人"，只承认他眼中所见的现实。他在《次赠李持平韵示李（其一）》中曰："年险民生不自聊，闾阎歌舞正寥寥，可怜春雨蕾田上，惟见饥童竞采萧。"[2] 所谓"萧"，即"艾蒿"。如此鲜明的贫富对比，正是朴兴生所处的朝鲜王朝初期之写照。这或许只是一个王朝刚刚经历过战火硝烟，而繁华未至的前夜，但它起码也说明了理学的治国之道不仅有一个相对漫长的心灵演进过程，而且之于民生而言，并不能即刻生效。卞季良在《乐天亭记》中曰："盖我殿下所乐者，天理也，所不乐者，天位也，与舜禹之不与焉者同一揆也，而宗社生民之

---

[1] 郑道传.三峰集（卷三）[M]//财团法人民族文化推进会.韩国文集丛刊（5）.首尔：景仁文化社，1990：328.

[2] 朴兴生.菊堂遗稿（卷一）[M]//财团法人民族文化推进会.韩国文集丛刊（8）.首尔：景仁文化社，1990：333.

大计,则岂肯有顷刻而忘于怀也。"[1] 此言虽是卞季良之于时政的总结,实则多含赞美和期许在里面。在他看来,天理的抽象意义是大于现实之天位的,而帝王通过宗社生民来实现天理便尤为重要,这样一来,天子和朝臣的精神化倾向就极为明显。

二、韩国古代文人阶层对待理学的态度

凡言李滉必言朱熹,朱熹对于李滉来说,究竟具有什么意义?金彦玑在《上府伯权草涧》一函中有几句话非常重要。他说:"窃念退陶李先生,天资近道,颖悟出人,自少志学,动慕勤贤,超然独诣,不由师承。其为学也,穷理致知,反躬践实,先近而及远,自下而达上,进德之志坚,如金石,操省之功,著于日用,博约两极,敬义夹持,精纯温粹,不露圭角。"[2] 在这段溢美之词里,关键词是"不由师承"。李滉之于朱熹的爱慕、崇拜,在他自己的书信、文札、诗作里有目共睹,但金彦玑给我们展现的是李滉的另外一面,即李滉的思想是求诸己身、自下而上成长起来的。自下而上是自上而下由理念的执行和贯彻构成思维系统的反面,由日用出发,由近及远,自然长大。这样一个李滉,一个更为真实的李滉,如何能不在自己的系统中融入他所独有的生命本真的本相与特色?!

在立场表述上,李滉只接受"四书"系统,他在"学统""血脉"上是非常极端的。他说:"滉尝以为,自四书之外所记孔子之言行多出于战国奸人无忌惮者之假托以自逞,秦汉曲士昧义理者之传闻以相夸,故其说多不足信,虽如左传史记礼记所载犹然,况于家语说苑等杂书乎?"[3] 李滉所谓的"四书"系统,事实上就是程朱系统,李滉崇尚的是一种他内心的道统逻辑,而非现实的历史史实。历史是不可以被经典化的,而李滉显然只承认一种被经典化后的历史,一个"故事"。李滉是坚持依照朱熹从性理出发来看待心性的——貌似在谈心理,实则不脱性理;用未发、已发的"时差"逻辑来通设心之源流,统摄善恶。因此,李滉显得比朱熹更注重这

---

[1] 卞季良. 春亭集(卷五)[M]//财团法人民族文化推进会. 韩国文集丛刊(8). 首尔:景仁文化社,1990:74.

[2] 金彦玑. 惟一斋先生实记(卷之一)[M]//安东大学校退溪学研究所. 退溪学资料丛书(三). 首尔:亚细亚文化社,1999:52.

[3] 李滉. 退溪先生全书(卷之十三)[M]//韩国文集编纂委员会. 韩国历代文集丛书(82). 首尔:景仁文化社,1994:442-443.

一价值序列的肇始、本源。事实上，李滉的观点非常接近于罗钦顺，但终究没有走向气本论。李滉依旧秉持着朱熹的理论框架和逻辑，只不过在表述上把性理的价值论意义进一步夸大了，以期通过理的穿透力，通过性在接于外物过程中的成长性，把性理同一化，把未发与已发统一起来。

李滉的"义理"在结构上并不是"单维"的，而是一种带有"往复之际"的系统选择的结果。这一点，在他的《答李仲久》一函中有过明确的描述。[1] 在他看来，义理不是"死板"一块的教条罗列。即便是《论语》，亦俨然是一个复杂性的系统，其中有精深，有粗浅；有紧张的筹措，有舒缓的筹措；有切于我们身心者，有不切于我们身心者，如同道之两端，期待着主体当下的道德选择。换句话说，义理并非规训、圣戒，它更像是一种充满张力、充满空间感、充满周旋余地的弹性机制，这样一种机制，很容易让今天的人们联想到一个概念——"系统神学"。只不过，这样一种"系统神学"所要追求的境遇不是三位一体的上帝，而是"韩公所谓始参差而异序，卒烂熳而同归者"[2]。金明一在其《溪山日录》中记录了他侍话于李滉的经历，其中有言："先生语曰，道在迩而人自不察耳，岂日用事物之外，别有一种他道理乎？！"[3] 因此，道是存在于此岸日用事物之内的，它并非是脱离于经验世界的别有的道理。李滉直言"美"字时，所指即为乡校、书院，其在《上沈方伯》一函中提及周世鹏所创建之白云洞书院，乃仿庐山白鹿洞书院立学宫置师生之构愿。[4] 李滉所谓书院之"美"，并不单纯地只是指书院本身——"中国士风"之美，并非士林自得其乐的快感，而仰赖于"上之所养"的肯认与支持。赞美白云洞书院，当然可以视为李滉对朱熹重建白鹿洞书院，并讲学于斯，得御书赐额之追念，但在本质上，李滉所崇尚的实乃一种自上而下、尊崇道统的秩序感，这种秩序感，才是"美"的源泉。

四端七情之辩的初衷，起源于理学之理论疆域的扩张。四端七情皆属于心，属于人之心的内容，李滉把四端七情理学化，是要把人之心理学化。

---

[1] 李滉. 退溪先生全书（卷之十一）[M]//韩国文集编纂委员会. 韩国历代文集丛书（82）. 首尔：景仁文化社，1994：321-322.

[2] 李滉. 退溪先生全书（卷之十一）[M]//韩国文集编纂委员会. 韩国历代文集丛书（82）. 首尔：景仁文化社，1994：325.

[3] 金明一. 云岩先生逸稿 [M]//安东大学校退溪学研究所. 退溪学资料丛书（三）. 首尔：亚细亚文化社，1999：428.

[4] 参见李滉. 退溪先生全书（卷之九）[M]//韩国文集编纂委员会. 韩国历代文集丛书（82），首尔：景仁文化社，1994：123.

李滉对于自己所提出的"四端七情"有具体说明,亦可曰后补说明。其在《与奇明彦》中曰:"因士友间传闻所论四端七情之说,鄙意于此亦尝自病其下语之未稳,逮得砭驳,益知疏缪,即改之云,四端之发纯理故无不善,七情之发兼气故有善恶,未知如此下语无病否?"[1] 在这里,李滉之于四端七情的补充和备注更为关键。第一,四端与七情皆为"发",既然为"发",即以"果"的面目出现,也就意味着,它是可以被经验化的。第二,四端与七情所发形式不同,四端为"纯理",七情为"兼气",正因为如此,四端全善,而七情兼有善恶。第三,四端与七情之间显然存在体用之别,全善之四端为体,兼善之七情乃用。第四,四端为体,所以李滉之本体论基础仍旧为"理",但此"理"非超验性本体,也就允许了"气"的参加;七情为用,李滉接受了"气"介入其本体论,而"气"之地位究竟无法与本体之"理"相提并论。换句话说,李滉所谓四端七情的"理气二元论",是类似的"二元论"或"准二元论"的,其系统中真正意义上的本体,是某种被本体论化了的经验之善。

李滉之于"一元论"十分熟悉。不过,李滉认为"一元论"之所以会出现,是因为"理弱气强,理无联,气有迹",是因为理的经验成分过低,无法征信,故而易于滑向了堕落为以气为本体的结果。这恰恰是一个危险的信号。显然,即便李滉可以接受"一元论",他也只能接受以理为本体的"一元论",而坚决无法接受以气为本体的"一元论"。因为一旦抬高了气之地位,消除了理与气之间结构性的落差,破坏了理作为表述"性"的概念权威,便会滋生人的欲望,上下倾覆,一种稳定的以天理统摄人欲为基础逻辑的性理框架、知识系统就会被瞬间瓦解。这意味着,李滉所追求的,是一种安全感,一种由制度带来的安全感,一种由理气、上下、性情分立而被统序起来的制度带来的安全感。这种安全感,之于身处于平凡世界中的自我而言是附着的、非存在性的,对制度的设计者来说却意义非凡。李滉的思路是一种典型的外在于个人经验的文化制度设定者的知识贵族的思路,能够更为客观、有效地维护既成的王权统治以及深入人之内心的"阶级"层次感。

在此基础上,当李滉选择了以理为"理气系统论"中的统摄性概念时,他就面临着一种不可避免的局面,即理是"无征"的,是易于虚无的。然

---

[1] 李滉. 退溪先生全书(卷之二十一)[M]//韩国文集编纂委员会. 韩国历代文集丛书(83). 首尔:景仁文化社,1994:435.

德性的东方实践
——韩国古代文人美学的人文范式

而,李滉拒绝"杞人忧天"。李滉在生前明确地给自己进行了定位。他认为,自己是一位文化思想史上的"建图立说"者,其所建之图,所立之说,是留给知者的,能够体悟天命之性,即便此天命之性实乃虚设之理的人的;此图此说不是留给不知者的。这一定位在逻辑的维度上没有问题,在历史的维度上也没有问题,事实表明,李滉的的确确在韩国古代思想史上具有划时代的意义,他作为韩国古代文人接受程朱理学衣钵的代表,其影响波及数百年。然而,也正是因为有着这样一种宏图伟略,导致他对性理工夫之践履等实际层面的忽视。李珥,尤其是后起之宋时烈,如何可能以实学抗衡乃至批判李滉,恰恰是要在性理从未发自于已发的修为道路上做文章,以达到性理学之践履于实学意义上的超越。

李滉的理论意义表现于,他注重理与气两个概念的离析,并通过这两个概念企图对世界有所说明。理与气在李滉的思想世界里只是两个概念。其中,"不害一物之自为一物"的"物",是"物"的实体;"不害二物各为一物"的"物",是"物"的概念。"物"作为实体是不可分的,作为概念是可分的。换句话说,"物"既有可能是经验实体自身,又有可能是概念与概念的组合,这都要视具体的文本语境来抉择,而李滉更强调二者彼此间的同一性关系。正因为如此,天上之月与水中之月并没有分属的问题,它们同为一个"月",但可以分别作为两个概念而存在。此后李滉又进一步说,四端和七情如同水中之月光,明时月光乃四端,有明有暗之月光乃七情,月光是明还是有明有暗,又跟水之清浊、波浪之浮动有关。这俨然是动用了理学中来自佛学的逻辑。水之所以有动静是由于水之湿性,正如月之所以有明暗是由于月有光。如此理论概念的离析使李滉的思想陷入一种悖论,即其理与气的概念通过辨名析理、条分缕析而越明确时,其所得的理论成果也便越独立于经验物,越抽象;反之亦然。

所以,李滉的理论魅力,其独特之处在于"分说"。林月惠就曾说过,以理与气分说"四端"与"七情",是李滉的主要发明。只是,此论点的确证,就经典诠释而言,以回到朱熹思想为印证之则。因而,由李滉与奇高峰(大升,1527—1572年)所开端的"四七之辩",虽衍为数百年的朝鲜学界之论争,但都以朱熹思想为论据。[1] 以朱熹思想为论据,以朱熹思想为印证之则,并不代表着以朱熹思想为准,完全依附于朱熹思想,否则,也就

---

[1] 高明士. 东亚文化圈的形成与发展:儒家思想篇 [M]. 上海:华东师范大学出版社,2008:123.

无所谓四端七情之说了。重点是，如何"分说"？以理与气分说。朱熹之于性情的观念终究是在追溯孟子的过程中加以理性地建构，其根基不脱离于心统性情；李滉在与奇高峰的往复辩论中无论如何修复改正，终究是以理气来分属四端七情的。四端，由理而发；七情，由气而发。在此基础上，才有所谓理发而气随、气发而理乘的互发问题。简言之，在朱熹与李滉之间，李滉的理论倾向与"二元论"更为接近，分属的原则在执行的过程中更为彻底。他强调来源，更强调来源的差异——问题不在于"随"，而在于"发"，发的分属之源。

三、韩国古代文人阶层对理气论的看法

李珥在其外王之道上并不排斥理气论。其在《万言封事》中起首一句便曰："王若曰天者理气而已，理无显微之间，气有流通之道，人事有得失灾祥，各以类应，是故国家将兴，必有祯祥以晓之，国家将亡，必有妖孽以告之，政失于下，谪见于上。"[1] 在这句话中，李珥不仅承认理气论，而且以之为其政治理论的前提条件，与李滉的思维模式密合无间。李珥之思想在逻辑上显然更具有优势，他用"未发""已发"来通贯四端七情，不仅不会造成李滉所反对的囫囵、混沌，反而会在本体论的内部植入本源论的过程哲学、实践哲学和时间哲学。事实上，李珥的理论思辨旨向在完成度上已经非常成熟，这种成熟的程度几乎直逼王阳明。李珥之所以看上去仍旧在与李滉纠缠不清，而无法成就像王阳明一样彻底的、颠覆性的心学系统，只是因为他使用了更为传统、更易于产生歧义的"气"的范畴。"气本论"的创新立意显然不如"心"，不如"性"，甚至不如"理气"二元，"气"的理论根基几乎可以追溯到两汉乃至春秋战国末年。不过，也正是因为如此，李珥的"气本论"更具有韩国本土之特色，因为"气"更接近自然的概念，更接近人之于自然的生命体验，而具有了某种实学的色彩。

李珥一再强调，朱熹所谓天道流行的实际含义，即理之乘气——关键词在于"流行"。如果说李珥是"气本论"的主张者，那么上述引文大概可以提供一种依据。在这里，"气"的意义绝不在于成为另一个"极点"，另一种"本体"，超越了、化解了、放弃了"理"；而在于它能够提供给

---

[1] 李珥. 栗谷全书（卷之五）[M]∥韩国文集编纂委员会. 韩国历代文集丛书（210）. 首尔：景仁文化社，1988：363-364.

德性的东方实践
——韩国古代文人美学的人文范式

"理"以流行的契机和动力,没有"气","理"便是"无欲""无为""无效"的。因此,李珥所谓的"气本论",实在是描述一种天道、太极如何能得以流行于宇宙论系统。在李珥的思想系统中,与"气"等位的概念是"情"。其在《答安应休》中曰:"情是心之动也,气机动而为情,乘其机者乃理也。是故理在于情,非情,便是理也。"[1] "情"是从于性,从于血气,命之为意的;故虽理初发为情而无有不善,可称之为"善情",但"情"本身不能一贯地循于"理","理"也不能在"情"上被讨论;但"情"如同气一般,能够成为"理"流行的逻辑依据,因为"情"正是气机动的结果。因此,我们可以认定,李珥的思想系统更接近于美学,他最终强调的恰是"情"作为生命现象、善恶之机的积极意义。心在李珥的逻辑体系中是占有统摄地位的,心显然是一集合概念,心是性与气的集合、性与情的集合、体与用的集合、未发与已发的集合,由此,它当然也就是善与恶的集合、四端与七情的集合、人心与道心的集合、知礼与履行的集合。李珥的《论心性情》同意奇明彦的"一元论"。值得注意的是,一方面,李珥所反对的是"理气二元论",所坚持的是"一元论";另一方面,李珥起码在这里并没有提出所谓的"一元论"就是"气本论",而只是强调四端与七情之间可以打通、可以贯穿、可以同构、可以整合。所以,笔者以为,更加适合李珥的观念定义,实际上应该是"一体论",即"一体化",这才是他的理论重点。

笔者以为,李珥的思想内核是一个"活"字。他在《答朴和叔》中回应"澹一虚明之气"是阴还是阳时,他说:"所谓冲漠无朕者,指理而言。就理上求气,则冲漠无朕而万象森然;就气上求理,则一阴一阳之谓道。言虽如此,实无理独立,而冲漠无阴阳之时也。此处最宜活看而深玩也。"[2] 朕,征兆也。从这段话里可以清楚地看到,李珥事实上并没有完全地拒绝"理气二元系统",否则也就无所谓从理上求气,从气上求理;但更为关键的是此段引文的末尾,李珥指出,所谓理不过是一种预设,因而理与气又是不可分的;李珥在"理气二元论"之上,把理与气盘"活"了,他所使用的逻辑恰恰是一种现象学的还原。带有还原性质地"活"看、"深"玩,正是李珥的特殊魅力。而正是这种特殊魅力,使得他的思维体系

---

[1] 李珥. 栗谷全书(卷之十二)[M]//韩国文集编纂委员会. 韩国历代文集丛书(211). 首尔:景仁文化社,1988:343.

[2] 李珥. 栗谷全书(卷之九)[M]//韩国文集编纂委员会. 韩国历代文集丛书(211). 首尔:景仁文化社,1988:88-89.

不那么森然,不那么刻板,反而多了一分优游任运于本然之"态"、从容通达于"冲漠无朕者"的美学灵性。由此,他说:"呜呼! 阴阳无始也,无终也,无外也,未尝有不动不静之时,一动一静,一阴一阳,而理无不在。故圣贤极本穷源之论,不过以太极为阴阳之本,而其实本无阴阳未生、太极独立之时也。今者极本穷源而反以阴气为阴阳之本,殊不知此阴是前阳之后也。但知今年之春以去冬为本,而不知去年之冬又以去春为始也,无乃未莹乎?"[1] 此论洵是! 所谓"源""流"是不可以被经验化的,"无中生有"并非经验性的、无生出经验性的、有包括经验性的阴阳。"冲漠无朕者"是一种莹然的、超然的、去经验化的状态,它不可以泥实、不可以预置,甚至不可以时间化、不可以言谈。然而,是它孕育幻化出这个世界,因为它这个世界是生动的,是美的。李珥之于"体用论"的理解是非常通透的。体用不是一个绝对概念,而是一个相对概念,在某种关系中,二者相对地作为体用而出现,由此,李珥的见地才如此灵活。当然,李珥在这里也提到了"统体",易之太极即"统体中之统体","分"于、"溢"于万物——把易之太极理解为水之本源的话,那么心之太极也即水在井中,而万物之太极也就是水在器中——李珥并不完全反对理一分殊、月印万川的话语框架,但他所强调的是水的不执与流动,这才是他的思路透彻的缘由。李珥在立场上固然是反对所谓四端七情"理气二元论"的,然而这不是重点,重点在于:第一,他为什么要反对? 他反对的目的并不一定是要标新立异,贬二主一,而是为了纠偏。第二,他怎么反对? 在他看来,心性一体,不可两立。四端与七情的差异类似于本然之性与气质之性的区别,四端不能兼容七情,七情却兼容了四端,这意味着,四端与七情并不是两个等价的概念。李珥正是以此为基础,反对李滉在逻辑上犯下的"区隔"错误。李滉的四端可谓是纯粹之善,七情可谓是善恶交杂,而以之为二元,便出现了两个"善",这在逻辑上是混乱的。第三,他反对的道理何在? 李珥的道理是一种生命性逻辑,而其"理气二元论"虽以理与气为元,其立论的肇端和基点却在主体。李珥的"气本论"涉及心之体性,其逻辑的基础却是生生不已的宇宙本体和现象世界;二者同于它们都关涉本体概念,却一重于善之实践,一重于生命本源之还原。李珥的思想根底在于"其气或掩而用事,或不掩而听命"这句话,或掩饰,或开显,或于事,或于理,

---

[1] 李珥. 栗谷全书(卷之九)[M]//韩国文集编纂委员会. 韩国历代文集丛书(211). 首尔:景仁文化社,1988:90-91.

德性的东方实践
——韩国古代文人美学的人文范式

都是生命性的选择、生命性的逻辑。我知道，我活着；我选择，我活着；我判断，我活着。无论如何，我活着。李珥一再强调"活"看、"活"法，恐怕只有从这样一种角度去理解，气作为一元才是合理的，他反对李滉，才有意义。

李珥所谓"气本论"中的"气"之意义远低于其"本"。其在《答成浩原》中曰："夫本然者，理之一也，流行者，分之殊也。舍流行之理，而别求本然之理，固不可。若以理之有善恶为理之本然，则亦不可。理一分殊，四字最宜体究。徒知理之一而不知分之殊，则释氏之以作用为性而倡狂自恣是也；徒知分之殊而不知理之一，则荀杨以性为恶，或以为善恶混者是也。昨书以为未发之时亦有不善之萌者，更思之尤见其大错，吾兄之不识大本，病根正在于此。"[1] 第一，何谓"体究"？究体之一也。理一分殊之"体"，正在于作为本然的"一"与作为流行的"分"的一体性，这恰恰就是李珥的心性合体观念，本然与流行的不可分，乃其内核。第二，这一体系是完整的，如果仅仅凸显其中的某一片面，那么问题就来了。例如，佛教强调心之作用，空，以空为性，便有可能滋生直至"桶底脱""呵祖骂佛"的狂禅；而在性的属性上做文章，在性上分别善恶，把善恶作为性的标签，同样会出现类似于荀子、杨朱一样的误导。因此，最终我们必须认识到"大本"的存在。此"大本"，可以理解为未发，可以理解为性之本然，可以理解为太极之玄妙，也可以理解为原发性的心性存在之态，如是"大本""生命"之存在，且只能用现象学之"还原"而谛视。简言之，笔者以为，李珥的思想体系正是一种变相的"一元论"。事实上，这种思维模式非常容易让人们想起佛教唯识学中以阿赖耶识为核心的八识系统，虽然二者理论的旨趣、内涵、意义不尽相同，但其更为深层的内在逻辑几乎同构，而我们也由此可以联想到楚简对《老子》中关于道德的具体表述。无论如何，一种无差异性不可以现量揣度限定约束之生命原初的"状态"，在知识论和价值论上的地位均得以凸显。

李珥的意义在于强化了形而上学与形而下学的一体性。其在《答成浩原》中曰："理，形而上者也，气，形而下者也，二者不能相离。既不能相离，则其发用一也，不可谓互有发用也。若曰互有发用，则是理发用时气或有所不及，气发用时理或有所不及也，如是则理气有离合，有先后，动

---

[1] 李珥. 栗谷全书（卷之九）[M]∥韩国文集编纂委员会. 韩国历代文集丛书（211）. 首尔：景仁文化社，1988：132-133.

静有端，阴阳有始矣，其错不小矣。"[1] 李珥更看重形而上学与形而下学的合一、不能相离。这意味着，李珥并不是否认理气论，他承认理与气这两个概念；李珥也并不是要在理与气中选择其一，以气为其坚守的立场选择；李珥真正要做的是打通、整合乃至超越这两个概念，最终阐明一种更为本源、更为抽象的"本体"之"性"和"本源"之"性"范畴，用他的话说，即"本然"之"性"的范畴。李珥的思想世界是自我实践的过程中体悟默会于心性的结果，他反对夸大语言乃至圣言的做法。李珥更相信他自己之于生命和世界、圣贤和遗训的理解。在韩国古代思想史上，李珥的思想世界无疑是一大创造和进步，起码在他身上，我们看到了直面以及批判朱熹、李滉的可能。李珥常说，李滉之学，有"依样之味"，其所依之样，固然莫非朱熹。然而在李珥看来，朱熹与李滉共同的错误均在于不见全体，未豁然贯通，只不过朱熹的表述中隐含着这一错误，而李滉的理论中则放大了这一错误。如是直面的精神与批判的理性，对于韩国古代思想史而言，无论如何都是一笔珍贵的财富。

四、结语

韩国古代文人之于理学的理解，往往注重其目的论的导向意义。朝鲜肃宗九年（1683 年），癸亥二月二十八日，宋时烈在《答朴和叔》（别纸）中曰："以体用言之，则敬重于义，故先儒之论，多主于敬。而朱子却恐人遗却集义一边而流于禅，故又提起义字，以救其偏。"[2] 在宋时烈的理解里，一方面，体用在价值论上是有主次的，本体与现象的分立程度十分明显；另一方面，在体用有别的前提下，"敬"与"义"之间，"义"重于"敬"，因为不以"义"为目的论导向的"敬"很有可能只是一种内心禅思。换句话说，"义"这样一个本体论概念被宋时烈强化了，它将约束"敬"已知的"未来"。"敬"在程朱理学的体系中地位特殊。制度化的性理学对心有严厉苛求。宋时烈要通贯心之体用——道心、人心只是心之体用，并无离析之可能。然而，在客观性上塑造了性理学在制度化层面的"肌理"。一方面，道心、人心皆为已发，宋时烈借助朱熹之言，压缩了心

---

[1] 李珥. 栗谷全书（卷之十）[M]//韩国文集编纂委员会. 韩国历代文集丛书（211）. 首尔：景仁文化社，1988：156.

[2] 宋时烈. 宋子大全（卷六十八）[M]//财团法人民族文化推进会. 韩国文集丛刊（110）. 首尔：景仁文化社，1993：305.

直取"道理"的成长空间,使得"商量""道理"被经验化了;另一方面,主宰即节制,节制即听命,宋时烈依据朱熹之言,简化、抽离了心之"用"的多元矢量和各种可能性,心之"用"俨然只会出现单维的结果——所谓"我心"能够主宰"我",除了"我心"能够节制"我","我心"能够听命于道理之外,已无实质性内容。这样一来,心在价值论上必然是有限的,它仅仅是嫁接人与道的关联要素而已,其本身也失去了自性;而回观宋时烈所言"心是活物,其发无穷"亦可见出,他所谓的"活物"之"发无穷",只不过是鞭策心"配享"性理学之制度属性罢了。

人究竟应不应该有欲望?宋时烈把它转换为另一个话题——人究竟应该有怎样的欲望?在他看来,欲望有"人心"的欲望与"道心"的欲望之别,有"不好"的欲望与"好"的欲望之别,而人本身又可分为圣人和一般意义上的现实之人,所以在逻辑上,"圣人无欲"是指圣人规避了属于人心的不好的欲望,这只是一种逻辑假设,一般意义上的现实之人则难以规避属于人心的不好的欲望。这意味着,无论是圣人还是一般意义上的现实之人,都应当具有道心的好的欲望,只不过实现这一欲望的能力和角度存在差别,但"我"终归应当践履"我"走向善的志向。朝鲜肃宗三年(1677年)丁巳,宋时烈在《答李同甫》中曰:"性之欲,当作用字看。至于谓之人欲则对天理,谓之私欲则对公道,而相为消长则便是不好底。至若人心谓之私,此私字,耳目口鼻之欲,非关他人底,故谓之私,如人皆嗜甘而我独嗜酸,则是系一己之私也,此何得为不善也。"[1] 在宋时烈看来,"欲"与"用"是等位概念,不存在级差。"性之欲",相当于体之用。在此抹消了"欲"的负面效应的基础上,宋时烈更在个人私欲中分出了类似于佛学所言无记性之欲望。例如,你喜欢吃甜的,我喜欢吃酸的,如是倾向性完全属于"一己之私",乃无记性之个人偏好,无所谓善与不善。这样一来,"欲"也就逐渐成为更为纯粹的哲学概念。

朝鲜肃宗元年(1675年),乙卯七月十三日,宋时烈在《答权思诚》(别纸)中就讨论过"复卦",总结出了"发"之根性。"发"不等于"有"。"复卦"中的一阳是一种"方有",是一种"已有",但如是"方有""已有",仅仅是"未发"之"动",则不能成为"已发",因为"万物未生"。在这里,"发"与"生"是等位概念;"有"则接近于"动",可以在

---

[1] 宋时烈.宋子大全(卷九十四)[M]//财团法人民族文化推进会.韩国文集丛刊(111).首尔:景仁文化社,1993:260.

"无"中被含有,但不等于"发"。在此基础上,知觉之"动"与事实的"已发"无关。一个人在知觉上可能存在某种动念,但在此动念未被主体实施出来,并有所践履之前,不可以称之为"已发"。何况,此动念时常是不带有倾向性的"不喜不怒",那么也就距离"已发"更远。在宋时烈的观念里,"发"之根性到底是事实的发生。一个人即便有了某种动念乃至触媒,但事实的发生终究是"发"的标准。宋时烈是在对"有之动"做实体化的要求,他不接受"已动"而"未发"的前提假设,包括其在意念层面的假设,他只欢迎事实的发生。因此,宋时烈的思想实乃实学而非理学的代表。

究竟如何继往圣之绝学而有所革新?宋时烈提出的概念是"实学"。宋时烈于李珥之后倡言实学,以不落空言的实际工夫来革新故制。所谓格物即去垢,所谓至知即明镜,他描述明镜的具体动作,是"磨"。他所强调的是实乃"格物"与"至知""去垢"与"明镜"的一体化,二者"非有别样事"。由此可知,在宋时烈的观念中,一方面,"工夫"是其思想系统的基础和平台,格物致知必须在"工夫"的前提下才值得被讨论;另一方面,他更强调践履"工夫"的"动词",该"动词"的具体动作虽无明确限制,但动作本身是实现"工夫"的依据,其意义甚至超过了驱使动作的逻辑主体。总而言之,格物致知经过宋时烈的诠释被"一体化"了,而"一体化"之"体",实为实学践履之道以"工夫"为本体的基质。理与气一体,是宋时烈的核心观念。在这里,宋时烈实际上反对的是先验论。在他看来,理与气是不能先于经验形式而存在的——先于经验形式而存在,必然导致一个无法解决的问题,即无处着落——理与气必须是有所落实的。因此,我们可以认为,他所谓的理与气更类似于经验层面上的理与气,包含了生命的经验内容在里面。然而,问题的复杂性在于,宋时烈之理与气又非经验主义可以全然概括之理念,而带有体之内涵。心就是心,性就是性,体就是体,用就是用。在这里,心就是体,性就是用,不能混淆,混淆了会怎样?滑入体、用不分的佛学。因此,虽然心与性、体与用不可分,甚至紧密关联,但它们之间仍旧有向度、有矢量、有指向性的关系。这样一来,宋时烈也就限定了:虚灵只是心,不是性;而虚灵也不是理与气合成的,它本然就是理与气之为本体性的存在。换句话说,理与气最根本的意义,即在于其体性;否则,也就与形下之器无别了。此处令人易于产生怀疑的是气之体性。气是体,或有可能影响体吗?宋时烈的回答是肯定的。理与气同样能够决定和改变性,只不过二者发生作用的区间、角度不同,或在完成度上有差异,或在纯洁度上有区别,但它们在此理论系统中都同样具

德性的东方实践
——韩国古代文人美学的人文范式

有其价值。

　　君子处事立言，依据是什么？理所当然。用亚里士多德的话来说，即"应然律"。事实上，这种应然律不是客观的，不是服从于自然规律的，而是合于理的，合于道理的，合于君子作为主体自我内心不得不为之体认工夫的。"我"必须如此，"我"应当如此，这更类似于一种带有某种理性成分的本能驱动。在这种本能驱动的作用下，天地人伦之道理以"我"的面目必然地呈现于世界，并改变着世界。起码在宋时烈身上，企图调和众见而熔铸己意的倾向性十分明显。朝鲜显宗六年（1665年）己巳三月七日，虽然他在《与权致道》中宣称："吾所主者朱子也，栗谷也，则上质皇天而无愧矣。"[1] 但实质上他之于朱熹之说还是有所联想，有所超脱的。一方面，在宋时烈看来，朱熹与周敦颐是两条言说"路径"，朱熹的仁义是分立的动静，周敦颐却是以心之无欲来言说静的存在；另一方面，宋时烈企图整合这两条"路径"，他从体用论的角度出发，挖掘二者的同一性，为此，他设想出在实体的动静之外，另立一种心之无欲的"静"作为本体，笼统、收摄、贯彻实体的动静，这种做法在逻辑上更接近于老子"无"中生"有"之话语模式，也更复杂。令人遗憾的是，宋时烈此处所言似乎只是片段的感发，与其实学系统并无直接的对应关系，无法严丝合缝地紧密衔接，然而，至少他在理论上是有思考和向前走的冲动的，这种冲动虽然零散，但弥足珍贵。

　　"性理"之为学，其中最为关键的理论难点，是性与理之间的关系如何处理？分别描述、分析、限定这两个概念并不难；难在如何预设二者的关联，并把这种关联确立为整个世界的统序。宋时烈的操作方法是，他先把性定义为体，然后把理作为用分殊为仁义礼智。这一步是起点，蕴含着性理学最基本的选择。性是体，心不是，气不是；仁义礼智是用，自然山川不是，河流湖泊不是。这便把本体论、宇宙论、伦理学三者，统一、糅合、圆融起来了。在此基础上，宋时烈关于体与用的主张可用"屈伸一指"来概括。[2] "屈伸一指"，已将体用如一、本末不二的道理说尽。一方面，指之所以为指，正是在于它能屈能伸的能力，换句话说，它必然是有能力的生命载体，如果它不能屈伸，也便与死肉无异，这就意味着，体之所以为

---

[1] 宋时烈. 宋子大全（卷八十九）[M]∥财团法人民族文化推进会. 韩国文集丛刊（111）. 首尔：景仁文化社，1993：171.
[2] 参见宋时烈. 宋子大全（卷八十九）[M]∥财团法人民族文化推进会. 韩国文集丛刊（109）. 首尔：景仁文化社，1993：315-316.

体,正是在于其生命性;另一方面,屈伸之所以为屈伸,正是在于指有所屈,有所伸,也就是说,它必定是有指向性的生命行为,如果它失去指向性,也就与儒学之外的老佛之理无异,这就意味着,用之所以为用,正是在于其指明了生命的方向。在这样一种"屈伸之指"的喻象下,体用如一、本末不二,性与理之间的关系得到了即体即用的解释。值得注意的是,宋时烈此处对体与用的关系做过更进一步的补充说明,他认为,体与用的区别尤其不可忽视,体是"元来浑然全具"的,用是"待其外感然后发"的,体不能代替用,用也不能成为体。这实质上把他所谓特定的从"未发"到"已发"的思路带进了性理学系统。在他看来,仁义礼智是四种当下现成的事实,它们既不是通体全具的,也不是在意念中动用的已有的生命感知,而是当下的"已发"。这样一来,所谓的体用论必然是立体的系统,也必然是由事实来支撑的系统。"义理"在朝鲜王朝后期并不是一个抽象的概念,而近乎实词。在宋时烈看来,孔孟程朱之道于很大程度上是一种道德预设,这种预设并无具体所指的"着实举措",而今不同的人从不同的角度,包括同志者、异己者以公信、私利正反两方面来落实某一道德预设,就有可能会产生孔孟程朱所无法预期的负面结果。因此,从历时的角度来看,孔孟程朱之道俨然已经进入被实体化的阶段,无论这种实体化的意义是积极的还是消极的,"义理"之论正在走向"实学"。

《和汉朗咏集》文学主体意识论析

吴雨平

《和汉朗咏集》是日本平安时代著名歌人藤原公任（966—1041 年）于 1013 年编纂完成的诗歌句集，分为上、下两卷，共收录了中日两国诗人和歌人的 806 句、首汉诗佳句及和歌。其中，中国诗文佳句 234 句、日本汉诗佳句 354 句、和歌 216 句。因为这些汉诗佳句与和歌都配有曲谱，用笛子、琵琶等乐器伴奏便成为可以用来吟唱的歌谣，故称"朗咏"。由于《和汉朗咏集》具有独特的编排方式，加上其诞生的平安时代中晚期是日本与中国之间的政治经济关系发生重大转折的时期，同时又是"日本文化趋向成熟，独立的文学观已经形成的时代"[1]。因而这部诗歌句集在日本贵族知识分子反思外来文学一统天下、力图确立文学民族主体性的过程中，不仅成为一种独特的文学现象，还成为一种独特的社会文化现象。

一、平安时代的文化心态与日本贵族的文化立场

各民族文学之间的相互影响、相互促进是普遍存在的，没有从未与其他民族文学发生关联的绝对的民族文学；一旦有互相交往，就必然会产生民族主体意识的问题。"如果一个民族处于与异环境毫无接触的封闭状态下，那么也就无所谓民族意识。"[2] 如果没有来自民族之外力量的推动，文学的民族主体意识就难以萌生，可以说，外部力量与民族文学的发展进程如影随形。民族主体意识是指特定文化中的主体对自己文化本质特征和文化归属的认同感，而民族文学便是体现民族主体意识的重要载体。古代日本正是在从间接到直接接触中国文明、汉唐文化的过程中，确立了国家民族意识形态，并且在中国文化（文学）的激发下，逐步产生了文学的民

---

[1] 宋再新. 和汉朗咏集文化论 [M]. 济南：山东文艺出版社，1996：7.
[2] 郑晓云. 文化认同论 [M]. 北京：中国社会科学出版社，2008：152.

族主体意识。

《和汉朗咏集》编纂于日本平安时代中晚期的11世纪初。平安时代（794—1192年）可以以894年日本停止遣唐使的派遣为基本界限，分为初期和中晚期。平安时代初期，虽然中国已经发生了"安史之乱"，唐朝由盛转衰，但是由于其影响的滞后，唐代的政治、经济、文化对日本的强大辐射恰恰是鼎盛时期——日本民族对于大唐文化和物质的崇拜达到了极点的时期。他们不仅竭力效仿中国的政治、文化制度，而且中国生产的物品、钱币也通过各种渠道进入日本，并受到极大的欢迎，导致日本白银大量流出，更造成了货币体制的混乱，使得日本经济面临危机。在文学上，沿袭着奈良时代（710—794年）的风尚，汉文学依旧盛行。著名的"敕撰三集"，即《凌云集》（814年）、《文华秀丽集》（818年）、《经国集》（827年）都是编纂于这一时期由日本人创作的汉诗诗集。一方面，日本第五十二代天皇嵯峨天皇（786—842年）出于治国为政的需要，大力推行"唐化"，相信表现"经世济国"之才的汉诗能使其统治秩序更加合理化，"敕撰三集"中的前两部就是他下令编纂的；另一方面，他本人特别迷恋汉学，从礼仪、服饰、殿堂建筑到生活方式都极力模仿唐朝，并且他还是白居易诗歌的忠实崇拜者，擅长中国的诗赋、书法、音律等。由于皇室的大力推介，汉诗在平安时代初期的日本迎来了全盛时期。在这种情况下，日本文学尚不具备与中国文学分庭抗礼的实力。由于当时的日本和繁荣、强盛、文明的隋唐封建国家在政治、经济、文化方面存在着巨大的差距，日本对与其在地理上最为接近的、文明发达的中国采取了极其开放的态度，将中国作为他们进行社会变革和文化选择的范本。"汉风""唐风"盛行的平安时代初期也因此被后世的日本文史学家称为"国风暗黑时代"，西乡信纲甚至在他的《日本文学史》中断言：

> 从国家的一切制度乃至服饰，贵族们都尽量想从唐朝移植。不久，连他们的思想感情也产生了殖民地化的危险。文化上的民族特点构成人类文化的个性，它只能在民族传统的发展上开花结果……《万叶集》是从对外来文化进行民族抵抗出发而形成的感情的文学，而汉诗只是由头脑里产生出来的理性的文学，卖弄学识的文学。[1]

---

[1] 西乡信纲. 日本文学史 [M]. 佩珊，译. 北京：人民文学出版社，1978：46.

这些说法不免罔顾事实、危言耸听。事实上，"即使是和歌集《万叶集》，同样也是在外来文化的影响和激励下诞生出来的，没有外来文化和文学，就不可能有《万叶集》"[1]。但是在当时的日本文坛，民族文学样态的微弱甚至缺失是不争的事实。

然而，贯穿日本古代历史、古代文学史的，却是一种双重意识：既眷恋中国文明，又为本民族文化、文学的前景而忧虑；既不愿认同以中国文化为主导的文学"一体化"，又担心过分强调民族文化的主体性会使他们越来越落后于先进的中国文学。"中国人恐怕很难体会到古代日本人为了引进先进文化而受到的文化压抑"。[2] 在日本文学及文化史上具有重要地位的菅原道真就是这种文化心态的典型人物。出身于文章世家的菅原道真（845—903年）是朝廷重臣，少年时便有神童之名，曾被渤海遣日使称赞为"有白乐天之才"，醍醐天皇（885—930年）还夸赞他"更有菅家胜白样"——"菅家"原意是指平安时代初期日本两大汉学世家之一的菅原道真家族，当时日本人模仿唐朝人姓氏，将自己的复姓改为单姓，在这里就是指菅原道真；"样"是日语对人的尊称，"白样"即白居易；这句诗是说菅原道真的诗歌才华简直可以比肩白居易了。他的汉诗创作受到了白居易诗歌的极大影响，他被尊为"文章之神"，是雄居平安时代汉诗创作顶峰的、最优秀的汉诗诗人。然而，正是采纳了新任遣唐使菅原道真的建议，日本朝廷才停止了遣唐使的派遣。菅原道真提出了著名的"和魂汉才"的思想，主张将外来的中国文化和中国文学本土化，与日本民族固有的文化精神和文学传统相融合，以促进日本民族文化和文学的发展壮大。他还尝试在自己的汉诗中有意识地表现"和习"，加入日本式的审美因素，体现日本式的生活情趣。[3] 这使菅原道真又成为当时竭力推行中国文化本土化并且付诸实践的代表性人物。与此同时，随着日本与中国进行交流的主要目的的变化，贵族知识分子也达成了共识，即曾经依附于国家政治需要而进行的文学交往应该逐步从意识形态中分化和独立出来；日本文学应当从对中国文学的表面模仿，转化为深层次的消化、融合、转换，直至拥有自己独特的表现形式和审美体系。因此，日本贵族知识分子力图发展民族文学的文化立场是显而易见的。

---

[1] 方汉文. 东西方比较文学史（上）[M]. 北京：北京大学出版社，2005：147.
[2] 宋再新. 和汉朗咏集文化论[M]. 济南：山东文艺出版社，1996：92.
[3] 参见吴雨平. 日本汉诗中的"和习"：从稚拙表现到本土化尝试[J]. 江苏社会科学，2010（6）：235.

在《和汉朗咏集》出现之前，日本的汉诗与和歌都是分开结集的，如日本第一部书面文学集《怀风藻》是汉诗集，没有收录一首和歌；第一部和歌总集《万叶集》收录了数量庞大的4 500多首和歌，只有2首汉诗作为点缀。9世纪以前的日本文坛，可以明显地区分为擅长用汉语进行创作的"道真型"和主要以"和文"进行创作的"贯之型"作者两大类[1]，而且汉诗作者地位远远高于"和文"作者，但是这种情形从10世纪开始发生了变化。随着日本封建政治制度的逐渐完善，上层知识分子文化素养的进一步提高，以及他们文学主体意识的逐步加强，日本社会进入了对唐文化及文学的消化期。汉诗的作者同时也是著名的和歌作者的情况越来越多，他们不侧重汉诗或和歌的任何一方面，汉诗的创作开始逐渐"日本化"，用以抒发日本人纤细、多愁情感的和歌也终于被纳入平安时代贵族的日常生活中。到了11世纪初期，由女性作家创作的《源氏物语》《枕草子》等假名文学的流行，进一步推动了日本文学的"和风化"，加速了其文学本土化的进程。

由此可见，一方面，当时的日本叹服于中国古典诗文的博大精深，希望利用其正统的文化地位为自己的政治、文化需要服务；另一方面，又力图与形式和内容完美统一、几乎难以望其项背的汉诗保持一定的距离，以满足民族自尊心，促进民族文学的发展，汉诗与和歌并列编排的《和汉朗咏集》正体现了这种复杂的文化心理，它是平安时代日本贵族文化心态与文化立场的一面镜子。

二、突显日本文化主体性的"和汉并列"

如上所述，平安时代中晚期的日本意识到了建构自我文化的重要性和迫切性，意识到了摆脱对外来文学的依赖，走向本土化发展的重要性和迫切性，并力图与中国文化互相竞争，形成"双峰对峙"的局面。这一转变的重要标志是，此时日本的敕撰文学作品集已经迅速从汉诗转变为和歌。自905年日本"歌圣"纪贯之等人奉敕编纂，并于914年完成的《古今和歌集》至其后的500多年间，日本文人共奉敕编纂了21部和歌集，总称"二十一代集"。其中，《古今和歌集》《新古今和歌集》成就最高、影响最

---

[1] "道真型"是指以汉学大家菅原道真为代表的汉诗作者；"贯之型"是指以平安时代"歌圣"纪贯之为代表的和歌作者。

大，这两部和歌集收录了大量表达日本人情感的恋歌，开创了一直延续到19世纪晚期贵族化的纤细日本歌风。不仅如此，10世纪以来，日本宫廷在举行仪式或游戏活动时还经常举办"赛歌"活动。[1] 日本人用和歌的形式进行创作的机会大大增加，民族诗歌的地位通过这些有体系的"制度化"的文学活动得到了很大的提高。

但是，以往文学发展的历史告诉我们，文学上各种预设的"体系"，可能会隔断正常的文学交往；过分强调文学之间的"不同"，也有可能成为文学进步的阻碍。日本要发展关涉民族文化命运的本土文学，不仅不可能在短时期内隔断和中国文学的一切关联，而且会在相当长的时期内仍然将中国文学作为自己文学发展的标杆。尽管后世的日本人片面地认为，汉诗"大部分只不过是中国诗人的思想感情的翻版，感觉不出扎根于日本人的思想感情的真实性和直接性。我们满可以说它是接近于化石遗物的文学"[2]。但当时的实际情形却不是这样。日本诗话《史馆茗话》记载了一则跟《和汉朗咏集》编纂者藤原公任有关的故事：圆融太上皇（959—991年）曾经邀请大臣们外出游玩，他让大家根据自己的所长，分别乘坐汉诗、和歌、管弦三条船，以方便群臣作诗、咏歌和演奏音乐。藤原公任不经意上了和歌船，也作了一首和歌，但他很快就后悔了，觉得和歌没有汉诗难，大家皆可为之，乘坐汉诗船写汉诗才更能显示自己的才华。藤原公任是诗、歌、乐"三艺并达"且才华横溢的大知识分子，他认为精通中国文化是一件更有面子的事情。

在这种情况下，"用汉语书写的文学和用日本语书写的文学（尤其是和歌），理应在这个时代的宫廷文化的某处找到接合点的……代表这种倾向的，是十一世纪初藤原公任所撰写的《和汉朗咏集》二卷"[3]。《和汉朗咏集》为了重新调整中国文学和日本文学的关系，将二者结合起来，力图既满足平安时代日本文人的民族文化自尊心，又体现中国文学和日本文学"对话"而不是"对立"的关系，成为当时日本民族显示自我文化存在的独特方式。同时，正如法国哲学家米歇尔·福柯（Michel Foucault）认为的那样，主体性是通过话语方式产生的，《和汉朗咏集》由日本人编纂完成，即

---

[1] 加藤周一. 日本文学史序说（上）[M]. 叶渭渠, 唐月梅, 译. 北京：开明出版社, 1995：145.

[2] 西乡信纲. 日本文学史 [M]. 佩珊, 译. 北京：人民文学出版社, 1978：47.

[3] 加藤周一. 日本文学史序说（上）[M]. 叶渭渠, 唐月梅, 译. 北京：开明出版社, 1995：154.

日本人掌握了编纂标准等一系列的话语权，展现了日本民族文学的主体性就成为一种必然。

首先，《和汉朗咏集》是双语诗歌集，但是这里的"双语"不是同一首诗通过互译用两种语言表达的意思，而是在同一题材或诗题下，分别列出用汉语和日语两种语言创作不同的诗歌。在这里，"诗"与"歌"不仅是两种不同的语言，还是两种不同的文体。因此，说它是"和汉双语"，不如说它是"和汉并列"更为恰当。例如，与诗题同为"春夜"的，汉诗为白居易的《春中与卢四周谅华阳观同居》："背烛共怜深夜月，踏花同惜少年春。"和歌为凡河内躬恒的《春夜梅花》，诗的大意为："春夜昏暗色难辨，但闻梅花阵阵香。"[1] 前者有对人生的感叹，后者纯粹表达对自然的感受。再如，与诗题同为"扇"的，汉诗有白居易的"盛夏不销雪，终年无尽风。引秋生手里，藏月入怀中"两联，也有日本汉诗诗人菅三品的"不期夜漏初分后，唯玩秋风未至前"；和歌有中务、元辅两位歌人的三首作品，大意分别是"七夕天河虽凉意，仍欲将扇借二巾""扇风银河雾尽消，晴空可见乌鹊桥""秋风任君手中起，料无何草不披靡"[2]。每一个诗题下面的诗歌句数不等，但全都以汉诗、和歌并列的形式编排，没有例外。事实上，对当时有较高文化修养的日本贵族来说，汉诗与和歌的审美意趣有着明确的区分：汉诗用来明心志，作为行动座右铭和人生格言；和歌用来抒发人的细腻情感和对自然景物的瞬间感悟。和歌是日本民族特有的文体，而一个民族特有的文体就是社会全体成员特定的文化记忆。和歌风格清丽，内容大多为恋爱情感的体验、四季景物的描写，它更符合日本人的情感表达和审美趣味。和歌创作只有节律的规定而无押韵的要求，这使得它能够更快地普及到一般平民中去。这种通过文体体现出的"和风"意识使日本民族文化的主体性得到了增强。《和汉朗咏集》中和歌与汉诗在相同诗题或诗意下的对应编排，说明编纂者不仅认识到这一点，而且有意识地将它们放在一起。这既是对日本人"汉才"的肯定，也是对和歌抒情性功能的认同。

其次，《和汉朗咏集》的分类基本上根据《古今和歌集》进行。《古今和歌集》早于《和汉朗咏集》约100年，它的分类除了"四季"以外，还有"恋""物名""哀伤"等较大的部类，其他的多归纳在"杂歌"里。《和汉朗咏集》上卷的分类为春、夏、秋、冬，在这四大类之下，又分别有

---

[1] 叶渭渠，唐月梅. 日本文学史古代卷（下册）[M]. 北京：昆仑出版社，2004：521.
[2] 宋再新. 和汉朗咏集文化论 [M]. 济南：山东文艺出版社，1996：119.

各个小类，例如，"春"下面又分立春、早春、春兴、春夜、暮春、三月尽、闰三月、莺、霞、雨、梅、柳花、藤等小类，作为诗题；下卷的分类类似于"杂歌"，既有风、云、晴、晓、松、竹、草等自然景色，又有故京、故宫、邻家、山寺等人文景观，还有眺望、饯别、行旅、交友、怀旧、庆贺等日常生活事件，以及人物类别诸如僧、帝王、亲王、丞相、将军、刺史、王昭君、妓女、游女、老人等，表现情感的"祝""恋"也是各成一类，没有体现出明显的规律性。实际上，《和汉朗咏集》在编纂之时，中国经典诗文选集的代表之一——《昭明文选》也早已传入日本，成书于8世纪后半叶的日本第一部和歌总集《万叶集》，就是基本上依照《昭明文选》运用文体分类的方法进行编排的。日本与中国的气候、风土有明显的不同，日本人特别注重季节的变化，和歌的分类自然要体现日本式的春、夏、秋、冬，但是《和汉朗咏集》让汉诗适应日本的"季题"，实际上是力图将汉诗纳入日本式的思维之中，并使汉诗"日本化"所做的尝试。

再次，《和汉朗咏集》入选诗歌的作者都是中日两国优秀的诗人和歌人，但是入选标准和中国经典选集不尽相同。中国诗人中以对日本文学发生了重大影响的白居易的诗入选最多，共139句，远远超过位列第二、入选了11句的元稹，而诸如刘禹锡、许浑、谢观等唐朝中晚期诗人则有少量诗入选。李白和杜甫的诗也影响过日本的汉诗创作，但一句都未能入选，韩愈、柳宗元等具有变革意识和批判意识的诗以及晚唐诗人杜牧、李商隐的作品也未被收录。后世的日本学者或许说出了个中原因：

> 就是说，在这里对中国诗人的评价也表现出一种日本式的评价……公任作为汉诗句的撰者，究竟掌握什么原则，就不大清楚。但从结果来看，几乎与中国的评价没有关系，认为这是从日本人的作品与《白氏文集》中挑选接近贯之、躬恒的和歌味道的作品，似乎是没有什么大的过错。[1]

> 像李白和杜甫那样极端地、过度地豪放、充满激情的诗，没有能够触动公任的心弦。[2]

---

[1] 加藤周一. 日本文学史序说（上）[M]. 叶渭渠，唐月梅，译. 北京：开明出版社，1995：156-157.
[2] 藤原公任. 和漢朗咏集[M]//日本古典文学大系73. 东京：岩波书店，1965：25.

也就是说，《和汉朗咏集》的选编标准是由代表日本人审美态度的编者决定的，《和汉朗咏集》所提倡的并不是中国古代文人尊崇的"诗言志""文以载道"，而是仿效侍宴应制、唱和酬酢，钟情中国文学中描写自然风景、缠绵恋爱的作品。而且，相对于中国诗人的寥寥无几，日本文人群体要庞大得多。汉诗文佳句多为菅原文时、菅原道真、大江朝纲、源顺、纪长谷雄等诗名极高的汉诗诗人所作，显示了日本汉诗的最高成就；和歌佳句基本依照日本"诗述怀"的观念精心摘选，多出自《万叶集》《本朝佳句》等著名歌集，作者为纪贯之、柿本人麻吕、山部赤人等和歌大家，还有藤原公任自己的作品，也代表了和歌的精华。编者不按照中国的文学思想，而是以本民族的标准选取中国诗人的作品编入经典集，并让同一诗题下的汉诗、和歌具有类比性，体现了任何文化在接纳外来文化时都会发生的"文化过滤"现象，而"文化过滤"现象出现的动因正是民族主体意识的觉醒。

另外，《和汉朗咏集》里中日作者的汉诗、和歌数量对比也很悬殊。588句汉诗中，日本作者创作的有354句，中国诗人创作的有234句，也就是说，日本作者写的汉诗数量超过汉诗总数的约百分之六十；如果加上216句和歌，日本作者的诗歌占到了《和汉朗咏集》收录诗歌总数的约百分之七十一，而中国诗人的作品被压缩至不到三分之一的篇幅。这种数量对比中的"优势"显现出一种文化上的焦虑，所以这部《和汉朗咏集》成为名副其实的"和汉"集，而不是"汉和"集。

在《和汉朗咏集》之前，日本文学已经有过"和汉并列"的尝试。菅原道真等人编辑的《新撰万叶集》（893年）在每一首和歌的左侧缀以一首七言绝句；大江千里编辑的《句题和歌》（894年）是以唐诗为题的和歌；《古今和歌集》分别用汉语和日语作了"真名序"（纪贯之执笔）和"假名序"（纪淑望执笔），"假名序"是日本"歌论"的鼻祖和权威，被认为是超越了它所依据的中国诗论。《和汉朗咏集》将这一创举延伸到了整部作品集。由此，我们应当清醒地看到，跨文化、双语写作、"和汉融合"只是它的表面形态和"显性特征"，隐藏在其背后的是民族文化主体意识对外来文化的抗争。因此，突显民族文化的主体性特征，使汉诗与和歌成为真正意义上的"对话"关系，并使中日两种文学的基因得以无缝对接与混生，才是这部佳句集的"隐性"且更为强烈的表达。从这一点上看，《和汉朗咏集》是具有日本思想家、文学评论家加藤周一所说的"划时代的意义"的。

三、作为民族文化记忆的《和汉朗咏集》

文学作品的样式是一种文化记忆。《和汉朗咏集》中的作者、语言、文体、主张等,形成了一连串日本民族文化的符码,充满着日本文化的符号呈现,使这部诗歌句集成为承载民族文化记忆的存在。同时,在日本民族文化寻求出路的大背景下,包括《和汉朗咏集》编者在内的贵族知识分子也成为日本民族文化主体性建构的重要力量。

诚然,由于《和汉朗咏集》是过去完成的文学作品的选集,有相当数量的汉诗及和歌是已经广泛流传的,诸如白居易的诗和纪贯之的和歌。在平安时代中期,学者、文章博士大江维时于960年编辑的唐诗佳句选集《千载佳句》中,共收录唐代诗人诗歌佳句1082句,白居易一人的作品就有500多句,几乎占了半数,《千载佳句》是日本最早的唐诗佳句集之一,深受当时贵族知识分子的喜爱,《和汉朗咏集》就有不少与《千载佳句》相同的内容;纪贯之是《古今和歌集》的选编者之一,他的和歌早已名扬天下。差不多同时诞生的《源氏物语》《紫式部日记》《枕草子》引用的汉诗中也有不少与《和汉朗咏集》是相同的,例如,《和汉朗咏集》上卷在"莺"下收录了菅原道真的诗句:"新知如今穿宿雪,旧宿为后属春云。"这句诗在《源氏物语》中也被女主人公之一的明石姬引用并解释,表达了自己在所爱的人另结新欢后的悲伤心情。[1] 这使得《和汉朗咏集》一经问世便受到热烈欢迎,从其诞生之时一直到19世纪都被反复翻刻,甚至起到了文学教科书的作用,许多日本人通过它学习中国文学和日本文学。镰仓时代(1192—1333年)的著名歌人、学者藤原定家就在他的汉语日记里记载过将《和汉朗咏集》作为"小童读书"教材的事情。

但是,对于日本来说,《和汉朗咏集》的意义绝不仅仅于此。如上所述,文学的民族主体意识是在外来文化的刺激下,随着国家意识形态的确立生成的,国家意识形态对民族文学的存在赋予了政治上和文化上的合法性。因此,民族性是文学的基本属性,它有着呈现传统文化的表象和传达民族精神的内核,民族主体性诉求是世界各民族文学发展的动力之一。例如,在政治和军事上征服了古希腊的古罗马人接受了古希腊文明的陶冶,吸收了古希腊文化的精髓,是古希腊文化的直接继承者。然而,与古希腊

---

[1] 田中幹子.『和漢朗詠集』とその受容[M].大阪:和泉书院,2006:125-127.

人不同的是，古罗马人具有上古农牧民的粗犷、淳朴，他们崇尚武力，具有强烈的国家城邦意识，追求国家集权、法律的强盛，富于牺牲精神。这种民族意识与文化性格反映在文学上表现为，以拉丁语为文学载体，追求比古希腊文学更强的理性精神、集体意识和庄严崇高的气质；在文学技巧上，更强调严整、均衡，重视修辞。这种基于民族主体意识的文学民族特性对自身文学的发展具有重要意义。日本民族文学也正是从移栽、编译中国文学入手，从照搬到借鉴直至创作，一步一步地建立起来并形成独特品格的。因此，我们也完全可以说，日本古代文学从诞生的那一刻起就是一部由模仿、移植走向本土化和二元化的文学发展史，《和汉朗咏集》是这一文学发展史的缩影。

从世界文学的角度来说，中国唐代版图辽阔、国力强盛、文化发达，唐诗中中国的文化格局、色彩瑰丽的花雨丝路、和平共处的各种宗教，无不体现出一种兼容并包的世界主义文化精神，唐诗毫无疑问是代表了当时世界文学高峰的文学，"汉文体是从中国传到日本的，当时包括朝鲜半岛等地区在内，全世界都用汉文体书写，汉文体就具有了世界性。与此相反，平假名具有地域性特点，从广义上来说，也是女性私有的文体"[1]。《和汉朗咏集》将两种语言、两种文体的诗歌并列编排，"保持和汉诗歌的微妙平衡，将和歌提高到与汉诗平起平坐的同等地位"[2]，打破了中日文学"二元对立"的关系，大大增强了日本人的民族文化自信心，使日本的民族文学的存在样态发生了根本的改变，而原本是"地域性""女性私有"的日本文学文体借助中国文学的世界性地位，站在了一个新的高度上。紫式部、清少纳言等一众女性作家用假名创作的长篇物语《源氏物语》、随笔散文《枕草子》等在世界文学史上的成就最终超过了日本汉文学，以和歌为代表的日本民族文学也成为世界文学一个重要的组成部分。这对当时低迷的日本民族文化的鼓舞作用无疑是巨大的，对日本文化的走向也起到了重要作用。探究《和汉朗咏集》的文学主体意识可以让我们对古代中国文学与日本文学的关系进行梳理和反思，从这一意义上来说，《和汉朗咏集》确实是日本文学和文化史上一个独特的现象，在世界文学史上也非常罕见。

揭示蕴含在《和汉朗咏集》之中的日本民族文学主体意识，也为我们打开了全面认识日本古代文学的一个渠道。中国是一个具有灿烂文明和悠

---

[1] 古桥信孝.日本文学史[M].徐凤,付秀梅,译.南京：南京大学出版社,2015：10.
[2] 叶渭渠,唐月梅.日本文学史古代卷（下册）[M].北京：昆仑出版社,2004：525.

久历史的文化大国,诸如汉代有文景盛世、汉武盛世,唐代有贞观之治、开元盛世,且历朝历代都产生过大量优秀的文学家和文学作品。古代中日文学之间的关系,总的来说是呈现出中国文学影响日本文学的"一边倒"的态势,大部分日本古代文学都是在中国文学的直接或间接影响下形成和发展起来的。日本汉文学是对中国文学从文字到形式的模仿、借用,不可能达到中国文学的艺术高度,但是日本古代文学并不是全盘汉化的文学,也不只是中国文学拙劣的翻版。我们应当了解被大海阻隔的日本人靠死记硬背汉字、韵书掌握了汉字的平上去入和声韵进行汉诗创作的巨大难度,而不必用中国唐诗的标准对比日本汉诗艺术上的缺失,用中国诗歌无与伦比的思想高度和艺术技巧去对比日本和歌的浅显与简陋。确实,"平安时代的日本文人醉心于唐文化,颇有全盘唐化的势头,作为自己的国家曾经是纯文化输出国的中国人,恐怕很难想象古代日本人为了引进、消化外来文化作了怎样艰苦卓绝的创造性的努力"[1]。《和汉朗咏集》通过"显性"的作者、文体、语言符号的跨越,反映了隐含其中两国诗歌价值观和审美观的差异,说明当时的日本贵族已经清楚地意识到,为了适应本民族文学的发展,应当对外来文学进行取舍和扬弃,使之融合于自己的文学世界之中,这为我们全面了解日本古代文学提供了一个研究个案。为此,我们应当将包括《和汉朗咏集》在内的日本平安文学置于文学发展的历史语境中去探寻研究,而不是对它们进行带有偏见的阐释。

综上所述,具有世界性并对其他民族文化采取开放态度的汉唐文化,对古代日本具有强大的吸引力。高度发达的汉唐文化激发了日本的民族自我意识,加深了日本对于自身文化建构和认同的需要。在"被激发"的民族意识中产生的《和汉朗咏集》对"汉诗""和歌"两种类型文学的"并列编排",成为日本民族文学得以在一个较高的起点上接轨世界文学的重要尝试。

[本文原载于《苏州大学学报》(哲学社会科学版) 2019 年第 2 期]

---

[1] 宋再新. 和汉朗咏集文化论 [M]. 济南:山东文艺出版社,1996:9.

串联式的人物安排　多样化的叙事方法
——评角田光代的《小熊》

倪祥妍

角田光代的中篇小说《小熊》（くまちゃん），结构巧妙，虽然由七个部分夹杂失恋痛苦的故事组成，但是作者笔下的文字好像有着魔力，读起来让人感觉平静而温暖。关于这一点，笔者已在另一篇文章中重点论及，此篇不再赘述。本篇着重从串联式的人物安排、多样式的叙事技巧、前有伏笔后有照应的内容安排三个方面领略作家臻于成熟的谋篇布局的创作技巧。

一、串联式的人物安排

《小熊》结构新奇，整本书由七个相互关联的故事组成。七个故事看似独立，其实是有着内在的联系的。在人物安排方面，作者采用的是串联式，上一个故事的主角之一会出现在下一个故事中，和另一个人物发生新的故事。每个人都有单恋的对象。第一单恋者苑子喜欢穿着小熊图案套头衫的英之，且过于依赖他，最终导致他的消失；而被人叫作"小熊"的英之又喜欢上一个和自己有共同爱好的人——友里绘，并为了她想要结束漂流的日子；友里绘则决定跟自己的偶像槙仁在一起，槙仁有一个从小玩到大的"姐姐"——百合子，照顾他的生活起居，友里绘最终因为忍受不了这位"姐姐"的存在而与他分手；槙仁后来碰到一个连三流演员都不算的希麻子，想跟她一起生活，但希麻子又醒悟般地逃离了他；离开榛仁的希麻子与插画家林久信走到了一起，在她痴心地做着结婚梦的时候，插画家却发现自己真正喜欢的人是儿时伙伴——具有厨师天赋的文太；而厨师文太却是标准的异性恋，正决定找份靠谱的工作和一个叫苑子的女人踏踏实实地过日子。小说第七部分的故事是一位叫梢慧的女性与丈夫分手后，为了抚

串联式的人物安排 多样化的叙事方法
——评角田光代的《小熊》

平被动离婚的创伤自动来到少女咨询室寻求帮助，认识了一些人，与之分享故事，而后分开。故事有些循环往复，你喜欢她，她喜欢的却是另外一个他。两个人在同一个时间，互相喜欢成为异常难得的事情。因为各种不同的原因相聚再分离，不能说是如梦一场、毫无收获，因为每个人的自身都获得了成长、改变。无论分别时多痛苦，遗忘需要多久，最终大部分的人都会继续前行。

《小熊》的封底上写着："要是滑雪受了重伤，就不会再滑第二次了吧。要是大量饮酒得了急性酒精中毒，就不会再喝第二次了吧。可是，我们总在不自觉地陷入爱恋。即使，那种痛彻心扉的心情，胜过骨折，胜过酒精中毒。"走过一段时间后，多数人的伤口都会痊愈。只是身陷其中的时候总是迷茫无助，觉得唯有自己才知道有多痛，只有想通的那一天才能彻底得救。

虽然小说的前六部分已经形成了一个完美的闭环结构，最后一部分的安排看似多余，但其实这部分的安排是给饱受爱情困扰的人们指出了一个化解烦恼的去处——少女咨询室，这也是作者的用心之处，体现出作者对笔下人物的深切关怀，具有治愈的功能。

二、多样化的叙事方法的运用

（一）常规顺叙+快进跳跃式顺叙的叙述方式

小说第三部分，作者先按故事发展的顺序写友里绘和槙仁相识、相爱的经过。在写到友里绘意识到"姐姐"——小百合是她和槙仁之间的障碍，也分明感受到她和槙仁之间的隔阂之后，作者没有继续采用普通顺叙的方式叙述友里绘和槙仁分手的经过，而是采用跳跃的方式叙述了友里绘已经在一家新公司上班，公司一个女孩儿约她参加一个集体相亲活动。在一个卡拉OK厅里，友里绘点唱了槙仁的歌，看着画面上的槙仁，大声唱着他的歌曲，友里绘涕泪横流。作者这样写，无疑是回答了读者对友里绘和槙仁分手之后何去何从的悬念。

小说第五部分，作者在写希麻子和林久信的交往非常顺利的时候，也是戛然而止，突然改用快进跳跃式顺叙的叙述方式，叙述了38岁的希麻子又在另一家专门经营明信片的美术店就职了。接下来，作者再叙述3个月前林久信婉拒了希麻子的结婚请求并辞退了她，并另雇工作人员等戏剧性的变化。

小说第六部分的结尾,作者也采用了快进跳跃式顺叙的叙事方式叙述了7年后的事情。文太和苑子搬到热海已经7年了。林久信其后虽然也与女孩子交往,但都没有结婚的想法。3年前,林久信和苑子开始用电子邮件联系。后来,文太与苑子在某年年初生了一个男孩儿,取名久太。在听文太说了为何取名久太时,林久信双腿发抖,差一点哭出来。

作者根据情节的需要,或匀速地、常规地叙述,或跨越时空距离、快进跳跃式地叙述事件的发生和发展,有详有略、详略得当地推进故事的演变,无疑避免了平铺直叙式顺叙的单调和无聊感。

(二) 插叙+倒叙的叙述方式

小说第一部分,作者在叙述苑子和小熊相识、相处之时,其间又用插叙的叙述方式,讲述了3年前苑子的另一次恋爱经历。那时,她曾主动追求过"全国车站便当研究会"的成员藤咲光太,后来发现藤咲光太竟喜欢上了同一研究会里的另一个女孩儿香奈子,一段时间后,苑子向藤咲光太提出了分手,藤咲光太也痛快地同意了,只是不愿意向任何人说起分手的原因。后来,藤咲光太和那个女孩也没有走到一起,香奈子也退出了研究会。通过这一段的插叙,交代了苑子曾经被甩的一次初恋经历,以此回应了小说"单恋,失恋,跌倒了爬起来继续爱"的主题。

小说第二部分,英之在和友里绘认真交往之后,也曾回忆、联想起和苑子在一起的诸多往事:"经常夸赞'小熊,好棒!'……英之总是特别开心,感觉就像自己真的做了什么了不起的事似的。她家的厨房真好用啊……食材总是买得很全……每天,好像是怕自己突然不在了似的,那个女孩总是下了班就急忙往家赶,每次回到家都累得上气不接下气。她买回的那些食材也好像是为了维系自己和他的关系似的,齐全得无与伦比。有一天,英之突然觉得自己脖子上好像套了一条沉重的项圈,仿佛要窒息了似的,于是他最终还是匆匆地逃掉了。说起来,那些日子也有着那些日子的快乐啊。"英之还记起在新宿车站被那个女孩儿(指苑子)抓住了手腕的感觉……而今连那个女孩儿的名字也想不起来了。[1]作者暂时中断英之和友里绘的故事主线,插入这段往事,借此交代主人公英之对苑子的感受和评价,是对英之离开苑子原因的一个诠释说明,也是对故事发展始末的一种必要的补充。

小说第六部分,光之子故事的叙述,开始完全以插画家林久信当下的

---

[1] 角田光代. 小熊[M]. 弥铁娟,译. 上海:上海译文出版社,2015:59-60.

串联式的人物安排 多样化的叙事方法
——评角田光代的《小熊》

视角,采用倒叙的叙述方式,讲述了林久信和文太的初识、互相激励、一路成长的过程。看到文太退去昔日名厨光环近乎潦倒的现状,林久信忽然想到文太和自己交往过的希麻子身上有非常类似的地方,"久信总觉得她好像是属于那种欲望得不到满足的女人。久信觉得她和文太有点儿像,都属于那种行动先于思考的类型……只是单纯地认为:有钱总比没钱好,能上电视的人总比上不了电视的人了不起。他俩都属于那种特别简单的人"[1]。接着作者又用倒叙的叙述方式,让林久信自己去回忆和希麻子的分手原因并对希麻子进行了评价,最后再回到现实中来。

小说最后的部分,作者从友里绘的视角用倒叙的方式回忆她和槙仁最后分手的细节:搬家那天,俨然是主人的小百合还是来了。看着她和槙仁配合得如此默契,整理东西的身影像一对儿在一起生活了很多年的老夫妇一样,友里绘有一种深深的挫败感。"搬家后家里钥匙不要再给小百合了,别再让她来了,如果你能做到这些,我就跟你一起搬家,可是实在说不出口。"槙仁似乎根本没有意识到问题的严重性,所以也不可能做出任何让步。在揣摩不透小百合和槙仁之间的关系,且意识到搬家后和槙仁的关系也不会有多少改善之后,友里绘选择在搬家前离开。虽说是自己选择了逃离,但友里绘有一种强烈的失恋感,花了1年多的时间才从痛苦中走出来。如今也不知不觉到了小百合那样的年龄——35岁。作者完全可以直叙"她也35岁了"。这样的呼应式的交代无疑给读者一种全篇故事是一个整体的感觉。接下来,作者又把视角转回卡拉OK现场,写友里绘一面凝视着画面一面大声唱着槙仁的歌,想着画面中的槙仁和现实中的槙仁,友里绘不禁感慨万千、泪流满面。这样的写法,是对友里绘和槙仁这一对恋人分手后何去何从的补充说明。从"当下"倒叙过去故事的发生、发展,最后又回到"当下",非常符合插叙的叙事特点。

纵观全文,作者不断地变换叙事方式,有时采用常见顺叙,有时采用快进跳跃式顺叙,有时又不断变换着使用插叙、倒叙的叙事方式,借助人物对往事的回忆和联想,对某些情况进行诠释说明,对相关的人物、事件进行介绍。多种叙事方式的使用,无疑丰富了人物的经历及事件的发展,使文章内容得以完整、充实,形成断续的变化,给读者以错落有致之感。

---

[1] 角田光代. 小熊[M]. 弥铁娟,译. 上海:上海译文出版社,2015:226.

三、前有伏笔、后有照应的内容安排

伏笔是对将要在作品中出现的人物或事件，预做提示或暗示，其着眼点却是主要人物或事件。好的伏笔能起到暗示、点题、沟通文章内部联系、逆转人物关系等作用，使文理通顺、合情合理。同时，也能使文章出色生辉，具有独特魅力。伏笔常常与照应配合呼应使用，即所谓前有伏笔，后有照应。照应的作用能使情节连贯、脉络清晰、结构紧凑。在这篇小说中，角田光代多次使用了伏笔、照应的写作技巧。

（一）伏笔——暗示未知故事发展的可能

小说第二部分，友里绘和英之相处融洽的时候，友里绘居然对英之提出了自己的约定：如果英之喜欢上哪个女孩，"我会无条件地放开你……如果这个女的和英之恋爱了，我会毫不拖泥带水地自觉退出……但是有个交换条件，英之也要这样做哦。如果我有一天和槇仁（啄木鸟WOODPECKERS乐队的主唱）认识了，并爱上了他的话，英之也要无条件地放手哦"[1]。这个啄木鸟乐队并不出名，但友里绘一直喜欢。当友里绘说出这番话的时候，英之并无悲伤之感，只认定友里绘是一个坚持自我、很有个性的女孩儿，所以，英之这样回应道："如果我和这个女演员认识并恋爱了，或者友里绘和朋克乐队的那个叫槇什么的恋爱了的话。我们都要笑着跟对方说'再见，我的爱'，好吗？"两人之间近似游戏的"君子协定"还包括：一方先知道另一方得癌症的话，不要告诉对方；一方出轨了，就要一直好好隐瞒到最后，直到发现真心爱上了别人，再跟对方认真地说清楚；一方失去工作能力，另一方就要负担起对方的生活费用；一方如果犯了罪，至少另一方要相信对方，并帮助其藏匿；如果到世纪末，爆发了核战争，两个人要一起寻找没有参战的其他国家去逃亡。这些协定都由友里绘说出来，英之从中读出的都是友里绘倍加珍惜、在乎自己的浓情蜜意，所以英之才会"不知怎么突然觉得特别幸福"[2]。所有这些看似浪漫无心的甜蜜情话，其实都是作者精心设下的预示故事发展轨迹的前兆，所以，当后文英之越来越多地发现友里绘的优点，并希望能与友里绘有个美好的结局时，友里绘却向他坦白自己爱上了偶像榛仁并已经确立了关系。英之

---

[1] 角田光代. 小熊［M］. 弥铁娟，译. 上海：上海译文出版社，2015：47.
[2] 角田光代. 小熊［M］. 弥铁娟，译. 上海：上海译文出版社，2015：49-50.

不得不接受当初的"协定",尽管当时他的脑子里有着像旋风一样转来转去的各种疑问和愤怒、困惑和震惊、痛苦和不安,也不得不佯装镇静。

到了小说第三部分,当初义无反顾和槙仁走在一起的友里绘,在看似融洽的关系中居然因为小百合的频繁出现而变得别扭起来。友里绘总觉得小百合和槙仁之间有着一种超越姐弟的暧昧关系,她不满槙仁的无立场,以致产生了要不要和槙仁继续走下去的想法。想起当初前男友英之曾经提醒自己"把偶像当作恋人是不会有什么好结果的",面对现在的情况,友里绘感觉自己真的被英之当初的话言中了。当然,作为读者,我们深知英之的预言都是作者有意设定的,友里绘和英之在一起的时候立下的"君子协议",也是作者为了推进故事有意埋下的伏笔。

角田光代所运用的这些伏笔性质的文字,多起到对将要发生的故事的内部联系及方向做出暗示性铺排的作用,当后文事件真的如期发生、发展的时候,作为读者的我们才不会产生突兀、怀疑之感。

(二) 照应——让读者知道人物何去何从

照应是一种前有所呼、后有所应的写作方法。在这篇小说中,多次出现了前后照应的文字。

友里绘离开英之后,英之重新找了一份工作,在 29 岁生日这天,想起了一年前分手的友里绘。英之这才意识到现在自己和那时友里绘的年龄一样大了。回忆女朋友向他提出分手时自己的感受、分手后自己的痛苦,想到自己确实是失恋了。

作者在文章每一部分的结尾,总是从故事主人公的视角出发,让其对过去的交往对象进行回忆性的评判。既分开讲述每一个小故事,又通过这样的照应让全文成为一体的大故事。例如,在小说中,作者就从希麻子的视角借助回忆让她对交往过的每个男朋友进行了评判,其中又提到了槙仁——一个喜欢不起来的前音乐家。离开了插画家林久信的希麻子,有一天"正考虑午饭吃什么、突然觉得好像刚才有个人和自己擦肩而过,而且那个人好像有点儿面熟,于是回过头,只见在一座高楼上挂着一块巨大的牌子,上面是林久信的一幅画……那个熊和狗看上去就像是黑田和久信"[1]。这些文字看似漫不经心,其实都是对前文故事中的一个个人物何去何从的一种交代和呼应。

到了小说最后一个部分,作者同样没有忘记与前文呼应:来少女咨询

---

[1] 角田光代. 小熊[M]. 弥铁娟, 译. 上海:上海译文出版社,2015:195.

室的人中居然有友里绘！而且从梢惠的视角，让读者了解到友里绘和槙仁分手的真正原因。特意让友里绘出现在少女咨询室，也是作者对与槙仁分手后的友里绘去向的一种交代。

　　故事中的主人公常常在下一段恋情中又回忆起曾经的那个他或她，并做出评价，不经意间满足了读者的好奇心。看似无心的几笔，其实都是作者精心设计的伏笔与照应手法运用的结果。

　　一个作家的成功一定有其成功的理由，在日本拥有众多读者的角田光代亦是如此。她赋予这篇小说七个故事中的每一个人物的那种开放、包容的心态，娓娓道来的温暖的文字，都有着激励读者不断前行的作用。

　　当然，读罢小说，细细品味，笔者总觉得这本小说的名字若是改为《恋爱》，似乎更合适一些。不知深悟写作之道的作者究竟为何以偏概全，将小说命名为《小熊》？或许天下本就没有完美的艺术作品，作为读者，只需领略作品本身的意蕴与作者谋篇布局方面娴熟的创作技巧就可以了吧。

论《创世记》中的动植物

王 耘

《创世记》是早期犹太教信仰中关于创生故事的经典范本。《创世记》作为《摩西五经》的开篇,代表了早期犹太教信仰的原始形态。本文试图从《创世记》中的动物这一视角思考人与自然之关系,集中探讨动物作为存在物的介质问题,它在人类成长史中与人的密切交往及其对于人内在的同情关系。另外,本文又分别从存在论、意象论、创造论三个意义层面出发,对早期犹太教信仰中的植物崇拜心理做出考察。

一、《创世记》中的动物形象的塑造

在《创世记》中,动物与人具有同构介质。作为存在物,《创世记》对动物的"质料"有明确的说明。这一说明本身非比寻常:上帝既没有对植物的"质料"做出具体规定,又未对天使、魔鬼的"本质"细致摹状,唯独对除人以外的动物的"介质"进行了精准描写。正是通过这一描写可知,动物与人具有同一种类的"介质",这使得我们对人之存在有了更好的理解。

在《创世记》中,创造动物在上帝创造万物的活动中是浓墨重彩的一笔。动物被创造出来的过程纷繁复杂,寄寓着早期犹太教信仰的神秘内容。莫尔特曼(Jurgen Moltmann)有言:"希伯来人的思维并不去探索一个事物的本质及其个别的组成部分。希伯来人探究的是它的生成和它的效果。"[1] 在创造万物前后,上帝一直没有指明他创造的用意,以及万物的性质和归属,而是以生成活动本身来决定生成结果的。因此,上帝创造万物的过程尤为重要。在上帝造物的过程中,上帝创造动物,用时两日——占其创造

---

[1] 莫尔特曼.创造中的上帝:生态的创造论[M].隗仁莲,苏贤贵,宋炳延,译.北京:生活·读书·新知三联书店,2002:349.

万物之时间总量的三分之一。第五日，上帝创造了水族、飞禽；第六日，上帝创造了陆地上的爬行动物和人类。这种由海洋、天空向陆地发展的序列给信徒留下了朦胧的印象：海里的水族、空中的飞禽只是"背景"，由于与人同居于大地，陆上的爬行动物才是动物世界的"主角"，他们能够更多地参与、分享上帝之"自由意志"，与人的意志选择更加吻合。上帝对人说："我要你们统治水里的鱼、空中的鸟、所有地上行走的动物。"[1] 与此同时，三类貌似不过是按活动区域划分的动物族群，隐含着某种与意志自由程度相关的量化比较——为了实现这种比较，上帝不惜用了两日，对创造它们的过程进行了精确分类，而没有笼统地一挥而就——要知道，他并不缺乏一挥而就的能力。与之相比，上帝创造植物，显得有些漫不经心——仅用时半日，以至于令人觉得那不过是附着于陆、海上的生灵罢了。这意味着，在上帝创造万物的总序里，在动物这一专项上，更为细致地分出了远离人类和接近人类的两大族群，从而有效蕴藏着更为复杂而完整的寓意。

在此基础上，上帝创造动物所使用的"质料"尤其值得关注。在伊甸园中，有一处细节引人思考，即所谓"二次造物"，上帝在造人与造动物之间，具有极类似的同步性。在亚当出现以前，上帝已经在第六日创造了人类；上帝创造亚当，属于"二次造物"，造"新人"。亚当与此前的人类的区别仅仅在于，他的"质料"为尘土，上帝朝他吹气，使他有了灵魂而已。与此同时，上帝又用与创造亚当完全相同的"质料"——尘土，第二次造就了新的飞禽走兽。他说："亚当一个人孤零零的不好，我要给他造个般配的帮手，便取尘土造了飞禽走兽。"[2] 亦尘亦土！而且，上帝是在亚当为所有动物命名，却仍然找不到"般配的帮手"之后，才创造夏娃的——动物有可能成为帮手，起码上帝是这么认为的，只是终究不那么"般配"而已。问题的关键在于，上帝没有朝动物吹气，也没有朝夏娃吹气！上帝只是用创造动物的"质料"，被钙化为亚当的肋骨的尘土，造出夏娃罢了。所以，在伊甸园中，上帝创造亚当、夏娃与创造"新生"动物具有密切吻合的同构性，这种同构性有效孕育了动物主动参与到人类意志选择行为中去的心理动机。在早期犹太教信仰中，人们用动物来说明人类的肉体；此刻的肉体，在未经希腊哲学洗礼前的肉身崇拜，并未与灵魂分离，并未被挟

---

[1] 冯象. 摩西五经 [M]. 香港：牛津大学出版社，2006：2.
[2] 冯象. 摩西五经 [M]. 香港：牛津大学出版社，2006：3.

制到逻各斯的理性道统中去，而只是与灵魂浑成心理崇拜。莫尔特曼曾说："《圣经》的创造故事根本就不知道灵魂的优先性。它宣称人的整体存在，身体、灵魂和精神，都是上帝在地上的形象。在那些等待'身体的复活'和来世的'新地'的人当中，决不可能存在肉身服从处于支配地位的灵魂的问题。因此，肉体和灵魂已经形成了一个此时此地相互影响（Perichorese，相互寓居）、在赐生命的圣灵引导下的群体。"[1] "灵魂和肉体之间的基本的人类学划分对于《旧约》传统是陌生的，因为不朽的存在与有死的个体实存之间的本体论划分对于它们来说也是陌生的。在这些传统中，人对自身的体验是不同的；他认为自己隶属于一个特殊神圣的历史。"[2] 因此，在我们确证了动物与人有着相同"介质"，而肉体与灵魂又有着彼此寓居的关系后，也就能够从动物的身上更多地理解早期犹太教信仰中的人的本真存在样态。

二、《创世记》中的动物与人的关系

在《创世记》中，动物与人的发展同步，积极地参与了人的成长。《创世记》所叙述的不仅仅是一个创造的母题，还是一个成长的故事，万物皆有其长，方有其成，这一点集中体现在人类的成长道路上。在人类的成长道路上，动物扮演着极为重要的角色，它伴随人类成长，与人类的成长历程相互交织，最终参与乃至交往，成为动物分享上帝之"自由意志"的表象。

人与动物的交集是一个不断生长的"当量"。人与动物的关系并不是既定而一成不变的，亦非主客之间的对象化关系，而是一种持续存在的交往关系。在早期犹太教信仰中，生态的食物链发生过巨大"革命"，即由造物第六日规定无肉食者到彩虹之约中允许食肉的改变。在第六日，上帝对人说："我把大地出产的五谷和树上结的果实都赐予你们，做你们的食粮；而飞禽走兽和爬虫，我给它们吃青草嫩叶。"[3] 这是一对无矛盾的平行链条：人类与动物就食用对象而言，没有对立冲突。换句话说，人类与动物之间

---

[1] 莫尔特曼. 创造中的上帝：生态的创造论 [M]. 隗仁莲，苏贤贵，宋炳延，译. 北京：生活·读书·新知三联书店，2002：327.

[2] 莫尔特曼. 创造中的上帝：生态的创造论 [M]. 隗仁莲，苏贤贵，宋炳延，译. 北京：生活·读书·新知三联书店，2002：348.

[3] 冯象. 摩西五经 [M]. 香港：牛津大学出版社，2006：2.

存在某种平衡。但这种平衡在彩虹之约后被打破了。就肉食现象而言，第一，上帝允许人类食用动物，但并没有允许动物彼此残杀，直至吞噬人类，《创世记》之于动物，记录的并非自然世界之血腥事态，而是上帝之意义统序的设置与谋划；第二，上帝允许人类食用动物，但人类不能吃带血的肉，因为生命存在于血，血只属于上帝。这样一来，在上帝、人类、动物之间就构成了一种从高到低的层级序列——人类与动物之间所谓的平衡被打破后，动物凭借参与者的身份更为密切地进入了人的意志选择生活，这恰恰是生态食物链在犹太教信仰中发生重大变革后的现实结果。这一结果在《创世记》中处处可以看到，任举一例，在伊甸园中，亚当、夏娃自行遮羞所用的材料是无花果树叶，当他们离开伊甸园时，"上帝耶和华为亚当夫妇缝了两件皮衣，叫他们穿了"[1]。此皮衣，来自动物毛皮。约翰·麦奎利（John Macquarrie）有一句话说得好："存在呈现并表现在存在物中；而能够在其种类中展现最宽广的统一中的多样性那些存在物，是存在的最适合的象征，就是说，是最能充当存在自我传达的载体的。"[2] 动物正是这样一种可以实现自我传达的表象，因为它丰富、宽广、多样，它本身正在成长，所以，它也就成为人的成长的陪伴与资粮。

在《创世记》中，动物参与了人的自由意志以实现其动物的自由意志有确证可循。在挪亚方舟一节中，人类与动物的密切联系达到了高潮，几乎实现了完全同步性。此刻的上帝，心里充满怨恨，他说："我要把我造的人，连同鸟兽爬虫，从大地上统统消灭。"[3] 人类邪恶可以理解，为什么要"连同鸟兽爬虫"？最简单的解释之一是，动物是人类的同谋。蛇与人类在伊甸园中的接触显然不是一次性的，上帝对动物的憎恶为我们预留了关于在伊甸园后人类与动物密切往来的想象。与之相应，上帝同样宽容了动物。上帝主动要求在挪亚离开时，带上动物，配好公母，挪亚方舟是人与动物共享的避难所。其间有两处细节：第一，上帝如同保全人类的社会性组织一样，保全了动物的配偶关系，动物不同于植物，无法进行单性繁殖，而所谓社会性的"性"繁殖事实上恰是一种神意的预置——动物实践了与人类相当的自由意志的选择行为；第二，上帝要求挪亚所携带的动物中，包括了洁净的与不洁净的。为什么上帝本来只接受在他眼里赢得惠顾的、

---

[1] 冯象. 摩西五经 [M]. 香港：牛津大学出版社，2006：6.
[2] 约翰·麦奎利. 基督教神学原理 [M]. 何光沪，译. 上海：上海三联书店，2007：217.
[3] 冯象. 摩西五经 [M]. 香港：牛津大学出版社，2006：10.

善良的人类代表挪亚,而同时又接受了洁净的、不洁净的动物同时踏上挪亚方舟?动物是一种更为广阔的存在,在上帝眼里,自然物、动物是不可取缔的。正如阿尔弗雷德·怀特海(Alfred Whitehead)所说:"自然存在物仅仅是在自身中被考虑的事实的因素。它从事实的复合体中分离出来纯粹是抽象的结果。它不是因素的载体,而是在思想中显露的因素本身。"[1]我们在《创世记》里再也没有见到过那条特定的、诱惑夏娃的蛇,但我们确实知道它的后代已然拿到了挪亚方舟的"船票",上帝需要"动物性"的完整而接受了蛇的存在。当大水退去之后,上帝特意对挪亚说:"那些同你一起乘方舟的动物,鸟兽蛇虫等各种生灵,把它们都放出来吧;让它们重返大地,从头繁殖起来!"[2]蛇是上帝不能忘却的心结之一。所谓彩虹之约,不仅是上帝与挪亚的约定,更是上帝与所有万物天地生灵,包括动物的约定。他说:"听着,我现在与你们立约,与你们的子孙后代,连同所有伴随过你们的鸟兽蛇虫,所有从方舟出来的动物及大地上的生灵立约。"[3]有谁还能否认,动物不是一种跻身于上帝之"自由意志"的存在?!"存在物是在自然的复合体中作为关联物(arelatum)而显露出来的。由于存在物的关系,观察者会逐渐理解存在物,而且存在物是思想在自己的纯粹个别性中的目标。否则,思想不能前进。"[4]为此,如今对于人类的理解也只有在与动物的参照和交往中才能有所前行。

三、《创世记》中的动物在基督教中的地位与象征

在《创世记》中,动物对于人有着深刻的"使在"同情。宗教的本质是同情;犹太教、基督教的特殊本质在于他是一种"使在",使他者存在的同情。作为万物生灵之一,动物绝非任人肆意宰割的客体;正好相反,它可以是高于人类的存在形式,它可以是迫使人类本真存在的诱惑与唤醒。为什么人类要被迫使?因为"神意在其最高的表现中,谋求负责任的被造物自由的合作"[5]。或许只有这样我们才能理解,这是一个爱的、圣爱的世界——不只是上帝同情你,你同情一只蝴蝶那么简单;蝴蝶同情你,你

---

[1] 阿尔弗雷德·怀特海.自然的概念[M].张桂权,译.北京:中国城市出版社,2002:16.
[2] 冯象.摩西五经[M].香港:牛津大学出版社,2006:13.
[3] 冯象.摩西五经[M].香港:牛津大学出版社,2006:14.
[4] 阿尔弗雷德·怀特海.自然的概念[M].张桂权,译.北京:中国城市出版社,2002:8.
[5] 约翰·麦奎利.基督教神学原理[M].何光沪,译.上海:上海三联书店,2007:236.

也必须同情上帝。

在《创世记》中,动物可以是一种上帝良善或愤怒的喻象,但它绝不仅仅是一种喻象而已。作为喻象,羊群通常是财富的象征,同时也是信仰的见证。亚伯拉罕在誓约井旁对国王说:"请大王收下这七只羊羔,作为我掘了这口井的证明!"[1] 此后,他在"献子"当口,终于在灌木丛里找到了代替他儿子的绵羊。然而,在《创世记》中,动物的世界里不仅有羊,还有蛇。蛇才是动物世界里的表率和榜样。在伊甸园中,意涵最为丰富的角色是谁?是盲从的亚当吗?不。是贪婪的夏娃吗?不。是"诱骗"人类的蛇。如果说食用禁果是人类历史之起点的话,那么蛇,这样一种比人类还先在大地上具有灵性的动物就是人类命运在现实性上遭遇的第一位"操控者"——一种启蒙力量。在这里,重点并非"为什么是蛇"。不是蛇,难道是猪吗?重点在于,"为什么有蛇"。蛇是必须要有的,必须要出现在伊甸园中的。蛇在诱惑夏娃之前做过什么?以蛇之聪明,它在诱惑夏娃的当口,难道没有设想过自己可怜的下场?它想过,显然是有备而来的,是抱着必死的信念来完成这场诱惑的。它是一条伟大的蛇。事实上,蛇欺骗人类了吗?没有。食用禁果后,人类的确知羞了,懂得了辨别善恶!蛇说的是实话!蛇在启蒙人类!蛇唯一的错误仅仅是,它鼓励人类挑战上帝所制定的禁令。那么,它为什么要这么做?理由很多,其中一条是可以成立的,即它正是要人类认识到自由意志选择的代价!任何选择都是有代价的,伊甸园美吗?美。但一旦做出错误的选择,必将承担永不离身的原罪,被驱逐出去,流浪于荒野。这就是蛇帮助上帝告诉人类的真理。所以,必须有蛇这样一种作为存在论意义上的善的极端对立者,在善恶之间,来拷问人类的意志,迫使他成熟起来;而蛇之所以背上一个"诱骗者"的骂名,恰恰是因为人类不敢对自己的行为负责,基于夏娃推诿说的"是蛇诱骗了我,我才吃的"[2] 这样一句谎言所做的判断。为了纪念蛇,亚当是在即将离开伊甸园时才为他的女人取名夏娃的。"夏娃"(hawwah)一词,本义为"生"(hayah),正是亚兰语的谐音——"蛇"(hewya)。

法国神学家德日进有一个比喻非常好,他用这个比喻回答了什么是物质:"物质,实际上不仅仅是拖人的重力、陷人的淤泥、横在山路上的荆棘。就其本身而言,在我们的态度与选择之前,它只不过就是斜坡,人在

---

[1] 冯象. 摩西五经 [M]. 香港:牛津大学出版社,2006:36.
[2] 冯象. 摩西五经 [M]. 香港:牛津大学出版社,2006:5.

上面可以上行也可以下滑；是介质，能支撑也能退让；是风，能刮倒也能扬起。在本质上，由于原罪的缘故，物质的确代表着一种对衰落的无止境向往。但同样在本质上，由于神的显形降世，物质还包藏了一个向往完美人生的默契（刺激或吸引）、平衡甚至控制着'各种误行'。"[1] 此"物质"，可与"动物"同解。在伊甸园中，一切都是准备好的，家园、女人、果树，这让亚当的人生怎么开始？蛇不能听任一个王子与公主幸福相认的故事，因为这故事陈腐，没有经历考验，不真实。所以，蛇制造了"斜坡"，亚当走过，摩西走过，耶稣也走过，不同的人，经历不同，结果不同而已。蛇的珍贵在于，它使这个世界由此"动荡"。"地球释出的有思维的自由能量无法再用任何一种需承受和维持的已有秩序的理想来控制。道德和宗教（如同全部社会秩序）对于我们来说不再是一种静力学，我们需要的是一种动力学以吸引和解救自己。"[2] 人必须在"动荡"中直面灾难、诱惑、毁灭、死亡，才会理解选择的真正含义。换言之，人的故事无非从那棵善恶智慧树上的果子开始，但本能与智慧又有多少区别？这种区别亨利·柏格森（Henri Bergson）定义过，他说："如果我们考察本能和智慧所包含的先天认识成分，我们就会发现，在本能中，这种先天认识以事物为基础，在智慧中，这种先天认识以关系为基础。"[3] 区别只在于"事物"与"关系"之间。在整个信仰的世界里，人因自由意志而选择，而承担的风险是非常有限的，事实上，最大的风险"投资者"是上帝。只不过，"上帝使自己冒了虚无的风险；他开放了自己，把自己倾泻出来，注入虚无之中。他的本质正是'使在'，赋予存在……爱（使在）越多地把自身暴露在风险中，它在赋予存在以及确实把存在物唤出虚无方面，也就完成得越多"[4]。

四、《创世记》中的植物形象的塑造

在存在论意义上，植物是天地万物的食物来源。作为保持、延展自我以及他者生命的物质性前提，《创世记》中的植物首先是以食物的面目出现的。由于植物的存在，天地万物彼此之间实现了能量的吸收、交换、再

---

[1] 德日进，王海燕. 德日进集：两极之间的痛苦 [M]. 上海：上海远东出版社，2004：361.
[2] 德日进，王海燕. 德日进集：两极之间的痛苦 [M]. 上海：上海远东出版社，2004：325.
[3] 亨利·柏格森. 创造进化论 [M]. 姜志辉，译. 北京：商务印书馆，2004：125.
[4] 约翰·麦奎利. 基督教神学原理 [M] 何光沪，译. 上海：上海三联书店，2007：247.

生、还原。在《创世记》中，植物虽然亦有一定的观赏价值，但其审美意义较弱，植物存在的本真意涵主要体现于它对生灵之肉体存续的基础性价值。

　　上帝创造植物不是无目的的。上帝是在造物的第三日创造植物的，这一天早于上帝划分昼夜，标记时令，造就日月以及天穹上的星辰（第四日）——如果说由日月星辰"统辖"的昼夜可以缔造岁月的话，那么在上帝造物的序列里，植物所具有的基础性意义显然超过了时间，超过了动物、人。在第三日，植物与陆海的分离次第浮现，上帝在满意于大地的成形后，即刻造就了草木，且在形式上划分了草木的种类："有禾苗也有果树，各结各的籽实。"[1] 使它们各自有各自的功能——为所有动物，包括人类提供食物来源，在造物的第六日，上帝明确指定五谷、果实为人类的食物，青草、嫩叶为飞禽走兽的食物，而无肉食者可言——植物给养了天地万物、一切生灵。这一安排直到挪亚走出挪亚方舟，与上帝订立彩虹之约后，才有所改变：开始允许人类食用动物，即动物的非带血之肉。在这里，笔者提请读者注意，在初产的大地上，禾苗生出的五谷与果树结成的果实，均由上帝在第六日指定为人类的食粮，这并不包含飞禽走兽所食用的青草、嫩叶。换句话说，上帝在第三日所创造的植物首先是为人类而不是飞禽走兽准备的，上帝最早筹划着为人类肉体存在的延续预设物质性保障。这一切，直接体现了上帝的意愿，反映出他对万物有序的构想。

　　作为食物的植物在本质上适应着天地万物趋于善的倾向。其一，植物是纯粹的。据圣城本《圣经》，即古叙利亚语译本读法，上帝创造的动物中，含有"野兽"——不同于牲畜、爬虫，野兽会对人类造成伤害，"罪"（hattath）一词的本义，可指称"猎食的野兽"；在《利未记》二十六章二十二节中，上帝曾诅咒："我要放野兽伤害你们，攫走你们的儿女，咬死你们的牲畜。"[2] 但这一伤害性特征并未在植物中出现：上帝创造的植物之中，并无蛊惑、恶毒乃至致命的花草。其二，植物是具有衍生性的。与最初上帝创造万物的序列类似，在上帝所开辟的伊甸园里——"伊甸"（eden）一词，本义为"丰美"——上帝首先安置了挂满可口果子的美丽树种。自伊甸发源的河水，是为灌溉园中树木而设置的。这一立意或许可以换作另一种思路来理解：如果没有浇灌树木的必要，上帝很有可能不会开

---

[1] 冯象. 摩西五经 [M]. 香港：牛津大学出版社，2006：1.
[2] 冯象. 摩西五经 [M]. 香港：牛津大学出版社，2006：228.

掘此后维护人类生境的四支河流：皮逊河、基雄河、底格里斯河、幼发拉底河。亨利·柏格森说："生命好像是一种流动，它通过成熟的有机体，从一个种质到另一个种质。"[1] 植物正是这样一种流动的生命，它蕴藏着水，蕴藏着能量，使走向至善的生命在其体内了无遮拦地流淌。这种趋于善的努力并非只是一种文学想象，亨利·柏格森说："食物可以是一种动物的肉，这种动物又吃另一种动物的肉，如此往下，最终的食物是植物。只有植物才能真正吸收太阳能。动物只是直接地或传递从植物那里获得太阳能。"[2] 在太阳的能量与上帝共在的维度上，有谁能否认内涵于植物中的那关于善的来源及流向？今天，当我们面对食物时，通常会在观念上设立主客分离的想象，殊不知这只是人类一厢情愿的假想。正如阿尔弗雷德·怀特海所指出的，当我们说"我感知到一片绿叶"这句话时，我们把关于自然中特殊因素的感觉-意识看作心灵和该因素之间的双称谓关系："在这一陈述中，语言隐瞒了素有不同于心灵、绿叶和感觉-意识关系的其他有关因素。它舍弃了在感知中作为本质要素的明显不可避免的因素。我在这里，绿叶在那里，这里的事件和那里的作为绿叶生命的事件两者都被嵌入在现有的自然总体中，在这个总体之内存在不适宜提及的其他被识别的因素。"[3] 所谓的自然总体，作为喻象，也许无须四处找寻，《创世记》中的植物，恰恰就是这样一个可供体验"我"与"绿叶"共在的视窗。自然是什么？德日进说："所谓'自然'的生存体味仍是每一种人生中感悟神灵的第一道曙光，是对因神的降世而充满生机的世界所察觉到的第一次心颤。上帝无处不在的意识（不一定是情感）延伸、再造、使其超自然化的，是与因残缺或瞎撞而产生的泛神论同一种的生理力量。"[4]

五、《创世记》中的植物在基督教中的地位与象征

在意象论意义上，植物是上帝之"自由意志"的表象。作为对超验意旨的诠释，植物体现着上帝之"自由意志"的实相：上帝使万物，诸如人、

---

[1] 亨利·柏格森. 创造进化论 [M]. 姜志辉, 译. 北京：商务印书馆, 2004：29.
[2] 亨利·柏格森. 创造进化论 [M]. 姜志辉, 译. 北京：商务印书馆, 2004：210.
[3] 阿尔弗雷德·怀特海. 自然的概念 [M]. 张桂权, 译. 北京：中国城市出版社, 2002：103.
[4] 德日进, 王海燕. 德日进集：两极之间的痛苦 [M]. 上海：上海远东出版社, 2004：365.

动物、植物有权分享上帝之意志自由的本质。在《创世记》中，理解植物崇拜的深意在于，理解植物不仅是万物欲谋其身的对象，也是上帝之"自由意志"的表象。植物并不一定是一种任他者宰制、裁决的被动力量，它具有其自身存在的价值。正因为如此，对于植物的崇拜在信众的内心才显得如此真切而现实。

植物的自由意志体现为它参与了人类意志的自由选择。正如同人类以选择来实践其自由意志一样，植物以参与来实践它的自由意志。在选择与参与之间，存在的是一种相应性关系，而非主动与被动、施舍与领受的对立和紧张。一如第六日，在上帝造人之后，上帝说："我要人做海里的鱼、空中的鸟以及一切牲畜野兽爬虫的主宰。"[1] 其中，这里并不包含大地之上的禾苗、果树。与此对应，在伊甸园中，耶和华要给亚当找一位"般配的帮手"，曾允许亚当为每一种动物命名，但亚当并没有为每一种植物命名。植物的命运在上帝的本意里并不由人类主宰。又如，上帝在安置亚当住在伊甸园里和驱逐亚当离开伊甸园后，有一个共通之处，即对于亚当的职业选择——在伊甸园里，上帝并不是要白养一个天天好吃懒做的闲汉，照看园子，做一名园丁是亚当分内的职责；出伊甸园后，上帝"令他耕耘土地，去造他的泥尘里谋生"[2]，从此，农夫成为亚当的新身份。无论是园丁还是农夫，上帝对亚当的职业安排都与植物，而非动物相关。所以，植物是人类实践其自由意志必须依赖的介质，它在被人类依赖的同时，实现其自身自由意志的参与价值。再如，人类第一桩仇杀发生在亚当、夏娃的两个儿子之间，长子该隐在出产五谷的田间而非令其迷失的荒野杀死了他的弟弟亚伯。兄弟失和的缘起、手足残杀的动机来自耶和华对他们各自所献祭品的态度有别：亚伯作为牧人，奉献了羊群中的头胎羔子，得到了神的惠顾；该隐作为农夫，所祭为田间农产品，却遭到耶和华的拒绝。如果把亚伯、该隐分别视作牧业、农业之鼻祖的话，神对农业的接受程度显然更低。神嫌弃该隐可能与人类原始的土地崇拜有关，他在刻意杜绝人类产生任何偶像崇拜之心理的同时，反而证明了土地上的植物内在地含有超验意旨的优势。对于上帝的整体序列而言，植物在很大程度是不可或缺的。"在《创世记》的两个创造故事的较成熟的一个中就已经认识到一种等级，在那里，世界创造被表现为一个有秩序的连续过程，从原初的能和自然的

---

[1] 冯象. 摩西五经 [M]. 香港：牛津大学出版社，2006：2.
[2] 冯象. 摩西五经 [M]. 香港：牛津大学出版社，2006：6.

物质结构开始，通过各种有生命的有机物上升到人。"[1]

值得进一步思考的是，作为上帝之自由意志的表象，植物并不只是一种承托自由意志的载体——植物参与人类意志选择的动机，来自它独立的身份，来自它自我存在的力量。在挪亚方舟的故事情节里，"耶和华见人类一个比一个邪恶，整天在心里互相算计，便很后悔造了人在世上，痛心不已地说：我要把我造的人，连同鸟兽爬虫，从大地上统统消灭。当初真不该造他们的！"但上帝并没有提到植物！反复体会这句话，我们甚至会有这么一个印象：动物可能跟从人类选择恶，甚至犯罪，但植物不会——不是不能，而是不愿意。要知道，植物并不是不可摧毁的。《创世记》十九章二十三至二十五节："太阳升上地平线时，罗得刚好逃到蓑尔。突然，漫天落下燃烧着的硫磺，顿时，所多玛和俄摩拉一片火海！耶和华夷平了这两座城和整条河谷，连同城中所有的居民和地上生长的草木。"[2] 在这次浩劫中，植物亦荡然无存。与之相应，另有一处细节耐人寻味：植物并未随挪亚进入挪亚方舟。挪亚带上了各式各样的动物，洁净的、不洁净的，雌雄成对，以防其绝种，却并未顾及上帝在关闭挪亚方舟之门后，植物完全淹没在洪水中。然而，即便如此，当肆虐的洪水退去时，当上帝与人的矛盾再度化解时，挪亚派出的鸽子衔回了象征和平的、嫩绿的橄榄枝——一种以自我的力量自愈，完成自我救赎的植物的叶子——植物的命，是自己给的。这难免使我们想起德日进那饱含诗意的话："任何灵魂要合入上帝都必须在物质中走过一段特定的旅程。这段旅程既是相隔的距离，也是连接的路。任何人没有一定的占有和一定的征获，其生存都不符合上帝的意愿。我们都有雅各的云梯，其梯级由一连串的物体组成，所以我们不要设法提早逃离世界。"[3] 虽然一神论的早期犹太信徒往往把视线投诸彼岸，但此岸的植物仍旧葱茏。为此，约翰·麦奎利曾援引圣托马斯·阿奎那（St. Thomas Aquinas）看待自然物的观点写道："一切事物都倾向于类似上帝，或模仿上帝——虽然我们可以想象，这不能是任何外部的模仿（那是不可能的），而只能是参与。也许，甚至氢原子对存在也有最低限度的参与，如果可以这样的话，也有'模仿'存在的倾向，只要它在构筑世界结

---

[1] 约翰·麦奎利. 基督教神学原理[M]. 何光沪, 译. 上海：上海三联书店, 2007：216.
[2] 冯象. 摩西五经[M]. 香港：牛津大学出版社, 2006：32.
[3] 德日进, 王海燕. 德日进集：两极之间的痛苦[M]. 上海：上海远东出版社, 2004：362.

构中发挥了作用。"[1]

六、《创世记》中的植物存在的价值与意义

在创造论意义上，植物是生命本体面向世界的开放性场域。生命必须向世界开放，才是《创世记》的中心主题。这一中心主题决定了，植物不只是一种单一意旨的喻象，还是一种场域，一种使生命像花一般开放起来的场域。"作为一种圣礼的宗教，基督教显然承认物质存在的价值。"[2] 事实上，植物同样给予了生命以恩典。按照莫尔特曼的讲法，上帝必内在于世界，才会超越于世界。因此，上帝与我们是一种普遍同在，是他塑造出了能动的自然。

《创世记》中的植物具有丰富的多元意旨的意涵，此种种意涵往往透露着上帝"使在"的创造论信息，隐约而神秘。例如，灌木在《创世记》中通常有着隐蔽的功能，夏甲被亚伯拉罕赶走后，在誓约井旁的荒野迷了路，陷入窘境，曾把她的孩子弃置在灌木丛下；耶和华在试探亚伯拉罕是否愿意献上独生子以撒的生命以祭祀自己后，也曾在灌木丛里看到犄角被灌木缠住的公绵羊。又如，曼陀罗（dudaim）被誉为"爱情果"，雅各的妻子拉结曾以陪伴雅各过夜的权力交换利娅之子在田里采摘的曼陀罗，而雅各为了摆脱舅舅拉班的奴役，"将剥好的花皮树枝插在羊群前方的水沟或水槽里，羊群来饮水时便在那里交配。那些山羊在花皮树枝前交配了，生下的羔子就一只只都斑斑点点、带着条纹"[3]。这种用白杨、杏子、梧桐制作的花皮树枝对于性的繁殖而言所能产生的强力不可估量，雅各甚至可以在肥壮的羊前，而非瘦弱的羊前使用它，以保证羊群良好的基因，这种方法同样适用于奴婢、骆驼、毛驴数量的增长。再如，在亚伯拉罕进入迦南之地，南行至示剑的石肩后，他首先看到的便是神圣的摩利橡树。摩利（moreh）一词，本意是"高耸"，有"赐神谕者"的意思。摩利橡树，是耶和华出现的地方，是上帝赐予亚伯拉罕的应许之地，是神与人立约的见证。在摩利橡树下，亚伯拉罕99岁时，耶和华再次出现，在这次接触过程中，亚伯拉罕的妻子莎拉被预言将怀有身孕，生养以撒，终于成为"万民之

---

[1] 约翰·麦奎利. 基督教神学原理 [M]. 何光沪, 译. 上海：上海三联书店, 2007：217.
[2] 约翰·麦奎利. 基督教神学原理 [M]. 何光沪, 译. 上海：上海三联书店, 2007：218.
[3] 冯象. 摩西五经 [M]. 香港：牛津大学出版社, 2006：57.

母"。所以,橡树在《创世记》中的地位非比寻常,亚伯拉罕离开埃及,与罗得分手后,南迁至迦南王城希伯伦(hebron),同样是在摩利,希伯伦在东北三千米处的橡树旁安营扎寨,建造祭坛。如果我们把《创世记》看作上帝的伴随活动的话,那么植物一定是位一以贯之的伴侣。

事实上,每一种生命都是这世上的过客。《利未记》二十五章二十三节有上帝之言:"土地不可卖断,因为大地归我;对于我,你们只是旅人、过客。"[1] 过客的生活别无选择,除非开放。人类历史的起点,事实上在《创世记》中出现过三次:第一次,上帝依照他的模样造就了人;第二次,上帝朝亚当的鼻孔吹进生命之气,使他有了灵魂;第三次,首先是夏娃,其次是亚当食用了伊甸园中善恶智慧树上的果子。如果仔细比对就会发现,这三个时间点之间贯穿着同一条逻辑,人的自由意志从潜在地具备进入现实地具有,从现实地具有进行现实地实践的过程。在这一成长过程中,《创世记》中的植物,尤其是善恶智慧树上的果子,显然扮演了十分重要的角色。事态的进一步发展清楚地表明,植物的果实不仅能够为人类始祖的肉身果腹,它所能做的比单纯地满足人肉体的饥饿欲望要多得多——在亚当、夏娃食用了这果实之后,他们确实学会了明辨善恶、遮羞(人类遮羞所用的腰布亦是使用植物,即无花果树的树叶,而非野兽的毛皮编织的)。换句话说,果实不仅为人类现实地实践其自由意志提供了第一次可能性的场域,而且它也的确具有使灵魂生长出超越肉体的精神诉求的潜能。引人遐想的是,伊甸园中那另一棵生命之树,它的果实据说可以使人穿越生死,与神相当。"如果说世界的总体物质中包含了一些无法利用的能量,如果更不幸的是它还有一些缓慢分离出来的败坏能量和成分,那么更真实的是,它还蕴藏着一定量的精神潜力,将其逐步升华至耶稣基督是造物主正在进行的基本行动。"[2] 植物正是这样一种精神潜力的高扬。今天,我们已然习惯了科学的定律和观念的陈述,但正如阿尔弗雷德·怀特海大声疾呼的:"废除这部精心制作的观念自然的机器吧,它是由不存在事物的断言组成、用来传达存在事物的真理。我坚决主张这一明显的立场:科学的定律,如果是真的,就是关于存在物的陈述,我们得到它们在自然中存在的知识;如果陈述所涉及的存在物不是在自然中发现的,关于它们的陈述就与纯粹的

---

[1] 冯象. 摩西五经 [M]. 香港:牛津大学出版社,2006:225.
[2] 德日进,王海燕. 德日进集:两极之间的痛苦 [M]. 上海:上海远东出版社,2004:362.

自然事件无关。"[1] 莫尔特曼有一句话会使我们受益良多，他说过，自然的神学乃是天堂中的神学："唯一的神学存在于变化的环境和临时的条件中。这些环境和条件由神特殊的现身样式（modus praesentiae Dei）来决定。自然的神学是自然王国（regnum naturae）状态下唯一的神学。在其纯粹形式上，自然是起初的创造物。因此，纯粹的自然的神学是原初创造状态下的神学，是作为纯粹上帝形像的人类的状态下的神学——用象征术语说，是天堂中的神学。"[2] 因此，"上帝是包围在世界之外的环境，世界依靠它并在它之中生存。上帝是世界的超世的前院，世界正在向其中演化。上帝是新的可能性的根源，从这些可能性中，世界获得它的现实性。于是，我们应当从上帝方面着眼，把上帝理解为向世界开放的存在（Wesen）"[3]。

（本文由两篇论文合成。《论〈创世纪〉中的动物》原载于《天水师范学院学报》2011年第1期。《论〈创世纪〉中的植物》原载于《遵义师范学院学报》2011年第3期）

---

[1] 阿尔弗雷德·怀特海. 自然的概念 [M]. 张桂权, 译. 北京：中国城市出版社, 2002：43.
[2] 莫尔特曼. 创造中的上帝：生态的创造论 [M]. 隗仁莲, 苏贤贵, 宋炳延, 译. 北京：生活·读书·新知三联书店, 2002：84.
[3] 莫尔特曼. 创造中的上帝：生态的创造论 [M]. 隗仁莲, 苏贤贵, 宋炳延, 译. 北京：生活·读书·新知三联书店, 2002：282.

五种符码交织的乐章
——从罗兰·巴特五种符码解读
《纪念爱米丽的一朵玫瑰花》*

朱 玲

威廉·福克纳（William Faulkner）是20世纪美国最杰出的作家之一，一生共出版了19部长篇小说和75篇短篇小说。他的作品多以美国南方的历史为背景，六部代表作——《喧嚣与骚动》（The Sound and the Fury）、《我弥留之际》（As I Lay Dying）、《圣殿》（Sanctuary）、《八月之光》（Light in August）、《押沙龙，押沙龙！》（Absalom, Absalom!）和《去吧，摩西》（Go Down, Moses），即"约克纳帕托法世系"小说，成为南方小说的艺术高峰。"福克纳是20世纪小说家中一位伟大的小说技巧的实验者。他的小说，很少有两部是相互类似的。通过他不断地创新，达到小说所能表现的广阔的境地。"[1] 据统计，自20世纪80年代中期至21世纪初，"在美国发表的论文、出版的专著以及完成的博士论文，在英语作家中，关于福克纳的已占第二位，仅次于莎士比亚"[2]。

《纪念爱米丽的一朵玫瑰花》（A Rose for Emily）是威廉·福克纳的短篇小说的代表作之一，通过爱米丽小姐一生的悲剧命运，为我们展现了美国南北战争之后南方贵族阶级日趋没落的衰亡历史，以及在现代工业文明的进程中美国南方民众整体的心理状态和社会精神面貌。据笔者统计，自1979—2010年中国期刊网可检索到的涉及这部作品的论文共近200篇，从女性主义、新批评、历史主义、神话原型、精神分析、读者反应、主题特

---

* 文中所引小说原文均出自杨岂深译. 纪念爱米丽的一朵玫瑰花［J］. 名作欣赏，1995（6）.

［1］ 王国荣. 诺贝尔文学奖获奖作品精华集成（增订本）上［M］. 上海：文汇出版社，1997：695.

［2］ 杨金才. 新编美国文学史：第三卷（1914—1945）［M］. 上海：上海外语教育出版社，2002：340.

色、叙事手法、写作风格等角度均有解读。本文拟从法国符号学家罗兰·巴特（Roland Barthes）的五种符码入手，对小说文本中不同的符号进行分类和分析，来探讨这部小说中不同符码对主题的贡献，并验证这一符号学理论在文学批评中的可操作性和可应用性。

与海明威不同，威廉·福克纳所代表的不是"一代人"，而是"一个区域的人"——南方人。作为南方社会的一分子，威廉·福克纳从不掩饰对自己家乡传统经济结构和传统美德的赞赏和眷恋，同时在理智上又看到了奴隶制、清教主义父权制和妇道观对普通民众的戕害，并勇敢地举起讨伐的旗帜。延续"约克纳帕托法世系"一贯的风格，威廉·福克纳的短篇小说《纪念爱米丽的一朵玫瑰花》充满了荒诞、怪异的气氛。爱米丽小姐是美国南北战争时期南方淑女的代表，生于没落的贵族家庭，恪守南方社会对妇女的操守与信仰。她成年后，父亲赶走了所有追求者，导致她年近30岁仍待字闺中。从丧父之痛中恢复出来后，她开始追求自己想要的生活，遇到了"北方佬"荷默并坠入爱河，然而婚姻的愿望却不能达成。最终爱米丽毒杀了荷默并守尸而眠，直到她去世才被人发现。

这部作品时空颠倒错乱、视角复杂多变、人称指代模糊、象征隐喻丰富，从符号学角度来看具有极大的探讨空间。法国符号学家罗兰·巴特在他的专著《S/Z》中专门分析了奥诺雷·德·巴尔扎克（Honoré de Balzac）的中篇小说《萨拉辛》（*Sarrasine*），其中提出了五种符码的主张——意素符码、阐释符码、布局符码、文化符码、象征符码。这一划分的依据是词汇单位（lexias）在五种能指系统中产生意义的途径。下面我们结合五种符码在本文中的体现分别加以解释。

一、意素符码

在美国南北战争前的南方，奴隶和女性都是备受压迫的对象，区别仅在于奴隶制从政治和经济上对奴隶的剥削和迫害，而清教主义父权制和妇道观从社会道德上给女性设置了道道藩篱。在本文中，唯一一个伺候在爱米丽小姐身边直至"老态龙钟"的人就是那个花匠兼厨师的黑仆托比。他驯良顺从、任劳任怨，日复一日年复一年地履行着他买菜、做饭的职责。当爱米丽渐渐老去，他"头发变白了，背也驼了，还照旧提着购货篮进进出出"；而且从来默不作声，"他跟谁也不说话，恐怕对她也是如此"，以致"他的嗓子似乎由于长久不用变得嘶哑了"。而我们的女主人公爱米丽不也正是南方传统制度下始终恪守规则、饱受迫害又从不反抗的典型吗？

其实无论是爱米丽还是黑仆托比，都是南方制度下受压迫人群中的一个代码，即罗兰·巴特所说的意素符码——用一个（近似的）词来指明阅读单位涉及的含蓄意指的所指，它可用来固着在文中的好几处地方，是个变迁的因素，可融合其他相类的因素，以创造性格、环境、转义、象征。罗兰·巴特把它叫作"个人的声音"。[1] 在小说中，尽管爱米丽是女性、贵族出身，尽管托比是男性、身为社会底层的黑奴，但性别与种族的差异都无法使他们逃离南方社会中受压迫的命运。作者的关注点已超越了种族和阶级的界限，正如威廉·福克纳本人所言，"我想说，并且我希望，我唯一属于的、我愿意属于的流派是人道主义流派"[2]（笔者译）。托比就好像是爱米丽的影子，如影随形，形存则影存，当爱米丽与世长辞后，托比就也自然地"随机不见了""从此就不见踪影了"。

二、阐释符码

在小说中，作者多处布设悬念，吊足了读者的胃口，而其高超之处就在于随着情节的层层推进，所有的谜都因同一个发现而被破解。其中最突出的谜有三个。第一个谜：爱米丽与"北方佬"荷默的交往遭到了公众的反对，爱米丽被认为是"全镇的羞辱""青年的坏榜样"。最后，妇女们终于迫使侵礼会的牧师去拜访她，试图对她做思想政治工作，结果是"访问经过他未透露，但他再也不愿去第二趟了"。牧师为什么不愿再去了？他和爱米丽之间究竟有怎样的对话？爱米丽的态度又是如何？作者在此没有交代，我们也不得而知。第二个谜：牧师出师不利，第二天牧师夫人就写信向爱米丽外地的两个堂姐妹求援，姐妹俩为这件事专程赶来，但"一个星期后她们就走了"，而且"荷默又回到镇上来了"。究竟为何？姐妹俩是碰了爱米丽的钉子悻悻而归，还是已经说服了爱米丽叫荷默来正式分手？在此作者对内情又是避而不谈。第三个谜：两个堂姐妹走后的一天黄昏时分，荷默又回到镇上来了，然而"这就是我们最后一次看到荷默"。后来他究竟有没有从爱米丽家出来？又去了哪里？

---

[1] 罗兰·巴特. S/Z [M]. 屠友祥，译. 上海：上海人民出版社，2000：85.
[2] Jelliffe, Robert A. *Faulkner at Nagano* (4th. edtion) [M]. Tokyo：Kenkyusha Ltd., 1966：95.

这正是罗兰·巴特阐释符码最好的体现——以不同方法表述问题、回答问题，以及形成或能酝酿问题，或能延迟解答的种种机遇事件，它使某个谜被指向、被提出、被阐明，继而拖延，最终豁然解开。威廉·福克纳设置的重重疑问直到小说的结尾才真相大白：爱米丽深受传统制度的禁锢，不肯轻易屈服但又无力反抗，婚姻的愿望不能达成但又不愿放弃爱人，于是选择了一种爆发式的灭亡——毒死荷默，用"那比爱情更能持久、那战胜了爱情的煎熬的永恒的长眠"使他驯服。至此，真相大白，水落石出，难怪罗兰·巴特把阐释符码叫作"真相的声音"。[1]

三、布局符码

贵族家庭出身、深受传统道德观熏陶的爱米丽，从言谈举止上看，无论是其父亲在世时还是与荷默热恋中，始终保持着典型的南方淑女的气质与做派，冷峻、高傲、从无大喜与大悲的真实情感宣泄。镇政府派代表团来她家收税，"她没有请他们坐下来""只是站在门口，静静地听着""（说话的声调）冷酷无情"。爱米丽的父亲死后的第二天，镇里的妇女们按照风俗来她家拜望，她在门口接待她们，"衣着和平日一样，脸上没有一丝哀愁"。当她与荷默的恋情遭到乡里的反对，她依旧"把头抬得高高——甚至当我们深信她已经堕落了的时候也是如此，仿佛她比历来都更要求人们承认她作为格里尔生家族末代人物的尊严；仿佛她的尊严就需要同世俗的接触来重新肯定她那不受任何影响的性格"。

罗兰·巴特的布局符码包括情节符码和行为符码两个部分。因为读者阅读时都要在某些一般名目下来积聚一定的信息，这些情节和行为就构成了序列。此处序列的唯一逻辑即"已做过"或"已读过"，它对应的是"经验的声音"。[2] 通过上述一系列情节，我们发现，女主人公没有感情的流露并不代表内心真的没有喜怒哀乐，而是由于要维持"传统的化身"这一身份，不得以掩藏了真情实感。此处，布局符码的运用有力地凸显了人物性格，长期的压抑正是导致爱米丽最后做出令人震惊之举的主要原因。

---

[1] 罗兰·巴特.S/Z [M]. 屠友祥，译. 上海：上海人民出版社，2000：85.
[2] 罗兰·巴特.S/Z [M]. 屠友祥，译. 上海：上海人民出版社，2000：85.

四、文化符码

文化符码的设置在这篇小说中较为浅显易见。罗兰·巴特用它来进行科学或智慧符码的引用，涉及物理学、生理学、医学、心理学、文学、历史学等知识类型，是发自人类传统经验的集体而无个性特征的声音。它源自格言符码，是文本中时时引及的诸多知识或智慧符码之一，它是"科学的声音"[1]。

在对爱米丽家周围的环境描述中，"汽车间和轧棉机"与"棉花车和汽油泵"，通过生产方式与生产工具的新旧对比，体现出了北方新生的工商势力与南方传统经济模式的对峙，这是代表南北方差异的文化符码在社会经济层面的反映。虽然作者并未明确指出两种经济方式孰优孰劣，但通过这组文化符码的鲜明对比，依靠阅读过程中激发起读者的经济、历史、社会等知识，相信集体的经验会呈现出趋同的态势。这一器物层面的文化差异无可避免地反映了社会制度的变迁，以及经历那场大变迁的普通民众的集体心理体验——他们对南方旧制度依依不舍，但又挡不住时代前进的步伐。

在社会道德层面，文化符码的作用集中体现在择偶观的巨大反差。在爱米丽眼里，荷默"个子高大，皮肤黝黑，精明强干，声音洪亮""随便什么时候人们要是在广场上的什么地方听见呵呵大笑的声音，荷默肯定是在人群的中心"。换句话说，荷默是她欣赏的异性类型。而在镇里的人们看来，荷默只是"一个北方佬，一个拿日工资的人"，在南方传统价值观中是被人瞧不起的，是为沿袭若干年的等级制度所不容的，荷默根本配不上爱米丽小姐。而爱米丽却无视这些所谓的制度和观念，对镇里的人们的议论充耳不闻，反而与荷默高调出游、出双入对。这一对传统的巨大挑战和公然藐视所带来的文化冲击非同凡响，以致镇里的人们居然把一个年轻女子个人婚恋问题上纲上线到了"爱米丽小姐体内暗藏的情欲动摇的不仅是老姑娘的完整性，而且是南方历史和阶级的整个根基"的地步。[2] 作者的叙述话语中对这两种观点都没有表示认同，意在回避仅仅控制人物生活态度的文化符码——对昔日南方传统的眷恋和对北方工业文明的抵制。

---

[1] 罗兰·巴特. S/Z [M]. 屠友祥，译. 上海：上海人民出版社，2000：85.
[2] Roberts, Diane. *Faulkner and Southern Womanhood* [M]. Geogia：The University of Geogia Press，1994：158.

五、象征符码

"象征的声音"[1]较好理解，按罗兰·巴特的说法，它是在象征区内凸显了辽阔的范围，即对照的范围，以此形成了引子单位。象征手法是根据事物之间的某种联系，借助某人某物的具体形象（象征体），以表现某种抽象的概念、思想和情感。从象征的角度分析威廉·福克纳这篇小说的文章也最多。这里我们引入纳代尔（S. Nadel）的三种主要的象征性做一新的尝试——符征（诸如物件、徽章等）、社会称谓、仪式（这种象征程序可显示社会关系与等级）。[2]

在文学作品中，房子往往象征着家庭和温馨的生活，而在这篇小说中，房子却另有深意。笔者认为，它既是一个符征，又是一种仪式。爱米丽生于一个没落的美国南方贵族家庭，而在她的父亲死后，那座房子"传说是留给她的全部财产"。按常理来看，一个贵族家庭就算再落魄也不至于只给后代留下一座房子。作者这样的安排用意何在？要弄清这个问题让我们先来看看这是一座怎样的房子。"那是一栋过去漆成白色的四方形大木屋，坐落在当年一条最考究的街道上，还装点着有十九世纪七十年代风味的圆形屋顶、尖塔和涡形花纹的阳台，带有浓厚的轻盈气息"，此中大有"春花秋月何时了"和"雕栏玉砌应犹在"的怀旧情怀。在工业文明已濒临家门之际，"房子虽已破败，却还是执拗不驯，装模作样，真是丑中之丑"，又可见"问君能有几多愁""故国不堪回首月明中"的无奈感慨。这都是从外部的视角观察的结果，下面让我们走进房子的内部，去看看里面的布置又给了我们怎样的象征意义。穿过"阴暗的门厅"，房子里"一股尘封的气味扑鼻而来，空气阴湿而又不透气"，客厅里"摆设的笨重家具全部包着皮套子"，并且"皮套子已经坼裂。窗子上挂着"百叶窗"，"尘粒在那一缕阳光中缓缓旋转"，壁炉前放着"已经失去金色光泽的画架"。在爱米丽的最后一个学生离开后，"前门关上了，而且永远关上了"。就是这座古老、阴暗、破旧的房子，爱米丽除了恋爱时有过几次和荷默驾马车出游外，可以说她的一生中绝大多数时间是被关在这里度过的。它既象征着美国南方的奴隶制、父权制和妇道观，又象征着新的社会进程中美国南方的种植园奴

---

[1] 罗兰·巴特. S/Z [M]. 屠友祥，译. 上海：上海人民出版社，2000：85.
[2] 李幼蒸. 理论符号学导论 [M]. 北京：社会科学文献出版社，1999：496.

隶制度已日薄西山、气息奄奄。正是这样一座有形的和无形的房子将爱米丽的一生密闭其中，以致酿成最终的人间惨剧，而人们看到它大势已去的同时仍不免有些许留恋与感怀。

六、结语

威廉·福克纳的作品向来是难以解读的，这也许正是它不断被解读的原因之一。这里我们尝试从符号学的角度入手，借助罗兰·巴特五种符码来分析他的短篇小说《纪念爱米丽的一朵玫瑰花》，从文本中分别找出了意素符码、阐释符码、布局符码、文化符码、象征符码所对应的所指。五种声音的交织，共同谱写了对主题的贡献——美国南北战争前南方的社会制度和道德观念是女主人公悲剧命运的罪魁祸首，而父权制和妇道观对妇女精神的戕害不亚于奴隶制对奴隶在政治和经济上的压迫。然而，作者对旧制度的揭露和批判却不单限于讨伐，正如威廉·福克纳本人在1949年获得诺贝尔文学奖发表的著名演说中所提及的那样："诗人和作家的特殊光荣就是去鼓舞人的斗志，使人记住过去曾经有过的光荣——人类曾有过的勇气、荣誉、希望、自尊、同情、怜悯与牺牲精神——以达到不朽。诗人的声音不应只是人类的记录，而应是使人类永存并得到胜利的支柱和栋梁。"[1]

[本文原载于《疯狂英语（教师版）》2014年第1期，题目略有改动]

---

[1] 陈营. 人一生要读的经典 [M]. 长春：北方妇女儿童出版社，2014：579.

末世·危机·救赎
——《五号屠场》《世界末日之战》与虚构叙事的伦理关怀

秦 烨

一、末世论观点提出的背景及其含义

战争、瘟疫、饥荒等灾难所带来的是人类的现实生存危机,但更为重要的是存在主体的精神危机和信仰危机。尼采(F. W. Nietzsche)在《快乐的科学》第三卷中,借"疯子"之口大声宣告上帝已死:"上帝也会腐臭啊!上帝死了!永远死了!是咱们把他杀死的!我们,最残忍的凶手,如何自慰呢?那个至今拥有整个世界的至圣至强者竟在我们的刀下流血!谁能揩掉我们身上的血迹?用什么水可以清洗我们自身?我们必须发明什么样的赎罪庆典和神圣游戏呢?这伟大的业绩对于我们是否过于伟大?我们自己是否必须变成上帝,以便于与这伟大的业绩相称?"[1] 实际上,尼采试图借用与上帝对等的伟大意志,将人类的精神从神权的桎梏中解放出来,重新返归世俗化的世界,在虚无主义中重建精神强力和"高尚历史"。

末世论(Eschatology)亦称"终极论"或"终末论",主要涉及世界末日、终极审判、最后结局以及人类天堂—地狱的归宿问题。19世纪末20世纪初的世界经历了五次欧洲经济危机,而对西方世界打击最为沉重的,无疑是第一次世界大战的爆发。当时一部分基督教神学家的思想受到战争的影响,纷纷调整其对世界的态度乃至对末日与危机的认识。可以说,基督教的末世思想蕴蓄着一种不断延宕而又时刻逼近的意涵,表现为无限漫长的时间节点,甚至在预言面前表现为倒计时式以及带有未来主义性质的希冀应验。但是预言的设立,又与面临毁灭与审判的先验恐惧、敬畏相联系,于是未来主义的等待与当下之紧迫感实际上是并存的。

---

[1] 尼采. 快乐的科学[M]. 黄明嘉,译. 上海:华东师范大学出版社,2007:209.

二、《五号屠场》中的虚构叙事及其效果

在《五号屠场》中,库尔特·冯内古特(Kurt Vonnegut)采用的是后现代主义的叙事方式,在战乱频仍的世俗世界里,揭示人性的沦落与道德的衰微,尤其是展示了外在世界如何威胁、控制甚而摧毁个体的精神和内心。库尔特·冯内古特小说的话语形成过程,往往依托于特定的时空建构,从泰坦星球(《泰坦星上的海妖》),到德累斯顿(《五号屠场》),再到加拉帕戈斯群岛(《加拉帕戈斯群岛》),其文本中独特的空间构造,使得库尔特·冯内古特小说的话语形式得到了有效的落实。正如第二次世界大战中的德累斯顿"勾勒了人类生存的地球成为'屠宰场'的黑暗图景"[1],库尔特·冯内古特小说中的空间设置,不但构成了人物活动的场域,并在具有后现代特性的被切碎的空间中,与人物"分裂/拼贴"的精神世界相契合,形成"有意味"的空间,最后参与到小说文本的话语建构中。

《五号屠场》是库尔特·冯内古特标志性的代表作之一,他的心灵无疑在德累斯顿的土地上长久地停靠过。与其说德累斯顿曾经是库尔特·冯内古特的生存空间,是其小说人物的活动地点,不如说库尔特·冯内古特是以小说的形式来建构这一空间。而在该过程中,他不得不面临着这样一种裂变:一方面,库尔特·冯内古特自身是惨绝人寰的德累斯顿轰炸事件中的幸存者,与死亡共舞的亲身经历对他的身体和心灵都造成了巨大的影响;另一方面,当库尔特·冯内古特用他的笔触来描写德累斯顿这座文化名城中遭遇战争而死亡的人们之时,他必须进入小说本身这种虚构的游戏模式之中。作者自身就是一个分裂的主体,他必须面对却又无法面对,内心的分裂与压抑转化到对德累斯顿的具体描述中,则呈现为黑色幽默和时空旅行法的运用。

> 作为干这种勾当——设计高潮和情节、塑造人物、编写精彩对话、安排悬念和冲突——的人我已经多次为这个德累斯顿的故事规划过提纲……墙纸的一头是故事的开始,另一头是结尾,然后是所有的中间部分,居于墙纸中间。蓝线遇到了红线,又遇到

---

[1] 王守仁. 新编美国文学史:第四卷(1945—2000)[M]. 上海:上海外语教育出版社,2002:161.

黄线，然后黄线中断，因为黄线代表的人物死了。如此等等。德累斯顿大毁灭由一个橙色交叉线组成的垂直色代表，所有还活着的彩色线都穿过这块色带，从另一端出来。[1]

作者无疑在经常提醒着自己处于叙述的过程中，并时刻警惕自我感情的渗入，以一种冷静、客观的视角，透视着德累斯顿曾经发生却为人们所不知或淡忘的荒诞与疯狂。小说主人公毕利长久地陷入若隐若现的某些生活片段而不能自拔，这些片段也随着记忆的组合而形成杂乱迥异的空间断面。这些文本叙述层次的设置，不仅具有"疯狂"的零碎性，而且经由战争与屠杀这条线索贯穿全书，与其说毕利的记忆停留在战场的中心，不如说战争的阴影永远残留在了他受伤的脑部。事实上，毕利的精神分裂与空间的置换乃是同构的：绑架毕利的飞碟、德累斯顿的战俘营、特拉法玛多星球动物园、五号屠场等。这些空间的调动与毕利的精神创伤紧密相连，而他自身的间歇性幻象则不断地成为运载他通达各个空间点的形式和媒介。

一般而言，简单意义上的空间必然表现出其作为载体的性质，其中介质的存在和场域的安置是必不可少的，不仅包括物的增设与消失、置放与环境及其特有的状态显示（混乱与整饬、真实与虚构等），而且包含着个体（人与非人）的散点透视和网状结构——特定空间中的人物命运，更重要的还在于安东尼·吉登斯（Anthony Giddens）所谓的"社会性整合（social integration）"和"系统性整合（system integration）"，前者"指的是行动者之间的交互实践，它的一个显著特征表现为互动是在行动者共同在场的情形下完成的"，而后者则"指的是行动者或集团之间跨越广袤的时间—空间的交互作用，即身体上不在场的人们之间的种种联系"。[2] 在现代社会空间中，当然也存在着前现代的交互与整合方式，但更多的是系统性整合，体现出跨越时空秩序的种种勾连。从这个意义上说，社会空间应该成为更通畅、明晰的时间和空间的交合点，为置身其中的个人或集体——无论其处于在场或者缺席的状态——理应提供交互和联系的媒介和互动。

然而在库尔特·冯内古特的小说中，这种必然的联系出现了断裂。"特劳特是自学成才的，连高中都没有毕业。他能引用莎士比亚的话，我当时略略感到吃惊。我问他是否熟记了这位伟大剧作家的许多名言，他说：'是

---

[1] 库尔特·冯内古特. 五号屠场 [M]. 虞建华, 译. 南京：译林出版社, 2008：6-7.
[2] 包亚明. 现代性与空间的生产 [M]. 上海：上海教育出版社, 2003：300.

末世·危机·救赎
——《五号屠场》《世界末日之战》与虚构叙事的伦理关怀

的,亲爱的同僚,其中还包括一句完全概括了人类生活真谛的描述,以致后来的作家再写任何一个字只能是多余。'"这句名言是"世界是一个舞台,所有男男女女都是过场的演员"。[1] 在现代世界的舞台上,人类没有能够真正成为其梦寐以求的主角,他们在这个偌大的空间载体上,充其量只是"过客"。而在"过场式"的后现代舞台上,人类面临着瞬间消失的危险,并且在这个过程中无法留下任何痕迹。

在库尔特·冯内古特拼贴式后现代叙事形态的背后,事实上是对战争和末世来临之际的创伤性书写,以戏谑和拼贴的手法再现战争所带来的末日景象,并通过人物的精神病痛和现世危机,呈示揭露与抗争的意图。可见,在库尔特·冯内古特小说的主题表达中,"毁灭"成了一个关键词,始终贯穿于文本,涉及战争、科技、国家机器、文化(包括消费文化、后现代社会文化资源、资本主义文化制度等各方面)对人性、精神、自由意志的毁灭。在对这些给人类命运造成毁灭性影响的因素进行表现的过程中,库尔特·冯内古特选择以嬉笑怒骂的手法来反映严肃的主题,他曾说:"别人给混乱以秩序,我则给秩序以混乱。"因此,他采用黑色幽默的形式表达,即使面对着大难临头的悲剧,也仍然试图实现戏谑性的转化。例如,《五号屠场》中的片段:毕利患了时间痉挛症,无法控制自己下一步该往哪儿去,而且那行程也未必有趣。他说自己经常像新演员一样感到怯场,因为他从不知道下一步要表演的是生活中的哪一部分。在这一段落中,生命成为一个庞大而杂乱的舞台,人们无法控制自我,失去了延续性的时间和基本的生存空间,仅可保留"表演"的成分,个体也只能接受命运的嘲弄,永远充当蹩脚的演员。而在战争主题方面,这部小说无疑将第二次世界大战的惨烈描绘得淋漓尽致,然而库尔特·冯内古特"并非单纯写一部小说来使我们牢记'战争究竟是什么滋味',他没有把战争回忆录奉献给读者,却以自我反映的方式把他对自己曾参与的事件的看法和反思呈现在读者面前,甚至引起读者参与对这些事件的思考,从而在这个过程中谴责这些事件的荒谬以及继续这些事件的手段的荒谬"[2]。

因此,关键并不在于库尔特·冯内古特如何将战争惨烈的场景展现于世人面前,而在于其采取了何种方式表达和反映自我,如何通过运用后现

---

[1] 库尔特·冯内古特. 时震[M]. 虞建华,译. 南京:译林出版社,2001:40.
[2] 埃默里·埃利奥特. 哥伦比亚美国文学史[M]. 朱通伯,李毅,肖安溥,等译. 成都:四川辞书出版社,1994:968.

代主义的艺术手法和技艺，建构出"荒谬"的世界，并且实现批判与"谴责"的目的。可以说，在库尔特·冯内古特笔下，世界和人类遭遇命运的玩弄，面临着严重的危机，而罪魁祸首则是包括国家权力、社会制度、科技、战争等元素在内的强力系统和庞大网络。而面对这种难以抵抗的摧毁性力量，世间一切在库尔特·冯内古特看来甚至是虚无的。

在小说中，主人公毕利有这样一句座右铭："上帝赐我以从容沉着去接受我所不能改变的事物；以勇气去改变我所能改变的事物；以智慧常能辨别真伪。"[1] 该座右铭显然产生出强大的精神力量，然而这只是囿于文本中的虚构性和设置性的话语，其必须与现实产生呼应，才能在文本和生存世界之间实现互置，从而以这种想象性的力量，"预示尚不存在的生产方式的未来形式"[2]。而回到现实中我们得知，毕利的座右铭事实上却是美国嗜酒者互诫协会的祈祷词，"不管你是不是嗜酒者，这些话对你都有益处"[3]（笔者译）。这是一生充斥着忧患和苦难的毕利的精神来源。库尔特·冯内古特在此处呈现出来的不仅是嗜酒者的互诫，也是文本内外的精神性资源的互训。由此可见，在直面精神之崩塌、身体之消亡和现实之虚无之后，在这种种象征性的"最后"之后，库尔特·冯内古特回归到了现实，在实践中完成对虚构性文本的现实对应和回响，也从而通过虚构性的力量来达到"未来形式"的预示和建构。

库尔特·冯内古特的拯救，是基于世俗意义上的后现代形态的救赎。作者通过小说的形式对末日景象中的历史进行审视与重新面对，对充满危机的后现代生存空间中的"精神分裂症"进行解析；在此基础之上，探讨文本世界中所呈现出来的人性欲望，以及由欲望造成的理性和精神崩塌，在文本中抵抗虚无与超越死生，通过想象性的力量，追求一种与现实对应的可能性。库尔特·冯内古特作品中反复出现的战争、宗教、机器、科技、消费文化、制度暴力等主题，以及其特有的拼贴、黑色幽默、时空旅行、戏仿、科幻等创作技巧，甚至他在书中绘制的抽象派插图、创作的诗歌短语等都可以联系起来并将其视为一个整体，即库尔特·冯内古特借助小说文本对现实系统进行的模拟。本文所要指出的是，这个系统形成了一种控制性力量，作用于现实世界和人类的精神理智。这种控制不单单是一种破

---

[1] 小库尔特·冯尼格. 五号屠场 [M]. 周广，译. 呼和浩特：远方出版社，2001：43.
[2] 弗雷德里克·詹姆逊. 时间的种子 [M]. 王逢振，译. 桂林：漓江出版社，1997：80.
[3] 见 Reed, Peter J., Leeds, Marc. *The Vonnegut Chronicles: Interviews and Essays*, Westport [M]. CT: Creenwood Press, 1996：29.

坏性、摧毁性的暴力，还是一种扭曲性的建构，即形成了所谓的"拼贴和精神分裂症"。库尔特·冯内古特作品中看似紊乱的各要素实则组合为一个整体，相似的人物与情节总是在不同的作品中循环出现，形成独特的话语结构。在此背景下，库尔特·冯内古特小说中的人物由于生存空间逼仄和精神萎靡，形成了精神分裂症的状态。而作者则直面人类生存之困境与存在之虚无，并以其独特的写作方式进行了创造性的表达。

三、《世界末日之战》中的虚构叙事与伦理分析

马里奥·巴尔加斯·略萨（Mario Vargas Llosa）的长篇小说《世界末日之战》，叙述了19世纪末的巴西饱受干旱、洪水、瘟疫和战争的威胁，到处是一片国家和民族的末日景象，此时"劝世者"的出现，令人性和精神的危机出现了转圜。在追随者的云集响应下，卡奴杜斯成为"上帝之国"。然而，埃巴米农达却将"劝世者"的行为诬告成有预谋的造反运动，让中央政府出面镇压，从而为自己在与卡纳布拉沃男爵的政治斗争中赢得筹码。而正是政客们的阴谋，令原本安静、祥和的卡奴杜斯遭遇大军压境，"劝世者"及其领导的信众们被迫卷入残酷的战争之中，不少人命丧统治者军队的刺刀之下，死伤惨重……

通观整篇小说，有几个不得不提的要素：一是"敌基督"的出现，在第一部之前就提出敌基督的到来令19世纪末的巴西哀鸿遍野，而"劝世者"的出现则让生机重新降临；二是无处不在的战争，民众与国家机器之间的搏斗、信徒与世俗势力之间的斗争，整个国家战乱频发，民不聊生；三是疫病、灾难、饥荒等降临世间，导致爆发严重的精神堕落与生存危机。在这种情况下，追随"劝世者"的人数与日俱增，坚守在卡奴杜斯的人们期盼着末日的降临、敌基督的消失以及基督的审判，以终结人类的灾难，对世间的善恶进行赏罚，了结旧时代，开创新纪元。而问题的重心在于作者在面对和处理末世景象的山坡时，小说叙事过程中的叙事导引与伦理倾向。

在小说中，玛利亚·瓜德拉多是一个拖着十字架的女人，从萨尔瓦多城步行去圣多山，虽然在途中历尽艰辛，甚至身体被凌辱了四次却仍然坚持不懈，"玛利亚·瓜德拉多走到圣多山的山坡时，终于看到了这番艰辛的奖赏——直通天堂的圣路"。宗教的朝拜和信念，让玛利亚·瓜德拉多领受了上帝的恩赐，也到达了天堂之所在。不仅如此，玛利亚·瓜德拉多的事

迹和她的精神，在末世之中熠熠生辉并且受到人们的尊崇，"当夜幕降临时候，人们对她万分尊敬，真正视她为女圣徒了……玛利亚·瓜德拉多的洞穴成了香客们崇拜的地方，它同耶稣遇难处一道，成为香客们最为注目的场所"。[1] 随后，"劝世者"的出现，却令万众敬仰的玛利亚·瓜德拉多顿时转变为他的追随者。如是这般的追随情节在小说中比比皆是，统摄了"劝世者"末日审判中云集响应的信众。然而，叙事者并没有让如是这般的颂歌持续太久，在紧随其后的章节中，"劝世者"及其追随者们便遭受到严酷的考验。来自政治斗争与国家机器的侵袭，令他们陷入了前所未有的困境。理念和信仰所形成的力量，在这个过程中似乎显得不堪一击。原本试图等待末日审判、等待皈依上帝和天堂的信徒们，不得不面临生灵涂炭的信仰及生存危机。

正如卡纳布拉沃男爵所言："他们无知、迷信，一个牛皮大王就可以使他们相信世界的末日已经到来。但他们勇敢，能吃苦，对尊严有一种恰当的本能。他们连皇帝彼得罗二世和十二门徒中的彼得都分不清，只是盼望国王堂·塞巴斯蒂安从海底钻出来保护他们，可他们却要被当作保皇分子处决；他们对英国究竟在哪儿的概念都没有，却要被当作亲英派枪毙。这岂不荒唐？"[2] 此处产生了一个严峻的问题，那就是在末日审判中，对上帝和天堂的执念，如何回到真实的历史情境和当下的生存状态中，实现救赎的回归和施行。

在马里奥·巴尔加斯·略萨的文本世界中，占重要比重的是"劝世者"的追随者们的人物形象，以及他们在现实生存和精神状况中所遭遇的痛苦、危机、救赎、重生和后来遭遇挫折的过程。作者在小说中，不仅表现在死亡的威胁中寻求拯救与自我拯救的个性形象中，其更多的是等待末日审判的人们所难以摆脱的现实困境，乃至随后的质疑和反思。正如阿尼瓦尔·冈萨雷斯（Anlibal Gonzalez）所言："在叙事中公然带着质疑的态度探讨信仰的作用，正是《世界末日之战》的精髓。"显然，这样的质疑和反思并不是完全地取消与否决救赎的可能；相反，其试图指出单纯的个人信念和末世信仰，并不能将救赎的内涵和意义引向深入，简单化的接受和趋向反而令末世等待和祈盼变得庸俗以致无效。从这个意义进一步延伸，只有走向

---

[1] 马里奥·巴尔加斯.略萨.世界末日之战[M].赵德明，段玉然，赵振江，译.长春：时代文艺出版社，1996：51-52.
[2] 马里奥·巴尔加斯.略萨.世界末日之战[M].赵德明，段玉然，赵振江，译.长春：时代文艺出版社，1996：302.

更为在地化、更为深入有效的末世拯救，融入政治、经济、军事、文化精神等层面的考量，才能在末世的危机中，觅求审判和救赎的真正路径。

四、结语

马里奥·巴尔加斯·略萨的《世界末日之战》，写于《五号屠场》之后，在此将二者并置而谈，一方面，由于种种末世和危机的对立关系，以及在不同叙事方式的表达下，世俗与宗教的拯救形式的差异性，形成了巨大的张力，需要通过对比来解决；另一方面，这两部小说中所呈现出来的末日拯救本身，也投射出了诸种限度和危机，这恰恰涉及布尔特曼（Rudolf Bultmann）所提到的"生存神学"的概念。布尔特曼身为德国路德派神学家，其神学研究秉持的是"去神话化"的理论方法，他认为，基督受难于十字架事件，是维持基督教信仰的历史事实。而他对生存神学方面的倚重，又让其基督教末世论的研究别具一格，呈现出与20世纪的世界意识和人类生存状态相一致的研究理路。所谓生存神学，是指生存论思想是在诸如新约神学、教义神学的传统论题的位置上展开的：生存论分析和释义与神学论题恰切地融构起来。个体人的生存被理解为一个发生史的事件，这一事件与基督信仰有在体性的关联，亦即在基督信仰中，个体人与上帝的救恩行动之相遇作为一个发生事件而实现了。因此，在新约神学、教义神学的传统论题中，生存神学改述了基督神学的基督论、上帝论、信仰论、末世论的基本陈述。因而，将生存神学引入末世论视野，便是对个体的生存进行重新审视。在这个过程中，引入基督教事件与教义，在二者的互为关联中，返归神学论题本身，在个体的感性与基督的信仰之中，形成紧密的回路，以带动彼此的共同提升。

在布尔特曼的神学体系中，其对"上帝之国"的期许与设定，往往与延绵的时间和历史是不可分割的——末日来临并不代表着完全的终结，反而指示着某种延续和重启。布尔特曼认为，世界照样存在，历史还在延续。历史的进程已排斥了神话。因为"上帝之国"的概念是神话的，正如关于末世的戏剧性概念是神话的一样。对于上帝之国的期待的假定也是神话的，它是这样一种理论：世界虽然是由上帝创造的，但它受到魔鬼撒旦的统治，而撒旦的军队——恶魔则是邪恶、罪和疾病的根源。《新约》中耶稣布道时假定的世界概念在总体上是神话式的，即世界建构为三层（天堂、人间、地狱）、超自然力干预事件进程的概念、关于奇迹的概念、超自然力干预灵魂内心生活的概念，以及人会受魔鬼诱惑、会被邪恶支配的概念。[1] 布尔特曼对新的生存天地与生命状态的探寻，从其出发点与落脚点而言，与传统的基督教信仰是密不可分的。不仅如此，布尔特曼所提出的"去神话化"方法，摒弃《圣经》中的概念图景，挖掘神话背后更为隐秘的含义，成为理解《新约》的更有效、更有意义的方式。

布尔特曼试图把《圣经》所蕴含的信息从其错综复杂的神话元素中释放出来，以此构成与当代世界和人类处境的有效对话。我们需要看到的是，布尔特曼仍然对基督教的神话及其背后的信仰基础是持信任态度的，然而如此这般地，需要经由一个解码、重新编码到最后的输出以及接收的审视和整合过程。因而，布尔特曼强调的不是末日的历史终结，而是一种日常的时间延续。

从这个角度而言，《五号屠场》中的主要人物毕利，虽然在其座右铭中展示出了罕见的希望和信念，但综观整个小说所建构的文本世界，这样的力量和信心显得微不足道，况且这也并不是作者叙事表现的重心。库尔特·冯内古特对人性泯灭与道德终结的批判，实际上是试图通过拼贴、戏谑和消解的方式，实现对日常性和伦理性的延续。这样的延续有着非常重要的价值，因为它不仅是对世界的残酷性及其人性和精神的破坏性的揭示，而且使得后现代小说的叙事形态，在对末世形态的批判与固有的理念与信仰的消解中，为新的救赎拓开了空间。而相对于库尔特·冯内古特的尝试，马里奥·巴尔加斯·略萨的《世界末日之战》则呈现了"劝世者"在末日审判之际，聚拢上帝的信徒，意图对抗当局以摆脱苦难，走向末日之拯救，从而实现新生的延续或重生的经历。这个过程并非平稳、简易，相反，存在着不计其数的曲折和未知，甚至是倒退和幻灭，但这也恰恰说明了危机与末世、审判与救赎的复杂性，并为此提供了文学特有的、富于幻想性质的参考。

（本文原载于《文艺争鸣》2018 年第 2 期）

---

[1] 布尔特曼. 生存神学与末世论 [M]. 李哲汇，朱雁冰，等译. 上海：上海三联书店，1995：5.